Zhongwai
Wenxue
Tonglun
Jiaocheng

中外文学通论教程

周玲——编著

商务印书馆
创于1897 The Commercial Press
2019年·北京

图书在版编目(CIP)数据

中外文学通论教程 / 周玲编著. — 北京 : 商务印书馆, 2019
ISBN 978-7-100-17959-1

Ⅰ. ①中… Ⅱ. ①周… Ⅲ. ①世界文学－文学理论－教材 Ⅳ. ①I0

中国版本图书馆CIP数据核字(2019)第264196号

中外文学通论教程
周 玲 编著

商 务 印 书 馆 出 版
（北京王府井大街36号 邮政编码100710）
商 务 印 书 馆 发 行
艺堂印刷（天津）有限公司印刷
ISBN 978-7-100-17959-1

2019年12月第1版　　开本787×1092 1/16
2019年12月第1次印刷　　印张15¾
定价：48.00元

前 言

本书是为面向理工科学生开设的中外文学通论课程编写的教材。

中外文学通论课是一门文学通识课程，目的是使学生通过一定理论知识的学习，更好地感知经典的优秀文学作品，培育文学素养，提高审美能力和综合素质，以适应新时代工科学生的成长需要。近些年来，全国各高校出版的此类教材数量繁多，大致包括理论教材和作品教材两大类型。理论类教材为各种“文学概论”或“文学理论”，多为文学理论领域的专家学者以及从事高校文学理论教学的专业老师负责编写，专业性强，有理论深度。作品类教材为各种“大学语文”，内容上是古今中外作品汇编，结构上通常以主题划分为版块。这些教材中不乏优质教材，却不适用于中外文学通论课程。加之理工科学生的文学理论知识、作品阅读量储备不足，现有教材也无法有针对性地解决这一难题，因此亟待编写一本适合通识类文学理论课程的教材。

笔者在长期教学实践中，逐渐形成了以学生为本，注重理论（文学理论）和实践创作（具体作品）相结合的教学思路。教学时以作品为主，创设话题，充分调动学生的学习积极性，引导学生注重阅读和思考，特别是对原典的阅读与思考，以开拓学生的眼界与心胸，提升学生的思辨力。选文则重点选取本国和世界上兼具思想性和艺术性的优秀文学作品，注重培养学生的美好情感和家国情怀，并积极探索融思想教育与素质教育于一体的教育理念，注重发掘通识教育在思想教育方面的作用。适当增设文论选读，目的是“授人以渔”，力求使学生能触类旁通，更好地理解作品。这种教学思路，在前期的教学实践中收到了较好的效果。

本书结构框架借鉴了著名学者艾布拉姆斯“文学四要素”的提法，分为“文学与世界”“文学与作者”“文学与读者”和“文学作品”四编。在每一编下设相关章节，如第一编“文学与世界”下设“文学与自然”“文学与社会”和“文学与人生”

三章，第二编“文学与作者”下设“作家与作品”“天才与勤奋”“个性与风格”三章，第三编“文学与读者”下设“原意与自由”“创造与前见”两章，第四编“文学作品”按体裁四分法下设“诗歌”“散文”“小说”“戏剧”四章。这样既照顾了文学理论本身的知识系统性，又避免因理论性太强，使理工科学生备感抽象、空洞而失去学习兴趣。对各章内容设计，总原则是提倡“原典阅读”（包括理论的原典阅读和作品的原典阅读），具体是通过概述、文论选读、作品选读、阅读思考和辅助阅读资料等版块设置，让学生较全面地理解某个知识点或某篇作品。概述主要为该部分理论知识总述。文论部分围绕知识点，精选四篇文学理论大家的文章，对其主要的理论观点进行介绍，同时论及其他学者相同或相近的观点，对其产生形成的背景和发展流变进行介绍。这部分文论选择与专业教材不同，不注重理论的系统性，以够用为原则，简明择要，旨在提高学生的理论素养，增强对作品的鉴赏能力。在作品选读部分，出于对学生阅读量的考虑，不采用“围绕文论选择作品”的传统编写方法，而是在每章精选四篇著名作家的作品，通过故事梗概、经典摘录、评述等版块，全面释放经典文本的艺术魅力，并联系相关文论知识点，引导学生将理论学习与作品学习结合起来。部分作品还灵活增加“推荐阅读”或“拓展阅读”等版块，为学生提供比较阅读和研究的思路及简略文本。

在本教材编写过程中，笔者得到了学校教务处、马克思主义学院的大力支持和帮助，参考了相关作家作品与时贤著述，在此一并表示感谢。由于时间及水平有限，书中必定存在诸多疏漏，希望得到专家读者指正，以便在今后的修订中进一步完善。

2019 年 10 月于成都

目录

第一编　文学与世界

【学习要点】

1. 艾布拉姆斯“文学四要素”：世界、作品、作家和读者。

2. “物感”说与表现说，“模仿”说与再现说。

3. 生活真实与文学真实。

4. 文学是人学。

文学与世界的关系，是文学的基本理论问题。人类与其他动物一样，生于世界之中，不同的是，人类不仅依赖自然世界生存和发展，同时还努力掌握世界。文学活动是人类掌握世界的一种特有方式，是一种精神和审美的方式。一方面，人类的文学活动依赖于现实世界而存在，现实世界既是作者和读者的生存环境，也是作品反映和表现的对象。另一方面，文学的世界是一种精神存在，它可以“上穷碧落下黄泉”，突破客观世界最广泛的范围。法国作家乔治·桑说：“我觉得自己是草，是飞鸟，是树顶，是云，是流水，是天地相接的那一条地平线，觉得自己是这种颜色或是那种形体，瞬息万变，去来无碍。我时而走，时而潜，时而吸露。我向着太阳开花，或栖在叶背安眠。天鹅飞举时我也飞举，蜥蜴跳跃时我也跳跃，萤火和星光闪耀时我也闪耀。总而言之，我所栖息的天地仿佛全是我自己伸张出来的。”① 文学对于世界是一种审美的方式，其中深深融入了不同地域不同历史，传承不同文化的人们对于真、善、美的追求。

审视文学与世界的关系，自然、社会、人生是三个基本方面。

① 《印象和回忆》，乔治·桑著，转引自姜耕玉《艺术辩证法》，江苏教育出版社，2002。

第一章　文学与自然

世界文学是各民族文学的集合体，而各民族文学产生、形成并发展于不同的外在客观的自然环境。全球五大洲四大洋自然环境的多样性和复杂性，不仅使作者笔下的文学世界斑斓多彩，还进而形成不同的自然观，体现出多种文化不同的审美情趣。

中国位于温带为主、兼有寒带和亚热带气候的广大地域，高山大河、平谷浅川、草原戈壁，风光无限。丰饶美丽的大自然成为中国人世代栖居之所在，启迪了人们的审美感受，造就了中国人独特的自然观：视野宽阔，物华天宝，人与自然和睦相处。在中国文化早期的作品中，这样的自然观已基本形成。从“关关雎鸠，在河之洲；窈窕淑女，君子好逑”“蒹葭苍苍，白露为霜；所谓伊人，在水一方”到“昔我往矣，杨柳依依；今我来思，雨雪霏霏”，动物、植物、人类、环境和谐一体。发展到唐宋时期，无论是田园诗还是山水画，人与自然之间愉悦亲切和牧歌式的淡雅宁静已经成为中国式审美的基调。这种自然观要求人与自然合为一体，声息相通，期盼从自然中汲取灵感了悟，获得心灵的安息与精神的自由。[①] 因此，中国文学里的自然，并不是纯客观的静物或无机物，而是承载神情气韵、寄托无尽情思的主客观统一体。“登山则情满于山，观海则意溢于海。”[②] 这就是“物感”说，它是中国古代文论中，有关文学艺术与世界之关系的颇具代表性的理论。

“物感”即“感物”，重点不在“物”，而在“感”。“物感”说主张对“物”的表现不拘泥于细节，而是注重主体与客体、心灵与自然的相互作用，将“物”的感性的丰富性和“人”的理性的价值取向紧密融合，营造、追求深远意境和言外之意——即“道”。文学的目的就是“原道”“明道”和“载道”。这便是“原道”说。“原道”说是在“物感”说基础之上形成的，是中国古人在论及文学艺术与世界之关系形而上层面的主要观点。尽管对“道”的理解、解释不一致，有主张儒家之“道”的，也有强调道家之“道”的，但都倾向于认为“文”是“道”的体现，“道”是“文”的终极依据。[③] 唐代韩愈的“文以贯道”、柳宗元的“文以明道”，宋代周敦颐“文以载道”，都强调文章负有“贯道”“明道”“载道”的重任。宋代理学家朱熹提出“文道合一”

---

① 《中国人审美心理研究》，梁一儒著，山东人民出版社，2002。

② 《文心雕龙注》，范文澜著，人民文学出版社，2006。

③ 《新编文学理论》，童庆炳主编，中国人民大学出版社，2011。

说，认为“道者，文之根本；文者，道之枝叶……文皆是从道中流出”。[①]

与中国文化的自然观不同，源起于古希腊的西方文化，更倾向于认为文学是对自然的模仿和再现。

古希腊濒临地中海，地处欧、亚、非三大洲交汇之处，海域大于陆地，山区多于平原，耕地面积不足，农业不发达。陆地环境和自然资源方面的不利因素，使得古希腊转向大海争取生存空间，并通过海外经商和冒险等方式，逐渐发展出以工商业和贸易为主的海洋经济。瞬息万变的海洋，使人们必须关心客观世界自然规律本身，才能在尊重自然的基础上驾御自然。这一自然观反映在文学中，即是模仿论和再现论。从柏拉图到亚里士多德，都主张文学是对现实世界的再现，是文学家、艺术家对现实世界的直接模仿。柏拉图认为，文学的性质和目的都是模仿，是对终极真理的“模仿”的“模仿”，本身并无多大价值。不过，他的学生亚里士多德则认为，模仿是手段而非目的，模仿也可以使人走向真理之路。

在中世纪，盛行千年的基督教成为西方文化的又一源起。基督教文化认为，上帝创造了整个世界，包括描写再现这个世界的艺术家。文学艺术的再现，本质上是为了表现上帝对人类的救赎以及上帝的荣光。中世纪之后的艺术家不再仰望上帝，但仍然认为文学必须模仿自然、再现世界。达·芬奇认为艺术家要像镜子一样真实地反映面前的一切；莎士比亚认为艺术的目的始终是反映自然，显示善恶的本来面目。这些观点无不是模仿论或再现论的具体表现。随着 19 世纪西方科学时代的到来，人类对自然世界的新发现新认识接踵而至，更加渴望真正掌握获取世界秘密的钥匙。现实主义文学理论应运而生，进一步要求艺术家依据生活本来面目进行创作，排除不切实际的想象，真实客观地再现社会现实。尽管此后各种理论纷呈问世，但注重对生活本身的真实再现，重视细节的真实描写和刻画，始终是西方文学比较主要的一种审美追求。

第一节　文论选读

一、庄子《天道》[②]

天道运而无所积，故万物成；帝道运而无所积，故天下归；圣道运而无所积，故海内服。明于天，通于圣，六通四辟于帝王之德者，其自为也，昧然无不静者矣。圣人之静也，非曰静也善，故静也；万物无足以挠心者，故静也。水静则明烛须眉，平中准，大匠取法焉。水静犹明，而况精神！圣人之心静乎！天地之鉴也，万物之

① 《朱子理学美学》，潘立勇著，东方出版社，1999。

② 《庄子集释》，郭庆藩集释，中华书局，1961。

镜也。夫虚静恬淡寂漠无为者，天地之平而道德之至，故帝王圣人休焉。休则虚，虚则实，实则伦矣。虚则静，静则动，动则得矣。静则无为，无为也，则任事者责矣。无为则俞俞，俞俞者忧患不能处，年寿长矣。夫虚静恬淡寂漠无为者，万物之本也。明此以南乡，尧之为君也；明此以北面，舜之为臣也。以此处上，帝王天子之德也；以此处下，玄圣素上之道也。以此退居而闲游江海，山林之士服；以此进为而抚世，则功大名显而天下一也。静而圣，动而王，无为也而尊，朴素而天下莫能与之争美。夫明白于天地之德者，此之谓大本大宗，与天和者也。所以均调天下，与人和者也。与人和者，谓之人乐；与天和者，谓之天乐。

【评述】

庄子（约前369~前286），名周，宋国蒙城（今河南商丘）人。战国时期思想家、哲学家、文学家。庄子原系楚国公族、楚庄王后裔，后因乱迁至宋国蒙城，做过短时间的漆园吏，游历过许多国家。后辞官隐居，潜心研究道学。庄子是道家学派代表人物之一，老子哲学思想的继承者和发展者，与老子并称“老庄”。

《庄子》亦称《南华经》，道家经典著作之一。《汉书·艺文志》著录《庄子》52篇，留传下来的有33篇。一般认为内篇7篇是庄子自撰，外篇15篇是他与弟子合著，或弟子所著，基本反映其真实思想。杂篇11篇可能是道家当时或后来的其他学者所著，有些明显不是庄子学派的思想。庄子是先秦时期诸子百家中艺术气息浓郁的一位先哲，《逍遥游》《养生主》等作品想象奇幻、构思巧妙，文笔汪洋恣肆，极富浪漫主义色彩。庄子所主张的天人合一、人与自然和谐相处，以及崇尚自然、赞赏自然之乐等思想，对后世中国的美术、音乐影响很大。

本文选自《庄子·外篇·天道》。庄子认为，自然规律不停运行，万事万物都自我运动，从不曾有过停留和积滞。圣明之道亦如自然之道，是静寂而无为。四方相通和四季畅达，全都是自身的运动，晦迹韬光不露形迹，不损伤静寂的心境。流水平静下来清澄明澈，思想平静下来可以作天地万物的明镜。虚静、恬淡、寂寞、无为，是天地的基准、万物的根本。明白天地以无为为本的规律，方可均平万物、顺应民情，与人谐和（人乐），与天谐和（天乐）。

庄子继承了老子的美学观，认为真正的美存在于淳朴自然之中，“天地有大美而不言”“道者近乎技也”。庄子认为万物齐一（齐物论），人只是宇宙世界里最微不足道的尘埃，要想与这个广大的世界实现物质意义上的关联，希望非常渺茫且不切实际。但人的精神世界具有难以想象的超越性，如果能从精神上建立起与宇宙和世界的联系，也能追求永恒和真实。

道家思想一直对中国文学影响较大。南北朝时大量的隐居文学、玄言诗，以及唐宋时的游仙诗、山水诗，都有浓重的道学意味。把老庄思想与修道结合在一起的道教，在唐宋两朝以及后世影响很大。北京大学龚鹏程先生认为，最早的小说（《六朝志怪》）主要来源于道教，《封神榜》《水浒传》《西游记》等都与道教关系密切。《红楼梦》里也有一僧一道，相貌奇特，法力非凡，来去无踪，时隐时现，道破人生真相，点化众生。

【推荐阅读】

1. 庄子《逍遥游》《齐物论》《养生主》《秋水》等

庄子散文想象力强，文笔变化多端，具有浓厚的浪漫主义色彩；并多用寓言故事形式，风格独特，“意出尘外，怪生笔端”。[①]“鲲鹏展翅”“庖丁解牛”“子非鱼”都是好读的文章。鲁迅认为庄子散文“汪洋辟阖，仪态万方，晚周诸子之作，莫能先也”。[②]

2.《史记·老子韩非列传》

庄子者，蒙人也，名周。周尝为蒙漆园吏，与梁惠王、齐宣王同时。其学无所不窥，然其要本归于老子之言。故其著书十余万言，大抵率寓言也。作渔父、盗跖、胠箧，以诋訿孔子之徒，以明老子之术。畏累虚、亢桑子之属，皆空语无事实。然善属书离辞，指事类情，用剽剥儒、墨，虽当世宿学不能自解免也。其言洸洋自恣以适己，故自王公大人不能器之。

楚威王闻庄周贤，使使厚币迎之，许以为相。庄周笑谓楚使者曰：“千金，重利；卿相，尊位也。子独不见郊祭之牺牛乎？养食之数岁，衣以文绣，以入大庙。当是之时，虽欲为孤豚，岂可得乎？子亟去，无污我。我宁游戏污渎之中自快，无为有国者所羁，终身不仕，以快吾志焉。”

司马迁介绍庄子极为精练，说他著书十余万言，以辨明老子的主张，并附有一则庄子拒绝做官的故事。《庄子·秋水》里有《庄子钓于濮水》，讲庄子拒绝做官，宁愿做一只在泥里自由快乐的乌龟，体现了他对人格独立、精神自由的追求。

二、刘勰《文心雕龙·物色》

春秋代序，阴阳惨舒，物色之动，心亦摇焉。盖阳气萌而玄驹步，阴律凝而丹鸟羞，微虫犹或入感，四时之动物深矣。若夫珪璋挺其惠心，英华秀其清气，物色相召，人谁获安？是以献岁发春，悦豫之情畅；滔滔孟夏，郁陶之心凝。天高气清，阴沉之志远；霰雪无垠，矜肃之虑深。岁有其物，物有其容；情以物迁，辞以情发。一叶且或迎意，虫声有足引心。况清风与明月同夜，白日与春林共朝哉！

是以诗人感物，联类不穷。流连万象之际，沉吟视听之区。写气图貌，既随物以宛转；属采附声，亦与心而徘徊。故“灼灼”状桃花之鲜，“依依”尽杨柳之貌，

① 《艺概》，刘熙载著，上海古籍出版社，1978。
② 《汉文学史纲要》，鲁迅著，人民文学出版社，1973。

“杲杲”为出日之容，“瀌瀌”拟雨雪之状，“喈喈”逐黄鸟之声，“喓喓”学草虫之韵。“皎日”“嘒星”，一言穷理；“参差”“沃若”，两字连形：并以少总多，情貌无遗矣。虽复思经千载，将何易夺？及《离骚》代兴，触类而长，物貌难尽，故重沓舒状，于是“嵯峨”之类聚，葳蕤之群积矣。及长卿之徒，诡势瑰声，模山范水，字必鱼贯，所谓诗人丽则而约言，辞人丽淫而繁句也。

至如《雅》咏棠华，“或黄或白”；《骚》述秋兰，“绿叶”“紫茎”。凡摛表五色，贵在时见，若青黄屡出，则繁而不珍。

【评述】

刘勰（约465~520），南朝文学理论家，字彦和，京口（今镇江）人。生于南北朝时期的南朝梁代。曾官县令、东宫通事舍人、步兵校尉等职，颇有清名。据传祭祀时用蔬果而不用牺牲（牛、羊、猪），即是他的建议。《文心雕龙》奠定了他在中国文学批评史上的地位。

《文心雕龙》是中国第一部理论系统、结构严密、论述细致的文学理论专著。全书共10卷50篇，系统论述了文学的艺术本质及特征，文学的形式和内容、继承和革新的关系，艺术创作中的形象思维，语言文学的审美本质，以及创造、鉴赏的美学规律等文学基本问题，是齐梁前中国文学理论研究的集大成者和第一个高峰时期的代表著作。

“物色”是《文心雕龙》第四十六篇，讲文学与自然的关系。刘勰认为，人的情感与精神会与自然四季的变化发生感应，这就是文学创作的最初来源。宇宙按四季运行变化，四时物色必然影响万物，也对人产生巨大的感染力量，不同的季节使作者产生不同的思想感情。自然变化触发诗人的情感，情感的涌动激发诗人用语言加以表达，“情以物迁，辞以情发”。人之所以会被“物感”，是因为天、地、人都是自然的造化，而人是“三才”中最为灵秀者，是天地一体的自然产物，所以人能“感物”是极为自然的。且“心生而言立，言立而文明”，也是“自然之道”。

刘勰的观点承袭了中国古老的“物感”说。先秦时的《周易》《礼记·乐记》即提出“物感”说，认为“乐”（指包括舞蹈、诗歌、音乐的综合艺术）是为表达人的情感而产生，而情感的产生是“物之使然”，“情动于中，故形成声；声成文，谓之音”。[①]《毛诗序》进一步阐述：“诗者，志之所之也，在心为志，发言为诗，情动于中而形于言，言之不足故嗟叹之，嗟叹之不足故永歌之，永歌之不足，不知手之舞之足之蹈之也。”到魏晋南北朝时期，传统的“物感”说在文学实践和理论总结中都得到较大提升。曹丕《感物赋》、曹植《幽思赋》都抒写了感物赋诗的心理活动，在歌颂、赞美自然的同时，强调到大自然中寻求生命体验和审美体验的意义。陆机《文赋》不

---

① 《礼记·乐记》，人民文学出版社，1986。

仅强调自然万物对诗人的“感兴”，还讨论了“物感”活动时“意不称物，文不逮意”的深层次问题。刘勰的“感物吟志”说进一步总结了文学艺术的生成规律。

与刘勰同时期的钟嵘“物感”说，则进一步拓展了“物”的范围，把社会现实和人生际遇也纳入“物感”的范畴。钟嵘《诗品序》说，“气之动物，物之感人，故摇荡性情，形诸舞咏。欲以烛照三才，辉丽万有，灵祇待之以致飨，幽微藉之以昭告。动天地，感鬼神，莫近于诗”，更加强调文学的表现作用。刘勰和钟嵘的“物感”说，代表这一理论走向成熟，对后世的诗歌创作和诗歌理论有很重要的影响。

三、柏拉图《理想国·苏格拉底与格罗康的对话》①

苏格拉底（以下简称“苏”）：那么下面我们设有三种床，一种是自然的床，我认为我们大概得说它是神造的。或者，是什么别的造的吗？

格罗康（以下简称“格”）：我认为不是什么别的造的。

苏：其次一种是木匠造的床。

格：是的。

苏：再一种是画家画的床，是吗？

格：就算是吧。

苏：因此，画家、造床匠、神，是这三者造这三种床。

格：是的，这三种人。

苏：神或是自己不愿或是有某种力量迫使他不能制造超过一个的自然床，因而就只造了一个本质的床，真正的床。神从未造过两个或两个以上这样的床，它以后也永远不会再有新的了。

格：为什么？

苏：因为，假定神制造两张床，就会又有第三张出现，那两个都以它的形式为自己的形式，结果这第三个就会是真正的本质的床，那两个不是了。

格：对。

苏：因此，我认为神由于知道这一点，并且希望自己成为真实的床的真正制造者而不只是一个制造某一特定床的木匠，所以他就只造了唯一的一张自然的床。

格：看来是的。

苏：那么我们把神叫作床之自然的创造者，可以吗？还是叫作什么别的好呢？

格：这个名称是肯定正确的，既然自然的床以及所有其他自然的东西都是神的创造。

---

① 格罗康，柏拉图的兄弟，雅典学者。

苏：木匠怎么样？我们可以把他叫作床的制造者吗？

格：可以。

苏：我们也可以称画家为这类东西的创造者或制造者吗？

格：无论如何不行。

苏：那么你说他是床的什么呢？

格：我觉得，如果我们把画家叫作那两种人所造的东西的模仿者，应该是最合适的。

苏：很好。因此，你把和自然隔着两层的作品的制作者称作模仿者？

格：正是。

苏：因此，悲剧诗人既然是模仿者，他就像所有其他的模仿者一样，自然地和王者或真实隔着两层。

格：看来是这样。

苏：那么，关于模仿者我们已经意见一致了。但是请你告诉我，画家努力模仿的是哪一种事物？你认为是自然中的每一事物本身还是工匠的制作品？

格：工匠的作品。

苏：因此这是事物的真实还是事物的影像？——这是需要进一步明确的。

格：我不明白你的意思。

苏：我的意思如下：例如一张床，你从不同的角度看它，从侧面或从前面或从别的角度看它，它都异于本身吗？或者，它只是样子显得不同，事实上完全没有什么不同，别的事物也莫不如此。是吗？

格：只是样子显得不同，事实上没有任何区别。

苏：那么请研究下面这个问题。画家在作关于每一事物的画时，是在模仿事物实在的本身还是在模仿看上去的样子呢？这是对影像的模仿还是对真实的模仿呢？

格：是对影像的模仿。

苏：因此，模仿术和真实距离是很远的。而这似乎也正是它之所以在只把握了事物的一小部分（而且还是表象的一小部分）时就能制造任何事物的原因。例如，我们说一个画家将给我们画一个鞋匠或木匠或别的什么工匠，虽然他自己对这些技术一窍不通，但是，如果他是个优秀的画家的话，只要把他所画的例如木匠的肖像陈列得离观众有一定的距离，他还是能骗过小孩和一些笨人，使他们信以为真的。

……我们必须考察悲剧诗人及其领袖荷马。既然我们听到有些人说，这些诗人知道一切技艺，知道一切与善恶有关的人事，还知道神事。须知，一般的读者是这样的：

一个优秀的诗人要正确地描述事物，他就必须用知识去创造，否则是不行的。对此我们必须想一想：这种读者是不是碰上了魔术师般的那种模仿者了；受了他们的骗，以致看着他们的作品，却不知道这些作品和真实隔着两层，是即使不知真实也容易制造得出的呢（因为他们的作品是影像而不是真实）？或者，是不是一般读者的话还是有点道理的，优秀的诗人对自己描述的事物（许多读者觉得他们描述得很好的）还是有真知的呢？

【评述】

柏拉图（前427~前347），古希腊伟大的哲学家，苏格拉底的学生，亚里士多德的老师，三人并称为“希腊三贤”。柏拉图出生于雅典的一个贵族家庭，原打算继承家庭传统从政，因雅典民主制政体发生变化（雅典在与斯巴达的战争中落败而导致政体发生变化）而落空。公元前399年，苏格拉底受审被判死刑，柏拉图失望离去，40岁时才回到雅典创立柏拉图学园，培养了包括亚里士多德在内的诸多人才。

《理想国》是柏拉图的代表作，主题是理想国家的构建、治理和正义。《理想国》是一部十卷本的对话体哲学著作，大约40篇左右，内容涉及政治、伦理教育以及当时被激烈争论的一些哲学问题。柏拉图在各篇文章中，借苏格拉底之口，通过对话的讨论方式，对各方论点进行抽丝剥茧的分析，然后引出正确结论。读者阅读时，不仅能看到最后结论，还能看到思辨过程。这是柏拉图对希腊哲学和文学的一大贡献。2015年11月，《理想国》被英国评为“最具影响力的20本学术书”。

本文论述了文艺与现实的关系。柏拉图继承了早已流行于希腊的模仿论，认为文学是对现实的模仿，现实是文学的蓝本。但现实世界也并不是真实世界，真实世界是理式世界。柏拉图的理式是一种永恒不变的道理或规律，是不依赖于人的意识的一种独立而真实的存在。现实世界和艺术世界则是比较低级的两种存在，前者依赖于理式世界而存在，后者依赖于现实世界而存在。柏拉图因此认为艺术和诗的地位很低，只是“模仿的模仿”“影子的影子”“和真理隔着三层”，是微不足道的。诗歌的模仿不仅不能提供正确的知识，而且还会激发听众的感情，使他们失去理性的约束。所以，他在“理想国”里要求驱逐诗人，连伟大的诗人荷马也在被逐之列。

亚里士多德批判地继承了柏拉图的模仿论。他认为，其一，各种艺术都是模仿，画家和雕塑家模仿颜色、姿态（人物或动物的姿态），诗人、演员、歌唱家模仿声音，舞蹈家模仿身体姿态的节奏，创作史诗的作家模仿语言（韵文、散文）。所有艺术都以人——“行动中的人”——为模仿对象，喜剧模仿比我们坏的人，悲剧模仿比我们好的人。艺术的模仿源于人们的天性，引起人们的快感；其二，现实是真实的，模仿现实的艺术也是真实的。由于艺术“所描述的事带有普遍性”，它甚至比孤立记载个别事件的历史更为真实。“诗是一种比历史更富哲学性、更严肃的艺术，因为诗倾向于表现带普遍性的事，而历史却倾向于记载具体事件”。[①] 在这个意义上，诗比

① 《诗学》，亚里士多德著，商务印书馆，2003。

历史更能显示事物的本质和规律，具有更大意义上的真实。

柏拉图模仿说否定了艺术的崇高地位，但解释了文学的本质。他的观点对西方文学理论影响深远，后来演变为再现说。

【阅读推荐】

拉斐尔·桑西油画:《雅典学院》。创作时间：1510~1511 年，规格：2.794×6.172m，收藏地：梵蒂冈博物馆。

四、达·芬奇《笔记》①

画家的心应该像一面镜子，永远把它所反映事物的色彩摄进来，前面摆着多少事物，就摄取多少形象。明知除非你有运用你的艺术对自然所造出一切形状都能描绘（如果你不看它们，不把它们记在心里，你就办不到这一点）的那种全能，就不配做一个好画师，所以你就应谨记在心，每逢到田野里去，须用心去看各种事物，细心看完这一件再去看另一件，把比较有价值的事物选择出来，把这些不同的事物捆在一起。

画家应该研究普遍的自然，就眼睛所看到的东西多加思索，要去用组成每一事物的类型的那些优美的部分。用这种办法，他的心就会像一面镜子真实地反映面前的一切，就会变成好像是第二自然。

画家如果拿旁人的作品作为自己的标准或典范，他画出来的画就没有什么价值；如果努力从自然事物中学习，他就会得到很好的结果。罗马时代以后画家的情况就是如此，他们持续不断地互相模仿，他们的艺术就迅速地衰颓下去，一代不如一代。

【评述】

列奥纳多·达·芬奇（1452~1519），出生在佛罗伦萨附近的一个律师家庭，年少时即显露绘画天赋，14 岁时被父亲送进佛罗伦萨有名的韦罗基奥画室学画，很快崭露头角。代表作有《最后的晚餐》《蒙娜丽莎》《岩间圣母》等。达·芬奇与米开朗基罗、拉斐尔一起被誉为“文艺复兴三杰”，代表着文艺复兴时期绘画艺术的最高成就。

达·芬奇从绘画角度提出的“镜子说”，亦成为文学理论的重要概念之一。达·芬奇认为，艺术应当源于生活，模仿自然。优秀的艺术品应当是一面镜子，能够更好地表现生活，并帮助人们认识现实世界；除了师法自然，艺术还要超越自然。画家不能刻意一味地描摹自然世界，更要加入个人的“心灵之镜”。也就是说，艺术家在创造作品时，在模仿自然的基础上，更要渗透自己对生活真实的体验，体现出艺术家的思想与人格。艺术家应当把现实生活中所看到的事物赋予自己的情感后再

① 《西方文论选》，伍蠡甫主编，上海译文出版社，1979。

描绘出来，给观者以最真实的感受，达到艺术的真实。

“镜子说”最早是柏拉图提出来的，是“模仿论”的形象化表述。柏拉图在《理想国》中把画家和诗人比喻成一个拿着镜子的人，向四面八方旋转，然后造出了太阳、星辰、大地、人类自己和其他动物。柏拉图认为文学是一面镜子，可以把面对它的一切照出来，所以要逼真地模仿事物外形。文艺复兴初期的艺术家、作家阿尔贝蒂从艺术取材于自然这一角度，提出绘画是“捕捉艺术原型的镜子”。达·芬奇的镜子理论既强调“师法自然”——艺术来源于自然，又强调“胜过自然”——艺术高于自然。同时，达·芬奇还提出“绘图是一门科学”，透视学、解剖学、光影学等可以帮助人们更好地认识自然规律。艺术家具备了科学的头脑，会更加增强作品的表现力度。显然，达·芬的镜子理论并不是前人“镜子说”的简单重复，而是为其注入了文艺复兴的精神和时代内涵，对西方文学艺术的发展做出了巨大的贡献。

【推荐阅读】

1.《达·芬奇笔记》，杜莉译，新星出版社 2010 年出版。

达·芬奇是文艺复兴时期的“通才”。除绘画之外，他还涉猎解剖学、机械力学、生物结构、水利灌溉等，且皆有所长。他留下了多达 7000 页的笔记手稿，内容涉及绘画、植物、地理、建筑、人体、解剖等众多学科。笔记的原稿无所不谈，可以从天文或者某种大自然现象谈到声音的原理，然后又说到色彩。达·芬奇在稿纸边缘的空白处密密麻麻地写满文字。英国爱丁堡艺术节曾展出他的 18 张人体解剖图，包含了 240 幅图和超过 13000 字的笔记。这些手稿现在成为世界上最宝贵的“达·芬奇密码”。《达·芬奇笔记》一书汇集了 400 余幅原创手稿，目录出自编者，新奇有趣，例如画中的美人是源于模特的长相还是画家的手艺，阴影的最深处是什么，天空到底是什么颜色的，柳树的枝条为什么要经常修剪，等等。

2. 蒋勋《破解达·芬奇之美》，北京联合出版公司 2015 年出版。

第二节　作品选读

一、陶渊明《归去来兮辞》[①]

余家贫，耕植不足以自给。幼稚盈室，瓶无储粟，生生所资，未见其术。亲故多劝余为长吏，脱然有怀，求之靡途。会有四方之事，诸侯以惠爱为德，家叔以余贫苦，遂见用于小邑。于时风波未静，心惮远役，彭泽去家百里，公田之利，足以为酒。故便求之。及少日，眷然有归欤之情。何则？质性自然，非矫厉所得。饥冻

① 《陶渊明集笺注》，陶渊明著，袁行霈注，中华书局，2011。

虽切，违己交病。尝从人事，皆口腹自役。于是怅然慷慨，深愧平生之志。犹望一稔，当敛裳宵逝。寻程氏妹丧于武昌，情在骏奔，自免去职。仲秋至冬，在官八十余日。因事顺心，命篇曰《归去来兮》。乙巳岁十一月也。

归去来兮！田园将芜胡不归？既自以心为形役，奚惆怅而独悲？悟已往之不谏，知来者之可追。实迷途其未远，觉今是而昨非。

舟遥遥以轻飏，风飘飘而吹衣。问征夫以前路，恨晨光之熹微。乃瞻衡宇，载欣载奔。僮仆欢迎，稚子候门。三径就荒，松菊犹存。携幼入室，有酒盈樽。引壶觞以自酌，眄庭柯以怡颜。倚南窗以寄傲，审容膝之易安。园日涉以成趣，门虽设而常关。策扶老以流憩，时矫首而遐观。云无心以出岫，鸟倦飞而知还。景翳翳以将入，抚孤松而盘桓。

归去来兮，请息交以绝游。世与我而相违，复驾言兮焉求？悦亲戚之情话，乐琴书以消忧。农人告余以春及，将有事于西畴。或命巾车，或棹孤舟。既窈窕以寻壑，亦崎岖而经丘。木欣欣以向荣，泉涓涓而始流。善万物之得时，感吾生之行休。

已矣乎！寓形宇内复几时，曷不委心任去留。胡为乎遑遑欲何之？富贵非吾愿，帝乡不可期。怀良辰以孤往，或植杖而耘耔。登东皋以舒啸，临清流而赋诗。聊乘化以归尽，乐夫天命复奚疑。

【评述】

陶渊明（365~427），名潜，字元亮，浔阳柴桑（今江西九江）人。东晋诗人、辞赋家。曾祖为东晋陶侃，以军功获得大司马，祖父和父亲也做过太守之类的官，但东晋门阀制度森严，陶家属庶族寒门仍然被人瞧不起。到陶渊明时已家道没落。陶渊明时仕时隐，最后在彭泽县令任上辞官归隐，从此躬耕田园，创作了大量田园诗歌，开田园诗一派，对唐以后的诗歌有很大影响，被后人称为"古今隐逸诗人之宗"。

《归去来兮辞》是一篇抒情辞赋，写于东晋安帝义熙元年（405）。当时41岁的陶渊明最后一次出仕任彭泽县令，80多天后弃官归隐，写下此赋。这篇辞赋不仅是陶渊明一生转折点的标志，亦是中国文学史上表现归隐意识的作品之高峰。

文前有一则小序，诗人略述自己因家贫而出仕的曲折经历，说"质性自然，非矫厉所得"是自己决意弃官归田的根本原因。此前诗人曾几次出仕，深知为"口腹自役"而出仕是丧失自我，决心再不"违己交病"。正文一开篇写"归去来兮"的缘由。对诗人来说，不得已去做官，却始终思念园田，所幸一切犹未为晚，"悟已往之不谏，知来者之可追"。归家途中的心情和抵家以后的情状是诗人着力描写的重点。"舟遥遥以轻飏，风飘飘而吹衣，问征夫以前路，恨晨光之熹微"，船行顺风，轻快如飞，昼夜兼程，望归甚切。诗人迷途折回的喜悦让读者如亲见一般。待回到家，"三径就荒，松菊犹存。携幼入室，有酒盈樽"，"云无心以出岫，鸟倦飞而知还"，"木欣欣以向荣，泉涓涓而始流。善万物之得时，感吾生之行休”。诗人触物生感。自然万物欣欣向荣、迁流不息，而人生不过短暂一瞬，何不随心所欲、听其自然，乐天知命而尽其余年呢？整篇文章感情真挚，行文自然舒畅，语言朴素不事雕琢，文学成就极高。欧阳修评价说，“晋无文章，惟陶渊明《归去来兮辞》一篇而已”。

在《文心雕龙·物色》篇中，刘勰强调“人物交感”。他认为，自然四季的变化，连“玄驹”“丹鸟”之类的“微虫”都能够感受到，更何况是“圭璋挺其惠心，英华秀其清气”的诗人。陶渊明笔下的田园，并不是一般审美意义下被诗人们美化后的田园。家里已“三径就荒”，回去是“开荒”“守拙”，农村生活不富裕也不精致，但是他热爱“暧暧远人村、依依墟里烟”的乡村图景，享受“户庭无杂尘，虚室有余闲”的田园生活，“质本自然，非矫厉所得”。所以这实际上是一种精神回归，他回归的是精神家园。陶渊明借自然景物描写感受（物感），内容背后是诗人深深的情感抒发。

陶渊明受老庄思想影响较深，崇尚自然而然、无拘无束的率真生活。但他又出身于传统的知识分子家庭，读书入仕也是理所当然的人生道路选择。从陶渊明的经历中，可以明显看到两种思想矛盾斗争的过程。他时仕时隐，一生辞官五次，直到在彭泽县令任上最后一次辞官归隐，不再复仕。鲁迅认为，陶渊明也有“精卫衔微木，将以填沧海，刑天舞干戚，猛志固常在”之类“金刚怒目”式的诗歌。[①]但从陶渊明留下的大量作品来看，对田园的热爱、对自由生活的向往当是陶渊明集中表现的主题，可以理解为他最主要的思想。正因如此，在儒家思想为主流的中国社会，陶渊明只能是“不合时宜”之人。在他生活的时代，他只是作为一个合于雅道的隐士而引人注意。与他合称“浔阳三隐”的周续之、刘遗民也时隐时仕，但都是“为仕而隐”。而且，陶渊明的作品也与当时玄言诗盛行的文坛格格不入。到五代宋齐年间山水诗盛行时，陶诗平淡自然的风格与贵族欣赏名山大川的富艳文风大相径庭。故钟嵘、萧统将他收入文集，但评价不高。《诗品》将其列为中品，《昭明文选》也仅选入寥寥几篇。直到唐宋之后，陶渊明才开始越来越受重视。唐代形成了山水田园诗派，宋以后写田园题材的诗人多到不可胜数。大家都爱陶渊明。李白说：“何时到彭泽，狂歌五柳前。”白居易说：“常爱陶彭泽，文思何高玄。”陆游说：“我诗慕渊明，恨不造其微。”不过，大家都做不了陶渊明。

【推荐阅读】

“和陶诗”：“和”即“追和”。苏轼解释说，模仿更像是练习书法时的临帖，追和则多了几分自由挥洒的空间。和陶诗，就是模仿或致敬陶渊明的诗歌。

苏轼非常推崇陶渊明，写了《和陶归园田居六首》《陶贫士七首》《和陶九日闲

① 《鲁迅全集》，人民文学出版社，1981。

居》《和陶读山海经》《陶桃花源》，以及《和陶咏二疏》《和陶咏荆轲》《和陶咏三良》等100余首和陶诗，“但恨不早悟，犹推渊明贤”。这对其他诗人影响很大。苏辙写了47首和陶诗，李纲、陈起、朱熹、于石等也创作了数量不等的和陶诗。元代创作和陶诗的诗人众多，以郝经所写最多。

二、柳宗元《始得西山宴游记》[①]

自余为僇人，居是州，恒惴栗其隙也，则施施而行，漫漫而游，日与其徒上高山，入深林，穷回溪，幽泉怪石，无远不到。到则披草而坐，倾壶而醉；醉则更相枕以卧，卧而梦，意有所极，梦亦同趣；觉而起，起而归；以为凡是州之山水有异态者，皆我有也，而未始知西山之怪特。

今年九月二十八日，因坐法华西亭，望西山，始指异之。遂命仆人过湘江，缘染溪，斫榛莽，焚茅茷，穷山之高而止。攀援而登，箕踞而遨，则凡数州之土壤，皆在衽席之下。其高下之势，岈然洼然，若垤若穴，尺寸千里，攒蹙累积，莫得遁隐；萦青缭白，外与天际，四望如一。然后知是山之特立，不与培塿为类。悠悠乎与气俱，而莫得其涯；洋洋乎与造物者游，而不知其所穷。引觞满酌，颓然就醉，不知日之入。苍然暮色，自远而至，至无所见，而犹不欲归。心凝形释，与万化冥合。然后知吾向之未始游，游于是乎始。故为之文以志。是岁，元和四年也。

【评述】

柳宗元（773~819），唐代政治家、文学家，字子厚，河东（今山西永济）人，世称“柳河东”。因参加王叔文集团推行的永贞革新失败，被贬永州司马。后又被贬柳州刺史，称“柳柳州”。与韩愈共同倡导古文运动，并称“韩柳”。与刘禹锡并称“刘柳”，与王维、孟浩然、韦应物并称“王孟韦柳”。

唐宪宗元和元年（806），柳宗元被贬永州。他到处游览，搜奇探胜，写下《永州八记》。表面上游山玩水，实际上心情压抑，借山水开拓胸襟，寻求精神慰藉。中国文学史上的这类山水游记，往往都是在景物描写之中，抒写自己的际遇和对现实的不满。柳宗元的山水游记艺术性很高，文笔清新秀美，富于诗情画意。

《始得西山宴游记》为《永州八记》第一篇。文章一开头，作者自称“僇人”（有罪之人），说自己“恒惴栗”（常常惊恐不安），因而时常到处游历，想借山川美景排遣内心忧愤。他施施而行、漫漫而游，表面上沉醉于山林美景之中，实际上内心深处的苦闷难以驱遣。九月的一天，作者闲坐法华寺西亭，远望西山，才发现西山的“怪特”。他攀登到西山的最高处，放眼远望，千里江山尽收眼底。山势奇特怪

① 《柳宗元集》，黑龙江人民出版社，2005。

异，四周青烟白云缭绕。作者觉得自己徜徉在无边无际、永远运动变化的大自然之中，与天地交际，物我两忘。人生的遭际、仕途的坎坷，都不觉抛之脑后，一种从未有过的感受油然而生，以至于暮色降临也浑然不觉，不愿归去。

在中国文化里，天道是自然世界的运动规律，天命是对自然规律的遵循服从。道家的“人法地，地法天，天法道，道法自然”，讲的是“天人合一”、主客观统一的认知思维。所以，自然山水对中国人来说，从来不是独立、冷漠的存在。山水诗、山水画表现的都是人与自然的和谐关系。诗人们把山水草木当作有生命的对象去体味，写景为了抒情，把自己的审美心境投射到山水诗画的意境之中。“山川使予代山川而言也，山川与予神遇而造化也”①。这种“心”与“物”交流的最高境界，就是“神与物游”。在这种状态下，“神”与“物”不分主观、客观，而是天人合一，是一种彼此平等、交流、超越、融通的自由状态。诗人完全投入于自然化境，主观的情感、精神和客观世界完全渗透。情以神化，物以情显。②

“永贞革新”失败后，柳宗元被贬邵州刺史，途中加贬永州司马，仕途愈加失意，生活中唯一的精神寄托便是徜徉山水，抒发情怀。永州十年，他已经“无远不至”，“以为凡是州之山水有异态者，皆我有也”。直到游西山，自然山水通过“我”的所至、所见、所感，物我开始联系在一起。所以他没有直接描写西山的高峻峭拔，而是写“我”登上山巅，“我”极目远眺，“我”发现“尺寸千里”，“我”的四周云天相接浑然一体，“我”与自然万物不知不觉融为一体，物我两忘。作者说自己这才体会到，以前“无远不到”，并不是真正意义上的“游历”，直到在西山体会到了“人化的自然”，才算是“游”的开始。

《永州八记》既有永州山水的形美、色美和动感美，还有作者的人格美。物我和谐，汇成人与自然的抒情华章。从这个意义上说，《永州八记》不仅是柳宗元的散文代表作，也是中国山水游记中的珍品。

【推荐阅读】

在中国文学史上，山水游记名篇甚多。王安石《游褒禅山记》、欧阳修《醉翁亭记》、苏轼《石钟山记》都是佳作。

三、华兹华斯《咏水仙》③

我好似一朵孤独的流云，
高高地飘游在山谷之上，

---

① 《画语录》，石涛著，中州古籍出版社，2013。
② 《新编文学理论》，童庆炳主编，中国人民大学出版社，2011。
③ 《英国湖畔三诗人选集》，湖南人民出版社，1986。

突然我看到一大片鲜花，
是金色的水仙遍地开放。
它们开在湖畔，开在树下，
它们随风嬉舞，随风飘荡。
它们密集如银河的星星，
像群星在闪烁一片晶莹；
它们沿着海湾向前伸展，
通向远方仿佛无穷无尽；
一眼看去就有千朵万朵，
万花摇首舞得多么高兴。
粼粼湖波也在近旁欢跳，
却不知这水仙舞得轻俏；
诗人遇见这快乐的伙伴，
又怎能不感到欢欣雀跃；
我久久凝视——却未能领悟，
这景象所带给我的精神至宝。
后来多少次我郁郁独卧，
感到百无聊赖心灵空漠；
这景象便在脑海中闪现，
多少次安慰过我的寂寞；
我的心又随水仙跳起舞来，
我的心又重新充满了欢乐。（顾子欣译）

【评述】

华兹华斯（1770~1850），生于律师之家，毕业于剑桥大学。曾在法国亲历大革命的风暴。华兹华斯与柯勒律治、骚塞是英国文学中最早出现的浪漫主义作家。他们厌恶城市文明，远离城市，长期隐居在英格兰北部的昆布兰湖区，借助自然来逃避工业社会，被称为湖畔派诗人。华兹华斯是湖畔派诗人的代表作家，英国浪漫主义文学的先驱。

《咏水仙》写于 1804 年，是华兹华斯的代表作。在诗的开头，诗人说自己是一朵孤独的流云，高高在山谷之上飘游。这时看见一大片金色的水仙，欢乐自由地遍地开放。水仙像星星一样晶莹闪烁，随风摇曳，沿着弯曲的海岸线，簇拥着往前延伸。每当孤独忧郁的时候，这快乐开放的水仙便会袭上诗人的心头。水仙被诗化为自由与快乐的精灵，能让孤寂的心灵感到充实与快乐。

《咏水仙》一诗篇幅不长，是集中体现华兹华斯诗学创作理念的代表作品。华兹华斯认为人类和世界万物是相互依存、相互影响的，大自然是人类快乐、灵感和智慧的源泉。他长期居住在昆布兰湖区，从自然风光中寻找灵感。不管阴天晴天，他都在湖区内散步，在散步路上作诗。他的诗歌开启了人们欣赏大自然的眼睛。人们从大自然的声音中听到美妙的旋律，看到如画一般的美景。有意思的是，不仅昆布兰湖区的美景因湖畔派诗人美丽的诗作而家喻户晓，连华兹华斯的“散步”都成了“快乐、享受大自然”的同义词。华兹华斯崇敬自然，认为大自然拥有独一无二的治愈能力，能治愈受伤的心灵，让人重拾快乐。“人和自然惺惺相惜，人的心灵自然而然地折射出大自然最公正且最有趣的特质”。诗人的其他诗如《绿云雀》《威斯敏斯特桥上》《她住在无人迹的小路旁》、《我有过奇异的心血来潮》等，也体现了华兹华斯这样的自然观。

就理论渊源而言，华兹华斯自然观是西方传统自然观的继承。西方传统自然观形成于古希腊时期，认为文学是现实世界的模仿和再现。中世纪时，人们把这个世界和描写这个世界的诗人都认为是上帝的创造物，文学艺术的模仿再现是为了表现上帝对人类的救赎以及上帝的荣光。到了文艺复兴时期，人们开始关注自然和现实的人类生活。达·芬奇画论的“镜子说”后来影响到文学和其他艺术门类。莎士比亚说：“自有戏剧以来，它的目的始终是反映自然，显示善恶的本来面目，给它的时代看一看它自己演变发展的模型。”① 湖畔派诗歌把目光投向大自然，歌颂大自然的美和感动人心的力量，实质上仍是这种自然观的延续。在崇拜自然的同时，西方传统自然观也主张知识的力量和人的主观能动性、对未知世界的探索。《咏水仙》一方面歌咏自然世界的美丽、大自然给心灵带来的影响，一方面赞颂这种影响带给自己的力量。

英国浪漫派强调的自然之美和自然对人心的启迪，与中国“物感说”下的“人化自然，天人合一”，有比较大的差异。二者最大的差异应该在于形成的时代背景。湖畔派诗歌出现在西方工业革命以及社会革命之后，诗人面对城市文明和巨大的社会变化，转而主张返璞归真，回归自然。而在中国，直到 20 世纪 80 年代伴随着工业化和城市化进程，才开始出现类似的主题。

【阅读建议】

对于英文诗歌，翻译者的语言习惯和文风是比较重要的问题。《咏水仙》是一首著名的诗歌，有多个中文译本，如郭沫若《英诗译稿·黄水仙花》、顾子欣《英国湖畔三诗人选集·咏水仙》、孙梁《英美名诗一百首·水仙》、杨德豫《华兹华斯诗选·我独自游荡，像一朵孤云》、飞白《世界诗库·我孤独地漫游，像一朵云》、劳陇《水仙辞》（翻译通讯）、辜正坤《中西诗比较鉴赏与翻译中的转换·水仙》、李正栓《英美诗歌教程·我独自漫游，像一朵浮云》等。对比阅读应是一件有趣的事。

---

① 《莎士比亚全集》，人民文学出版社，1994。

四、亨利·梭罗《瓦尔登湖》[1]

我的生活所在，我的生活追求

人生到了某种境界，便不免认为处处皆可安家落户。因此，我在住所周围，方圆十二英里之内，将每一个农庄都考察了一番。在我的想象中，我把所有的农庄接二连三都买下了，因为所有的农庄都得买下，当然我知道它们的价格。每个农民的农庄我都转悠了一遍，品尝了他的野苹果，和他谈谈耕作，按他开的价买下他的农场，然后再盘算着用什么价格将农场抵押给他，价格甚至不妨开得高一点——什么都买下了，就是没有立下契据——就把他的话当契据，因为我很爱谈话。我耕耘了这片土地，从某种程度上说，我想也耕耘了他这个人，就这样，我尝够了耕种的乐趣之后，便扬长而去，由他接着耕下去。由于这番经历，朋友们都把我当成了房地产经纪人。无论在哪儿，我都可以生活，并让四周的风景变得更加光彩夺目。何谓家宅？一张座位而已。如果这个座位设在乡下，那是再好不过的了。我发现了许多造房地点，地价似乎不会因为造房而马上得到提高。有人或许会说，这离村子太远，但我却认为，是村子离它太远。我说，好吧，我可以在那儿住，瞧，我真的在那儿过了一个小时、一个夏天和一个严冬。我就这样体验了一下岁月如何流逝：熬过了冬天，便看到了新春降临。这个地区的未来居民，无论房子造在何处，有一点是肯定的，那就是在他们之前，有人就已在此住过了。只要一个下午，就可以将这块地辟为果园、林地和牧场，决定好哪些优良的橡树或松树应该留在门前，并将每一棵枯树派上最佳用场；然后我就撒手不管了，或者说让它休耕。如果一个人有很多财物可以弃置，那他一定非常富有。

我的想象纵横驰骋，我甚至得到了几个农场的优先购买权——而这正是我所期盼的——不过实际拥有财产也从未使我吃过苦头。购买霍乐威尔农场那一次，我就差点实际拥有了这座房产。当时，我已选好了种子，找好了做手推车的木料，准备将此事继续下去，但是，还没等主人将房契给我，他的妻子——每个男人都有这样一位妻子——却变了卦，说她想保留这座房产，于是，他提出赔我十美元，解除约定。说真的，此时此刻，我在这个世上只有十美分，如果我是那个拥有这十美分的人，或者是拥有一个农场，或十美元，或所有这一切的人，那么我就算不清我到底有多少财产了。然而，我没收下这十美元，也没有占有这片农场，因为我做得已经过火了；不妨说我慷慨大方，按买进的价格，将农场又卖给了他，考虑到他并不富有，我把这十美元当礼物送给他了。所以，我手上还留着我的十美分和种子，还有准备做手推车的材料。由此我发现，自己一直是一名贫不失志的富翁。但是我保留了那儿的

---

① 《瓦尔登湖》，亨利·梭罗著，王光林译，北京理工大学出版社，2016。

风景，自此以后，我年年将风景所产生的果实带走，用不着手推车。至于风景，我要说：

我是眺望一切美景的君王，

我的权力不容你争辩。①

我经常看到一个诗人，在欣赏了农场中最有价值的部分之后，扬长而去，而执拗的农夫还以为他拿去的只是几只野苹果。唉，诗人已将他的农场写进了诗，而农夫多年来却还一直不知道，这道备受人们赞美、肉眼却又看不到的栅栏，已经将它拦了起来，挤出它的牛奶、脱去牛奶里的奶油，然后再将乳脂全部拿走，留给农夫的只是脱了脂的牛奶。

【评述】

亨利·梭罗（1817~1862），美国作家、自然主义者，超验主义代表人物。1817年生于美国麻省康科德镇，毕业于哈佛大学。梭罗生活的时代，正值美国开始由农业转向工业，城市扩张，商业发展，大量自然资源遭到破坏。1845年，梭罗搬进自己在家乡附近的瓦尔登湖边搭建的一间小屋，开始过着与自然融为一体、自给自足的简朴生活，两年后完成了《瓦尔登湖》的写作（1854年出版）。

《瓦尔登湖》是一本散文集，由18篇散文组成。本文选自《我的生活所在，我的生活追求》。在这篇散文中，作者首先描述了霍乐威尔农庄"真正迷人之处"，并在想象中买下农场亲自耕耘。作者说自己"一直是一名贫不失志的富翁。……我保留了那儿的风景，自此以后，我年年将风景所产生的果实带走，用不着手推车"，体现出一种全新意义的自然主义态度。接着细细地描述了自己花28美元在湖边搭建的小屋，"房屋没有粉刷，烟囱也没砌好，墙壁用的是风雨侵蚀、斑驳变色的旧木板，缝隙很大，一到夜晚，屋子里就冷飕飕的。……我不禁想起上一年我游览去过的那个山上小屋，这个小屋通风良好，又没涂灰泥，正好适合四处游玩的神仙逗留，女神也可在此曳裙而过。吹过我屋脊的风，恰似那吹过山脊的风，风吹过处，断断续续地传来美妙的旋律，这只是人间音乐的天上片断。晨风永远在吹，创世记的诗篇连续不断，可惜听者稀然"。作者觉得，小湖是最可贵的邻居，画眉到处歌唱，每一个黎明都是一份令人愉快的邀请，"让我们像自然一样从容地度过每一天"。作者在文章开头"买下"了农场，在结尾处他说，最富有的矿脉就在附近，"我要从此开矿"。

梭罗才华横溢，著有《没有规则的生活》《马萨诸塞自然史》《康科德及梅里马克河畔一周》《缅因森林》等20部散文集，被称为"自然随笔的创始人"，在美国19世纪散文中独树一帜。《瓦尔登湖》是他的代表作，一部非常优秀的山水田园散文集。对自然的书写和对山水诗意的呈现、细腻独特的景物描写、清新生动的诗意语

① 出自英国诗人库柏的诗。

言等等，几乎是此类作品共同的特征。《瓦尔登湖》的可贵之处还在于，作者在一个物欲横流的时代，呼吁众人不要忘记生活本身的意义。精神世界的不断充实、人格的不断提升、人与自然以及人与人的和谐，才是最值得追求的东西。人是应该为精神而活着的。在人类物质生活愈加丰富的时代，梭罗的思想具有特别重要的现实意义。正因如此，《瓦尔登湖》于 1985 年被《美国传统》杂志列为“十本塑造美国人性格的书”榜首。

梭罗的自然观明显受到爱默生的影响。1836 年，爱默生发表《论自然》，系统阐述了超验主义的哲学思想。他提出成功生活的秘密就是游离于物质生活之上，将精力贯注于精神，在精神上达到升华。① 由于梭罗在大学毕业后曾经担任爱默生的助理，更是因为梭罗作品的主要倾向，故而被认为是超验主义的代表作家。

【推荐阅读】

在《瓦尔登湖·经济篇》中，梭罗主张简单生活。他做了一个生活实验：亲手在瓦尔登湖边搭建了一个简陋木屋，然后在那里独自生活了两年零两个月，并详细记录所有支出：房屋 28.125 美元，一年农场 14.725 美元，8 个月的粮食 8.74 美元，8 个月的衣服及其他 8.4075 美元，8 个月的油及其他 2 美元，合计 61.9975 美元。收入：农场上的产品 23.44 美元，短工所得 13.34 美元，合计 36.78 美元。从支出中减去收入，还剩 25.2175 美元，刚好是作者刚开始时准备的那点钱。不过，梭罗说自己“从中获得了闲暇、独立和健康，此外我还得到了一座舒适的房子，想住多久就住多久”。

有读者告诉梭罗，也想按他的方式去生活。梭罗说自己倒不主张任何人采用他的生活方式，“人与人之间越不相同越好；但是我希望每个人都能小心翼翼，找出并追求他自己的生活方式，而不是他父亲、母亲或邻居的生活方式，无论出于什么原因”。有趣的是，梭罗受爱默生影响很大，但爱默生也不赞同梭罗的“简单生活”。

对比阅读：陶渊明和梭罗的自然观和生活方式。

① 《自然与自由的追随者——重新认识梭罗》，王光林撰，北京理工大学出版社，2016。

第二章　文学与社会

人类生于世界之中，长于大地之上。大自然是对人类非常重要的外在客观世界，为人类提供吃、住等基本生活资料，是人类赖以生存的物质家园。在这一点上，人类与其他生物并无二致。不同的是，人类不仅依赖大自然，还努力认识和试图掌握大自然。但人“力不若牛，走不若马”，怎么能做到这一点呢？荀子的回答是，“人能群，彼不能群也”[①]。“群”，群集，指的是人类的社会性。马克思主义唯物史观认为，人类是一种社会性动物，人是“全部社会关系的总和”。恩格斯指出：“我们的猿类祖先是一种社会化的动物，人，一切动物中最社会化的动物，显然不可能从一种非社会化的最近的祖先发展而来。”[②] 人类通过共同劳动，不仅构建物质生产体系，创造物质文明，还进一步创造发展制度文化和精神文化，推动社会不断向前发展。社会生活对人类的重要意义不言而喻。大到集体小到个人，没有人能离开社会独自生存。每个社会的政治因素、经济因素、文化因素乃至制度因素、历史因素等等，都对每个个体产生极其重要的作用。所以，作为人类掌握世界的一种艺术方式和审美方式，文学必须要反映社会生活，这是文学的本质属性。

正因如此，东西方早期的文论都论及文学与社会的关系，要求文学要反映社会生活。

中国传统的“物感说”开始强调的是自然环境对人的影响。但自然环境与社会环境的紧密关系，很快就使人们认识到文学与社会生活的密切关系，并要求文学要反映现实生活。孔子认为，诗歌可以兴、观、群、怨。“兴”是“感发意志”（宋代朱熹注），指的是触发个人的情感；“观”是“观风俗之盛衰”（东汉郑玄注）、“考见得失”（朱熹注），指《诗经》可以反映风俗、政治盛衰；“群”是“群居相切蹉”（西汉孔安国注），讲的是近君子远小人，可以理解为人际关系；“怨”是“怨刺上政”（孔安国注），指诗歌的政治作用，可以讽喻政治，让统治者闻之足戒。除了“兴”强调诗歌对个人的影响力，后三者讲的都是诗歌可以反映政治、社会和风俗面貌等。孟子提出“知人论世”，认为诗人和作品都会受到时代的影响。荀子提出，人的一切活动（包括仪容、服饰、音乐、文学），皆受时代社会风貌的影响，并在作品中有所体现。到了魏晋，刘勰系统阐述了文学与社会的关系。他认为“文变染乎世情，兴

① 《荀子》，上海古籍出版社，1989。
② 《马克思恩格斯选集》，人民出版社，2006。

废系乎时序”[①]，各个时代的文章变化都受到时代情况的感染，都是当时社会现实包括政治教化、社会风气、学术思想、政局治乱等的变化造成的，文体的兴衰和时代的兴衰密切相关。文学源于社会生活并反映社会生活，与社会生活有着密切联系。

中国文学发展到明清时期，戏曲和小说开始大量出现。相比于诗歌散文，戏曲和小说这两种文学体裁的容量和写作方法，更适合展现广阔范围的社会生活。清代张竹坡评点《金瓶梅》，称赞这本奇书须在作者通过对社会生活的长期观察、分析，把握了人物、事件和社会生活发展的规律和趋势之后，方能写成。脂砚斋也认为，像《红楼梦》这样结构宏大、情节内容丰富、人物栩栩如生的作品，是作者对社会生活的长期细心观察甚至亲身体验，“非经历过，如何写得出”[②]。

西方文论史上关于文学与社会现实关系的相关论点，是在亚里士多德批判地继承柏拉图思想的基础上发展起来的。柏拉图主张现实本身不真实，现实背后的理念世界才真实。既然现实世界不是真实的世界，那么诗模仿现实，就更加不真实，诗不能反映真理。他因此提出驱逐诗人。亚里士多德不赞成柏拉图的观点，认为现实世界就是真正的真实世界。既然现实世界是真实的，那么模仿现实世界的文学也是真实的。而且世界不仅是指客观世界，也包括社会、人生，文学都应该加以表现。亚里士多德还进一步主张，文学不仅要模仿现实世界的外表和现象，更要揭示现象后面的普遍规律和本质。“诗人的职责不在描述已发生的事，而在描述可能发生的事，即按照可然率或必然率是可能的事”，这样就使得作品的个人和事件具有了普遍意义，诗比历史更加真实。亚里士多德的观点对西方后来的文学发展影响很大。

19 世纪，在经历激荡情感的浪漫主义之后，文学关注的目光重新回到现实。这是西方进入现代社会的巨大转型时期，工业化、城市化、现代化导致的诸多社会问题，非常残酷地摆在人们面前。现实主义浪潮悄然兴起。作家们像外科医生一样，细致地考察和剖析人的内心与外部环境、种族、历史、文化氛围的相互关系，将金钱时代的真实画卷全景展开。法国的巴尔扎克、司汤达、左拉、福楼拜，英国的狄更斯、哈代，俄国的普希金、列夫·托尔斯泰、陀思妥耶夫斯基等，一大批现实主义文学大师应运而生。他们立场不同、风格各异，但统观起来，他们的作品都为当时和后世提供了那个时代那个社会最真实的反映。

马克思主义经典作家历来主张，社会存在决定社会意识，文学要真实地反映现实生活。马克思称赞巴尔扎克，说他的《人间喜剧》“用诗情画意的镜子反映了整整一个时代”。恩格斯则评价说，《人间喜剧》“给我们提供了一部法国社会特别是巴黎上流社会的卓越的现实主义历史”，“他汇集了法国社会的全部历史，我从这里，甚至在经济细节方面……所学到的东西，也要比在当时所有职业的历史学家、经济学

① 《文心雕龙》，刘勰著，中华书局，1986。
② 《红楼梦》，曹雪芹著，脂砚斋评，北京联合出版公司，2017。

家和统计学家那里学到的全部东西还要多”。[①] 列宁评价托尔斯泰是俄国革命的镜子，指出“如果我们看到的是一位真正伟大的艺术家，那末他就一定会在自己的作品中至少反映出革命的某些本质方面”，“托尔斯泰观点中的矛盾，的确是一面反映农民在我国革命中的历史活动所处的各种矛盾状况的镜子”。[②] 毛泽东在《延安文艺座谈会上的讲话》，除了强调文学是社会生活的反映，还进一步强调社会生活是文学艺术的唯一源泉。

第一节　文论选读

一、《毛诗大序》[③]

诗者，志之所之也，在心为志，发言为诗。情动于中而形于言，言之不足，故嗟叹之，嗟叹之不足，故永歌之，永歌之不足，不知手之舞之足之蹈之也。

情发于声，声成文谓之音。治世之音安以乐，其政和；乱世之音怨以怒，其政乖；亡国之音哀以思，其民困。故正得失，动天地，感鬼神，莫近于诗。先王以是经夫妇，成孝敬，厚人伦，美教化，移风俗。

故诗有六义焉：一曰风，二曰赋，三曰比，四曰兴，五曰雅，六曰颂。上以风化下，下以风刺上，主文而谲谏，言之者无罪，闻之者足以戒，故曰风。至于王道衰，礼义废，政教失，国异政，家殊俗，而变风变雅作矣。国史明乎得失之迹，伤人伦之废，哀刑政之苛，吟咏情性，以风其上，达于事变而怀其旧俗者也。故变风发乎情，止乎礼义。发乎情，民之性也；止乎礼义，先王之泽也。是以一国之事，系一人之本，谓之风；言天下之事，形四方之风，谓之雅。雅者，正也，言王政之所由废兴也。政有大小，故有小雅焉，有大雅焉。颂者，美盛德之形容，以其成功告于神明者也。是谓四始，诗之至也。

【评述】

《诗》(即《诗经》，西汉时被尊为儒家经典)是中国文学史上第一部诗歌总集。秦之后，汉初传授《诗经》的有齐、鲁、韩、毛四家。前三家为今文经学，早立于官学，先后亡佚。鲁人毛亨、赵人毛苌所传《诗经》为毛诗，属古文学派。毛诗于汉末兴盛，取代前三家而广传于世，后被立为官学，一直流传至今。

毛诗在《诗经》每篇之前均有题解（即《小序》）。第一篇《关雎》前不仅有《小序》，还有一篇总序，即《毛诗大序》。《毛诗大序》仅几百字，内容极为丰富，

---

① 《马克思恩格斯列宁斯大林论文艺》，北京大学中文系文艺理论教研室编，1980。
② 同上。
③ 《中国历代文论选》，郭绍虞主编，上海古籍出版社，1980。

对诗歌的性质、内容、分类、审美特征、表现方法、社会作用等，都作了系统而明晰的阐述，是中国诗歌理论史上具有开创意义的理论文章。

《大序》认为，太平盛世政治平和通畅，音乐安顺快乐；动乱时代政治乖戾残暴，音乐怨恨而愤怒；亡国之时人民困顿贫穷，音乐悲哀思虑。如果王道衰微、礼义废弛、政教丧失，诸侯国各行其政，老百姓风俗各异，“变风”“变雅”的诗便会出现。如果诗吟咏邦国之事，表现诗人个人情感，就是“风”；如果诗说的是天下之事，表现四方风俗，就叫作“雅”。可见音乐（上古时诗乐一体）是社会现实的反映。正因为文学是对社会现实的真实反映，所以可以通过诗歌对统治者提出批评劝谏，使其闻者足戒。

《毛诗大序》的诗歌理论与《礼记·乐记》有明显的继承关系。《礼记》是一部汇编著作，基本上是孔子弟子及再传弟子、三传弟子所记的先秦至汉初儒家关于礼义教化的论述，相传为西汉戴圣所辑，又名《小戴礼记》或《小戴记》。《乐记》为《礼记》第十九篇，是中国最早的一部具有完整体系的音乐理论著作。在中国文化体系里，诗歌与音乐关系密切，所以《乐记》同时也是一部重要的文学理论著作，是儒家文艺思想的纲领性文书。《乐记》认为“声音之道与政通”，由音乐可以见出政治优劣，音乐是王道政治的重要组成部分；音乐源于物，通过音乐可能窥见民心善恶和社会治乱；同时音乐又反作用于物，既可以“治心”，也直接影响社会政治。创作者须遵循高度的真实性，把人的真实情感自然流露出来，只有“情深”方能“文明”，能“和顺积中”方有“英华发外”，所以必须做到艺术家的人格与艺术作品的高度统一。这也体现出中国传统真实观与西方的不同。西方真实观注重艺术作品与现实生活的一致，中国传统的真实观更倾向于强调作家的思想感情与艺术作品中思想感情的一致。

《毛诗大序》思想不仅与《乐记》相一致，而且有些文字直接抄自《乐记》，因此学界认为《大序》可能是毛公传诗时已经存在，只是后人做过一些修订。《小序》也是如此。

二、白居易《与元九书》[①]

……至于梁、陈间，率不过嘲风雪、弄花草而已。噫！风雪花草之物，三百篇中岂舍之乎？顾所用何如耳。设如“北风其凉”，假风以刺威虐；“雨雪霏霏”，因雪以愍征役；“棠棣之华”，感华以讽兄弟；“采采芣苡”，美草以乐有子也。皆兴发于此而义归于彼。反是者，可乎哉！然则“余霞散成绮，澄江净如练”，“归花先委露，别

① 《白居易集》，顾学颉点校，中华书局，1979。

叶乍辞风”之什，丽则丽矣，吾不知其所讽焉。故仆所谓嘲风雪、弄花草而已。于时六义尽去矣。

唐兴二百年，其间诗人不可胜数。所可举者，陈子昂有《感遇诗》二十首，鲍防《感兴诗》十五篇。又诗之豪者，世称李、杜。李之作，才矣！奇矣！人不逮矣！索其风雅比兴，十无一焉。杜诗最多，可传者千余首。至于贯穿古今，覼缕格律，尽工尽善，又过于李焉。然撮其《新安》《石壕》《潼关吏》《芦子关》《花门》之章，“朱门酒肉臭，路有冻死骨”之句，亦不过十三四。杜尚如此，况不逮杜者乎？……

自登朝来，年齿渐长，阅事渐多。每与人言，多询时务；每读书史，多求理道。始知文章合为时而著，歌诗合为事而作。

【评述】

白居易（772~846），字乐天，陕西渭南人。少时在战乱中度过。唐德宗贞元十六年（800）进士及第。元和十年（815）任太子左赞善大夫，因越职言事被贬江州司马。长庆初年任杭州刺史，宝历初年任苏州刺史，后官至刑部尚书。晚年闲居洛阳，自号香山居士。白居易是唐代伟大的现实主义诗人，与元稹共同倡导新乐府运动，合称“元白”，与刘禹锡诗文齐名，并称“刘白”。

《与元九书》写于元和十年。白居易初入仕时，胸满兼济天下的雄心壮志。元和元年（806），他写下 75 篇《策林》，提出了进步的政治改革主张。元和三年至五年任左拾遗，创作了大量“为民请命”的讽喻诗，最主要的是《秦中吟》10 首、《新乐府》50 首，其中有不少诗篇以大胆的笔触揭露当时社会的不公正和民生疾苦，如《轻肥》《杜陵叟》《新丰折臂翁》《上阳白发人》等。这些具有政治和社会批判意义的诗歌，被作者归入“讽喻诗”一类。元和十年，44 岁的白居易因言犯事被贬江州司马，遭遇了人生中最沉重的打击。此时他收到好友元稹寄来的《叙诗寄乐天书》，有感而发，写下了这封内容丰富、感情真挚的长信。

白居易在《与元九书》里，对自己创作的讽喻诗进行理论总结，集中阐述了自己的诗歌主张：一是强调诗歌创作要起到“救济人病，裨补时阙”的积极社会作用。“救济人病”，指诗歌要反映人民疾苦，使下情上达，让统治者对百姓病痛有所了解；“裨补时阙”，要求诗歌揭露时政的弊端，促使统治者进行改革。白居易有很朴素的民本思想，他希望文学能关注国计民生，表达社会政治内容，为民请命，实现一种进步的政治理想；二是在创作方法上体现“直书其事”的“实录”精神。白居易提倡“直笔”，反对“虚美”，要求“黜华于枝叶，反实于根源”。他认为文章只有具有高度真实性，才能起到积极的作用。他甚至主张恢复采诗制度，使下情上达，让帝王了解百姓的真实生活。白居易在这里提出了他最著名的诗歌主张，“文章合为时而著，歌诗合为事而作”。

白居易的诗歌主张是对传统的“美刺比兴”理论的继承。比兴最早作为艺术表现方法出现于《诗经》“六艺”。朱熹解释说：“比者，以彼物比此物也”“兴者，先言他物以引起所咏之词也”。不过从汉代郑玄注《诗经》开始，不再看重比兴的形象性和艺术特点，而更着意于比兴的政治教化的“寄托”和“隐含”之义。如“关雎，后妃之德也”的注释[①]，就是这一观点的具体体现。由于比兴的确有譬喻和象征作用，古诗歌里也的确存在借物喻人、讽喻时政的情况，比兴说逐渐演变为“美刺比兴”的诗论命题。建安时期的诗歌注重用比兴手法来抒写情感。初唐时候，陈子昂等人用“比兴寄托”批评齐梁言之无物的形式主义文风，倡导诗歌革新。白居易在《与元九书》里抑李扬杜，称赞杜甫胜于李白，但又认为杜甫的上千首诗中，值得称赞的也不过十之三四，如《石壕吏》《潼关吏》《芦子关》《花门》等等。白居易自己在理论和创作上都非常重视“比兴美刺”。他把自己的诗分为四类：讽喻诗、闲适诗、感伤诗和杂律诗，认为讽喻诗的社会价值最高。他还依照《毛诗》的大序、小序体例，为自己的《新乐府》作序。

白居易继承了汉代以来儒家的诗歌主张，要求诗歌具有充实的社会内容和强烈的政治教化作用。不过，他同时也强调语言、声律的艺术性，重视诗歌比兴的艺术感染力。他把道德要求和情感要求结合起来，把诗教与艺术感染力结合起来，又为他的比兴说增添了新的时代色彩。比如创作于元和元年的《长恨歌》，其创作本意是“惩尤物，窒乱阶，垂于将来”，主题是讽喻，结果却写成了千古传唱的爱情诗篇。

白居易“文章合为时而著，歌诗合为事而作”的文学主张，对唐代以后的诗学理论影响很大。柳宗元在诗文创作方面的主张与之相似。

三、司汤达《拉辛与莎士比亚》[②]

浪漫主义是为人民提供文学作品的艺术。这种文学作品符合当前人民的习惯和信仰，所以它们可能给人民以最大的愉快。

古典主义恰好相反。古典主义提供的文学是给他们的祖先以最大的愉快的。

索福克勒斯和欧里庇得斯都曾经是卓越的浪漫主义者；他们为聚集在雅典剧场的希腊人创作悲剧；他们的悲剧是按照当时人民的道德习惯、宗教信仰，对于人的尊严的固定看法创作出来的，它们当然也给人民提供了最大的愉快……

这种尊严感并不见之于希腊人，这种尊严感对我们今天来说也是冷冰冰的。拉辛正因为这种尊严感，他才是浪漫主义者。

莎士比亚是浪漫主义者，因为他首先给一五九〇年的英国人表现了内战所带来

① 《毛诗郑笺平议》，黄焯著，武汉大学出版社，2008。
② 《拉辛与莎士比亚》，司汤达著，王道乾译，中国文史出版社，2006。

的流血灾难，并且，为展示这种种悲惨的场面，他又大量细致地描绘了人的心灵的激荡和热情的最精细的变化。一百年的内战和几乎连绵不断的骚乱，无数的阴谋背叛、严刑峻法、勇敢献身，教化了伊丽莎白女王的臣民，使他们能够欣赏这种悲剧。这种悲剧对于宫廷生活以及处于安定环境下人民文化生活中那种虚文伪饰、矫揉造作几乎是毫无表现的。一五九〇年的英国人，幸而是相当无知，他们喜欢在剧院里欣赏悲惨不幸的形象，这种悲惨不幸是他们性格坚强的女王前不久才从现实生活中给排除出去的。我们的亚历山大诗体所傲然拒绝的恰恰就是这些朴素真实的细节，人们今天在《撒克逊劫后英雄略》和《罗伯·罗伊》中欣赏的恰恰也正是这些细节。这些细节在路易十四的傲慢的侯爵看来，是缺乏尊严的。

这些细节当真会把自作多情、浑身熏满麝香的玩偶们吓得魂不附体。他们在路易十四统治下，只要看到一只蜘蛛就会昏厥过去。请看，这又是一句缺乏尊严感的话，我知道。要做浪漫主义者，就必须勇敢，因为，这是必须冒险的。谨小慎微的古典主义者却相反，倘使没有荷马某些诗句，或者没有西塞罗《论老年》中某一哲学论点暗中作为依据，他们是不敢前进一步的。

【评述】

司汤达（1783~1842），原名亨利·贝尔，杰出的法国现实主义作家。他生于法国南部格勒诺布尔的一个律师家庭，当时法国还是一个以贵族为尊的社会，律师有很高的社会地位。司汤达十几岁的时候，法国发生了巨大的变化。1789 年法国大革命爆发，拿破仑上台执政。司汤达觉得可以凭借个人的聪明才智，跟随拿破仑去创建一番事业。他两度追随拿破仑大军征战欧洲，渴望建功立业。1812 年拿破仑在俄国惨败。司汤达说："1814 年，我和拿破仑一起垮了台。"遭受了重大挫折的司汤达开始转向写作。他的主要作品大部分在 1830 年前后写成，有长篇小说《帕尔马修道院》《红与黑》《阿尔芒斯》，中短篇小说集《意大利遗事》和一些游记、传记等。因擅于描写政治斗争和社会问题，塑造人物时重视细腻的心理刻画，司汤达被后代评论家称为"现代小说之父"。

司汤达步入文坛时，法国文学界正围绕走"莎士比亚之路"或"拉辛创作之路"而展开争论，前者代表以革新、创造为生命的浪漫主义文学，后者是以守旧、模仿为宗旨的古典主义。浪漫主义的主战场在诗歌领域，戏剧和小说领域仍然被古典主义牢牢占据。1823 年至 1825 年间，司汤达写下文论著作《拉辛与莎士比亚》。他贬斥已经过时的古典主义，肯定了真实地描写时代和表现人类激情的浪漫主义精神。司汤达所说的浪漫主义是广义的浪漫主义，指一切与古典主义相对立的文学，所以实际上是现实主义原则和积极浪漫主义精神。[①] 而就他的具体论述而言，他的文学观

① 《西方文论选》，伍蠡甫主编，上海译文出版社，1979。

实际上是现实主义的。他认为古典主义“主张今天仍然模仿索福克勒斯和欧里庇得斯，并且以为这种模仿使 19 世纪的法国人打呵欠”，是“给他们的祖先以最大的愉快”，而浪漫主义“符合当前人民的习惯和信仰的现实状况”，“可能给人民以最大的愉快”，是“为人民提供文学作品的艺术”。他反对因袭古人，主张文学表现现实生活。在这个意义上，司汤达把一切时代的伟大作家都称为浪漫主义者。

在《红与黑》中，司汤达使用了一个著名的比喻：优秀作品犹如一面携带上路的镜子，既可以映照出蓝色的天空，也可以看见路上的泥塘。读者不应责备镜子里的泥塘，而应责备护路人让水留在路上未能排去，弄得道路泥泞难行。他在第一部小说《阿尔芒斯》的序言中写道，“丑恶的人在镜中掠过，难道是镜子的错误吗？难道不该考察镜子是朝向哪些人吗”。[①] 司汤达继承了文艺复兴时期“镜子说”的现实主义精神，主张文艺应该像镜子一样直面人生，不回避现实矛盾，真实客观地描写美和丑。同时他还强调文学要具有揭露现实矛盾、剖析生活弊端的批判精神。

《红与黑》有一个副标题——“1830 年纪事”。1830 年是法国波旁王朝复辟和反复辟斗争异常激烈的一年。丹麦文学评论家勃兰兑斯说，在这一年里，如果一个人不谈论政治，他就不是一个法国人。[②]《红与黑》在这个意义上就是一部政治小说。于连作为一个有才能的年轻人没能爬升上去，反而被德拉森尔侯爵、德瑞纳市长、瓦列诺这样的吸血鬼联手绞杀，这正是 1830 年代法国社会的政治本质。司汤达相当到位地反映了大革命后期的法国社会，反映了这个社会里各个阶层人的生活情态。

司汤达开启了法国批判现实主义的序幕，奠定了现实主义的理论基础。随后的巴尔扎克和福楼拜共同把这股现实主义浪潮推向高潮。巴尔扎克《〈人间喜剧〉前言》和福楼拜散见于书简中的文学观点，以及他们伟大的现实主义作品，从理论和实践两方面对现实主义文学理论做了进一步补充和完善，成为现实主义文学潮流最宝贵的遗产。

四、别林斯基《论俄国中篇小说和果戈理的中篇小说艺术》[③]

这便是现实的诗歌，生活的诗歌，现实性的诗歌，最后，是我们时代真实的、真正的诗歌。它的显著特色在于对现实的忠实；它不改造生活，而是把生活复制、再现，像凸出的镜子一样，在一种观点之下把生活的复杂多彩的现象反映出来，从这些现象里面汲取那构成丰满的、生气勃勃的、统一的图画时所必需的种种东西。

---

① 《欧洲文论简史》，伍蠡甫著，人民文学出版社，1985。

② 《十九世纪文学主流》，勃兰兑斯著，人民文学出版社，1982。

③ 《别林斯基选集》，满涛译，上海译文出版社，1979。

诗作的伟大性和天才性，必须被这幅画内容的容量和限度所决定。为了充分说明我所谓现实的诗歌的特性起见，我还要补充说：永生的英雄，那诗歌灵感的不变的目标，是人，自由行动的个性化的独立存在，世界的象征，世界的终极现象、为自身而存在的有趣的谜，本人理智的决定性的问题，智的追求的最后的谜……探究这个谜，答复这个问题，解决这个课题，必须借助于充分的自觉，这自觉便是他的生活的秘密、目标和原因……

既然这样，那么，在我们的时代，主要是发展了这现实诗歌的倾向，艺术与生活的密切的结合，难道还有什么可奇怪的吗？一般说来，新作品的显著特色在于毫无假借的直率，生活表现得赤裸裸到令人害羞的程度，把全部可怕的丑恶和全部庄严的美一起揭发出来，好像用解剖刀切开一样，难道还有什么可奇怪的吗？我们要求的不是生活的理想，而是生活本身，像它原来的那样。不管好还是坏，我们不想装饰它，因为我们认为，在诗情的描写中，不管怎样都是同样美丽的，因此也就是真实的。而在有真实的地方，也就有诗。

【评述】

维萨里昂·格里戈里耶维奇·别林斯基（1811~1848），俄国革命民主主义者、哲学家、文学评论家。别林斯基出生在一个贫寒的医生家庭，中学时代爱上文学。1829 年进入莫斯科大学，1832 年因组织文学社并创作反农奴制戏剧《德米特利·卡里宁》被学校开除。1834 年发表第一篇文学批评论文《文学的幻想》，开始走上文学批评的道路。他参与了《望远镜》《莫斯科观察家》等杂志的编辑工作，主持《祖国纪事》的文学评论栏目，写下了一系列文学评论文章。1848 年因病去世，年仅 37 岁。

19 世纪 30 年代，在欧洲启蒙运动和法国革命的冲击下，俄罗斯的封建农奴制和刚刚兴起的资本主义经济之间的矛盾越来越尖锐，由此引发革命运动持续向前发展。1825 年，具有民主主义思想的十二月党人在彼得堡和乌克兰发动起义，遭到沙皇镇压。俄国解放运动过渡到由平民知识分子领导的资产阶级民主主义时期。俄国现实主义文学伴随着这场解放运动而兴起，批判锋芒直指封建农奴制。别林斯基最初接受了黑格尔“美是理念的感性显现”的美学观，但在革命运动的影响下，很快转变立场。他不仅通过他的著作宣传革命民主主义的政治纲领，而且第一个系统总结了俄国文学发展的历史，科学阐述了艺术创作的规律，提出了一系列重要的文学和美学见解，成为俄国文学批评与文学理论的奠基人。

《论俄国中篇小说和果戈理君的中篇小说》发表于 1853 年。别林斯基在文中分析果戈理《涅瓦大街》《肖像》《外套》《罗马》等中篇小说。《外套》（1842）是中国读者比较熟悉的一部作品。主人公阿卡基耶维奇在机关担任文书抄写工作，卑微、孤独、贫穷，受人欺凌。贫乏的精神生活毁掉了他仅有的才能，抄写公文成为生活的唯一乐趣。他节衣缩食买下的一件新外套很快被抢走，申诉无门的主人公黯然离世。果戈理发表中篇小说时受到许多批评，俄罗斯文学理论界并没有认识其价值。别林斯基《论俄国中篇小说和果戈理君的中篇小说》便写于这种背景之下。他认为果戈理的作品构思朴素，有强烈的民族性，能表现真实的现实生活，并在作品中深深隐含着被强烈的悲哀和忧郁之感压倒的戏剧性高潮。这是果戈理中篇小说的最大特点，是果戈理在美学上存在的意义，使果戈理成为现实生活的诗人。别林斯基的评论确立了果戈理在俄罗斯中篇小说史上的地位。

别林斯基主张艺术应创造典型，真实地反映现实。文学要表现“现实”——也就是人和社会，反映“人和人之间的关系”——也就是现实社会生活。文学要真实地再现现实，就要求艺术家从现实的人与人之间的关系中真实而具体地描绘生活，而且还要展示某一阶级的状况。文学不能复制、照抄生活现象，而是要在观察和理解生活的基础上，揭示生活的发展规律，展示生活的理想。而要实现这一目标，艺术家就要创造典型，把生活真实转化为艺术真实。“艺术是在其全部真实性上的现实的复制。在这儿，关键是在典型，而理想也不被理解作装饰（从而是虚谎），却是作者适应其作品所想发挥的思想把所创造的各色典型安排在里面的一种关系。”[①]别林斯基不同意“为艺术而艺术”的观点，他认为艺术反映的是统一、完整的现实生活，其中必然涉及人们对生活的各种认识和态度，也必然反映生活中的经济、政治和道德内容。艺术家“首先是一个人，然后是他的祖国的公民，他的时代的子孙”，不能不接受现实和时代对他的影响，从而形成作品的社会倾向。别林斯基明确提出，艺术要为社会的崇高利益服务，追求使所有社会成员都普遍获得幸福的崇高目标。

别林斯基写下了大量的文学理论文章，是俄国批判现实主义理论的奠基人，在思想和文学批评领域的影响都很大。关于他有许多回忆文章。据帕纳耶娃回忆，别林斯基在贫困和疾病中仍笔耕不辍，以至于让屠格涅夫、帕纳耶夫等贵族知识分子在他面前都有一种道德压力[②]。屠格涅夫称赞他“审美嗅觉几乎绝对正确……能够立刻分清美与丑、真与假，并无比勇敢地做出自己的评价”，是与人民联系最近的批评家，“他的整个身心都紧靠着自己人民的核心，既从好的方面又从坏的方面完全体现人民”。他的文论，迄今仍是我们认识普希金、果戈理、莱蒙托夫的最佳捷径。

---

① 《别林斯基选集》，满涛译，上海译文出版社，1979。

② 帕纳耶夫，作家、文学批评家，别林斯基好友。

第二节　作品选读

一、杜甫《秋兴八首》[①]

其一

玉露凋伤枫树林，巫山巫峡气萧森。
江间波浪兼天涌，塞上风云接地阴。
丛菊两开他日泪，孤舟一系故园心。
寒衣处处催刀尺，白帝城高急暮砧。

其二

夔府孤城落日斜，每依北斗望京华。
听猿实下三声泪，奉使虚随八月槎。
画省香炉违伏枕，山楼粉堞隐悲笳。
请看石上藤萝月，已映洲前芦荻花。

其七

昆明池水汉时功，武帝旌旗在眼中。
织女机丝虚夜月，石鲸鳞甲动秋风。
波漂菰米沉云黑，露冷莲房坠粉红。
关塞极天惟鸟道，江湖满地一渔翁。

【评述】

杜甫（712~770），字子美，自号少陵野老，河南巩县（今河南巩义）人，生活在唐代盛极而衰的转折时期，亲历了“开元盛世”和“安史之乱”。杜甫与李白、王维并称盛唐三大诗人，但学界也有人认为杜甫虽只比李、王小 11 岁，但他的诗歌风格形成于“安史之乱”前夕而滋长于其后十余年动荡不已的形势之中，主张把他划为中唐诗人。杜甫是唐代伟大的现实主义诗人，与李白合称“李杜”。

杜甫 35 岁前，过着读书漫游的生活，“放荡齐赵间”“裘马颇清狂”。他结识了李白、高适，在梁、宋一带任豪侠之游。在这段时间，杜诗与盛唐诗歌的普遍风气基本一致，尚未形成明显的风格，留存下来的作品也不多。其后约十年的时间里，杜甫困守长安求取仕途，但只谋得很小的官职，生活陷入困顿。“安史之乱”爆发前，唐代社会危机日益突出，社会动乱，民不聊生。天宝十四年（755），杜甫从长安赴奉先探家，到家中才得知幼子已饿死。个人的巨大痛苦，使诗人对百姓的不幸有了深切的理解。他写下《兵车行》及“三吏”“三别”等名篇，严肃的写实性以及对现实强烈的

---

① 《杜诗详注》，仇兆鳌注，中华书局，2015。

批判性，逐渐形成杜甫诗歌的主要风格。“安史之乱”爆发后，杜甫逃出长安，一度成为唐肃宗左拾遗，但很快触怒皇帝而被贬官，不得已弃官入蜀，只在成都度过了两年多平静的时光，诗人又因军阀叛乱而携家逃难，流寓于云安、夔州等地。57 岁时，杜甫乘舟出三峡，在湖北湖南一带漂泊，59 岁客死他乡。杜甫留存下来的诗歌大多是后期所作，约一千余首，题材内容广泛。有的从自身处境出发抒发战乱带来的痛苦，如《春望》写困守长安的焦虑，《月夜》写相隔异地的亲人的思念，感情深邃动人。还有一类作品主要描述战乱给广大百姓带来的灾难，是其忧国忧民的名篇。

《秋兴八首》是杜甫律诗代表作，写于唐大历元年（766）秋。持续八年的“安史之乱”，至广德元年（763）才告结束，而吐蕃、回纥乘虚而入，藩镇拥兵割据，战乱频仍，国无宁日，人无定所。唐肃宗乾元二年（759），杜甫弃官入蜀。两年后因严武去世，他在成都的生活失去凭依，遂沿江东下，滞留夔州。此时诗人晚年多病，壮志难酬，知交零落，心境寂寞抑郁。秋风萧飒时，不免触景生情，写下这组因秋而感发诗兴的《秋兴八首》。

《秋兴八首》是一组七言律诗。第一首为序曲，通过对巫峡秋色的描绘，烘托出阴沉萧森、动荡不安的环境气氛，令人感到秋色秋声扑面惊心，抒发了诗人忧国之情和孤独抑郁之感。第二首写诗人身在孤城，从落日的黄昏坐到深宵，翘首北望，长夜不寐，上应第一首，最后两句写自己已近暮年、兵戈不息、卧病秋江的寂寞，以及身在剑南、心怀渭北，对长安的强烈怀念。第三首写夔州朝景；第四首感叹长安百年丧乱；第五首追思长安全盛之日；第六首回忆昔日瞿塘峡、曲江头帝王佚乐游宴的繁华和风流云散；第七首忆及长安昆明池，极力抒写唐都当年国力昌盛、景物壮丽和物产富饶的盛景；第八首写诗人当年“彩笔昔曾干气象”，在昆吾、御宿、渼陂春日郊游的诗意豪情。前三首由现实引发回忆，详夔州而略长安；后五首由回忆回到现实，详长安而略夔州。八首蝉联、首尾相衔，犹如一首。每一首又各有其独特的内容和表现手法，夔州萧条的秋色、清凄的秋声，暮年多病的苦况，以及关心国家命运的深情，融汇一体。整组诗歌悲壮苍凉，意境深闳，结构严密，抒情深挚，体现了诗人晚年的思想感情和艺术成就。

杜甫自幼接受儒家正统文化的熏陶，系念国家安危，关注民生疾苦。动乱年代的民生凋敝以及个人的坎坷遭遇，使他的诗悲慨满怀，带着深沉的忧思。每当这种感情喷薄欲出时，诗人对唐室中兴的希望及其中和处世的心态，又会抑制他深挚的悲怆，使其变得缓慢、深沉，低回起伏，形成其沉郁顿挫的诗歌风格。所谓沉郁，指诗歌的情感具有一种深沉的忧思，这种忧思不是古代士大夫所咏叹的个人情怀，而是一种心系国家、忧心民生疾苦的博大胸怀。顿挫指诗歌韵律的和谐美。

杜甫诗歌被称为“诗史”，即具有史的认识价值，具体表现为杜甫生活时期的重大事件，在他的诗歌中基本都有反映。如《忆昔》对开元盛世的描写，“三吏”“三别”对“安史之乱”的描写，都以史家之识和史家之笔加以记述。

杜甫忧国忧民，诗艺精湛，被后世尊为“诗圣”，留存下来的杜诗有1400多首，名篇甚多，对后世影响很大。中唐以后“元白”所倡导的新乐府运动、韩孟的奇崛苦吟、李商隐的七律等，皆是受了杜甫诗歌的影响。

【阅读建议】

比较阅读：李白、杜甫的诗歌风格。

李白、杜甫合称“李杜”，是唐代乃至中国诗歌史上成就最高的两位诗人。人们常说困顿时喜杜，豁达后喜李。李白及时行乐，求仙向道，的确豁达。但杜甫饱经沧桑，深刻洞悉世事人生之后的超脱，其实是另一种豁达。至于艺术性，李杜各有所长。李诗飘逸自然，杜诗雄浑沉郁，各有千秋，难分伯仲。盛唐时期诗坛繁荣，李杜二人熠熠生辉，共同筑建诗歌盛唐。

郭沫若著有《李白与杜甫》一书[①]，上篇讲李白，下篇讲杜甫。作者以扎实的考据功底和敏锐的诗人感受，努力还原一代“诗仙”“诗圣”的真实生活：李白是哪里人，为什么可以一生游山玩水却不愁生计，李白为何会成道士，为什么说杜甫是禅宗信徒，杜甫嗜酒不亚于李白，等等。书中叙述了李杜二人的从政历程，并对当时的政治风云、权谋之争进行剖析。最后附有“李白杜甫年表”，呈现一代天朝从盛世荣光到凋零衰败的万千气象。阅读李白、杜甫诗歌，此书可作参考。

二、张爱玲《倾城之恋》[②]

【故事梗概】

白流苏28岁，是一个离过婚的女人，住在娘家，平日总免不了被兄嫂下人啰唆，冷言冷语乃家常便饭。范柳原是一个32岁的花花公子。热心的徐太太本来要撮合范柳原与白七小姐，范柳原却看上了陪同前去的白家六小姐流苏。两人相约到香港游玩。柳原一直不提结婚之事，流苏只好回到上海慢慢等待。一段时间后，范柳原有了消息，让流苏再去香港。他在巴丙顿道的一座山坡上给流苏租了一所房子，自己却打算去英国。他离开的第二天，战争爆发了。人生地不熟的流苏惊慌失措，幸而柳原的船也因战争未能开出。两个自私的人在战争艰难的环境下，发现谁也离不了谁，于是在报纸上刊登启事，结婚了事。

战事稍歇，两人回到上海，过着平常的日子。流苏很难再回娘家。柳原的幽默俏皮现在用到了旁的女人身上，流苏有些怅惘。但想柳原这是把自己当正妻看待，也算是好现象。在这不可理喻的世界里，谁知道什么是因、什么是果呢？也许因为

① 《李白与杜甫》，郭沫若著，长安出版社，2010。
② 《张爱玲全集》，止庵主编，十月文艺出版社，2012。

要成全她，偌大一个香港都倾覆了，成千上万的人死去，成千上万的人痛苦着，跟着将是惊天动地的大改革。传奇里倾城倾国的人也不过如此吧。流苏这样想，倒不是觉得在历史上的地位有什么微妙之点。

香港的沦陷成全了流苏。到处都是传奇，不见得都有这般圆满的收场。胡琴咿咿呀呀拉着，在万盏灯火的夜晚，拉过来又拉过去，说不尽的苍凉的故事——不问也罢！

【经典摘录】

白流苏终于等来了范柳原的电报，让她去香港。第二天柳原便说一周后要去英国。流苏想一起去，柳原回说那是不可能的，她可以回上海，也可以在他租下的房子里等一年半载。柳原租下了巴丙顿道一所半山坡上的房子，流苏送他上了船。流苏的世界一直拥挤，现在住在空荡荡的屋子里，“一间又一间，呼喊着的空虚”。1941 年 12 月 8 日，太平洋战争爆发，香港沦陷。流苏家隔壁落了个炸弹，把花园炸出一个大坑。柳原的船没能开出去，这时也回来了。两人简单收拾行李，逃到浅水湾……

停战了。困在浅水湾饭店的男女们缓缓向城中走去。过了黄土崖、红土崖，又是红土崖、黄土崖，几乎疑心是走错了道，绕回去了。然而不，先前的路上没有这炸裂的坑，满坑的石子。柳原与流苏很少说话。从前他们坐一截子汽车，也有一席话，现在走上几十里的路，反而无话可说了。偶然有一句话，说了一半，对方每每就知道了下文，没有往下说的必要。柳原道：“你瞧，海滩上。”流苏道：“是的。”海滩上布满了横七竖八割裂的铁丝网，铁丝网外面，淡白的海水汩汩吞吐淡黄的沙。冬季的晴天也是淡漠的蓝色。野火花的季节已经过去了……

在劫后的香港住下去究竟不是长久之计。白天这么忙忙碌碌也就混了过去。一到了晚上，在那死的城市里，没有灯，没有人声，只有那莽莽的寒风，三个不同的音阶，“喔……呵……呜……”无穷无尽地叫唤着，这个歇了，那个又渐渐响了，三条骈行的灰色的龙，一条直线地往前飞，龙身无限制地延长下去，看不见尾。“喔……呵……呜……”叫唤到后来，索性连苍龙也没有了，只是三条虚无的气，真空的桥梁，通入黑暗，通入虚空的虚空。这里是什么都完了。剩下点断墙颓垣，失去记忆力的文明人在黄昏中跌跌跄跄摸来摸去，像是找着点什么，其实是什么都完了。

流苏拥被坐着，听着那悲凉的风。她确实知道浅水湾附近，灰砖砌的那一面墙，一定还屹然站在那里。风停了下来，像三条灰色的龙，蟠在墙头，月光中闪着银鳞。她仿佛做梦似的，又来到墙根下，迎面来了柳原。她终于遇见了柳原。……在这动荡的世界里，钱财，地产，天长地久的一切，全不可靠了。靠得住的只有她腔子里的这口气，还有睡在她身边的这个人。她突然爬到柳原身边，隔着他的棉被，拥抱着他。他从被窝里伸出手来握住她的手。他们把彼此看得透明透亮。仅仅是一刹那的彻底的谅解，然而这一刹那够他们在一起和谐地活个十年八年。

他不过是一个自私的男子，她不过是一个自私的女人。在这兵荒马乱的时代，个人主义者是无处容身的，可是总有地方容得下一对平凡的夫妻。

【评述】

张爱玲（1920~1995），原名张煐，原籍河北丰润。出身名门，祖父张佩纶是清末名臣，祖母是李鸿章的女儿李菊耦。她家既有前朝的繁华，又很早接受了西方文化熏染。张爱玲 5 岁入私塾受教，开始阅读《红楼梦》《三国演义》《七侠五义》等古典名著。1939 年考入香港大学文科，太平洋战争爆发后返回上海。战时香港给她留下了抹不去的印记，成为她后来许多小说的背景。张爱玲 1952 年离开大陆去香港，1955 年离开香港去美国，1995 年逝于洛杉矶。

张爱玲是 20 世纪 40 年代上海最走红的作家，主要作品有小说集《传奇》、散文集《流言》、中篇小说《小艾》、长篇小说《十八春》《秧歌》《赤地之恋》《怨女》和评论集《红楼梦魇》等。1943 年，她的处女作《沉香屑——第一炉香》《沉香屑——第二炉香》（收录于小说《传奇》）发表，一举成名，上海掀起第一次“张爱玲热”。60 年代，小说《半生缘》、散文集《流言》相继出版，港台掀起第二次“张爱玲热”。90 年代，张爱玲传记出版，上海掀起第三次“张爱玲热”。张爱玲的题材选择、作品里的丰富意象、对人性的深刻揭露，以及超乎常人的文字技巧，使她在中国现代小说史上独树一帜。夏志清先生对张爱玲赞誉有加，认为她是今日中国最优秀、最重要的作家，仅在短篇小说方面，便可与英美现代女文豪如曼斯菲尔德、波特、韦尔蒂等人相提并论甚至高明一等。①

《倾城之恋》是张爱玲最脍炙人口的短篇小说之一，讲述了一个关于爱情、婚姻和人性在战乱背景下挣扎的故事。白家小姐白流苏经历了一次失败的婚姻，身无分文，被亲戚冷嘲热讽，备感世态炎凉。偶然认识多金潇洒的花花公子范柳原，便拿自己当赌注，远赴香港，想要博取范柳原的爱情，争得一个合法的婚姻地位。两个情场高手在浅水湾饭店斗法，看上去流苏似乎输了，但范柳原即将离开香港时，日军开始轰炸浅水湾，范柳原折回保护白流苏。生死交关牵绊住了范柳原，共历患难足够做十年夫妻。倾城的战争反倒成全了这桩婚姻。流苏欣喜中不无悲哀。

张爱玲的小说无论结局好坏，总有一种悲凉的意味。《金锁记》里，把自己锁在黄金枷锁里的曹七巧，苦熬十年后终于“多年媳妇熬成婆”。她分到家产，搬出老宅，自立门户。不过，张爱玲要讲的故事才刚刚开始。七巧在打跑小叔子虚假的爱情后，不再给自己快乐，也不给子女快乐。儿子的妻妾不堪她的折磨相继死去；她

① 《中国现代小说史》，夏志清著，复旦大学出版社，2005。

随随便便撒个谎便断送了女儿的终身幸福。腮上有一滴眼泪，可七巧懒得去擦，由它挂在那儿，渐渐地自己就干了。曹七巧的悲剧，在于一个不乐意投身于上流社会的礼仪与罪恶的普通人家的女孩子，最后却成为上流社会最腐化的典型。张爱玲说她不愿意遵循古典的悲剧原则来写小说，因为人不可能像古典悲剧人物那样有持续的崇高情感。张爱玲似乎更接受契诃夫的悲剧观，她的主角人物在如意的环境里忽然有一点不如意，满怀希望突然变成失望，“悲剧人物暂时跳出自我的空壳子，看看自己不论是成功还是失败，都是空虚的”。① 她说，“好的作品，还在于它是以人生的安稳做底子来描写人生的飞扬”，“我喜欢悲壮，更喜欢苍凉”，“悲壮是一种完成，而苍凉是一种启示”。作者借范柳原之口，说：“‘死生契阔，与子成悦，执子之手，与子偕老’，我看那是最悲哀的一首诗，生与死与离别，都是大事，不由我们支配的。”②

张爱玲的小说多取材于上海中上阶级的生活以及中日战争时期离乱的香港，涉及的社会生活并不宽广。长篇小说《秧歌》（1952 年出版）写的是新中国建立后的农村生活，虽然得到胡适称赞，却一直被人诟病她和农村似乎没什么关系。不过，一个作家对社会生活的反映，其题材选择无疑与生活经历有密切的关系。在战争爆发、动乱频仍的年代，把一个群体的生存状态和精神面貌描写得入木三分，恰恰体现了文学反映现实生活这一基本原理。

【阅读建议】

民国时期涌现出了一批才华横溢的女性作家，吕碧城、萧红、石评梅、张爱玲四位被称为“民国四大才女”。

吕碧城（1883~1943）工诗词，被称为“近三百年来最后一位女词人”。萧红（1911~1942）的《生死场》《呼兰河传》展示出极高的创作天赋，被誉为“20 世纪 30 年代的文学洛神”。石评梅（1902~1928）有“北京著名女诗人”之誉，小说代表作是《红鬃马》《匹马嘶风录》。可将几人的作品对比阅读。不过，请读者做好心理准备，这几位的作品可能毫无可比之处。

三、巴尔扎克《猫打球商店》③

【故事梗概】

画家泰奥多尔爱上了猫打球商店老板纪尧姆 18 岁的女儿奥古斯丁。泰奥多尔家境优越，受过良好的教育，有才，7 年前获“罗马绘画大奖金”；奥古斯丁是小店老

① 《中国现代小说史》，夏志清著，复旦大学出版社，2005。
② 《张爱玲全集》，止庵主编，十月文艺出版社，2012。
③ 《人间喜剧》，巴尔扎克著，世界图书出版公司，2009。

板的女儿，淳朴可爱，没见过多少世面。画家觉得女孩的朴实是世界上最可贵的珍宝，他画下一幅“奥古斯丁画像”。在双方的执意坚持下，两人走进了婚姻。这桩门不当户不对的婚姻仅仅一年便出了问题。与画家的谈吐学问相比，女孩的见识和品位显得庸俗。她努力想要变得高雅，甚至还专门去学习诗歌美术哲学，可怎样也够不着画家的高度。画家最初爱慕女孩的朴实，仅仅1年后，朴实变味成了庸俗乏味。画家开始疏远女孩，成天混迹于上流社会的聚会沙龙，和一位公爵夫人有了婚外情，并将“奥古斯丁画像”赠与公爵夫人。奥古斯丁不愿意离婚，但在娘家不能获得任何帮助。无奈之下她只好去找公爵夫人，讨教如何才能挽回丈夫的感情。公爵夫人不仅教给女孩如何维系感情，还把画还给了她。奥古斯丁带着画欣喜地回到家，却不想泰奥多尔大发雷霆，从此不再回家。27岁时，女孩的生命走到了尽头。

【经典摘录】

三月里一个细雨霏霏的早晨，一个年轻人紧紧地裹着大衣，站在这所老宅对面一家商店的屋檐下，怀着考古学家的热情细细端详着这所老屋。这所十六世纪平民阶级的遗物，确实有不少地方值得这位观察家研究。每层楼都有它的特点：二层楼有四扇又长又窄的窗户，彼此靠得很近，窗子下部装有木方格，目的是使室内光线模糊，这样，狡猾的店主就能利用这光线使布匹显出顾客所需要的颜色。对房屋的这一主要部分，年轻人好像非常蔑视，他的视线并不在那里停留。三层楼的软百叶已经卷起，使人能看到窗户，透过大块的波希米亚玻璃，可以看见窗后挂着橙黄色的罗纱小窗帘，但这并不使年轻人更感兴趣。他的注意力特别集中在四层楼那平凡的十字窗上。窗框很粗糙，尽可以陈列在工艺馆里，作为法国细木工初期产品的标本。窗上装着小块玻璃，玻璃的绿颜色那么深，如果不是那年轻人有极好的眼力，他根本无法看出窗内挂着蓝色方格布窗帘，掩护着内室的神秘，挡住了爱偷看的人的视线。有时候，这位观察者，也许因为瞧不出什么结果，也许是这座房子和整个地区的一片寂静使他感到腻烦，便将视线转到房屋的下部。当他重新瞧见楼下店面时，一个不由自主的微笑就浮上他的嘴角，这里的确有些相当可笑的东西。一根巨大的木梁，横架在四根柱子上，柱子仿佛被这座破房子压弯了一样，木梁上厚厚地漆过一层又一层，好像一个年老的公爵夫人脸颊上的胭脂。在这根宽阔而颜色堆叠得像浮雕的木梁正中，有幅古画，画着一只正在打网球的猫。引起年轻人发笑的就是这幅古画。但是应当说，当代最有才华的画家，也创作不出比这更滑稽的画来。猫的一只前爪握着一只和自己身量一样大小的网球拍，后脚站起来，正在瞄准一位穿绣花衣服的绅士向它打过来的大球。画的内容、颜色、陪衬，一切都安排得使人相信绘画者有意跟店主和行人开玩笑。年深日久使这幅幼稚的图画变了样，有些地方因剥落模糊显得更加可笑，使一些细心的过路人为之迷惑不解。例如有斑点的猫尾巴剥落得和猫身分离，而我们祖先的猫，尾巴粗大多毛，翘得又高，足以使人误认为是一个旁观者。图画的右边，一片碧青色局部地掩饰住腐朽的木头，在这片背景上行人能看到店主的名字：纪尧姆，左边还有舍弗赖先生的继承者的字样。字母是依照老式书法，把u写作V，把V写作u的。阳光和雨水把字母上薄薄的一层金粉吞蚀了大半。这幅图画和两旁的文字，构成了猫打球商店的招牌。这类招牌的起源虽然在许多巴黎商人看来十分古怪，但是图画里的景象，过去是实有其事的，这是用死的图画描绘了活的景象。我们聪明的祖先正是借助这些活物吸引了许多顾客跑进他们的商店。于是“织布猪”“绿毛猴”等等，都成了关在笼里的动物，它们的聪明灵巧，使过路人赞叹不止；而对它们的训练工作，又证明了十五世纪实业家的无比耐心。这一类稀奇古怪的玩意儿，较之目前圣德尼街某些商店悬挂的《天神像》《诚实之神像》《降福图》《圣约翰断头图》等等，更能招徕主顾，使幸运的店主更快地致富。有人以为世界一天比一天聪明，现代的滑头商人大大超过了前人的水平，为了灭灭他们的威风，有必要请他们注意一下上述事实。不过这年轻人站在那里当然不是为了欣赏那只猫，这幅画只要仔细看上一会儿，就可以有很深的印象。这年轻人本身也有引人注目的地方：他身披一件仿照古式打褶的大衣，大衣下面露出一双时髦的鞋子，脚上的白色丝袜使那双鞋子在巴黎的泥泞之中显得更加突出，袜上的斑斑污泥则证明他已经等得很不耐烦。看起来他好像是从婚礼或者舞会上回来的，因为这么大清早，他手上拿着白手套，而且他那松散的深色头发作圆圈形垂在肩上，说明他的发式是时下流行的“嘉哈嘉拉式”，这种发式是受了大卫派绘画以及本世纪初人们对希腊、罗马式的狂热崇拜的影响而流行起来的。除了几个晚起的菜贩向市场奔去的声音以外，这条本来非常热闹的街道，那时候是异常寂静，这种寂静的奇异效果，只有此刻在空寂无人的巴黎游荡过的人才能领会得到。在这种时刻，巴黎的喧闹声在暂时平静过后，又慢慢复活起来，好像远远传来了海水的巨响。这个不寻常的青年，若叫猫打球商店的商人看到，会觉得十分古怪，正如猫打球商店在这个年轻人的心目中也很古怪一样。他那白得耀眼的领带，使他愁闷的脸显得比实际上更为苍白。他那黑眼睛所发出的光芒，有时晦暗，有时明亮，正和他面部的古怪轮廓，以及他在微笑中紧闭着的嘴唇，搭配得非常调和。他那由于极度不快而紧皱的前额，有点不祥的征兆。前额岂不是人身上最能使人预见未来的吗？当这个陌生人的前额表达激动的情绪时，皱纹深陷，使人望而生畏；但当他那易于波动的感情恢复平静的时候，前额却显出一种明朗的韵致，使他的容貌十分吸引人。快乐、悲哀、爱恋、愤怒、轻蔑，在面容上显现出来，竟挟有这样大的感染力，连心肠最冷酷的人也会被打动。当年轻人正等待得万分厌烦的时候，阁楼上的天窗突然打开，年轻人竟没有注意到窗口探出三个圆乎乎的、白中透红的快活面孔，也是最常见的面孔，好像某些高大建筑物上所雕塑的商神像那样。……

【评述】

奥诺雷·德·巴尔扎克（1799~1850），法国一个由农民上升为资产者家庭的孩子。父亲希望他学业有成，将来成为一个大律师，他却一直热衷写作。从1829年发表长篇小说《朱安党人》开始，巴尔扎克在20年时间里创作了91部小说，构建起《人间喜剧》的文学大厦，被誉为“资本主义社会的百科全书”。1850年，他突然去世。一位传记作家说他死于五万杯黑咖啡，因为他一直不停地写作，每天至少14小时以上，在极度疲劳时便靠浓黑的咖啡维持创作的精力。巴尔扎克是法国伟大的批判现实主义作家，欧洲批判现实主义文学奠基人。

巴尔扎克的创作目的是写一部19世纪法国的历史（或者说风俗史），他说自己是这部历史的书记员，要严格地摹写现实，“编制恶习和德行的清单、搜集情欲的主要事实、刻画性格、选择社会上主要事件、结合几个性质相同的性格的特点糅成典型人物”。当然，还应该进一步研究产生这些社会现象的多种原因，寻找隐藏在这些人物和故事里面的意义，看看这个社会在什么地方离开或接近了真和美。《人间喜剧》包括90多部小说，2400多个人物，分为风俗研究、哲理研究和分析研究三部分，风俗研究又分为巴黎生活图景、外省生活图景、私人生活图景、政治生活图景、军事生活图景和乡村生活图景等六部分，全面展现了法国七月革命（1830年）前后的整个社会面貌，反映了贵族衰亡、资产者发迹、金钱罪恶的时代主题。

《猫打球商店》属于风俗研究的第一部分——私人生活图景，创作于1830年，是《人间喜剧》第一篇小说。在这篇小说里，巴尔扎克讲了一个关于不同阶层爱情与婚姻的故事。奥古斯丁是呢绒商店老板纪尧姆先生的小女儿，美丽动人，朴素乖巧。她的美丽成了整个店面的点缀。当年轻画家经过这家商店的时候，立即被吸引住了。画家爱上了她，并将整个店面和里面的人物画了下来。开画展的时候，奥古斯丁认出了画里的自己，对画家一见倾心。两人的爱情来得很急切。通过不算复杂的诡计，画家娶了奥古斯丁。可是她的庸俗很快令他厌倦。她尝试让自己变得高雅，去读诗歌听音乐会，然而根本无法虏获他的心。最后，当这位年轻的太太不能从娘家获得任何帮助时，只好去求助公爵夫人。她知道丈夫和这个女人的暧昧关系，但她傻到去向对方讨教如何才能挽回丈夫的心。可怜的奥古斯丁最终没能挽回，失去爱情滋润的她立即凋谢了。

在这部早年创作的作品里，巴尔扎克运用细致入微的描摹方法，通过一个年轻画家的眼睛，让我们看到巴黎一条不起眼的街道上、招牌为“猫打球”的呢绒店铺的全部景观。巴尔扎克认为细节真实是构成艺术真实的基础。在这篇小说里，作者努力描写一个事物的两面性。比如在贵族画家眼里，钱是圆的，来得快去得也快。而在纪尧姆先生眼里，钱是扁的，是用来堆垒的。纪尧姆先生说：“钱之所以是圆的，就是为了滚动吗？”再比如对老板和伙计之间“猫鼠”关系的描写。讲到婚姻和爱情，作者这样写道："一个女子如果要幸福，必须与同一阶层的男人结婚，一个向上爬的人迟早要受到应有的惩罚，爱情很难抵挡得住家务的烦恼，必须一方有极坚强的品质，夫妻才能幸福。"

在巴尔扎克所处的时代，封建贵族阶层已经日薄西山，被新兴的资产阶级取而代之，金钱取代一切成了人们的上帝，旧的社会秩序被金钱撞击得摇摇欲坠。他笔下的拜金人物，包括高老头、葛朗台，包括《猫打球商店》里的纪尧姆，实际上都是时代的产物，具有一种普遍性的意义。在《高老头》里，高老头的钱被两个女儿榨干了，去世时连安排一个体面的葬礼都不够。穷大学生拉斯蒂涅去找高老头的大女儿雷斯多伯爵夫人，结果仆役出来说："夫人因为父亲刚刚去世，悲伤得不得了，不见客。"他又去找二女儿但斐纳（纽沁根男爵夫人），纸条被男爵直接烧掉。两个大学生只好尽自己所能，草草埋葬了这个可怜的老人，也埋葬了自己最后一滴温情的眼泪。拉斯蒂涅开始新的奋斗旅程，成了一个无耻的政客，有了自己的贵族头衔，开始了自己的辉煌。丹纳总结说，在《人间喜剧》里，"金钱问题是他最得意的题目……他的系统化的能力和对人类丑处的明目张胆的偏爱创造了金钱和买卖的诗"。①

巴尔扎克的作品是现实主义作品的杰作和典范。他用一支笔，无情地拨开了当时法国社会"自由、平等、博爱"的面纱，将背后所隐藏的鲜血与眼泪、罪恶与呻吟、欺诈与阴谋，淋漓尽致地展示在世人面前。小说是社会的文学表象，《人间喜剧》是当时社会的缩影。巴尔扎克曾在创作过程中说，"拿破仑用战争完成的任务，我用笔完成"，"我要试着创作出整个法国社会的历史"。

【阅读建议】

《人间喜剧》是一部浩瀚巨著，经典名篇甚多，如《驴皮记》《苏城舞会》《交际花盛衰记》《幻灭》《邦斯舅舅》《高老头》《欧也妮·葛朗台》《高利贷者》《古物陈列室》等。虽然作者用类似编年史的写法逐年描写，同一人物会出现在不同的文章中，但阅读时无需顾虑此点。《人间喜剧》的每一篇文章都相对独立。《猫打球商店》是《人间喜剧》第一卷第一篇，并不算巴尔扎克小说里知名度很高的文章，但艺术价值和现实意义都很高，值得一读。

四、卡夫卡《变形记》②

【故事梗概】

某天早上，梦中醒来的推销员格里高尔发现自己变成了一只大甲虫。他惊慌失措、忧郁无助，一心想着怎样才能继续完成工作。前来催他上班的公司秘书主任被

① 丹纳（1828~1893），法国著名文学理论家、哲学家，著有《艺术哲学》《巴尔扎克论》等著作。

② 《卡夫卡中短篇小说选》，叶廷芳译，人民文学出版社，2003。

吓跑，母亲晕倒在地，父亲狂怒之下把他赶回卧室。妹妹夜里送来他喜欢吃的食物，可变成甲虫的他已经不喜欢吃这种东西了。

格里高尔在生活习惯上已经成为甲虫，但仍然具有人类的意识。他操心家里的各种琐事，诸如父亲的债务问题，怎样才能送妹妹继续学音乐，等等。但显然，他越来越不可能恢复人形了。家里人开始讨论该怎么办。母亲只是哭，妹妹的态度变成了厌恶，父亲把一个苹果砸向他，苹果腐烂使他受了感染，一个月没法动弹。妹妹不再照顾他，雇了一个老保姆像喂虫子一样喂他。

全家人开始打工挣钱，把家里的一间房也租了出去。听到音乐的格里高尔爬出来吓坏了租客，家里人愈加忍无可忍。妹妹提出将自己的亲哥哥赶出家门，母亲眼里也闪出狂野的光。绝望的格里高尔怀着温柔的爱心想着自己的家人，比家人还要强烈地想要消灭自己。他终于死了。家里人觉得阳光真好，计划着去野餐。

【经典摘录】

一天清晨，格里高尔·萨姆沙从一串不安的梦中醒来时，发现自己在床上变成了一只硕大的虫子。他朝天仰卧，背如坚甲，稍一抬头就见到自己隆起的褐色腹部分成一块块弧形硬片，被子快要盖不住肚子的顶部，眼看就要整个滑下来了。许多与身躯比起来细弱得可怜的腿正在他眼前无助地颤动着。

“我出什么事了？”他想。这不是梦，他的房间，一间中规中矩的人住的房间，只不过稍微小了一点，仍稳稳当当地围在四片他熟悉的墙壁之间，桌上摊着货样——萨姆沙是一个旅行推销员——桌子上方的墙上挂着一个漂亮的金色镜框，里面装着那张他不久前从一本画报上剪下来的画，画上是一位戴着裘皮帽围着裘皮围巾的女士，她端坐着，前臂整个插在厚重的裘皮手筒里，抬着手臂要将皮手筒递给看画的人。

格里高尔接着又将目光转向窗户，阴霾的天气——雨滴打在窗玻璃上的声音清晰可闻——使他全然陷于忧郁之中。“如果我再睡一会儿，将所有这些蠢事忘个干净，这样会不会好一些呢？”他想，但他根本办不到，平时他习惯于向右侧躺着睡觉，在现在的状况下，他无法翻身侧卧，无论他用多大的气力翻向右侧，他总是又摇摇晃晃地转回仰卧的姿势。他试了大概有一百次，眼睛也闭上，以免看见那些动个不停的腿，直到腰侧感到一种他以前从未感到过的轻微的钝痛，他才停止。

“天啊，”他想，“我选了个多么累人的职业啊！日复一日地旅行。生意上的烦人事比在家坐店多得多，还得忍受旅行带来的痛苦，倒换火车老得提着心，吃饭不定时，饭菜又差，交往的人经常变换，相交时间不长，感情无法深入。让这一切都见鬼去吧！”他感到肚子上有点痒，便仰躺着蹭到靠近床柱处，这样才比较容易抬起头来看。他看见发痒的地方布满白色小点，说不出那是些什么东西，想用腿去蹭蹭，但立刻就缩回来了，因为一触到全身就起一阵寒战。

他又滑回原来的地方。“这种提早起床的事，”他想，“会把人弄傻的。人需要睡眠。别的旅行推销员过的是后妃般的生活。譬如说，上午当我找好客户回旅馆来抄写订单时，这些先生们才坐在那儿吃早餐；若是我敢和老板也来这一套的话，会马上被炒鱿鱼的。谁知道呢，说不定那样对我倒好，如果不是为了父母而强加克制的话，我老早就辞职不干了，我会到老板那儿去把心底话一吐为快，他听了定会从桌子上摔下来！那真是一种滑稽的情形，自己高高地坐在桌子后面对底下的职员说话，而他又耳背，人家不得不凑到他跟前去。还好，我还没有完全失去希望，一旦把父母欠他的钱存够了——大概还得五六年时间吧——我一定要做这事，到时候会有个大转机的，不过暂时还是得起床，我的火车五点就要开了。”

他看看柜子上滴滴答答响着的闹钟。“天哪！”他想，时间是六点半，而指针还在毫不迟疑地向前走着，六点半已过了，已经接近六点三刻了。闹钟难道没有响？从床上可以看到闹钟是定到四点钟的，这没错；它肯定是响过了，是的，但他怎么可能在那震耳欲聋的闹铃声中安静地睡着呢？确实，他睡得并不安宁，但可能因此睡得更熟吧。只是，现在该怎么办呢？下一班火车七点开，想搭上它，他就必须火速行动，而样品还没有收拾好，他自己也感到不怎么有精神，并且不怎么想动。就算他赶得上这班车，老板照样会大发雷霆，因为公司的差役等在五点那班车旁，早把他没赶上车的事报告上去了，那人是老板的走狗，没脊梁也没头脑。那么，请病假好不好呢？那将会很尴尬，而且也显得可疑，因为格里高尔工作五年以来还没生过一次病，老板一定会带着医疗保险公司的特约医生来，还会为他的懒惰而责怪他的父母。所有的借口都会因为医生的在场而被反驳掉，对这位医生而言，世界上根本就只有磨洋工、泡病号的极为健康的人，况且，今天这事如果他这么认为的话，是不是就完全不对呢？除了昏昏欲睡，而这一点在睡了这么久之后简直过分，格里高尔感觉极佳，甚至感到特别饿。……

【评述】

弗朗茨·卡夫卡（1883~1924），生活在奥匈帝国统治时期的布拉格。1901年进入布拉格大学攻读语言文学（后改学法律），1906年获法学学位，任职于一家保险公司，在工作之余开始文学创作。卡夫卡生前默默无闻、郁郁寡欢，作品未受到社会承认。他甚至在临死前嘱托好友马克斯·勃罗德毁掉自己所有的著作手稿。所幸好友“背叛”了他的意愿，将他的作品悉数整理出版。

卡夫卡的作品包括《美国》《审判》《城堡》等长篇小说，以及《变形记》《判决》《饥饿艺术家》等中短篇小说。卡夫卡用洗练的文笔、奇诡的想象、现代寓言式的手法，揭示了现代人的孤独、恐惧、绝望、挣扎和探索，被奉为现代派文学的先驱。

《变形记》是卡夫卡的代表作品，创作于1912年，1915年首次发表。故事很荒诞：一个跑推销的小职员格里高尔·萨姆沙突然变成一只大甲虫。他怀疑这是个梦，觉得自己只是太劳累需要睡眠而已。母亲来催他起床上班，他要回答母亲的呼叫，却发不出人的声音。可他焦虑的不是自身的不幸痛苦，而是他变成虫子后给亲人带来的麻烦。公司秘书来催他上班被吓跑了，格里高尔意识到自己变不回人形了，反而有了一些作为虫子的快乐。“为了锻炼身体，他养成了在墙壁和天花板上纵横交错地爬来爬去的习惯。他特别喜欢倒挂在天花板上，这比躺在地板上强多了，呼吸起来也轻松多了，而且身体也可以轻轻地晃来晃去；倒悬的滋味使他乐而忘形，他忘乎所以地松了腿，直挺挺地掉在地板上。可是如今他对自己身体的控制能力比以前大有进步，所以即使摔得这么重，也没有受到损害。”变成虫子的格里高尔依然操心着家里的事情，但显然已无能为力。母爱早就变成了“恐惧”，父亲亲自动手教训这个不争气的儿子。就连最亲爱的妹妹，也开始厌恶这个没有用的变成虫子的哥哥。格里高尔想杀掉自己的心比家人还要强烈，最后他终于死去了。

卡夫卡通过这个荒诞的故事，揭示了人与人之间表面上亲亲热热、内心里极为孤独陌生的实质，再现了现代社会中人与人之间的冷漠。在卡夫卡的其他作品里，常常出现类似的主题。如《在流放地》《在法的大门前》《乡村教师》等作品的主人公，几乎都处于一种身不由己的境地，他们在离奇古怪的世界中有自己的目标，但往往以失败而告终。这种在荒诞的、不合逻辑的世界里描绘“人类生活的一切活动及其逼真的细节”，正是卡夫卡小说的艺术魅力所在。卡夫卡笔下的“不真实”，可以看作一种本质上的“真实”。有趣的是，卡夫卡担心出版社会为他的《变形记》画甲虫的插图，还特地写信说：“这个昆虫是画不得的，哪怕是从远处来表现也不行——如果允许我提个建议的话，我会选这样的画面，如：父母亲和秘书主任站在紧闭的门前，或者更好的是父母亲和妹妹在灯火通明的房间内，一扇通向旁边黑漆漆屋的门敞开着……”

现代派文学有一些明显不同于传统文学的艺术特征，比如说文学的真实性。从传统视角来看，现代派作品大多不真实。塞缪尔的荒诞戏剧《等待戈多》，表现的是“什么也没有发生，谁也没有来，谁也没有去”的故事，没有鲜明的人物性格，也没有连贯的故事情节；乔伊斯的意识流小说《尤利西斯》，讲述了一个青年诗人斯蒂芬寻找精神父亲的故事，这个父亲是象征性的，他可以允许斯蒂芬自己也成为一名父亲；马尔克斯魔幻现实主义巨著《百年孤独》，写死去的人与活着的人仍然生活在一起，只是死人不吃饭而已。在现代派作家看来，“世界是由谎言构成的”，一般意义上的“真实”其实并不真实。而他们笔下的不真实的荒诞世界，在超现实的意义上反而是真实的。“卡夫卡《变形记》里表现的是抽象意义上的人类的现实处境和命运，揭示的是形而上的真。”①

① 《试论西方现代派文学的真实观》，蒋承勇、郑达华著，杭州大学学报，1995（3）。

【阅读建议】

英国诗人奥登说，“就作家与所处时代的关系而论，当代能与但丁、莎士比亚、歌德相提并论的第一人是卡夫卡。他对我们至关重要，因为他的困境就是现代人的困境”。卡夫卡作品中主人公无法摆脱的困境和绝望，荒诞而真实的痛苦，极度渴望而求之不得的温暖与爱，会深深啃噬读者的心灵。准备阅读卡夫卡长篇小说（如《城堡》）前，不妨先看看《变形记》《饥饿艺术家》这样的中短篇。

第三章 文学与人生

如果说文学描写自然、刻画社会，自然和社会是文学作品中不可少的自然环境和社会环境，那么文学与人生则存在更紧密的联系。文学是关于人生及人的精神与心灵的艺术探索。文学所涉及的一切都是人生的形态，人生所凸显的一切都是文学的对象。文学史上一部部的文学作品，其实就是一段段纷繁芜杂的人生，它们综合起来，共同构成人类的发展史。高尔基说“文学是人学”，人的生活实践是文学的主要表现对象。

文学反映千姿百态的人生。一个又一个的人来到世界上，开始各自的人生旅程。人生的旅程看上去很奇妙，起点终点一样，中间各有不同。大到自然环境、社会状况、时代发展，小到家庭、学校、亲朋邻里，以及随时可能迎面相遇的偶然和意外，都是人生旅途中的变量，也因此织就千姿百态的人生。“古人无复洛城东，今人还对落花风。年年岁岁花相似，岁岁年年人不同”（刘希夷《代悲白头翁》）。人生没办法提早预知、做好攻略，也没办法中途后悔、返程重来。它“是一个舞台，有各种人物，各随其性格之不同扮演角色、忍受痛苦。任何一个无名的小家庭或社会集团，与整个世界舞台和整个历史景观一样，都展示出各种各样的人物，在他们的行动中，有着相同的互为因果的关系”[①]。文学描写具体而微的人生，却具有高于历史的普遍性意义。以文学最常见的主题“爱情”为例。在夏洛蒂·勃朗特《简·爱》里，出身贫苦、相貌平常的简·爱追求爱情。她在经历许多苦难、遇到爱情的完美对象罗彻斯特后，却选择了离开。她追求的是尊严，是平等基础上的爱情和婚姻，是两个人在心灵上的同等地位。这是一种爱情。在鲁迅小说《伤逝》里，子君为涓生的新思想新观点所倾倒，她也爱上了他。两人冲破重重阻碍生活在一起。子君很快陷入家庭俗务之中，贫贱夫妻百事哀，他们的爱情并不能“时时更新、生长、创造”。生活无着，爱情也随之消减以致最后消失。子君被父亲领回家，在无爱的人间死去。这是另一种爱情。人世间还有多少种爱情？有人说，爱情很简单，它是两个人之间的故事；爱情又太复杂，它可以演化出无穷无尽的桥段。文学一如人生。人生有多么精彩，文学就有多么丰富。人生是文学最主要的表现对象。

文学展现丰富的人性。如果说生活只是人生的表层，人性则是人生的深层。文

① 《文学与人生》，吴宓著，清华大学出版社，2000。

学除了描写生老病死、婚丧嫁娶、衣食住行、为官经商、沙场征伐等社会层面上的问题，关注人的生存境况之外，它还要追问所谓的意义，诸如人从哪里来、活着为什么、最后到哪去等精神层面的问题。文学是“用艺术的语言来展示人的生命过程，通过一个个鲜活的人物来表达人与人、人与社会、人与自然关系的理解”[①]。以文学的另一主题“战争”为例，《三国演义》描写了三国时期复杂的政治斗争和波澜壮阔的战争场面，火烧赤壁、借东风、空城记，作品中有太多精彩的策略和较量，令读者读得酣畅淋漓。而一众性格鲜明、各具特色的人物，如“宁肯我负天下人，不肯天下人负我”的曹操，仁义的刘备，勇猛的张飞，忠义的关羽，智慧的诸葛亮以及伯仲之间的周瑜，则是这幅宏大的战争画卷里不可或缺的一个个亮点。大意失荆州，有谋略的问题，也与人物性格有关。作品在描写人物的时候，更深地触及到人性。列夫・托尔斯泰的《战争与和平》也写战争。这部史诗般的巨著对 19 世纪俄国卫国战争作了全景式的场景展现，战争与和平、前线与后方、国内与国外、军队与社会、上级与下层、都市与乡村都被联系沟通起来，全方位地反映了那个激越动荡的时代，以及俄罗斯的民族意识、民族精神和民族性格，同时还细腻地描写了近 20 年的方方面面的家庭生活和社会生活。文学描写外在世界，更描写心灵的世界，探讨人性的弱点，找寻摆脱人生困境的途径。

文学陪伴人类一路走来，记载以个人名义表达却普遍传达的内心情感，汇集成人类文明的重要内容，对每个人都产生极大的影响。文学的作者只是把自己的生活经历、心灵挣扎、期待与希望细描式地告诉读者，他甚至表现自己的矛盾和疑惑，然而作品的感染力并不因此减少。马克・吐温在中篇小说《败坏了哈德莱堡的人》里，描述了在和睦平静的哈德莱堡小镇，以诚实清高标榜自己的“诚实”居民，尤其是 19 位头面公民，在一袋金币——突如其来且不属于自己的巨大财富——的诱惑下，每个人都绞尽脑汁编造谎言，试图据为己有。他们相互攻击、责骂，丑态百出，最后身败名裂。文章中的理查兹夫妇一辈子为人正直、严于律己，甚至标榜“诚实已成为自己的第二天性”，可在巨大的诱惑面前仍然丢盔卸甲、无力抵挡。从一个方面说，作者揭露批判了 19 世纪美国社会的拜金主义和虚伪人性；从另一方面说，作品剖析了人类容易受诱惑这一普遍的人性弱点。对读者来说，文学作品从来不是道德说教。文学人物和他们的生活不是简单模仿或反对的对象，而是读者自我认识和自省的力量。法国作家让-玛利・古斯塔夫・协克莱齐奥说[②]，“回顾世界文学史，便会发现文学不是任何痛苦的解药，也从未为我们抵挡生存的威胁”，“我们今日读来依然感人的文字，哪怕是为别的时代别的地方所写的，召唤的是我们心中最不逻辑、最不实际的那一部分”，仍然能够在人们需要的时候，“成为有力的杠杆，给人

① 《文学与人生》，周大新著，中国文化报，2018（12）。

② 让-玛利・古斯塔夫・勒克莱齐奥，20 世纪中后期法国作家，2008 年诺贝尔文学奖获奖作家。

力量，去为正义而斗争；给人希望，去争取更加美好的生活”；“虽然不乏矛盾，虽然并不完美，文学却恰恰以其表现出的人性让我们坚定信念，为我们指出未来的道路”。①

第一节　文论选读

一、荀子《乐论》②

夫乐者，乐也，人情之所必不免也，故人不能无乐。乐则必发于声音，形于动静，而人之道，声音动静，性术之变尽是矣。故人不能不乐，乐则不能无形，形而不为道，则不能无乱。先王恶其乱也，故制《雅》、《颂》之声以道之，使其声足以乐而不流，使其文足以辨而不諰，使其曲直、繁省、廉肉、节奏足以感动人之善心，使夫邪污之气无由得接焉。是先王立乐之方也，而墨子非之，奈何！

故听其《雅》、《颂》之声，而志意得广焉；执其干戚，习其俯仰屈伸，而容貌得庄焉；行其缀兆，要其节奏，而行列得正焉，进退得齐焉。故乐者，出所以征诛也，入所以揖让也。征诛揖让，其义一也。出所以征诛，则莫不听从；入所以揖让，则莫不从服。故乐者，天下之大齐也，中和之纪也，人情之所必不免也。是先王立乐之术也，而墨子非之，奈何！

夫声乐之入人也深，其化人也速，故先王谨为之文。乐中平则民和而不流，乐肃庄则民齐而不乱。民和齐则兵劲城固，敌国不敢婴也。如是，则百姓莫不安其处，乐其乡，以至足其上矣。然后名声于是白，光辉于是大，四海之民莫不愿得以为师。是王者之始也。乐姚冶以险，则民流僈鄙贱矣。流僈则乱，鄙贱则争。乱争则兵弱城犯，敌国危之。如是，则百姓不安其处，不乐其乡，不足其上矣。故礼乐废而邪音起者，危削侮辱之本也。故先王贵礼乐而贱邪音。其在序官也，曰：“修宪命，审诛赏，禁淫声，以时顺修，使夷俗邪音不敢乱雅，太师之事也。”

【评述】

荀子（前 313~前 238），名况，字卿，赵国人。战国末期思想家、文学家、政治家。据《史记·孟子荀卿列传》记载，荀子早年游学于齐国，至襄王时代“最为老师”，曾三次担任当时齐国稷下学宫的“祭酒”。后来受楚春申君之用，为兰陵（今山东兰陵）令。晚年从事教学和著述。有《荀子》32 篇，大部分是他自己所写。

春秋战国时期，儒家和道家继续发展，名家、法家、墨家、农家、杂家、阴阳家、纵横家等相继出现，各家著书立说，宣扬自己的政治主张，形成百家争鸣的局

① 《文学与人生》，让－玛利·古斯塔夫·勒克莱齐奥著，施雪莹译，江海学刊，2016（1）。
② 《荀子译注》，张觉撰，上海古籍出版社，2012。

面。荀子对各家思想都有所批评，唯独推崇孔子的儒学思想，并以孔子继承人自居。所以他的思想以儒家为主，同时吸收了其他各家的思想。荀子的文学思想也是如此，对儒家的文学主张有继承也有许多新的发展。荀子主张性恶论，否认天赋的道德观念，强调后天环境和教育对人的影响。他认为凡是善的、有价值的东西，都是人努力的产物。价值来自文化，文化是人的创造。正是在这一点上，人在宇宙中和天、地同等重要。

《乐论》是《荀子》针对墨子《非乐》而写的一篇驳论文。荀子认为，人性本恶，思想感情有邪而不正的方面。而音乐是人的感情的自然流露，人的所作所为——包括声音、举止、性情及其表现方式的变化，可以全都体现在音乐之中。音乐具有特殊的陶冶人的心灵的作用。歌声快乐而不淫荡，歌词明理正确而不流于花巧，音律宛转舒扬或清脆利落，都足够感动人的善心。音乐中正平和，民众就和睦协调而不淫荡；音乐严肃庄重，民众就同心同德而不混乱，于是就兵力强劲，城防牢固，敌国不敢来犯。所以古代圣王创作《雅》乐、《颂》乐来引导百姓，这是称王于天下的开端。礼制雅乐被废弃，靡靡之音兴起，则是国家危险、国势衰弱、遭受侮辱的根源。

荀子继承了孔子诗教（诗乐一体）的思想，论述了音乐（也包括文学）在社会政治生活中的重要地位和作用。他认为人有天然的对物质生活的欲求，这是和道德礼仪规范相冲突的，如果不加节制任其发展，必然会产生过分追求。所以，要用礼来加以控制，使人们的欲望局限在自己的分内。这种欲望和要求源自人的内在本性（“人性恶”），所以从根本上讲还是要用有中和之美的音乐来陶冶人的内心，使其在思想感情上平和中正，不生非分之想，这样社会才能在精神品德方面统一于共同原则。

就儒家正统思想的传承而言，荀子起到了承上启下的重要作用。他上承孔孟的观点，杂糅诸子百家思想，对后来代表儒家文艺美学思想的经典文献《礼记·乐记》产生直接影响，是中国传统文论中“艺术影响社会生活”论的代表人物。

二、梁启超《论小说与群治之关系》[①]

抑小说之支配人道也，复有四种力：一曰熏。熏也者，如入云烟中而为其所烘，如近墨朱处而为其所染；《楞伽经》所谓“迷智为识，转识成智”者，皆恃此力。人之读一小说也，不知不觉之间，而眼识为之迷漾，而脑筋为之摇飏，而神经为之营注；今日变一二焉，明日变一二焉；刹那刹那，相断相续，久之而此小说之境界，

① 《饮冰室合集》，梁启超著，中华书局，1989。

遂入其灵台而据之，成为一特别之原质之种子。有此种子故，他日又更有所触所受者，旦旦而熏之，种子愈盛，而又以之熏他人。故此种子遂可以徧世界。一切器世间、有情世间之所以成、所以住，皆此为因缘也。而小说则巍巍焉具此威德以操纵众生者也。二曰浸。熏以空间言，故其力之大小，存其界之广狭；浸以时间言，故其力之大小，存其界之长短。浸也者，入而与之俱化者也。人之读一小说也，往往既终卷后，数日或数旬而终不能释然。读《红楼》竟者，必有余恋，有余悲；读《水浒》竟者，必有余快，有余怒。何也？浸之力使然也。等是佳作也，而其卷帙愈繁、事实愈多者，则其浸人也亦愈甚！如酒焉，作十日饮，则作百日醉。我佛从菩提树下起，便说偌大一部《华严》，正以此也。三曰刺。刺也者，刺激之义也。熏浸之力利用渐，刺之力利用顿。熏浸之力，在使感受者不觉；刺之力，在使感受者骤觉。刺也者，能入于一刹那顷忽起异感而不能自制者也。我本蔼然和也，乃读林冲雪天三限，武松飞云浦厄，何以忽然发指？我本愉然乐也，乃读晴雯出大观园，黛玉死潇湘馆，何以忽然泪流？我本肃然庄也，乃读实甫之琴心、酬简，东塘之眠香、访翠，何以忽然情动？若是者，皆所谓刺激也。大抵脑筋愈敏之人，则其受刺激力愈速且剧。而要之必以其书所含刺激力之大小为比例。禅宗之一棒一喝，皆利用此刺激力以度人者也。此力之为用也，文字不如语言。然语言力所被，不能广、不能久也，是于不得不乞灵于文字。在文字中，则文言不如其俗语，庄论不如其寓言。故具此力最大者，非小说末由！四曰提。前三者之力，自外而灌之使入；提之力，自内而脱之使出，实佛法之最上乘也。凡读小说者，必常若自化其身焉，入于书中，而为其书之主人翁。读《野叟曝言》者，必自拟文素臣。读《石头记》者，必自拟贾宝玉。读《花月痕》者，必自拟韩荷生若韦痴珠。读梁山泊者，必自拟黑旋风若花和尚。虽读者自辩其无是心焉，吾不信也。夫既化其身以入书中矣，则当其读此书时，此身已非我有，截然去此界以入于彼界，所谓华严楼阁，帝网重重，一毛孔中万亿莲花，一弹指顷百千浩劫，文字移人，至此而极。然则吾书中主人翁而华盛顿，则读者将化身为华盛顿；主人翁而拿破仑，则读者将化身为拿破仑；主人翁而释迦、孔子，则读者将化身为释迦、孔子，有断然也。度世之不二法门，岂有过此？此四力者，可以卢牟一世，亭毒群伦，教主之所以能立教门，政治家之所以能组织政党，莫不赖是。文家能得其一，则为文豪；能兼其四，则为文圣。有此四力而用之于善，则可以福亿兆人；有此四力而用之于恶，则可以毒万千载。而此四力所最易寄者惟小说。可爱哉小说！可畏哉小说！

【评述】

梁启超（1873~1929），字卓如，号任公。清朝光绪年间举人，后从师于康有为，成为资产阶级改良派的宣传家。维新变法前，与康有为一起发动“公车上书”，领导北京和上海的强学会。百日维新期间，有关新政的奏折、章程大多出自他的手笔，被光绪帝大加奖励。戊戌变法失败后流亡日本，在《饮冰室合集》《夏威夷游记》中继续推广“诗界革命”。辛亥革命后曾担任袁世凯政府司法总长、段祺瑞政府财政总长兼盐务总署督办。1920年后放弃政治活动，主要从事文化教育和学术研究活动。他倡导新文化运动，支持五四运动，是中国近代思想家、政治家、教育家、史学家、文学家。

梁启超的文学思想与其激进的改良主义政治主张密切联系在一起。他看到旧中国社会、制度的腐败，特别是经历戊戌变法失败、谭嗣同等六君子被杀的惨痛事件，认为要挽救中国的危亡，必须从政治体制到学术文化等各个方面，学习西方的科学与文化，改造旧的社会，建立一个繁荣富强的新的中国。他倡导“诗界革命”，主张以“欧美之真精神真思想”输入中国，使中国传统诗歌在保留自己传统的基础上，拥有“新意境”“新语句”。他倡导“文界革命”，要求文章言文一致，充分传达新思想，并且让老百姓读懂，开发民智，造就“新国民”。他倡导“小说界革命”，主张用小说特有的高强度的艺术感染力，激励国民的爱国精神，影响并改变人们的思想观念。《论小说与群治之关系》即是梁启超倡导“小说界革命”的纲领性文章，写于1902年，发表于《新小说》杂志创刊号。

在《论小说与群治之关系》一文中，梁启超认为小说具有巨大的支配力量，即“熏”“浸”“刺”“提”四种力量。“熏”即熏陶，指小说的意境能迅速占领人的心灵世界，使读者的整个精神被小说境界所支配；“浸”即浸染，指读者读完作品后，仍然会长时间地被小说的境界所浸染，像醉酒一样沉醉其中难以自拔；“刺”可以理解为刺激，指小说在熏陶、浸染的过程中，对读者产生强烈的刺激作用，读者不知不觉中与作品人物共悲喜、同欢戚；“提”指读者入于小说之中，甚至将自己化身为小说主人公，完全进入虚静、物化的状态，以致忘了自身的存在。梁启超认为，小说是以最强烈的情感去引起读者的情感共鸣，具有巨大的艺术魅力。“天下最神圣的莫过于情感”，“情感教育最大的利器，就是艺术。音乐、美术、文学这三件法宝，把‘情感秘密’的钥匙都掌住了”。[①] 所以，“欲新一国之民，不可不先新一国之小说。故欲新道德，必新小说；欲新宗教，必新小说；欲新政治，必新小说；欲新风俗，必新小说；欲新学艺，必新小说；乃至欲新人心，欲新人格，必新小说”，“今日欲改良群治，必自小说界革命始！欲新民，必自新小说始”。

梁启超在上文中充分论述了“小说界革命”的核心思想，强调了艺术感染力的重要作用。他认为当时国民落后的思想观念大都来源于旧小说的影响，所以“小说界革命”要能担当起挽救国家民族危亡的大任。事实上他的“小说界革命”范围并不限于小说，还包括有同样作用的戏剧。梁启超还创作了《新中国未来记》等小说，

① 《中国韵文里头所表现的情感》，梁启超著，中华书局，1989。

践行自己的“小说界革命”主张。

梁启超明显受到严复维新思想的影响。严复是洋务运动时期李鸿章创办的北洋水师学堂培养的中国近代第一批海军人才，他翻译赫胥黎的《天演论》，系统介绍西方民主和科学，宣传维新变法思想；他认为小说对读者有极大的艺术感染力，在传播新文化新思想新精神中可以起重要作用。当然，梁启超自身的影响力及维新思想在当时中国的影响甚广，故《论小说与群治之关系》一经发表便引起巨大反响，推动中国“新小说”走向繁荣。从1902年到1908年，中国小说期刊达50种以上，创作小说7388种，翻译小说2522种，20年间发表的小说占近代全部小说的99%。

三、赫尔德《论鄂西安和古代民族歌谣》①

一个民族越是粗犷，这就是说，它越是活泼，就越富于创作的自由；它如果有歌谣的话，那么它的歌谣也就必然越粗犷，这就是说，它的歌谣越活泼，越奔放，越具体，越富于抒情意味！这个民族的思想方法，语言和文字的表达方式越不是人为的，学术性的，（那么）它的歌谣也就必然更不适于写到纸上，必然更不是一些僵死的形之于文字的诗篇。歌谣的本质，它的意图，它全部的魅力是同歌谣的抒情意味、活跃的气氛以及同时舞蹈的节奏分不开的，是同语言的、音节的、甚至在某些音节字母上的对称分不开的，同旋律的进程以及同成百上千的其他事物分不开的，这些事物同活生生的世界，对于形成格言歌谣和民族歌谣，是必不可少的，而且同歌谣融合成一片了。歌谣具备了全部的魅力，鼓舞着人民，是他们的动力，是他们永远继承的歌声和欢乐的歌声。这就是粗犷的阿波罗发射出来的箭，他用这些箭洞穿了人们的心，而他在箭上系上了心灵和回忆。要让一篇歌谣流传得越持久，（那么）这些唤醒心灵的人们就必须创作得越具体，他们要抵挡得住时间的力量和时代的变化。

没有什么东西会比耳朵的习惯势力来得更强烈、更持久、更迅速、更细腻的了！只要它深刻地听过了一次，它就永远忘记不了！从幼年咿呀学语时所听到的东西，回忆起来是多么活跃，而且同活生生的世界里的一切现象多么迅速地联系了起来——这些东西回忆起来是多么丰富而有力量呀！

【评述】

约翰·哥特弗雷德·赫尔德（1744~1803），出身于普鲁士莫伦根（波兰莫龙格）的一个小康家庭，18岁进入柯尼斯堡大学，研读哲学、文学和神学，受康德影响极深。著有《当代德国文学之片稿》《评论文集》和《我在1769年的游记》等著作。

---

① 《西方文论选》，伍蠡甫主编，上海译文出版社，1979。

1770年在斯特拉斯堡会见年轻的歌德，在艺术与文学上给予歌德深远的影响。赫尔德是德国18世纪启蒙运动重要的理论家，狂飙突进运动的精神领袖。

16世纪以后的德国，因长期的封建割据和战争而经济落后，资本主义发展缓慢，直到18世纪中叶才在法国古典主义和启蒙思想刺激下，逐渐展开启蒙运动。德国的启蒙思想家们认为，只有通过法国那样的思想文化运动，才能促成国家的统一和社会的进步，但德国的当务之急是首先以统一国家发展资本主义，在文学上则是为发展统一的民族文学而斗争。18世纪70年代至80年代中叶的狂飙突进运动，是一次全国性的资产阶级文学运动，是德国启蒙运动的继续和深入。赫尔德关于民族文学的观点，是伴随着资产阶级革命而引发的欧洲民族意识觉醒的先声，为建设德意志民族文学提供了理论依据。

赫尔德认为，各民族的文学都具有自己独特的民族形式。民族文学的独创性来自于各民族自身的社会历史环境，是民族特征、情感在文学中的反映。民族性格越粗犷，它的民歌也就越奔放、越活泼、越有抒情意味。文学尤其是民歌民谣是普通人民的生活思想的反映，是人民的心声，与人民具有深厚的联系。没有普通人民，就没有德国的民族文学。所以艺术家应与人民打成一片，生活在人民之中，这样才有广阔的生活领域。诗人就像“人世间的神，双手像捧着水一样捧着人民的心”。赫尔德提出“诗力说”，认为歌谣的魅力来自于它的抒情性，一旦歌谣从内容到形式都具备了感人的力量，它就将是鼓舞人民的动力，是人民永远传唱的快乐的歌声。

稍早于赫尔德的德国启蒙运动剧作家、文艺理论家莱辛，在《汉堡剧评》里提出了建立市民剧的文学主张。他认为必须冲破新古典主义的传统，在戏剧的题材内容和风格形式上都进行改革，使戏剧能真正地反映现实生活。市民剧应该反映市民阶级的生活、思想和情感，用新兴阶级充当戏剧的主角。艺术家们在宫廷里是无法认识生活的，所以要走向民间，描写真实的现实生活。围绕德意志民族文学建立这一主题，莱辛的《拉奥孔》《汉堡剧评》和郝尔德《关于德意志风格与艺术》《论语言的起源》等著作，都深入地探讨了艺术与现实的关系，对19世纪德国文论以至整个欧洲文论的发展有明显影响。

四、车尔尼雪夫斯基《艺术与现实的美学关系》①

科学和艺术所展示的一切都可以在生活中找到，只是在一种更圆满、更完美的形式中，具有一切活生生的细节，事物的真正意义通常就包含在那些细节中，那些细节常常不为科学和艺术所理解，而且多半不能被它们所包括；现实生活中一切都

① 《生活与美学》，车尔尼雪夫斯基著，周扬译，人民文学出版社，1957。

是真实的，没有人类的各种产物所难免的疏忽、偏见等等的毛病——作为一种教诲、一种科学来看，生活比任何科学家和诗人的作品都更完全、更真实，甚至更艺术。不过生活并不想对我们说明它的现象，也不关心如何求得原理的结论：这是科学和艺术作品的事；不错，比之生活所呈现的，这结论并不完全，思想也片面，但是它们是天才人物为我们探求出来的，没有他们的帮助，我们的结论会更片面、更贫弱。科学和艺术（诗）是开始研究生活的人的教科书，其作用是准备我们去读原始材料，然后偶尔供查考之用。科学并不想隐讳这个；诗人在对他们作品本质的匆促的评述中也不想隐讳这个；只有美学仍然主张艺术高于生活和现实。

……艺术对生活的关系完全像历史对生活的关系一样，内容上唯一的不同是历史叙述人类的生活，艺术则叙述人的生活；历史叙述社会生活，艺术则叙述个人生活。历史的第一个任务是再现生活；第二个任务——那不是所有的历史家都能做到的——是说明生活；如果一个历史学家不管第二个任务，那么他只是一个简单的编年史家，他的著作只能为真正的历史家提供材料，或者只是一本满足人们好奇心的读物；担负起了第二个任务，历史家才成为思想家，他的著作才有科学价值。艺术也同样如此。

【评述】

车尔尼雪夫斯基（1828~1889），俄国 19 世纪革命家、美学家、文学批评家、作家。1846 年考入彼得堡大学文史系，1850 年毕业后担任中学教师。1862 年因从事革命活动、传播革命理想而被沙皇政府逮捕，在监狱里写下代表作《怎么办》。他的作品和威武不屈的革命意志，使他成为俄国进步青年景仰的英雄人物。列宁称他为“未来风暴中的年轻舵手”，普列汉诺夫把他比作“俄国的普罗米修斯”。

车尔尼雪夫斯基主张文学的思想性和现实主义原则。他在《艺术与现实的美学关系》中，提出著名的“美是生活”的观点。他强调生活和艺术中的悲剧事件并不决定于命运，而是一定的客观条件——特别是社会现象的产物。他认为生活中的素材往往“具有艺术的完美和完全”，“现实中每分钟都有戏剧、小说，喜剧、悲剧、闹剧”，所以艺术要从生活出发。他还分析了美的阶级性，指出从事劳动的农民阶级与上流社会的人有不同的审美观。青年农民或农家少女通常都面色红润、体格强壮，上流社会“弱不禁风”的美人在乡下人看来是不美的；而在上流社会，连疾病都成了“有趣的”“可羡慕的”事情，因为它是贵族们“所喜欢的生活方式的结果”。

车尔尼雪夫斯基的文学观是对别林斯基艺术观的继承和进一步发展。他主张文学与生活保持密切联系，“在人类活动的所有方面，只有那些和社会的要求保持活的联系的倾向，才能获得辉煌的发展，凡是在生活的土壤中不生根的东西，就会是萎靡的、苍白的，不但不能获得历史的意义，而且它的本身，由于对社会没有影响，也将是渺不足道的”。如果文学脱离了生活“也能产生杰出的作品，这该是一般规律的奇怪例外”。[1]

车尔尼雪夫斯基关于“生活美高于艺术美”的观点，常常被认为是贬低或忽略文学的艺术性。事实上，任何观点的产生都与思想家们所处的历史背景息息相关。联系车尔尼雪夫斯基所生活的时代，这个观点其实存在着革命性的因素。在19世纪的沙皇俄国，人民生活在水深火热的痛苦之中。那是一个需要反抗、需要斗争的时代。车尔尼雪夫斯基投身革命，他主持《现代人》杂志，使其成为传播革命思想的论坛。他撰写《莱辛，他的时代，他的一生与活动》以及论普希金、托尔斯泰、谢德林、奥斯特洛夫斯基和屠格涅夫等的文章，同时撰写了许多哲学、历史学、经济学方面的著作，如《对反对公社所有制的哲学偏见的批判》《资本与劳动》《哲学中的人本主义原理》等。他还于1859年秘密前往伦敦，同赫尔岑商讨如何反对沙皇统治。车尔尼雪夫斯基面临的斗争环境极为残酷，他在1862年被沙皇政府逮捕，1864年被判7年苦役并终身流放西伯利亚。他认为纯艺术的东西会让人们失去反抗沙皇黑暗统治的勇气和斗志，必须是具备思想性的艺术作品才能鼓舞当时的人们。所以，车尔尼雪夫斯基的文学观具有鲜明的时代性、革命性和斗争性，他思想的进步性及其在美学方面的贡献是不容置疑的。

【推荐阅读】

车尔尼雪夫斯基长篇小说《怎么办》。

《怎么办》写于1862年至1863年，是车尔尼雪夫斯基被囚禁和流放期间所创作的长篇小说。《怎么办》描写了作者理想中的“新人”：平民知识分子，自食其力，追求自由，有高尚的人品，不喜欢浮夸，希望人人都快乐幸福。当薇拉被母亲逼迫出嫁，罗普霍夫放弃学业和当教授的前途，用假结婚的方式将薇拉救出苦海；薇拉和丈夫的好友吉尔沙洛夫产生爱情，努力去爱罗普霍夫以避免他痛苦，吉尔沙洛夫也主动疏远薇拉；罗普霍夫觉察后，竭力促成这场真正的恋爱，以假自杀退出了这场三角关系。每个人都为别人的幸福着想，表现出高尚的品质。《怎么办》带着明显的空想社会主义痕迹，发表后引起广泛反响。

第二节　作品选读

一、张若虚《春江花月夜》

春江潮水连海平，海上明月共潮生。
滟滟随波千万里，何处春江无月明。

---

① 《车尔尼雪夫斯基论文学》，辛未艾译，上海译文出版社，1978。

江流宛转绕芳甸，月照花林皆似霰。
空里流霜不觉飞，汀上白沙看不见。
江天一色无纤尘，皎皎空中孤月轮。
江畔何人初见月，江月何年初照人。
人生代代无穷已，江月年年只相似。
不知江月待何人，但见长江送流水。
白云一片去悠悠，青枫浦上不胜愁。
谁家今夜扁舟子，何处相思明月楼。
可怜楼上月徘徊，应照离人妆镜台。
玉户帘中卷不去，捣衣砧上拂还来。
此时相望不相闻，愿逐月华流照君。
鸿雁长飞光不度，鱼龙潜跃水成文。
昨夜闲潭梦落花，可怜春半不还家。
江水流春去欲尽，江潭落月复西斜。
斜月沉沉藏海雾，碣石潇湘无限路。
不知乘月几人归，落月摇情满江树。

【评述】

张若虚（生卒年不详，约 660~720 年之间），初唐扬州人，曾官至兖州兵曹，与贺知章、张旭、包融合称“吴中四士”。

张若虚存诗不多，《全唐诗》仅收录两首，一首为《代答闺梦还》，一首是《春江花月夜》。《春江花月夜》是乐府旧题，属《清商曲辞·吴声歌曲》。据《旧唐书·音乐志二》记载：“《春江花月夜》《玉树后庭花》《堂堂》，并陈后主作。叔宝常与宫中女学士及朝臣相和为诗，太乐令何胥又善于文咏，采其尤艳丽者以为此曲。”隋炀帝也做过此曲。《乐府诗集》卷四十七收录《春江花月夜》七篇，其中有隋炀帝的两篇。张若虚的《春江花月夜》为拟题作诗，不同于原先的曲调，却成为最有名的一篇。清末学者王闿运评价其“孤篇横绝，竟为大家”，闻一多评价说是“诗中的诗，顶峰上的顶峰”。

《春江花月夜》是一首七言古诗，共 36 句。诗歌一开头，用“连海平”“共潮生”“千万里”“何处无月明”等词句，展示了一幅开阔、宏大、幽美的江边月夜图。在江天一色的皎洁月夜，仰首看到空中的“皎皎孤月”，作者不禁问天问月。一轮孤月徘徊中天，像在等待着什么人似的，诗歌转而引入人生命题。与完美的大自然相比，人生是如此的不完美。游子、思妇各在天涯，离愁别绪相思绵长。人生终归有太多的遗憾和无能为力，但曾经的深情也会长留心底变成永恒的存在。从“昨夜闲潭梦落花”开始，整首诗开始收尾。昨夜、花落、春半，离人还是没有归来。不知有多少人要借这最后的一点点月光，努力寻找生命的归宿。

关于《春江花月夜》的赏析文字很多，大多认为诗歌通过宏大壮阔的空间、宇宙意识，最能体现即将到来的大唐盛世的精神实质。陈子昂《登幽州台歌》也是如此，通过时间的洪流展示宇宙的辽阔。不同的是，陈子昂孤独、苍凉，“独沧然而涕下”。张若虚却把人生的希望寄托于“情”。人与动物不同，人有情感，人有深情。即使是“一种相思，两处闲愁”的别情，也因为牵连和挂念赋予了彼此生命的意义。人生充满缺憾，有离愁别恨，有生老病死，但人生有对生命的爱，对生命的哀伤和喜悦。在这个意义上，“在天愿做比翼鸟，在地愿为连理枝”不一定比“此时相望不相闻，愿逐月华流照君”更加深情。与前者相比，后者更是生命的常态。歌颂这种不完美却深情的人生，才是张若虚人生之歌的主题。

【推荐阅读】

屈原《天问》、陈子昂《登幽州台歌》、苏轼《前赤壁赋》。

二、沈从文《边城》[①]

【故事梗概】

川湘交界有一个叫茶峒的小山城，翠翠、爷爷和一只黄狗住在城边小溪白塔旁边。爷爷管着渡船，每天把两岸的人渡来渡去。茶峒城里有个船总叫顺顺，有两个儿子天保（大老）和傩送（二老）。傩送很英俊，人们叫他岳云。端午节翠翠去看龙舟赛，偶然相遇傩送，彼此心里都留下了深刻的印象。两年后翠翠和爷爷又去看船，遇见了顺顺和天保。天保也喜欢翠翠，并托媒人提了亲。天保告诉傩送他一年前爱上了翠翠，傩送告诉天保他两年前爱上了翠翠。住在山上的王团总想把女儿嫁给傩送，用一座新磨坊作陪嫁。傩送宁肯继承一条破船也要与翠翠成婚。

兄弟俩决定用公平而浪漫的方式来争取翠翠的心，在月夜里一起到碧溪岨去轮流唱歌，谁得到回答谁就娶翠翠。傩送是唱歌好手，听他一开口，老大便决定不唱了，结果老二唱了一晚上。天保心灰意冷，决定驾船离家去做生意。老船夫以为老二的歌声还会响起来，却再也没有听到。

几天后老船夫听说老大的船出了事，淹死了。船总顺顺因为天保的死对老船夫变得冷淡，不愿意翠翠再做傩送的媳妇。老二赌气下了桃源。老船夫只好郁闷地回到家。夜里下了大雨，夹杂着吓人的雷声。第二天翠翠起来，发现船被冲走，屋后的白塔塌了，爷爷也在雷声将息时死去。城里的老军人杨马兵年轻时曾牵了马匹到碧溪岨，对翠翠的妈妈唱过山歌，这时成了翠翠唯一的信托人。他帮着翠翠葬了爷

---

① 《边城——沈从文集》，江苏人民出版社，2014。

爷。顺顺希望翠翠住到家里去，翠翠决定就在渡口渡船，等待着傩送的归来。

【经典摘录】

翠翠在风日里长养着，把皮肤变得黑黑的，触目为青山绿水，一对眸子清明如水晶。自然既长养她且教育她，为人天真活泼，处处俨然如一只小兽物。人又那么乖，如山头黄麂一样，从不想到残忍事情，从不发愁，从不动气。平时在渡船上遇陌生人对她有所注意时，便把光光的眼睛瞅着那陌生人，作成随时皆可举步逃入深山的神气，但明白了人无机心后，就又从从容容的在水边玩耍了。

老船夫不论晴雨，必守在船头。有人过渡时，便略弯着腰，两手缘引了竹缆，把船横渡过小溪。有时疲倦了，躺在临溪大石上睡着了，人在隔岸招手喊过渡，翠翠不让祖父起身，就跳下船去，很敏捷的替祖父把路人渡过溪，一切皆溜刷在行，从不误事。有时又和祖父黄狗一同在船上，过渡时和祖父一同动手，船将近岸边，祖父正向客人招呼"慢点，慢点"时，那只黄狗便口衔绳子，最先一跃而上，且俨然懂得如何方为尽职似的，把船绳紧衔着拖船拢岸。

风日清和的天气，无人过渡，镇日长闲，祖父同翠翠便坐在门前大岩石上晒太阳。或把一段木头从高处向水中抛去，嗾使身边黄狗自岩石高处跃下，把木头衔回来。或翠翠与黄狗皆张着耳朵，听祖父说些城中多年以前的战争故事。或祖父同翠翠两人，各把小竹作成的竖笛，逗在嘴边吹着迎亲送女的曲子。过渡人来了，老船夫放下了竹管，独自跟到船边去，横溪渡人，在岩上的一个，见船开动时，于是锐声喊着："爷爷，爷爷，你听我吹，你唱！"爷爷到溪中央便很快乐的唱起来，哑哑的声音同竹管声振荡在寂静空气里，溪中仿佛也热闹了一些。（实则歌声的来复，反而使一切更寂静一些了。）

【评述】

沈从文（1902~1988），原名沈岳焕，湖南凤凰人。沈从文在兄妹九人中排行老四，在男孩里排老二，兄弟姐妹们都叫他"二哥"。他 14 岁时投身行伍，浪迹于湘川黔交界地区。1922 年怀着对五四新文学的憧憬只身来到北京，两年的苦写生涯后开始崭露头角。1924 年创作了《长河》《边城》等小说，成为一个永远自称"乡下人"的都市知识分子。沈从文一生颇具传奇性。他少年流浪，靠自学成为大学教授。1931 年至 1933 年在青岛大学任教，抗战爆发后到西南联大任教，1946 年回到北京大学任教，建国后在中国历史博物馆和中国社会科学院历史研究所工作，主要从事中国古代历史与文物的研究。沈从文一生创作丰富，著有《月下小景》《八骏图》《边城》《长河》《从文自传》《湘行散记》等作品集，以及《烛虚》《云南看云集》等文论集。

《边城》写于 1931 年，是沈从文最有特色的中篇小说。沈从文用诗意的笔触，徐徐展开了一幅桃源仙境般的乡土画卷：茶峒的"近水人家多在桃杏花里，春天时只需注意，凡有桃花处必有人家，凡有人家处必可沽酒。……黄泥的墙，乌黑的瓦，位置则永远那么妥帖，且与四围环境极其调和，使人迎面得到的印象，非常愉快。一个对于诗歌图画稍有兴味的旅客，在这小河中，蜷伏于一只小船上，作三十天的旅行，必不至于感到厌烦，正因为处处有奇迹，自然的大胆处与精巧处，无一处不使人神往倾心”。在这青山、翠竹、绿水之中，一个毫无功利心、慷慨豪爽的爷爷，一个被大自然滋养、靠风日长大的自然之子一般的少女翠翠，两个率性可爱的少年热烈的感情……可以说，《边城》里充满了人世间的美好：大自然的美好，人情的美好，以及人性的美好。作者“怀着不可言说的温爱”写下了所有的美好。

青砖黛瓦，美景依旧。这些纯朴的人们相爱的结果却往往是悲剧。老船夫的女儿爱上了当兵的，有了孩子却不能跟他结婚。当兵的人自杀了，母亲生下翠翠后也死了；天保和傩送都爱上了翠翠，他们用一种具有地方民族特色的文明的竞争方式去争取女孩的心。傩送的歌声很美，他唱了一晚上的歌，为自己唱，也代哥哥唱，翠翠没办法区分。她只是感到歌声的美，像在梦中“得到了虎耳草”，却不知道交给谁。失望的天保离家走了，几天后乘船出事。同样失望的傩送也离家走了。老船夫爱孙女翠翠，但女儿的死使他一直小心翼翼地面对翠翠的长大，在翠翠的婚姻面前煞费苦心却往往适得其反，最后在一场暴雨雷击中死去。翠翠失去了所有爱她的人。老军人杨马兵曾经爱过翠翠的母亲，现在他来陪着翠翠一起等待傩送，却不知傩送是否归来。杨马兵把翠翠父母的故事又讲了一遍，翠翠的命运会像妈妈的命运吗？小说在这里结束。作者说自己想“要表现的本是一种‘人生的形式’，一种‘优美、健康、自然，而又不悖乎人性的人生形式’”，所以借“桃源上行七百里路酉水流域一个小城小市中几个愚夫俗子，被一件人事牵连在一起时，各人应有的一分哀乐，为人类‘爱’字作一度恰如其分的说明”。①

文学与现实的距离，是区分现实主义和浪漫主义的重要标准。从理论来讲，《边城》具有更多的浪漫主义因素。沈从文给小说下的定义是“用文字很恰当地记录下来的人事”。他说，“故事内容发展呢，无所谓‘真’，也无所谓‘伪’，要的只是恰当。全篇分配要恰当，描写分析要恰当，甚至于一句话一个字，也要它在可能精彩下用得不多不少，妥帖恰当。文学作品上的真善美条件，便完全从这恰当产生”，“只要恰当，写的是千年前活人生活，固然可给读者一种深刻印象，即写的是千年前活人梦境或架空幻想，也同样能够真切感人。《三国演义》在历史上是不真的，毫无关系，《西游记》在人事上也不会是真的，同样毫无关系。它的成功还是‘恰当’，能恰当给人的印象便真”。②

每次读《边城》，都忍不住会想，如果西方唯美主义作家来写这个故事，会有怎

① 《沈从文选集》，四川人民出版社，1983。
② 同上。

样的情节发展和故事结局呢?

【推荐阅读】

沈从文《湘行散记》。

湘西是沈从文的故乡。在他的记忆里，也在他的笔下，湘西的山山水水世俗人情，是故事、诗歌，也都是图画。1934 年，沈从文返回故里，眼见满目疮痍，美丽乡村变成一片凋零，不禁悲从中来。他一路写下这些文字，细织密缝般地描绘出他的童年、他的往事，以及远行中船头水边的见闻，抒发自己“无言的哀戚”。《湘行散记》是沈从文散文代表作，是中国现代文学史上最美的创获。

三、莎士比亚《哈姆雷特》①

【故事梗概】

丹麦王子哈姆雷特突然遭遇一连串的不幸：父亲暴卒、叔父克劳狄斯篡位、母亲改嫁叔父。父亲的鬼魂出现，道出克劳狄斯谋害于他，要求儿子复仇。是魔鬼的蛊惑还是叔父的阴谋？感性敏锐的哈姆雷特难于判断，犹豫不决。为了避免叔父产生怀疑，哈姆雷特开始装疯卖傻，连未婚妻奥菲莉娅也装作不认识。

哈姆雷特写下与父亲遇害情节相仿的剧本，借剧团进宫演出之机，让他们上演。克劳狄斯看后脸色大变，心虚跪地祷告。哈姆雷特目睹叔父的反应后，心中疑惑一扫而空，决心复仇。此时王后令他进宫。哈姆雷特伤心地责备母亲，并把躲在布帘后偷听的奥菲莉娅的父亲、大臣波洛涅斯误杀而死。克劳狄斯担心哈姆雷特杀掉自己，找借口把他送去英国，并暗中拜托英皇杀掉哈姆雷特。

奥菲莉娅因心爱之人误杀父亲，终于精神崩溃。她的哥哥雷欧提斯回国奔丧，看到妹妹疯疯癫癫，在克劳狄斯挑拨下，发誓与哈姆雷特誓不两立。克劳狄斯策划了一个阴谋，想借雷欧提斯之手杀掉哈姆雷特。

哈姆雷特识破叔父的诡计后，从去往英国的途中折回，回到丹麦时正好遇见奥菲莉娅的葬礼，心中悲伤。克劳狄斯抓住这个机会，安排了哈姆雷特和雷欧提斯剑术决斗。雷欧提斯用剑尖涂毒的剑刺伤了哈姆雷特；哈姆雷特夺过剑后，又用这把剑刺杀雷欧提斯；雷欧提斯死前道出克劳狄斯的阴谋，愤怒之下的哈姆雷特用同一把剑刺死叔父后，自己也毒发身亡。

【经典摘录】

哈姆雷特　啊，但愿这一个太坚实的肉体会融解、消散、化成一堆露水！或者那永生的真神未曾制定禁止自然的律法！上帝啊，上帝，人世间的一切在我看来是

① 《莎士比亚全集》，朱生豪译，人民文学出版社，1978。

多么可厌、陈腐、乏味而无聊啊，那是一个荒芜不治的花园，长满了恶毒的莠草。想不到居然会有这种事情！刚死了两个月！不，两个月还不满！这么好的一个国王，比起当前这个人来，简直是天神和丑怪！这么爱我的母亲，甚至不让天风吹痛她的脸。天地啊，我必须记着吗？嘿，她会依偎在他身旁，好像吃了美味的食物，格外促进了食欲一般。可是，只有一个月的时间，我不能再想下去了。脆弱啊，你的名字就是女人！短短的一个月以前，她哭得还像个泪人似的，送我那可怜的父亲下葬，她在送葬时所穿的那双鞋子还没有破旧，她就，她就——上帝啊，一头没有理性的牲畜也要悲伤得长久些——她就嫁给了我的叔父，我父亲的弟弟。可他一点也不像我的父亲，正如我一点也不像赫拉克勒斯一样，只有一个月的时间，她那流着虚伪之泪的眼睛还没消去红肿，她就嫁人了。啊！罪恶的匆促，这样迫不及待地钻进了乱伦的寝被，那不是好事，也决不会有好的结果；可是，碎了吧，我的心，因为我必须要噤住我的嘴。(《哈姆雷特》第一幕)

哈姆雷特 生存还是毁灭？这是一个值得考虑的问题；默然承受命运暴虐的毒箭，或是挺身反抗人世的无涯苦难，通过斗争把它们扫清，这两种行为，哪一种更高贵？死亡；睡着了；什么都完了，要是在这一种睡眠之中，我们心头的创痛，以及其他无数血肉之躯所不能避免的打击，都可以从此消失，正是我们求之不得的结局。死了；睡着了；睡着了也还会做梦；嗯，阻碍就在这儿；因为当我们摆脱了这具腐朽的臭皮囊之后，在那死的睡眠里，究竟还要做些什么梦，那不能不使我们踌躇顾虑。人们甘心久困于患难之中，也就是为了这个缘故；谁愿意忍受人世的鞭挞和讥嘲、压迫者的凌辱、傲慢者的冷眼、被轻蔑的爱情的惨痛、法律的迁延、官吏的横暴和费尽心机换来的小人的鄙视，要是他只要用一把小刀，就可以清算他的一生？谁愿意负着这样的重担，在烦劳的生命的压迫下呻吟流汗，倘不是因为惧怕不可知的死后，惧怕那从来不曾有一个旅人回来的神秘之国，是它迷惑了我们的意志，使我们宁愿忍受目前的折磨，不敢向我们所不知道的痛苦飞去？这样，重重的顾虑使我们全变成了懦夫，决心的炽热的光芒，被审慎的思维盖上了一层灰色，伟大的事业在这一种考虑之下，也会逆流而退，失去了行动的意义。(《哈姆雷特》第三幕)

【评述】

威廉·莎士比亚（1564~1616），英国戏剧家。1592 年，莎士比亚作为演员和诗人闻名伦敦。他流传下来的作品包括 38 个剧本、154 首十四行诗和两首叙事长诗。他的剧本有各种译本，迄今仍在世界各地频繁上演，远远超过他同时代以及后来的戏剧家。

莎士比亚的剧作包括历史剧、喜剧和悲剧三大类。历史剧代表作是《亨利四世》，喜剧代表作是《威尼斯商人》《仲夏夜之梦》等，悲剧代表作是四大悲剧和《罗密欧与朱丽叶》。莎士比亚在剧中表现对平等自由的追求，歌颂崇高的友谊、纯洁的爱情和优秀的人类品格，鞭挞形形色色的社会丑恶现象，是欧洲文艺复兴时期最重要最伟大的代表作家。直至今日，他的戏剧仍被公认为是不可企及的典范。与他同时代的著名作家本·琼生称他为“时代的灵魂”，“不属于一个时代而属于所有的世纪”。歌德说：“读到他的第一页，我的一生都属于他了。读完第一部，我就像一个先天的盲人看见了光明。”雨果称赞他为“舞台上的上帝”。马克思、恩格斯概括和总结了莎士比亚戏剧的创作特点，提出艺术创作要严格地从客观的现实生活出发，按现实的本来面貌再现现实，要“莎士比亚化”。

《哈姆雷特》写于 1601 年，是莎士比亚最负盛名的剧本。剧本根据 12 世纪时流传的丹麦王子为父复仇的故事改编而成。作者以精湛的艺术形式、博大的思想内容，表现主人公人文主义理想的幻灭，反映了作者对人生价值和意义的探索。剧中复杂的人物性格以及丰富完美的悲剧艺术手法，代表着西方文艺复兴时期文学的最高成就。迄今为止，《哈姆雷特》仍然是莎剧中上演频率最高的一部，并被多次翻拍成电影。

莎士比亚四大悲剧均写于 17 世纪初，其主题在几百年后的今天仍具有广泛、深刻的社会意义。《奥赛罗》（1604）反映了文艺复兴时期深刻的社会矛盾。在威尼斯，勇敢的、战功赫赫的黑人将军奥赛罗和贵族小姐苔丝狄蒙娜冲破种族、地位的阻隔而相爱结婚，却被狡诈、阴险的伊阿古用一方丝帕挑起了奥赛罗的嫉妒与愤怒。他亲手扼死了美丽忠贞的苔丝狄蒙娜，得知真相后挥剑自杀。《李尔王》（1605）取材于古代英国的历史传说。年事已高的李尔王准备依据女儿们对他的“爱”，把国土分给三个女儿，大女儿和二女儿口蜜腹剑赢得了父亲的信任，小女儿考狄利娅不愿阿谀奉承而一无所得。离位的李尔王被大女儿和二女儿赶出王国，已嫁给法国国王的考狄利娅起兵讨伐，因战事不利被杀死，李尔王守着心爱的小女儿的尸体悲痛死去。莎士比亚站在人文主义者的立场，通过王室家族的内乱和李尔王命运的大起大落，批判了资本主义社会伪善的人伦关系，肯定了同情、博爱的道德原则。《麦克白》（1605）描述了一个曾屡建奇勋的苏格兰英雄麦克白变成残忍暴君的过程，雄心蜕变为野心，野心导致一连串的罪恶。剧中人物不时的深思、反省、剖析内心，是莎士比亚戏剧中心理描写的佳作。

【阅读建议】

莎士比亚戏剧现有 70 多种文字译本，以莎剧为蓝本改编的电影多达 600 余部。《哈姆雷特》有多个电影版本。由劳伦斯·奥利弗导演的《哈姆雷特》（1948 年）在中国曾被译作《王子复仇记》上映。目前较新的电影版《哈姆雷特》采用剧场演出直录的形式，重现莎剧作为舞台剧的艺术魅力。2016 年，为纪念莎士比亚逝世 400 周年，国家大剧院推出话剧《哈姆雷特》，以独特视角诠释莎翁经典。

此外，新的莎士比亚环球剧场于 1997 年在伦敦落成。新剧场建在原址附近，高约 14 米，内外结构均力求再现建造于 1599 年的剧场原貌，开放式舞台。剧院专为欣赏莎剧而建，供演出和参观。

四、村上春树《沉默》①

【故事梗概】

“我”无意间得知大泽曾是职业拳击手，便好奇地问他打过人没有。大泽回忆起自己唯一的一次打人经历。

大泽打过一个叫青木的同学。青木成绩很好，是班上的学霸，老师和同学都喜欢他。大泽不喜欢青木的圆滑和工于心计。成绩中等的大泽有一次在期末英语考试中得了第一名，对一向考第一的青木打击很大。没多久关于大泽的谣言被散布出来。大泽去找青木对质，青木佯装不知还冷嘲热讽。气极了的大泽挥拳揍了青木。

两人升入同一高中，不在一个班，平时也无交集。高三时终于同班。即将毕业前的那个暑假，班里一个姓松本的男生自杀，大泽周围的环境变得奇怪起来。同学们开始孤立他，老师特意询问他学拳击和打青木的事，甚至警察也找他问话。最后虽因毫无证据不了了之，但大泽被彻底孤立了。他知道这是青木的诡计。他想向大家说明真相，却发现无从说起。

终于有一天，大泽与青木在去学校的电气列车上不期而遇。两人都死死地瞪着对方。大泽发现自己对青木除了气愤和憎恨之外，还有一种近乎悲哀和怜悯的感情。大泽逐渐冷静下来，静静地凝视着青木的脸。青木的眼睛开始颤抖。大泽从此重振旗鼓，考上九州的大学离开了家乡。

【经典摘录】

大泽：“我终于从地狱般的境地里站立起来，是那一个月过后，在去学校的电气列车上同青木不期而遇。车厢照样满员，挤得动弹不得。稍前一点我看到青木的脸。隔两三个人，从别人肩头看见他的。我和他简直正相对地四目对视。他也注意到我了。我们对视了一会。当时我的脸色肯定非常难看——睡不好觉，差点儿神经崩溃，因此刚开始时青木以冷笑样的眼神看着我，像是在说怎么样呀。我知道这一切都是青木搞的鬼，青木也晓得我知道。我们死死地瞪视对方，瞪了好一阵子。但在看他眼睛的时间里，我渐渐产生了一种不可思议的心情。那是我从未感觉到的情感。当然对青木我是气恼的，气得有时恨不得宰了他。然而那时候我在满员列车中所感到的，与其说是气愤和憎恨，倒不如说是近乎悲哀和怜悯的感情。难道人会因为这么一点事就扬扬得意就炫耀胜利不成？难道这小子因为这么一点事就真的心满意足、

① 《列克星敦的幽灵》，村上春树著，林少华译，上海译文出版社，2009。

欢天喜地不成——想到这里，我不由感到一种深切的悲哀。我想，这小子恐怕永远体会不到真正的喜悦和真正的荣耀，恐怕至死他都感受不到从内心深处涌起的那静静的震颤。某种人是无可救药地缺少底蕴的，倒不是说我自己有底蕴。我想说的是具不具有理解底蕴这一存在的能力。但他们连这个都不具有，实在是空虚而凡庸的人生，哪怕表面上再引人注目，再炫耀胜利，里边也是空无一物的。

“我一边这么想着，一边静静地凝视他的脸。已不再想揍青木了，关于他已经怎么都无所谓了，真的无所谓了，对此自己都有些吃惊。我打定主意，再忍受五个月沉默就是，也完全忍受得了。我还有自豪剩留下来。不能让青木那样的人就这么轻易拉下马去——我清楚地这样想道。

“我开始以这样的眼神看青木。相互看了相当长时间。估计作为青木也认为移开眼睛即是认输。我们谁也没有移开眼睛，直到车进下一站。不过最后青木的眼睛颤抖了。尽管微乎其微，但我清楚地看在眼里。长期练习拳击，对对方的眼神自然敏感。那是脚已动弹不得的拳击手的眼神。本人以为在动，其实没动。自以为在动，但脚已原地止步。脚一止步，肩便运动不灵，双拳也就没了力——便是这样的眼神。对方恐怕已经感到自己有什么不对头了，但那是怎么回事却不知其故。

“我以此为起点重振旗鼓。夜晚呼呼大睡，好好吃饭，拳击练习再也一次不缺。不能落荒而逃。倒不是说要战胜青木，而是不能在人生本身面前溃逃，不能被自己所蔑视所不屑的东西压瘪挤碎。我就这样忍耐了五个月，跟谁也不开口。自己没错，错的是大家——我自己讲给自己听。每天挺胸上学，挺胸回家。从高中出来后，我上了九州一所大学，因为我想，去九州就不至于同高中时代的熟人见面了。”

【评述】

村上春树（1949~　），日本当代著名作家。1979年，处女作《且听风吟》获“群像新人文学奖”，从此开始写作生涯。从《奇鸟行状录》《挪威的森林》《寻羊冒险记》到《海边的卡夫卡》《刺杀骑士团长》等等，村上的作品风靡日本，给日本文坛带来了生机和震撼，被称为“村上春树现象”。村上春树的作品风格深受欧美作家影响，基调轻盈，少有日本战后文学阴郁沉重的气息，被称作第一个纯正的“二战后时期作家”，并被誉为日本20世纪80年代的文学旗手，其作品在世界范围内具有广泛知名度。

《列克星敦的幽灵》是村上春树1991年至1996年期间创作的短篇小说集，收录了七篇故事，构思新颖奇特、诡异，充满神秘和恐怖的色彩。通过主人公孤独的人生来探讨孤独，是村上春树小说比较重要的主题。以《托尼瀑谷》为例，文章中父子二人都是孤独的人，有着和“足以斩断神经的痛不欲生的孤独”相反的孤独。不同的是父亲享受这种孤独，儿子则在孤独的路上找到了真爱，看到了孤独以外的人生道路。结局很残酷，父亲虽一生孤独却活得潇洒自在，儿子找到真爱摆脱孤独，却很快因妻子车祸、父亲去世而重回绝对的孤独。这本小说集的其他篇也是如此。独处于郊外旧宅给人看家，夜半客厅里居然响起了恐怖的说笑声，捱到天亮去窥看却无人迹可觅（《列克星敦的幽灵》）；肌肉冰冷、手指挂霜的“冰男”娶到娇妻已属人生大幸，当上冷库保管员也算人尽其才，可他却不安分地偏要去南极生活定居（《冰男》）；“我”的好友刚被台风卷走，却又横浮在第二波巨浪的浪尖上冲“我”咧嘴一笑，吓得“我”四十年不敢再去游泳（《第七位男士》）。

《沉默》是一个孤独男孩成长的故事。小说里大泽的孤独，是一种仿佛被全世界抛弃的孤独。大泽在家里是孤独的（不是因为家庭冷暴力），在学校是孤独的（不是因为顽劣）。当他发现拳击运动的孤独“底蕴”时，他爱上了这项运动。中学时，大泽因与青木的矛盾所导致的一系列事件而被老师、被同学、被社会彻底孤立。一点点的孤独在积累，大泽沉默了，在沉默中孤独地成长。虽然在与青木的对视里完成了自己的成长，后来也考上大学、顺利工作、娶妻，但仍不时掉入被世人抛弃的孤独噩梦之中。

大泽的孤独感许多人都有体会，这就是真实的人生。在现代都市拥挤的人群中，在看似热闹的朋友圈后面，有多少人的人生是无法逃避的孤独。村上春树写出了现代人心里普遍存在的孤独感。村上春树说，人生本质上是孤独、无奈的，所以人需要交往，以求理解。但真正的理解却又是不可能的，努力寻求对方理解的人最后往往都无功而返。不过，“孤独一人也没有关系，只要能发自内心地爱着一个人，人生就会有救，哪怕不能和他生活在一起”（《1Q84》）。《奇鸟行状录》里有一口井，主人公下到深深的井里，独自面对深深的孤独。《刺杀骑士团长》里也有一个深洞，主人公通过这个洞找到了通往外面的路。井与洞在村上春树小说里具有特别的象征意义。他认为不能因为孤独切断同众人的联系，彻底把自己孤立起来，而应该深深挖洞。只要一个劲儿往下深挖，就会在某处同别人连在一起。

村上春树多以当今日本社会为背景，描写现代繁华都市里青年人的精神世界。作品流畅优美，情节新奇。非现实性的场景、人物，在他笔下却拥有一种奇妙的现实感，“象征性地、寓言式地传达出了当今时代和社会的本质上的真实，从而给读者带来一种感受本质的震撼感”。①

【阅读建议】

从 20 世纪 90 年代开始，村上春树的作品在中国持续畅销。2018 年，上海译文翻译出版了他的新作《刺杀骑士团长》，在图书市场热度依然未减。从 2006 年开始，村上春树获诺贝尔文学奖的呼声一直很高，虽然都失之交臂，但他无疑是世界文学近 20 余年影响最广的作家之一。国内出版的村上春树作品主要有林少华与施小炜的

① 《20 世纪外国文学名著文本阐析》，黄铁池、杨国华主编，北京大学出版社，2006。

两种译本。林少华译本倾向于“审美忠实”，施小炜译本主张以字词准确、句式对应为前提“忠实原著”。其实两位译者并非没有共同点，他们都为了得到最佳译文而反复斟酌、多次修改，试图以呈现在读者面前的译文捍卫自己心目中的忠实。两种译本各有千秋，佳句妙语可圈可点。对比阅读，不失为又一种阅读乐趣。

思考题

1. 简要分析柏拉图“模仿说”与亚里士多德“模仿说”的不同。
2. 请以具体的小说作品为例，说明文学真实源于生活真实并高于生活真实。

辅助阅读资料

1. 童庆炳:《中国古代文论的现代阐释》，中国人民大学出版社，2010
2. 朱良志:《中国艺术的生命精神》，安徽教育出版社，1998
3. 奥尔巴赫:《摹仿论——西方文学中所描绘的现实》，百花文艺出版社，2002
4. 罗杰・加洛蒂:《论无边的现实主义》，百花文艺出版社，1998

第二编　文学与作者

【学习要点】

1. 作者为什么创作。

2. 作者的良知和社会责任。

3. 好的作家是天赋与勤奋的结合。

创作是作者个体的一种文化行为。作者生活于客观世界之中，对各种各样的社会生活——诸如疾病与苦难、战争与和平、爱情与甜蜜，有了自己的体验，感受到了生活的诗情画意、琐碎无常或黯淡痛苦，形成了自己对生活的理解，于是产生创作冲动，并进入精神性的创造活动之中。他们选择题材、梳理筛选材料、组织语言和结构、塑造人物、构思情节，最终完成文学作品的创作。作品是作者主观意识的产物，这是古今中外文学理论作品研究的共识。至于"主观意识的产物"产生于作者很明确的亲身体验还是假想的行动，其实并不要紧，重要的是，它们都是作者某种生活经历和思想感情形诸于语言文字的产物。

唐代诗人白居易年轻时曾漫游江南，后来在苏州杭州短期做官。留在他记忆中的江南风景如画，"日出江花红胜火，春来江水绿如蓝"，是"山寺月中寻桂子，郡亭枕上看潮头"（《忆江南》）。宋代王安石的江南，"千里澄江似练，翠峰如簇。征帆去棹残阳里，背西风，酒旗斜矗。彩舟云淡，星河鹭起，画图难足"（《桂枝香·金陵怀古》）。南唐后主李煜的江南则是另一番景象，"闲梦远，南国正清秋。千里江山寒色远，芦花深处泊孤舟。笛在明月楼"（《望江南》）。李煜抒写的是他曾有亲眼见过的南国清秋，现在只在梦中浮现，相隔那么遥远，芦花深处只留下一叶孤舟，和明月楼凄凉的笛声。作者不同的生活经历和情感体验，赋予作品内容各种不同的感情色彩。至于作者的这种主观意识产生于亲身体验还是假想行动，并不是判断作品高下的主要标准。

第一章　言志与永言

对作者来说，他写下的每一个文字都是传达意义的，是有意义的形式。那么，作品对于作者的意义究竟是什么？那些情节曲折起伏的小说、抒情的诗歌、优美的民间故事和古老的歌谣，对我们可能知晓或完全不知的作者来说，是纯粹虚构的艺术幻想，还是他们爱恨情感的真实抒发？作者主观感受里的哪些部分，对于作品来说是弥足珍贵的呢？

关于作者的创作目的，中国传统文论中最具代表性的观点是“诗言志”，即认为文学是作者“情志”的表达。以上古时期《尚书·尧典》主张的“诗言志，歌永言，声依永，律和声”为始，中国文学一直延续着关注社会关注人生的创作传统。“修身齐家治国平天下”的入世观和家国情怀，汇聚成中国文人笔下的精神力量，历朝历代长歌不衰。屈原深深痛苦于理想与现实的冲突，借长诗《离骚》，抒写了对国家命运和人民生活的关心。“长太息以掩涕兮，哀民生之多艰”、“路漫漫其修远兮，吾将上下而求索”。[①]《离骚》辞藻华丽，实则是一个忠君爱民之士的“哀怨”，“芝兰”“香草”掩映着一个正直高洁、竭忠尽志却不容于世的优秀文人的精神。这是“诗言志”的一种典型表达。司马迁认为屈原的创作动力是“怨”，“屈平正道直行，竭忠尽智以事其君，谗人间之，可谓穷矣。信而见疑，忠而被谤，能无怨乎？屈平之作离骚，盖自怨生也”（《史记·屈原贾生列传》）。屈原的“怨”非一般意义的“愁怨”“哀怨”，而是中国文人志士理想抱负不得施展、实现，郁结于胸的愤懑的情怀。志不得申的“情结”转化为“发愤著书”的精神力量。[②]司马迁认为，西伯拘羑里，演《周易》；孔子厄陈、蔡，作《春秋》；屈原放逐，著《离骚》；左丘失明，厥有《国语》。“《诗》三百篇，大抵贤圣之发愤所为作也。”至于他的《史记》，也是“发愤著书”的最好诠释。所谓“不平则鸣”“夺他人之酒杯，浇自己之垒块”，都与“发愤著书”精神一脉相承。

范仲淹在《岳阳楼记》里说：“予尝求古仁人之心，或异二者之为，何哉？不以物喜，不以己悲。居庙堂之高则忧其民，处江湖之远则忧其君。是进亦忧，退亦忧。”[③]忧国忧民忧社稷，以文学创作来表达社会、政治关怀，可以理解为“诗言志”

① 《中国历代文学作品选》，朱东润主编，上海古籍出版社，1979。

② 《新编文学理论》，童庆炳主编，中国人民大学出版社，2011。

③ 《中国历代文学作品选》，朱东润主编，上海古籍出版社，1979。

的另一种表达。对这些作者而言，所感之事、所动之情或许不是缘于自己的亲身经历，但“家事国事天下事，事事关心”的士大夫精神，以及悲悯民生疾苦、欲代民立言的朴素情感，使得他们“为时为事”而奋笔疾书，写下忧国忧民的动人诗篇。总的来说，“诗言志”源自于修身齐家治国平天下的家国情怀，强调将个人层面的胸襟抱负与社会政治层面的民生关怀融为一体，成为中国文人精神的典型反映。

从一开始，西方的创作理论更倾向于认为伟大作品是“天资聪颖者或疯迷者的艺术”。柏拉图主张“迷狂说”，认为真理掌握在神的手里，诗人放弃自己的理智，在迷狂状态中成为神的理性的代言人。在柏拉图看来，荷马必须在生活中同时掌握政治家、军事家、水手、马车夫、医生等各色人等的技能，才可能在史诗中细致地加以描述，而事实上这是不可能的，所以荷马的伟大作品来源于灵感，而灵感来源于神灵。作者要让自己成为神的代言人，“只有神灵附体，诗人才能作诗或发预言”，“由于诗人的创作不是凭借技艺，因此他们说出许多事情或讲到许多人的功绩，正如你谈论荷马一样，凭的不是技艺，而是神的指派”。① 亚里士多德认为，对第一流的诗人而言，天赋与勤奋缺一不可。贺拉斯则强调，“勤功苦学而无天生的品赋”，或“虽有天才而无训练”，都无法成就一个伟大的诗人，只有两者“彼此协助互相亲睦”，才有可能达到目的。②

在漫长的中世纪，“很少有作品能达到现代作家所普遍追求的完全独立性，大多数作品通过某种程度的汇编、翻译或仅仅是转抄而涉及其他作品”。③ 随着西方文艺复兴和启蒙运动兴起，人文主义精神张扬，作者的独立性和个性得以凸显。18 世纪拜伦、雪莱等浪漫主义诗人将其作为作家的天赋、独创性和典范性，在他们的伟大诗篇里尽情展示。不过，直到 19 世纪后期现代大学制度在欧洲各个大学建立，有关文学的种种问题才开始系统研究。作者作为创作主体对于作品的意义，获得前所未有的重视。法国文学评论家查尔斯·奥古斯汀·圣伯夫（1804~1869）认为，了解一位作者的性格以及成长环境对理解其作品有重要意义，研究作品要从研究作家的生活开始。伊波利特·阿道尔夫·丹纳（1828~1893）则认为，作家并非单独的个体或天才，而是属于自然和社会总体结构的一部分，因此主张把作品和作家纳入更宏观的背景，从种族、环境和时代三方面加以解释。后来的古斯塔夫·朗松进一步主张既研究作家的社会背景，又同时承认作家个性和天才等个人因素。三位杰出的法国文学批评家就此奠定了文学史研究的经典方法，成为被普遍接受的文学观。即使后来受到结构主义等先锋文论的冲击，透过作者了解作品，仍被视为解析作品的重要途径。

---

① 《柏拉图全集·伊安篇》，人民出版社，2002。

② 《西方文论选》，伍蠡浦主编，上海译文出版社，1979。

③ 《中世纪作家和作品——中古英语文学及其背景（1100-1500）》，伯罗著，沈弘译，北京大学出版社，2007。

第一节　文论选读

一、《尚书·尧典》[①]

帝曰："夔！命汝典乐，教胄子，直而温，宽而栗，刚而无虐，简而无傲。诗言志，歌永言，声依永，律和声。八音克谐，无相夺伦，神人以和。"夔曰："於！予击石拊石，百兽率舞。"

【评述】

《尚书》又称《书》《书经》，儒家五经之一，约成书于公元前5世纪，内容主要是君王任命官员或赏赐诸侯时发布的政令，是我国现存最早的史书。相传孔子晚年集中精力整理古代典籍，将上古时期的尧舜到春秋秦穆公时期的各种重要文献资料汇集编选，选出100篇编为《尚书》，用作教弟子"疏通知远"的"书教"教材。《尚书》分为《虞书》《夏书》《商书》《周书》。

《尧典》是《尚书》首篇，内容涉及尧时期政治体制、政治思想及社会制度等内容。上面这段文字，记载了中国最早的文学理论。它包括两个方面的内容，一是关于诗乐舞三位一体的艺术形式，二是关于"诗言志"的作者创作理论。所谓"诗言志"，即诗言诗人之志。对于"志"的含义，前人有不同的理解。孔子的"志"主要指政治抱负，庄子的"志"（"诗以道志"）指一般意义的人的思想、意愿和感情，屈原的"志"既包括政治理想、抱负，即"屈心而抑志""抑志而弭节"（《离骚》），也包括思想、意愿、感情，如"抚情效志兮，冤屈而志抑"（《怀沙》）。无论对"志"作何理解，诗歌的本质特征是诗人思想感情的抒发，这一认识趋于明确。

《尧典》是"诗言志"诗论的开山纲领[②]，后来的《荀子·乐论》《毛诗大序》《汉书·艺文志》《左传·襄公二十七年》都继承了"诗言志"的文学思想。由于"志"本身内涵丰富，各人理解、取舍的侧重点不一，导致后代诗论中"言志"与"缘情"——也就是重情和重理两派的对立。前者主张文学应偏重于个人情怀的表达，"怨"的成分和"情"的成分多一些；后者偏重于外在社会政治目的的实现，"刺"的成分和"志"的成分多一些。前者强调诗歌的抒情特点，重视艺术规律的探讨；后者强调诗歌的政治教化作用。再经过从刘勰、孔颖达、白居易到清代的叶燮、王夫之的发展，"诗言志"慢慢形成为强调"言志"而"情志并重"的诗歌主张，成为中国诗歌理论中最具代表性的创作理论。

---

① 《尚书》，中华书局，2012。

② 《诗言志辨》，朱自清著，广西师范大学出版社，2004。

二、钟嵘《〈诗品〉卷上》[①]

古诗：其体源出于《国风》。陆机所拟十四首，文温以丽，意悲而远，惊心动魄，可谓几乎一字千金！其外“去者日以疏”四十五首，虽多哀怨，颇为总杂。旧疑是建安中曹王所制。“客从远方来”“橘柚垂华实”，亦为惊绝矣！人代冥灭，而清音独远，悲夫！

汉都尉李陵：其源出于《楚辞》。文多凄怆，怨者之流。陵，名家子，有殊才，生命不谐，声颓身丧。使陵不遭辛苦，其文亦何能至此！

汉婕妤班姬：其源出于李陵。《团扇》短章，词旨清捷，怨深文绮，得匹妇之致。侏儒一节，可以知其工矣！

魏陈思王植：其源出于《国风》。骨气奇高，词采华茂，情兼雅怨，体被文质，粲溢今古，卓尔不群。嗟乎！陈思之于文章也，譬人伦之有周、孔，鳞羽之有龙凤，音乐之有琴笙，女工之有黼黻。俾尔怀铅吮墨者，抱篇章而景慕，映余晖以自烛。故孔氏之门如用诗，则公干升堂，思王入室，景阳、潘、陆，自可坐于廊庑之间矣。……

晋步兵阮籍：其源出于《小雅》。无雕虫之功。而《咏怀》之作，可以陶性灵，发幽思。言在耳目之内，情寄八荒之表。洋洋乎会于《风》《雅》，使人忘其鄙近，自致远大，颇多感慨之词。厥旨渊放，归趣难求。颜延年注解，怯言其志。……

宋临川太守谢灵运：其源出于陈思，杂有景阳之体。故尚巧似，而逸荡过之，颇以繁芜为累。嵘谓若人兴多才高，寓目辄书，内无乏思，外无遗物，其繁富宜哉！然名章迥句，处处间起；丽典新声，络绎奔会。譬犹青松之拔灌木，白玉之映尘沙，未足贬其高洁也。初，钱塘杜明师夜梦东南有人来入其馆，是夕，即灵运生于会稽。旬日，而谢玄亡。其家以子孙难得，送灵运于杜治养之。十五方还都，故名“客儿”。

【评述】

钟嵘（约468~518），字仲伟，颍川长社（今河南长葛）人，生活于南朝齐梁时期。钟嵘出身贫寒，“位末名卑”（《南齐书·钟嵘传》），做过参军、记室之类的小官，又称钟记室。魏晋时期玄学兴起，钟嵘在思想上受儒家影响较少，更倾向于老庄玄学，在政治上主张无为而治。

《诗品》大约成书于514年至516年。钟嵘仿照汉代“九品论人，七略裁士”的著作先例，将两汉迄梁约600年间的122位五言诗人分上、中、下三品进行评论，分出上品11人、中品39人、下品72人，就其成就高下、艺术风貌特征进行总体性评

① 《诗品集注》，钟嵘著，曹旭注，上海古籍出版社，2011。

价，并且区分流派，追寻渊源关系。今本《诗品》文前有一篇序言，原是每卷卷首的小序，因内容贯通而被后人合为一体。钟嵘在《诗品序》里，较为系统地提出了关于诗歌的本质、特征以及诗歌创作与鉴赏批评的理论。钟嵘与刘勰在文学的本质论上观点基本相同，都认为文学是作者主体心灵（即感情活动）的外在表现，而造成诗人性情摇荡的原因是外界事物对诗人的感发触动（“物感说”），不过，钟嵘的“物”范围更加宽泛，既包括自然事物，也包括广阔的社会生活。他认为诗歌创作以自然为最高美学原则，主张藻饰之美，反对刻意雕饰。《诗品》是中国第一部诗论专著，是刘勰《文心雕龙》后出现的一部文学批评名著。

上文选自《〈诗品〉卷上》。钟嵘把李陵、班婕妤、曹植、刘桢、王粲、阮籍、谢灵运等 11 位诗人及作品列为上品加以评论。钟嵘提倡“风力”，认为诗歌创作必须“干之以风力，润之以丹彩”，风力、丹彩兼具，才是最好的作品。从这个观点出发，建安文学成为钟嵘评价五言诗的最高典范。钟嵘认为曹植是最杰出的五言诗人，他称赞曹植诗歌“骨气奇高，词采华茂，情兼雅怨，体被文质，粲溢今古，卓尔不群”。曹植是一个有远大理想抱负的诗人，受曹丕排挤迫害，郁郁不得志，心情凄苦，所以他的诗中充满了强烈的愤激、悲壮之气，这就是他“骨气奇高”之所在。从钟嵘对曹植的评价可以看出，他提倡的诗歌“风力”包含对高尚人格理想的肯定。钟嵘对陶渊明诗评价不高（中品），但认为陶诗“笃意真古，辞兴婉惬。每观其文，想其人德”，可见陶渊明“不为五斗米折腰”、作为品质高洁的士大夫的骨气，符合钟嵘强调的诗歌美学标准。

钟嵘对建安文学颇为推崇。建安时期，以曹氏父子为中心形成了一个阵容强大的文人创作集团，并形成了遒劲有力、慷慨磊落的诗歌风格——“建安风骨”，其内蕴为政治理想的高扬、人生短暂的哀叹、强烈的个性表现，以及浓郁的悲观色彩。[①]钟嵘在《诗品》里反复提到建安文学，对建安诗人极力褒扬。在 122 位诗人中，钟嵘选列 22 位诗人的作品为“五言之警策”（即精品中的精品），其中建安诗人占了三席。

钟嵘与刘勰为同时代人，《诗品》稍晚于《文心雕龙》。《文心雕龙》有“风骨篇”，刘勰主张“结言端直，则文骨成焉”。“风”是作家骏爽的志气在文章中的表现，是文章感染力的根源；“骨”指文章语言端直有力。文风的清明显豁是作者“意气骏爽”的表现，意气是作者的意志、气质和性格，即作者的思想感情。钟嵘“风力”说与刘勰“风骨”说一字之差，实则内涵较为一致，都是把作者的气质与作品联系在一起，重视作者的道德修养，逐渐形成后世“文如其人”的作者观。

---

① 《中国文学史》，袁行霈著，高等教育出版社，1999。

三、丹纳《〈英国文学史〉序言》①

有助于产生这个基本的道德状态的，是三个不同的根源——“种族”“环境”和“时代”。我们所谓的“种族”，是指天生的和遗传的那些倾向，人带着它们来到这个世界上，而且它们通常更和身体的气质与结构所含的明显差别相结合。这些倾向因民族的不同而不同。人和牛马一样，存在着不同的天性，某些人勇敢而聪明，某些人胆小而存依赖心，某些人能有高级的概念和创造，某些人只有初步的观念和设计，某些人更适合于特殊的工作，并且从来就有更丰富的特殊的本能。……如古老的阿利安人，散布于从恒河到赫布里底的地带，定居于具有某些气候的地区，生活在各个阶段的文明中，经过三十个世纪的变革而起着变化，然而在它的语言、宗教、文学、哲学中，仍显示出血统和智力的共同点，直到今天，这个共同点还把这一种族的各个支派结合起来。这些支派虽然不同，但他们的血统并没有被消灭；野蛮、文化和移植、天空和土壤的不同，命运的好坏，都不曾起作用。原始模型的巨大标记仍然存在，我们仍能从时代所给予他们的第二性的痕迹下面，发现原始印记所含有的两个或三个显著特征。

我们这样勾画出了种族的内部结构之后，必须考察种族生存于其中的环境。因为人在世界上不是孤立的；自然界环绕着他，人类环绕着他；偶然性的和第二性的倾向掩盖了他的原始的倾向，并且物质环境或社会环境在影响事物的本质时，起了干扰或凝固的作用。有时，气候产生过影响。虽然我们只能模糊地追溯，阿利安人如何从他们共同的故乡到达他们最终分别定居的地方，但我们却能断言，以日耳曼民族为一方面和以希腊民族与拉丁民族为一方面，二者之间所显出的深刻差异，主要是由于他们所居住的国家之间的差异：有的住在寒冷潮湿的地带，深入崎岖卑湿的森林或濒临惊涛骇浪的海岸，为忧郁或过激的感觉所缠绕，倾向于狂醉和贪食，喜欢战斗流血的生活；其他的却住在可爱的风景区，站在光明愉快的海岸上，向往于航海或商业，并没有强大的胃欲，一开始就倾向于社会的事物，固定的国家组织，以及属于感情和气质方面的发展雄辩术、鉴赏力、科学发明、文学、艺术等。……

除了永恒的冲动和特定的环境外，还有一个后天的动量。当民族性格和周围环境产生影响的时候，它们不是影响于一张白纸，而是影响于一个已经印有印记的底子。人们在不同的顷间里运用这个底子，因而印记也不相同；这就使得整个效果也不相同。例如，考察一下文学或艺术的两个时代——高乃依时代的和伏尔泰时代的法国文学，埃斯库罗斯时代的和欧里庇得斯时代的希腊戏剧，达·芬奇时代的和伽多时代的意大利绘画。……一个民族的情况就像一种植物的情况；相同的树液、温度

① 《西方文论选》，伍蠡甫主编，上海译文出版社，1979。

和土壤，却在向前发展的若干不同阶段里产生出不同的形态、芽、花、果、子、壳，其方式是必须有它的前驱者，必须从前驱者的死亡中诞生。

【评述】

伊波利特·阿道尔夫·丹纳（1828~1893），法国文学理论家、史学家，自然主义文学的倡导者。他在法国高等师范学校攻读哲学时，对孔德实证论产生了很大兴趣。后来在医科学校学习生理学，并作解剖实习。1857 年至 1871 年游历英、比、荷、意、德等国，1864 年至 1883 年在巴黎美术学校讲授艺术史和美学，1878 年当选法兰西学院院士。

19 世纪是西方科学技术飞速发展的时代，崇尚科学成为一种时尚。丹纳深受时代风气的影响，主张用求真求实的科学态度来研究艺术。他认为，既然一切事物的产生、发展、演变、消灭都是有规律的，那么研究学问就应"从事实出发，不从主义出发；不是提出教训，而是探求规律、证明规律"。文学也要根据观察，按照科学方式描写生活。丹纳著有《拉·封丹及其寓言》《评论集》《评论续集》《评论后集》《英国哲学史》《艺术哲学》等著作，系统阐述了他的艺术主张。

丹纳认为对作家起决定作用的是种族、环境和时代三种力量。所谓"种族"，指由天生和遗传所造成的民族特性，它显示出一个种族的血统与智力上的共同特点，成为某一民族的原始模型的巨大标记和永恒的本能。比如希腊民族的性格，决定了希腊艺术的某些特征，构成了希腊艺术发展的原始动力。所谓"环境"，指自然环境和社会人文环境。任何种族都生活在一定的环境中，地理环境会影响他们的性格和生活取向。社会环境也会影响文学艺术的发展，如希腊人和波斯人的战争孕育了希腊悲剧。艺术作品的内容和形式都可以从客观物质世界、自然环境和社会环境中找到决定的因素。丹纳所说的"时代"，包括时代精神和风俗习惯，统称为精神气候。丹纳在考察了艺术史上各个时代的作品后发现，某种艺术总是和某种时代精神或风俗情况同时出现和消亡，时代对艺术发展起决定作用。三种因素中，种族是内部主源，环境是外部压力，时代是后天动量。

丹纳在《艺术哲学》里，对运用三因素说研究作家的方法做了详细说明。这种方法的基本立足点是"认定一件艺术品不是孤立的"，然后用三个步骤"找出艺术品所从属的、且能解释艺术品的总体"：一是把一件艺术品放在这个作家的全部作品中去研究；二是把这个作家放在他所归属的艺术家群体中去研究；三是把这个艺术家群体与他们所在社会的风俗习惯和时代精神联系起来研究，这样读者不仅能听到艺术家们"响亮的声音"，还能听到"群众的复杂而无穷无尽的歌声"，"有了这一片和声，艺术家才成其为伟大"。[①] 在《艺术哲学》里，丹纳结合意大利文艺复兴时期的绘

① 《艺术哲学》，丹纳著，张伟、沈耀峰译，当代世界出版社，2009。

画、尼德兰绘画和希腊雕塑，论证了“三因素说”，对读者欣赏欧洲文艺复兴时期的艺术和古希腊雕塑颇有指导意义。

丹纳受孔德实证主义哲学影响较深。实证主义认为人类的思维已经进入到科学阶段——即实证阶段，要将推理和观察结合起来，通过“实证”把握“确实”的事实，以发现现象的实际规律。丹纳将这一观点运用于文学研究，主张通过对作家背景的研究，包括作家的家庭、社会、教育、生活背景以及生活圈子等，来解释作家为什么会写出这样的作品。用实证主义方法研究文学作品，在当时法国文学理论界颇为流行。稍早于丹纳的圣伯夫是最早提出实证主义文学批评的学者①，他认为文学作品是作家个人的性格、气质和精神状态的反映，主张通过作家生活的点点滴滴，对其性格特点、生活方式和思想加以评判。圣伯夫和丹纳两人的研究各有侧重。而稍晚于丹纳的古斯塔夫·朗松②，则在继承圣伯夫和丹纳的实证主义研究方法的基础上，努力将二者整合起来，对作者进行全方位的研究。他认为，同样的环境（如同一时代、同一社会）中会产生不同类型、风格的作家，所以作家研究不仅要考虑社会环境的因素，还要对作家个人的生活史进行考察。实证的知识不可或缺，但作家总有一些部分是不能说明的，比如个性与天才的部分。

19 世纪后期，伴随着现代大学制度在欧洲的建立，文学理论研究开始向专业化的方向发展。通过圣伯夫、丹纳和朗松三位大学教授的贡献，文学史作为研究文学的专业被逐渐建立起来，迄今仍是大学文学专业最重要的知识体系。

四、皮萨列夫《现实主义者》③

要成为一个世界闻名的诗人，仅仅具有诚实和天生的巨大的才华还是不够的。一个真正的、“有用的”诗人应当知道和了解目前使他的时代和他的人民的最优秀、最聪明、最有学问的代表们发生兴趣的一切。诗人，作为一个热情的、敏感的人，一方面要了解社会生活的每一次脉动的十分深刻的意义，同时也一定要用全力来爱他认为是真、善、美的东西，来恨那妨碍真、善、美的思想获得血肉并变成活生生的现实的大量卑鄙龌龊的勾当。这种爱是和这种恨不可分地联系在一起的，对于一个真正的诗人来说，它构成并且一定要构成他灵魂的灵魂，构成他整个存在和他整个活动的唯一的、最神圣的目的。“我不是像旁人那样用墨水写作，”别尔内说，“我是用我的心血和我的脑汁来写作。”每一个作家都应当这样写作，而且只能这样写作。……

① 圣伯夫（1804~1869），法国 19 世纪最著名的实证主义文学批评家，1844 年当选为法兰西学院院士。
② 古斯塔夫·朗松（1857~1934），法国文学史家、文学批评家。著有《法国文学史》。
③《西方文论选》，伍蠡浦主编，上海译文出版社，1979。

诗人，所有作家中最热情、最敏感的人，当然不能成为这条规则的例外。为了真正用心血和脑汁写作，就必须无限地、深刻而有意识地爱和恨。而为了爱和恨，为了使这种爱和恨摆脱个人自私自利和浅薄虚荣的任何杂质，就必须反复思考和认清许多事物的本质。当这一切都做到了，当诗人以他强大的智能认识到人类生活、人类斗争和人类痛苦的全部伟大意义，当他看到个别现象之间的牢固的联系，当他明白什么是应当做的、什么是可以做的、应当在什么方向上和以什么动机去影响读者的智能，那时候对他来说，无意识的、无目的的创作就变成绝对不可能了。他的生活和活动的总目标不给他一分钟的安宁；这个目标招引着他，使他向往；当他比较清晰地、好像比较近地看到它在面前，他就觉得幸福；当他看到别人了解他那吞没一切的热情，怀着苦闷的希望战战兢兢地望着远方，望着那同一个伟大的目标，他就觉得心醉；当目标消失在人类蠢事的大雾中，他周围的人彷徨摸索，互相使对方迷失正路，他就觉得痛苦和气恼。……

一个真正的诗人在执笔的时候，就精确地、清晰地知道，他的新作是针对什么样的目标，它应当对读者的智力产生什么样的印象，它会用它鲜明的图画向读者证明什么样的神圣的真理，它会根除什么样的有害的错误。诗人——如果不是伟大的思想战士，大胆无畏的、无可指摘的“精神武士”，像亨利希·海涅所说的那样，便是渺小的寄生虫，用装腔作势的小戏法来取乐别的渺小的寄生虫。……

【评述】

皮萨列夫（1840~1868），出生于俄罗斯一个贵族家庭。在彼得堡大学读书时，受别林斯基、赫尔岑、车尔尼雪夫斯基、杜勃罗留波夫等人的进步思想影响，呼吁消灭农奴制，把农民从资本家地主的压迫下解放出来。1861 年大学毕业后，主编进步刊物《俄罗斯言论》，为《事业》《祖国纪事》撰写政论文章，为俄国社会主义思想的发展做了很多工作。曾有四年半的时间，他被当作政治犯监禁在彼得巴普洛夫要塞。在别林斯基、杜勃罗留波夫先后去世，赫尔岑流亡国外，车尔尼雪夫斯基被流放到西伯利亚，革命转入低潮的那些年代里，皮萨列夫成为俄国现实主义运动的思想权威，领导青年学生们继续战斗。28 岁时意外溺死。

皮萨列夫的主要著作有《十九世纪的经院哲学》《巴扎洛夫》《现实主义者》《幼稚想法的落空》《亨利希·海涅》等。他在思想上继承了车尔尼雪夫斯基的唯物主义哲学，认为物质和运动是不灭的、永恒的，其表现形式是无穷的，“自然界的物质和力量是丝毫不会消失的……”；自然规律本身也具有物质性，“都是从无限的宇宙中之必然的、永恒的特性中产生的”；存在和物质第一性，意识是第二性，人的整个精神世界，连未曾理解的动机、幻想等等也在内，都是外部现象在人的心理上的反映。“人不是自然界消极的东西，而是能动的积极的产物。科学不是人随意臆造出来的，科学是自然界的缩影，是被揭露了的、被认识了的，其规律被善于钻研的人类的理性所发现的自然界本身”。

19 世纪 30 年代，在欧洲启蒙运动和法国革命冲击下，俄国落后的封建农奴制与刚刚兴起的资本主义经济之间产生了越来越尖锐的矛盾，由此引发革命运动不断向前发展。1825 年十二月党人起义被镇压后，俄国的平民知识分子开始领导这场资产阶级民主革命。俄国批判现实主义文学自 19 世纪 30 年代兴起，锋芒直指封建农奴制。别林斯基、赫尔岑、杜勃罗留波夫等民主主义者倡导现实主义理论，在政治上反对沙皇、反对农奴制；在哲学上摒弃黑格尔的唯心主义，接受费尔巴哈唯物论；在文学上反对为艺术而艺术，主张把文学事业与解放运动紧密联系，以文学刊物为阵地，以文学批评为武器，号召作家描绘最广阔的、体现社会生活发展方向的历史画卷。到 19 世纪下半叶，俄国现实主义文学发展到高潮后继续深化，从不同侧面反映时代的重大问题，其取材之广泛、批判之深入，都走在欧洲文学的前列。列夫·托尔斯泰的后期创作表现了最清醒的现实主义，被称作“俄国革命的一面镜子”。

皮萨列夫的《现实主义者》写于 1864 年，是对赫尔岑现实主义观的发挥。赫尔岑认为俄国现实主义应包括克服经济文化落后、改善人民处境的措施，一劳永逸地解决贫困问题，而实施这个纲领的是“有思想力的现实主义者”（即知识分子）。皮萨列夫继承这一观点，认为作家应承担起领导革命的使命。作家应当用“心血”和“脑汁”写作，把“真诚”作为“最必需的品质”。作家还需要有才华，去“了解社会生活的每一次脉动的十分深刻的意义”。而且，作家还要有鲜明的爱憎，“用全力来爱他认为是真、善、美的东西”，憎恨那些“卑鄙龌龊的勾当”。作家应当反映“为了认真思考和行动而必须认识的那些方面的人类生活”，“如果不是能够撼动世代恶势力的大山的巨人，便是在花粉里翻掘的小甲虫”。皮萨列夫反复强调文学的社会作用，驳斥唯美派“无意识、无目的”的创作论。他提出了现实主义文学批评的两大任务，一是评价历代文学遗产，从中选出促进“智力发展的东西”；二是“必须更仔细更严格地注视着当代文学的发展”。

第二节　作品选读

一、司马迁《史记》[①]

高祖还乡

高祖还归，过沛，留。置酒沛宫，悉召故人父老子弟纵酒，发沛中儿得百二十人，教之歌。酒酣，高祖击筑，自为歌诗曰：“大风起兮云飞扬，威加海内兮归故乡，

① 《史记选》，人民文学出版社，1985。

安得猛士兮守四方！”令儿皆和习之。高祖乃起舞，慷慨伤怀，泣数行下。谓沛父兄曰：“游子悲故乡。吾虽都关中，万岁后吾魂魄犹乐思沛。且朕自沛公以诛暴逆，遂有天下，其以沛为朕汤沐邑，复其民，世世无有所与。”沛父兄诸母故人日乐饮极驩，道旧故为笑乐。十余日，高祖欲去，沛父兄固请留高祖。高祖曰：“吾人众多，父兄不能给。”乃去。沛中空县皆之邑西献。高祖复留止，张饮三日。沛父兄皆顿首曰：“沛幸得复，丰未复，唯陛下哀怜之。”高祖曰：“丰吾所生长，极不忘耳，吾特为其以雍齿故反我为魏。”沛父兄固请，乃并复丰，比沛。（选自《高祖本纪》）

将相和

秦王使使者告赵王，欲与王为好会于西河外渑池。赵王畏秦，欲毋行。廉颇、蔺相如计曰：“王不行，示赵弱且怯也。”赵王遂行，相如从。廉颇送至境，与王诀曰：“王行，度道里会遇之礼毕，还，不过三十日。三十日不还，则请立太子为王，以绝秦望。”王许之，遂与秦王会渑池。秦王饮酒酣，曰：“寡人窃闻赵王好音，请奏瑟。”赵王鼓瑟。秦御史前书曰“某年月日，秦王与赵王会饮，令赵王鼓瑟”。蔺相如前曰：“赵王窃闻秦王善为秦声，请奏盆缻秦王，以相娱乐。”秦王怒，不许。于是相如前进缻，因跪请秦王。秦王不肯击缻。相如曰：“五步之内，相如请得以颈血溅大王矣！”左右欲刃相如，相如张目叱之，左右皆靡。于是秦王不怿，为一击缻。相如顾召赵御史书曰“某年月日，秦王为赵王击缻”。秦之群臣曰：“请以赵十五城为秦王寿。”蔺相如亦曰：“请以秦之咸阳为赵王寿。”秦王竟酒，终不能加胜于赵。赵亦盛设兵以待秦，秦不敢动。

既罢归国，以相如功大，拜为上卿，位在廉颇之右。廉颇曰：“我为赵将，有攻城野战之大功，而蔺相如徒以口舌为劳，而位居我上，且相如素贱人，吾羞，不忍为之下。”宣言曰：“我见相如，必辱之。”相如闻，不肯与会。相如每朝时，常称病，不欲与廉颇争列。已而相如出，望见廉颇，相如引车避匿。于是舍人相与谏曰：“臣所以去亲戚而事君者，徒慕君之高义也。今君与廉颇同列，廉君宣恶言而君畏匿之，恐惧殊甚，且庸人尚羞之，况于将相乎！臣等不肖，请辞去。”蔺相如固止之，曰：“公之视廉将军孰与秦王？”曰：“不若也。”相如曰：“夫以秦王之威，而相如廷叱之，辱其群臣，相如虽驽，独畏廉将军哉？顾吾念之，强秦之所以不敢加兵于赵者，徒以吾两人在也。今两虎共斗，其势不俱生。吾所以为此者，以先国家之急而后私仇也。”廉颇闻之，肉袒负荆，因宾客至蔺相如门谢罪。曰：“鄙贱之人，不知将军宽之至此也。”卒相与欢，为刎颈之交。（选自《廉颇蔺相如列传》）

忍辱发愤

太史公遭李陵之祸，幽于缧绁。乃喟然而叹曰：“是余之罪也夫。是余之罪也夫！身毁不用矣！”退而深惟曰：“夫《诗》、《书》隐约者，欲遂其志之思也。昔西伯拘羑里，演《周易》；孔子厄陈、蔡，作《春秋》；屈原放逐，著《离骚》；左丘失明，厥有《国语》；孙子膑脚，而论兵法；不韦迁蜀，世传《吕览》；韩非囚秦，《说难》、《孤愤》；《诗》三百篇，大抵贤圣发愤之所为作也。此人皆意有所郁结，不得通其道也，故述往事，思来者。”于是卒述陶唐以来，至于麟止，自黄帝始。（选自《太史公自序》）

【评述】

司马迁（前 145~ 约前 90），字子长，夏阳（今陕西韩城）人。其父司马谈为西汉著名学者，通百家，在汉武帝时做了太史令。司马迁家学渊源既深，又从名师受业，读万卷书，20 岁开始，漫游全国名山大川，不久被擢为郎中。父亡后继任太史令，广泛搜集材料，于公元前 104 年开始撰写《史记》。武帝天汉二年（前 99），司马迁“遭李陵之祸”被牵连下狱，判以宫刑。他忍受着巨大的痛苦“隐忍苟活”，全身心投入《史记》的著述和修订工作，最终在公元前 91 年完成了这部伟大著作。

《史记》原名《太史公书》，共 130 卷，52 万字，记载了上起传说中的黄帝时代（约公元前 3000 年）下至汉武帝元狩元年（公元前 122 年）的历史，是中国第一部纪传体通史。《史记》采用本纪、表、书、世家、列传五体合一的体裁，记载不同的社会、人物、历史内容。本纪 12 篇，记叙帝王及号令天下之人，从《五帝本纪》记述黄帝、尧、舜的事迹开始，到《今上本纪》记述汉武帝的事迹结束。项羽、吕后作为号令天下之人列入本纪，帝王更替是朝代更替的标志。本纪采用编年体放在卷首，既反映历史线索又提纲挈领。表 10 篇，从《三代世表》开始，到《汉兴以来将相名臣年表》结束，主要记述帝王、诸侯、将相的世系及大事，同时将本纪、世家、列传中没有涉及的史事、人物在表中列出，起“观要”和“拾遗补缺”的作用。书 8 篇，主要记述国家各项大政、制度及其历史，如《河渠书》为古代水利史，《平准书》为古代经济史。书体可以就一件事从头至尾叙述清楚，不受朝代、国家、人物的限制，各种资料取舍自如。世家 30 篇，主要记述诸侯、著名将相、汉代宗室、外戚等，比本纪记述的帝王低一等，比列传记述的人物高一等。其中 16 篇记述先秦诸侯，属国别史，14 篇汉代世家基本上是王侯将相。孔子、陈胜列入世家。《汉书》以后的纪传体再无世家。列传 70 篇，是一系列的人物传记，记述从殷周到秦汉、上至将相下到布衣百姓的各色人等，包括政治、学术、军事、医药、经济、占卜等各方面的人物，以及滑稽、刺客、少数民族人物、贤仁志士、酷吏、佞幸、恶名之人等等。有的一传一人，有的一传数人，如《儒林列传》记了 70 余人。《史记》记述的内容上下三千年，横断整个社会，涉及哲学、政治、经济、文学、美学、天文、地理、科学、人才、伦理道德、民俗风情等方面，几乎囊括了当时人类思想、活动的全部内容，是一部先秦、秦汉社会的百科全书式通史巨著。

《史记》是一部伟大的历史著作，也是一部伟大的文学名著。《史记》不仅开中国文学史上传记文学的先河，而且注重对人物性格的把握和精神世界的展现，有别于一般的历史著作。司马迁写人，不仅重视人物的历史功绩和历史评价，同时还重视每个人物所独有的、区别于他人的个性特点、精神世界，如伯夷、叔齐宁死不食周粟，鲁仲连义不帝秦，韩信善战不善谋身，张良胸有成府善自全，汲黯秉正嫉恶能抗言直谏，田蚡贱则逢迎权贵则骄横，灌夫一贯刚直负气而任性，等等。他们不仅是历史人物，还是作为个性的人。《史记》形象地揭示了人类本质的某些方面，用历史著作完成了文学作品所担负的任务。

司马迁说，自己写《史记》，是为了“究天人之际，通古今之变，成一家之言”（《报任安书》），这就意味着《史记》不仅要记载史实、总结历史，还要通过大量历史人物的活动，形象地反映和推究人类的生存方式，人类在世界中的地位，人类生活中的各种矛盾、困境。更重要的是，司马迁要在书中体现自己对历史人物的褒贬爱憎及功过评价，进而表露自己的政治抱负，抒发自己的感情，所以要在尊重客观历史的基础上，借助于艺术手段，入木三分地描写和绘声绘色地刻画，这就形成了《史记》入情于史、文情相生的写作特色。

《史记》是历史书，却洋溢着浓郁的主观抒情色彩。司马迁不满足于根据史实作简单纯客观的记载，而是通过大量具体的描绘，形象化地反映历史。更重要的是，他并不把自己排斥在历史之外，而总是把自己的观察、体验和感情，倾注在所描绘的历史人物和事件之中。整部《史记》既严格遵循历史真实，又不囿于对历史的复核，而是有选择、有描绘、有加工、有创造，处处都使读者感到作者本人的存在。他既追求历史感和真实感，更注重历史事件引起的反响和叙述过程中强烈的抒情性，注重表达自己的思想感情。鲁迅评价司马迁写史“不拘于史法，不囿于字句，发于情，肆于心而文”。

司马迁本人的诗人气质，加上受迫害后强烈的怨愤及立誓“述往事，思来者”的远大抱负，构成了整部《史记》抒情诗般的情感基础。《伯夷列传》是典型的抒情文字，全文 780 字，史实叙述部分仅 214 字，“感慨议论居其泰半，反论赞之宾，为传记之主”[①]，“文气凌空荡漾，使之味之无穷”[②]。《屈原列传》颂扬了屈原光明峻洁的人格和不屈抗争的精神，通篇洋溢着“婉雅凄怆”的抒情气氛，“其文便似《离骚》”（杨慎《史记述林》）。作者对屈原的同情、颂扬、鸣不平的文字中，渗透了自己的切肤刻骨之痛、幽怨激愤之情。《项羽本纪》垓下之战，作者写英雄失路之悲，“慷慨激烈，有千载不平之余愤”，读这段文字，能感受到太史公自己“一腔怒愤，万种低回，地厚天高，托身无所”的强烈情感[③]。《刺客列传》表现五刺客不畏强暴、义无反顾、舍生取义的无畏精神，慷慨悲凉，力透纸背，读来催人泪下。《史记》中凡是读

① 《管锥编》，钱锺书著，中华书局，1979。
② 《史记札记》，郭嵩焘著，商务印书馆，1957。
③ 《管锥编》，钱锺书著，中华书局，1979。

来使人心动神摇、荡气回肠、一唱三叹的篇章，皆是作者情之所表、爱之所加，倾满腔热血浇铸而成。这些栩栩如生的人物，无不打上作者主观感情的烙印。这种由历史人物的不幸遭遇而触发作者自己的身世之痛和对世态炎凉的感叹，由历史的盛衰变化所引起的心灵震颤，发而为文，都有司马迁自己的真挚感情激荡其间，因而艺术感染力特别强。作者的主体感情对客体历史现象介入，正是文学向历史渗透的奇文。鲁迅因此赞誉《史记》为“史家之绝唱，无韵之离骚”[①]，实不为过。

《史记》有极高的艺术成就，是中国文学史上的一座丰碑。它作为我国第一部以描写人物为中心的大型作品，为后代文学发展提供了重要基础和多种可能性。它记述的是古代的历史人物和历史事件，却通过对大量史料的选择和艺术加工，通过“互见”——即突出人物某种主要特征的方法，通过不同的人物对比以及在细节方面的虚构，把人物塑造成为活生生的鲜明形象。《史记》对后世文学影响深远。直至今日，《史记》仍然是中华民族文学的丰富宝库，为后世提供着丰富的材料和给养。

二、鲁迅《过客》[②]

黄昏，过客“三四十岁，状态困顿倔强，眼光阴沉，黑须，乱发，黑色短衣裤皆破碎，赤足著破鞋，胁下挂一个口袋，支着等身竹杖”，从东面的杂树间跄踉走出，向老翁和女孩讨水喝。

翁　客官，你请坐。你是怎么称呼的？

客　称呼？——我不知道。从我还能记得的时候起，我就只一个人。我不知道我本来叫什么。我一路走，有时人们也随便称呼我，各式各样地，我也记不清楚了，况且相同的称呼也没有听到过第二回。

翁　阿阿。那么，你是从那里来的呢？

客（略略迟疑）我不知道。从我还能记得的时候起，我就在这么走。

翁　对了。那么，我可以问你到那里去么？

客　自然可以。——但是，我不知道。从我还能记得的时候起，我就在这么走，要走到一个地方去，这地方就在前面。我单记得走了许多路，现在来到这里了。我接着就要走向那边去，（西指）前面！

（女孩小心地捧出一个水杯来，递去。）

客（接杯）多谢，姑娘。（将水两口喝尽，还杯）多谢，姑娘。这真是少有的好意。我真不知道应该怎样感激！

---

① 《鲁迅全集·汉文学史纲要》，人民文学出版社，2005。

② 《鲁迅全集》，光明日报出版社，2012。

翁　不要这么感激。这于你是没有好处的。

客　是的，这于我没有好处。可是我现在很恢复了些力气了。我就要前去。老丈，你大约是久住在这里的，你可知道前面是怎么一个所在么？

翁　前面？前面，是坟。

客（诧异地）坟？

孩　不，不，不的。那里有许多许多野百合，野蔷薇，我常常去玩，去看他们的。

客（西顾，仿佛微笑）不错。那些地方有许多许多野百合，野蔷薇，我也常常去玩过，去看过的。但是，那是坟。（向老翁）老丈，走完了那坟地之后呢？

翁　走完之后？那我可不知道。我没有走过。

客　不知道？！

孩　我也不知道。

翁　我单知道南边；北边；东边，你的来路。那是我最熟悉的地方，也许倒是于你们最好的地方。你莫怪我多嘴，据我看来，你已经这么劳顿了，还不如回转去，因为你前去也料不定可能走完。

客　料不定可能走完？……（沉思，忽然惊起）那不行！我只得走。回到那里去，就没一处没有名目，没一处没有地主，没一处没有驱逐和牢笼，没一处没有皮面的笑容，没一处没有眶外的眼泪。我憎恶他们，我不回转去！

翁　那也不然。你也会遇见心底的眼泪，为你的悲哀。

客　不。我不愿看见他们心底的眼泪，不要他们为我的悲哀！

翁　那么，你，（摇头）你只得走了。

客　是的，我只得走了。况且还有声音常在前面催促我，叫唤我，使我息不下。可恨的是我的脚早经走破了，有许多伤，流了许多血。（举起一足给老人看）因此，我的血不够了；我要喝些血。但血在那里呢？可是我也不愿意喝无论谁的血。我只得喝些水，来补充我的血。一路上总有水，我倒也并不感到什么不足。只是我的力气太稀薄了，血里面太多了水的缘故罢。今天连一个小水洼也遇不到，也就是少走了路的缘故罢。

翁　那也未必。太阳下去了，我想，还不如休息一会的好罢，像我似的。

客　但是，那前面的声音叫我走。

翁　我知道。

客　你知道？你知道那声音么？

翁　是的。他似乎曾经也叫过我。

客　那也就是现在叫我的声音么？

翁　那我可不知道。他也就是叫过几声，我不理他，他也就不叫了，我也就记不清楚了。

客　唉唉，不理他……。（沉思，忽然吃惊，倾听着）不行！我还是走的好。我息不下。可恨我的脚早已经走破了。（准备走路）……

客　多谢你们。祝你们平安。（徘徊，沉思，忽然吃惊）然而我不能！我只得走。我还是走好罢……

（即刻昂了头，奋然向西走去。）

（女孩扶老人走进土屋，随即阖了门。过客向野地里跄踉地闯进去，夜色跟在他后面。）

【评述】

鲁迅（1881~1936），原名周树人，出生在浙江绍兴一个四世同堂的书香世家，很小接受私塾教育，打下了坚实的国学基础。1898年去南京求学，接触到当时的新思想。1902年官费到日本留学，有感于"愚弱的国民，即使体格如何健全，如何茁壮，也只能做毫无意义的示众的看客"，弃医从文，开始走上用笔作刀枪、为革命鼓与呼的道路。1936年病重去世。"鲁迅"是他写《狂人日记》开始使用的笔名。

鲁迅的代表作主要有中短篇小说集《呐喊》《彷徨》《故事新编》，散文诗集《野草》，散文集《朝花夕拾》，以及《热风》《坟》《华盖集》等16本杂文集和书信集《两地书》。此外，鲁迅还著有《中国小说史略》《汉文学史纲要》等文史著作。《野草》收录了鲁迅在1924年至1926年间所作的散文诗23篇，真实地记录了作者在新文化统一战线分化以后继续战斗，同时又感到孤独、寂寞，在彷徨中探索前进的思想感情。

《过客》是《野草》中的一篇散文诗剧，刻画了一个同旧世界彻底决裂，对未来感到迷茫但仍探索着前进的"过客"形象。这个不顾辛劳跋涉、不计成败得失、始终昂首向前、义无反顾的过客，正是作者"韧性的战斗"的革命精神的写照。鲁迅当时处于封建军阀统治中心北京，深感黑暗势力的浓重、只身奋战的孤独与前途的渺茫，同时又感到战斗不能松懈，必须顽强地坚持下去，故而将思想矛盾通过笔墨表达出来。

诗剧开篇，黄昏时分，年逾古稀的老翁、不谙世事的幼女出场，包围着两个人物的是荒凉破败的丛葬、枯树根、瓦砾和几株杂树，一条似路非路的痕迹成为幽暗氛围中包含渺茫希望的亮点。在衰败、寂寥的情形下，过客从太阳升起的方向出场。要去哪里全然不知，他在孤寂的旅程中，全凭"那前面的声音"引导，带着苦闷的心往前走。得知再前行必然到坟地时，他诧异、"西顾"后，竟坦然地"仿佛微笑"。他知道自己的"血不够了"，需要"喝些血"，但又"不愿意喝无论谁的血"，"只得喝些水，来补充我的血"。当老翁劝说他像自己一样休息一会，过客有犹豫，但心中那声音又在鼓舞他，于是他斩钉截铁："不行！我还是走的好。我息不下。"虽说前途渺芒，可毕竟有诱人的呼唤。因为这呼唤，他执着地拖着流血的双足，谢了紫发女孩的关心和老翁善意的劝导，“昂了头，奋然向西走去”。

鲁迅曾在《〈自选集〉自序》中，对《野草》写作背景作过这样的说明：“后来《新青年》的团体散掉了，有的高升，有的退隐，有的前进，我又经验一回。同一战阵中的伙伴还是会这么变化，并且落得一个‘作家’的头衔，依然在沙漠中走来走去……”由此可见，鲁迅在新旧思想交替过程中曾存在着矛盾、彷徨和苦闷，于是在《过客》中，作者借不屈不挠、在困苦中奋力前行的过客，抒发了自己对旧社会的无比憎恨，表达了坚持前进但又迷茫的心情。他通过“过客”的口说出自己的心里话：“从我还能记得的时候起，我就在这么走，要走到一个地方去，这地方就在前面”，“我只得走”。在完成《过客》的同年 5 月 30 日，鲁迅在给许广平的信中真实地剖析了自己的思想：“我的反抗”，“不过是与黑暗捣乱”，“同我有关的活着，我倒不放心，死了，我就安心，这意思也在《过客》中说过，我是诅咒‘人间苦’而不嫌恶‘死’的，因为‘苦’可以设法减轻而‘死’是必然的事，虽曰‘尽头’，也不是悲哀。”这些文字反映了鲁迅写《过客》时的矛盾心理。旧思想的遗存妨碍了他正确地认识群众的力量和革命前途，因而时常产生一种孤军作战的感觉。《过客》正反映了鲁迅同黑暗势力作斗争的决心和这种难以排遣的忧虑。

鲁迅在从事文学活动之初，尝试过多种文体的写作，包括诗歌（旧体诗和新诗）、散文和散文诗、小说和杂文，且成就都不低。最后他舍弃了其他文体，选择杂文作为唯一的写作形式。在鲁迅全集里，杂文集有 16 部之多。有学者认为鲁迅钟爱杂文，是出于他的“革命功利主义”，理由是鲁迅弃医从文的动机不是文学本身，而是以文学为武器，促进中国文化的变化。他对文体的选择，与其从事革命活动的目的一致。这样的观点有一定的道理，因为鲁迅文章的革命性是显而易见的。但是，除了“时代的变动”外，鲁迅的个性、性格也是不可忽视的重要方面。鲁迅曾多次谈到自己的性格与杂文的关系。正是因为杂文“嘻笑怒骂，皆成文章”，能够使作者的个性和性格得以充分展现，所以尽管许多读者喜欢他的《野草》，但《野草》只有一本。他在《华盖集续编·海上通信》中说：“至于《野草》，此后做不做很难说，大约是不见得再做了，省得人来谬托知己，舐皮论骨，什么是‘入于心’的。”

三、蒙田《蒙田随笔》①

致读者

读者啊，这是一部真诚的书。一开头就提醒你，我没有预设什么目标，纯然是居家的私语。我决不曾有任何普济天下与追求荣名的考虑。我的才分达不到这样一

① 《蒙田随笔》，马振聘译，浙江文艺出版社，2016。

个目的，只是寄语亲朋好友作为处世之道而已。当他们失去我时（这将是他们不久后要面对的事实），还能在书中看到我的音容笑貌，以此对我逐渐保持一个更完整、更生动的认识。若要哗众取宠，我自应更用心思涂脂抹粉一番，矫揉造作地走到人前。我愿意大家看到的是处于日常自然状态的蒙田，朴实无华，不要心计：因为我要讲述的是我。我的缺点，还有我幼稚的表现，让人看来一目了然，尽量做到不冒犯公众的原则。有些民族据说还生活在原始的自然法则下，享受温馨的自由，假若我身处在他们中间，我向你保证我很乐意把自己整个儿赤裸裸地向大众描述。因此，读者啊，我自己是这部书的素材，没有理由要你在余暇时去读这么一部不值一读的拙作。再见了！一五八〇年三月一日

热爱生命

我赋予某些词语特殊的含义。拿“度日”来说吧，天色不佳，令人不快的时候，我将“度日”看作是“消磨光阴”，而风和日丽的时候，我却不愿意去“度”，这时我是在慢慢赏玩，领略美好的时光。坏日子，要飞快地去“度”，好日子，要停下来细细品尝。“度日”“消磨时光”这些常用语令人想起那些“哲人”习气。他们以为生命的利用不外乎在于将它打发、消磨，并且尽量回避它，无视它的存在，仿佛这是一件苦事、一件贱物似的。至于我，我认为生命不是这个样的，我觉得它值得称颂，富有乐趣，即便我自己到了垂暮之年也还是如此。我们的生命受到自然的厚赐，它是优越无比的，如果我们觉得不堪生之重压而白白虚度此生，那也只能怪我们自己。

“糊涂人的一生枯燥无味，躁动不安，却将全部希望寄托于来世。”（古罗马哲学家塞涅卡语）

不过，我对随时告别人生，毫不惋惜。这倒不是因为生之艰辛与苦恼所致，而是由于生之本质在于死，因此只有乐于生的人才能真正不感到死之苦恼。享受生活要讲究方法。我自认为比别人多享受到一倍的生活，因为生活乐趣的大小是随着我们对生活的关心程度而定的。尤其在此刻，我眼看生命的时光无多，我就愈想增加生命的分量。我想靠迅速抓紧时间，去留住稍纵即逝的日子；我想凭时间的有效利用去弥补匆匆流逝的光阴。剩下的生命愈是短暂，我愈要使之过得丰盈饱满。

众师之师

人人都应有自知之明，这一训诫实在十分重要。智慧与光明之神就把这一条箴言刻在自己神庙的门楣上，似乎认为此警语已包含他教导我们的全部道理。柏拉图也说：所谓智慧，无非是实施这一箴言。从色诺芬的著作中，可知苏格拉底也曾一步一步地证明这一点。无论哪一门学问，唯有入其门者才会洞察其中的难点和未知领域，因为要具有一定程度的学识才有可能察觉自己的无知，要去尝试开门才知道我们面前的大门尚未开启。柏拉图的一点精辟见解，就是由此而来的：有知的人用

不着去求知，因为他们自己已经是智者；无知的人更不会去求，因为要求知，首先得知道自己所求的是什么。

因此，在追求自知之明方面，大家之所以自信不疑，心满意足，自以为精通于此，那是因为：谁也没有真正弄懂什么。正像在色诺芬的书中，苏格拉底对欧迪德姆指出的那样。

我自己没有什么奢望。我觉得这一箴言包含着无限深奥、无比丰富的哲理。我愈学愈感到自己还有许多要学的东西，这也就是我的学习成果。我常常感到自己的不足，我生性谦逊的原因就在于此。

阿里斯塔克说："从前全世界仅有七位智者，而当前要找七个自知无知的人也不容易。"今天我们不是比他更有理由这样说吗？自以为是与固执己见是愚蠢的鲜明标志。

我凭自己的切身经验谴责人类的无知。我认为，认识自己的无知是认识世界的最可靠的方法。那些既已看到自己或别人的虚浮的榜样，还不愿意承认自己无知的人，就请他们听听苏格拉底的训诫，去认识这一点吧。苏格拉底是众师之师。

【评述】

米歇尔·德·蒙田（1533~1592），法国文艺复兴时期代表人物之一，著名的思想家、散文家。蒙田出生于波尔多附近的一个贵族之家。3岁时父亲带回一个不懂法语的德国教师，对蒙田以拉丁语进行启蒙教育。他长大后进入图卢兹大学研习法律，在波尔多法院任职十余年，当过国王侍从，亲历战争，周游各地，曾两次当选波尔多市市长。38岁时继承父亲领地辞官回乡，隐居古堡藏书室，开始撰写《蒙田随笔》，直到1592年逝世前仍笔耕不辍。

蒙田是一个温和的怀疑论者，认为"只有怀疑才能判断和论定"。在《雷蒙·赛邦赞》一文里，他提出了一个名句"我知道什么"，认为只有质疑，才能够有理性，才能够不断地探索这个世界上未知的部分。蒙田对各种事物，特别是盲目信仰提出种种怀疑，他说："三千年来，人人都相信地心说，直到哥白尼发现地球在环绕太阳转动，才打破这种迷信。以前的神学家认为地球就只眼前这么大，而今天，一块无际的陆地刚被发现。"蒙田的怀疑论建立在对科学发现和新事物的认识之上。他实际上是一个见识甚广的博学之人。与文艺复兴早期充满自信的人文主义者不同的是，蒙田不再相信人在自然中的优越性，相反认为正是这种自诩的优越性造就了人性中骄横和自负的一面。同时，他的怀疑论又没有误导他否定一切。在他看来，只有生活得自然，才能生活得幸福。他认为每个人内心都有普遍理性的种子，没有人比自己更懂得应该如何生活，唯一需要关注的只是自我对生活的感受，它会帮助人们自然地运用理性。这些读书心得、旅途见闻、日常感想被记录下来结集出版，就是《蒙田随笔》。

《蒙田随笔》前三卷共107章，达百万字。第四卷增加了“意大利之旅”“书信”“家庭纪事”。他的文章显得随心所至，完全是把对生活的点滴感悟连缀而成。文章的内容纷繁复杂，从人性之懒散、虚伪、胆怯到欲望、死亡、人生无常，涉及尘世间那些常见却难以抉择的问题。他的文章常常从一个主题跳到另一个主题，枝蔓丛生。篇目长短不齐，彼此之间缺乏有机联系，每章也没有严谨的结构，叙述有时只是起点，离中心主题甚远。他把自己的文章称为“Essai”，以一种看似“随意”的方式阐发思想和观点。表面上看来缺乏雄辩力，没有咄咄逼人的气势，然而效果却往往如清泉流水，在不知不觉中浸润着读者的心灵。

《蒙田随笔》被誉为“16世纪各种知识的总汇”。美国作家亨德里克·房龙称蒙田是划时代的人物，“由于心、灵魂、美德和罪过都属于这个达观睿智、性格随和、学养深厚的人，所以他的随笔也就超出了一般文学作品的意义，达到了生活哲理的高度”。奥地利作家斯蒂芬·茨威格说，“要能够欣赏他的价值，年纪不能太轻，人生阅历与挫折不能太少。他思想的自由与正直给我们这一代被命运抛入纷扰乱世的人，带来了珍贵的帮助”。擅长写散文的爱默生盛赞蒙田散文，认为他的文章“从来不沉闷，从来不虚伪，从来没有一个人思想这样丰富，从来没有一本书写得这样自然”。

【推荐阅读】

蒙田随笔与中国随笔比较阅读。

蒙田把自己的文章称为“Essai”。蒙田之前，“Essai”在法文里是“试验”之意；蒙田之后，“Essai”作为一种新文体风靡于世。蒙田说自己的随笔是“世上同类体裁中绝无仅有的”。英国哲学家弗朗西斯·培根的《培根随笔集》也较为知名。中文将“Essai”译作“随笔”，容易让人联想到中国传统写作学里的“随笔”，二者实际上有所不同。中国随笔是散文的一种，形式多样，不受体裁和字数限制，也无需华丽词藻和严密结构。写随笔是因人因事而议，作者就像在与朋友谈心，轻松灵便。周作人的《知堂文集》、丰子恺《缘缘堂随笔》、余秋雨《文化苦旅》都是比较优秀的随笔集，值得一读。

四、狄更斯《双城记》①

【故事梗概】

1757年巴黎的一个冬夜，年轻医生梅尼特突然被厄弗里蒙地侯爵兄弟强迫出诊。梅尼特来到侯爵府中，获知侯爵兄弟为了片刻淫乐逼死佃农一家的内情。他拒绝侯

① 《双城记》，查尔斯·狄更斯著，石永礼译，人民文学出版社，1996。

爵的重金贿赂，写信告发。不料控告信落入侯爵之手，梅尼特被关进巴士底狱，从此音讯全无。妻子两年后心碎而死，幼女露茜被医生的好友劳雷接到伦敦，由女仆普洛斯抚养长大。

18 年后，获释的梅尼特医生已是白发苍苍，一度精神失常。以前的仆人得伐石收留了他。女儿露茜专程来接他前往英国，途中邂逅法国青年查理·代尔那。代尔那是侯爵的儿子，他憎恨家族的罪恶，放弃财产继承权和姓氏，移居伦敦，当了一名法语教师。在与梅尼特父女交往中，他对露茜产生了真诚的爱情。梅尼特决心埋葬过去，同意了他们的婚事。

在法国，代尔那父母相继去世，叔父继续作恶。1789 年，法国大革命爆发，革命的风暴席卷而来。起义者攻占巴士底狱，把许多贵族送上了断头台。得伐石来到长期关押医生的 105 囚室，意外找到一封医生当年写下的控告厄弗里蒙地家族的信件。远在伦敦的代尔那收到管家盖白勒的求救信，冒险回国，一到巴黎就被捕入狱。梅尼特父女闻讯后连夜赶到。医生出庭作证使革命者释放了代尔那，但几小时后又被逮捕。得伐石在法庭上宣读了医生在狱中写下的控诉信，法庭判代尔那死刑。

律师助手卡尔登一直暗暗爱慕露茜。他认为自己不能带给露茜幸福，于是放弃了这段爱情，并表示愿为她牺牲生命来成全她所爱的生命。卡尔登此时来到巴黎，买通狱卒，混入监狱，顶替了昏迷中的代尔那。梅尼特父女早已准备就绪，一行人用卡尔登的证件顺利离开法国。断头台上，卡尔登为了爱情，从容献身。

【经典摘录】

第二章　邮车

十一月下旬的一个星期五晚上，多佛大道伸展在跟这段历史有关的几个人之中的第一个人前面。多佛大道对此人说来就在多佛邮车的另一面。这时那邮车隆隆响着往射手山苦苦爬去。这人正随着邮车跟其他乘客一起踏着泥泞步行上山。倒不是因为乘客们对步行锻炼有什么偏爱，而是因为那山坡、那马具、那泥泞和邮件都太叫马匹吃力，它们已经三次站立不动，有一次还拉着邮车横过大路，想要叛变，把车拖回黑荒原去。好在缰绳、鞭子、车夫和卫士的联合行动有如宣读了一份战争文件的道理。那文件禁止擅自行动，因为它可以大大助长野蛮动物也有思想的理论。于是这套马便俯首投降，回头执行起任务来。

几匹马低着头、摇着尾，踩着深深的泥泞前进着，时而歪斜，时而趔趄，仿佛要从大骨节处散了开来。车夫每次让几匹马停下步子休息休息并发出警告，“哇嘀！嗦嘀，走！”他身边的头马都要猛烈地摇晃它的头和头上的一切。那马仿佛特别认真，根本不相信邮车能够爬上坡去。每当头马这样叮叮当当一摇晃，那旅客便要吓一跳，正如一切神经紧张的旅人一样，总有些心惊胆战。

四面的山洼雾气氤氲，凄凉地往山顶涌动，仿佛是个邪恶的精灵，在寻找歇脚之地，却没有找到。那雾粘乎乎的，冰寒彻骨，缓缓地在空中波浪式地翻滚，一浪一浪，清晰可见，然后宛如污浊的海涛，彼此渗透，融合成了一片。雾很浓，车灯只照得见翻卷的雾和几码之内的路，此外什么也照不出。劳作着的马匹发出的臭气也蒸腾进雾里，仿佛所有的雾都是从它们身上散发出来的。

除了刚才那人之外，还有两个人也在邮车旁艰难地行进。三个人都一直裹到颧骨和耳朵，都穿着长过膝盖的高统靴，彼此都无法根据对方的外表辨明他们的容貌。三个人都用尽可能多的障碍包裹住自己，不让同路人心灵的眼睛和肉体的眼睛看出自己的形迹。那时的旅客都很警惕，从不轻易对人推心置腹，因为路上的人谁都可能是强盗或者跟强盗有勾结。后者的出现是非常可能的，因为当时每一个邮车站，每一家酒店都可能有人"拿了老大的钱"，这些人从老板到最糟糕的马厩里的莫名其妙的人都有，这类花样非常可能出现。1775 年 11 月底的那个星期五晚上，多佛邮车的押车卫士心里就是这么想的。那时他正随着隆隆响着的邮车往射手山上爬。他站在邮件车厢后面自己的专用踏板上，跺着脚，眼睛不时瞧着面前的武器箱，手也搁在那箱上。箱里有一把子弹上膛的大口径短抢，下面是六支或八支上好子弹的马枪，底层还有一把短剑。

多佛邮车像平时一样"愉快和睦"：押车的对旅客不放心，旅客彼此不放心，对押车的也不放心，他们对任何人都不放心，车夫也是对谁都不放心，他放心的只有马。他可以问心无愧地把手放在《圣经》上发誓，他相信这套马并不适合拉这趟车。

【评述】

查尔斯·狄更斯（1812~1870），生活在 19 世纪中叶维多利亚时代前期。他出生于贫苦的小职员家庭，12 岁时父亲负债入狱，家庭生活窘迫，他只能断断续续入校求学。他做过皮鞋作坊学徒和法庭记录员，后来通过刻苦自学成为记者和作家。代表作有《大卫·科波菲尔》《匹克威克外传》《董贝父子》《荒凉山庄》《艰难时世》《双城记》等。

19 世纪 30 至 70 年代，英国工业资本主义通过一系列社会改革法案，取代了商业金融资产阶级和土地贵族的地位，开始在经济和政治上取得绝对优势。30 年代初，资本主义剥削更为残酷，下层百姓生活极端贫困，劳资矛盾逐渐成为社会主要矛盾。从 30 年代末到 40 年代末，工人运动逐渐发展为全国性的宪章运动。五六十年代，英国在国外殖民地掠夺了大量财富，国内经济呈繁荣状态，并通过改良主义使阶级矛盾有所缓和。这段时间的英国文学也真实地反映了社会的发展状态，产生了狄更斯、萨克雷、夏洛蒂·勃朗特等一批"出色的小说家"①。他们的作品反映了工业资本主义发展后的英国社会生活，触及当时社会的劳资矛盾，以同情的态度描写下层百姓的

① 《马克思恩格斯论艺术》，北京大学中文系文艺理论教研室编，1980。

贫困生活，带着较深厚的感伤色彩。狄更斯的《奥列佛·退斯特》写的是孤儿奥列佛的痛苦经历;《大卫·科波菲尔》写了孤儿大卫·科波菲尔的奋斗历程，同时对儿童教育、腐败的司法界和好利者的丑恶面貌作了广泛的描写;《荒凉山庄》以错综复杂的情节揭露英国法律制度和司法机构的黑暗;《艰难时世》直接描写罢工斗争;《小杜丽》详尽描绘了负债人的监狱生活，同时也更为深入地揭露了英国官僚制度和机构的冗繁和腐朽。

《双城记》写于1859年。小说以法国大革命为背景，通过梅尼特医生一家和以得伐石夫妇为中心的圣安东尼区展开故事。小说揭露了法国大革命前深度激化的社会矛盾，抨击贵族阶级的荒淫残暴，深切同情下层人民的苦难。狄更斯是一个人文主义者，主张用改良主义来调和阶级矛盾，歌颂小人物诚挚的温情，并把教育视作改造社会的主要方法。

狄更斯一共写了14部长篇小说（其中一部未完成），许多中、短篇小说以及杂文、游记，戏剧等。他注重内容的现实针对性，力求真实，把作品主人公置于社会历史大背景下进行塑造，有鲜明的时代特征和非凡的艺术魅力。他因此成为19世纪英国最受欢迎的作家。马克思在《英国资产阶级》一文中说，“在狄更斯身上，他们（指维多利亚时代的人）找到了一个天才”，他“在自己卓越的描写生动的书籍中，向世界揭示的政治和社会真理，比起一切职业政客、政论家和道德家加在一起所揭示的还要多”。

【阅读建议】

在这部30万字（中文译本的字数）的巨著里，狄更斯写下了一个著名的开场白：这是最好的时代，这是最坏的时代；这是智慧的年代，这是愚蠢的年代；这是信仰的时期，这是怀疑的时期；这是光明的季节，这是黑暗的季节；这是希望之春，这是绝望之冬；人们拥有一切，人们一无所有；人们直上天堂，人们直下地狱。

这段话现在被经常套用，经典作家的艺术影响力可见一斑。

推荐观看：电影《双城记》，拉尔夫·托马斯导演，上映日期：1960年。

第二章 天才与勤奋

关于作家如何养成，东西方文论比较一致地认为，天赋和勤奋都是优秀作家不可或缺的品质。

中国文学史上有许多关于天才的传说，多多少少都带有一些神秘色彩。钟嵘《诗品》评谢灵运诗“才高词盛”，谢灵运则推崇曹植“才高八斗”，说“天下才共一石，曹子建独得八斗，我得一斗，自古及今共分一斗”。唐初王勃6岁写文章，9岁作《指瑕》纠正颜师古所注《汉书》中的错误，14岁应幽素科试及第授朝散郎，成为年纪最小的朝廷命官，才思泉涌，笔端生花，高宗称其为“大唐奇才”。上元二年（675），王勃赴南昌阎都督重阳之宴，“属文，初不精思，先磨墨数升，则酣饮，引被覆面卧，及寤，援笔成篇，不易一字”（《新唐书》），挥豪写就《滕王阁序》。“五岁观六甲，十岁观百家”“十五观奇书，作赋凌相如”的李白，无疑也是一个天才。贺知章读李白《蜀道难》，惊为天人，说“公非人世之人，可不是太白星精耶”。关于苏东坡的传说更具神秘感。苏洵27岁才发奋读书，是“大器晚成”的例子，苏轼本人却是少年英才。据说他出生后，家乡彭老山上的草木都枯死了，直到他死后，此山才重现苍翠。大自然的灵秀精华汇集于一人身上，所谓“名山大川，还千古英灵之气”。苏轼21岁进京赶考，为主考官欧阳修和梅尧臣交口称赞，从此声名大振。天才之“才”是先天的。苏轼说自己的“才”“在平地，滔滔汩汩，虽一日千里无难”，“与山石曲折，随物赋形”，“行于所当行”，“止于不可不止”，他只是随着自己的文思涌动创作诗文，至于其他事情，他自己也不得而知。不过，“天才”虽然被蒙上了神秘色彩，如江淹的“锦缎”和“五色笔”，一旦失去，便再无“才”可言。但中国文化本身更注重“一分耕耘一分收获”，所以天才们的传说中大多有刻苦学习的部分。王安石在散文《伤仲永》中，讲述了一个叫“方仲永”的神童因后天不学习以及被父亲当作造钱工具、最后沦落成普通人的故事，以此告诫人们不可单纯依靠天资，必须注重后天学习方能成才。

西方文论从古希腊开始，就主张“天才论”，认为天才不是一种可以依赖后天学习就能掌握的技能。在长达千年的中世纪，“人”的主体价值被否定，作者只是“Writer”（书写者），直到文艺复兴和随后的启蒙运动，人们才重新关注人自身的主体能动性，关注写作活动所包含的“创作、创造”的内涵。康德尤其强调天才对于艺术的作用，他认为“天才是天生的内心素质”，是作家艺术家的一种天然禀赋。天才创造的作品具有独创性，一方面冲破既有的规则，同时又成为新的典范。这样的才能只能是天生的，“荷马也好，维兰德也好，都根本不能表明他们头脑中那些充满幻想但同时又思想丰富的理念是如何产生出来并汇合到一起的，因为他们自己并不知道这一点，因而也不能把它教给任何别人”（《判断力批判》）。康德关于“天才”的观点对后来的浪漫主义文学影响很大。在18世纪后期至19世纪的浪漫主义文学运动中，拜伦、雪莱等诗人展现出他们非凡的诗歌才能，成为“天才论”最好的注解。不过，19世纪自然科学飞速发展，求真求实的科学主义成为时代潮流，人们求知的欲望超越了表达的欲望，现实主义文学随之兴起，发展到后来成为文学的主流。现实主义文学不再注重作家们“想象”的世界，而是主张描写真实的世界和真实的生活。现实主义要求作家成为百科全书式的人物，具有敏锐的观察力、丰富的知识、高超的表达技巧，把所有的材料组织成完美的艺术品，而这些材料来源于丰富、生动的现实生活。

对于作家自身，东西方文论都强调作家应该比普通人具备更高尚的精神气质和更强烈的社会责任感，才能创作真正优秀的作品。所谓“作家是社会的良心”，在东西方文学史上，这一观点出现的时间都比较早。在中国文化里，作家以文传世，位列“三不朽”之最高层，所以要养“浩然之气”。如果作家的个性气质和精神气节“泯于众人”，就不可能写出文采出众、思想崇高的优秀作品。西方从柏拉图开始，要求诗人比普通人更合乎道德规范要求，才能作为神的代言人。虽然论述角度不同，但都对作者提出了个人道德品质上的更高要求。而且由于文学作品的社会影响力，也客观上要求作家作品有思想有担当，方能为社会提供精神食粮。文学写作是充分个人化的精神价值创造活动，是一种“自由心灵的审美存在形式”，但作家的心灵必须立于比普通人更高的水平。伴随着网络文学的发展，现在的作品创作拥有更加开放的写作空间、更便捷的传播途径和更快速的传播速度，这些都要求网络作家是一个有着极强社会责任感的群体，能真实地反映社会和百姓生活。

第一节　文论选读

一、严羽《沧浪诗话》[①]

诗辩

夫学诗者以识为主：入门须正，立志须高；以汉、魏、晋、盛唐为师，不作开元、天宝以下人物。若自退屈，即有下劣诗魔入其肺腑之间；由立志之不高也。行有未至，可加工力；路头一差，愈骛愈远；由入门之不正也。故曰：学其上，仅得

① 《沧浪诗话》，严羽著，中华书局，2014。

其中；学其中，斯为下矣。又曰：见过于师，仅堪传授；见与师齐，减师半德也。工夫须从上做下，不可从下做上。先须熟读《楚辞》，朝夕讽咏，以为之本；及读《古诗十九首》，乐府四篇，李陵、苏武、汉魏五言皆须熟读，即以李、杜二集枕藉观之，如今人之治经，然后博取盛唐名家，酝酿胸中，久之自然悟入。虽学之不至，亦不失正路。此乃是从顶上做来，谓之向上一路，谓之直截根源，谓之顿门，谓之单刀直入也。……

禅家者流，乘有小大，宗有南北，道有邪正。学者须从最上乘、具正法眼，悟第一义，若小乘禅，声闻辟支果，皆非正也。论诗如论禅，汉、魏、晋与盛唐之诗，则第一义也。大历以还之诗，则小乘禅也，已落第二义矣；晚唐之诗，则声闻辟支果也。学汉、魏、晋与盛唐诗者，临济下也。学大历以还之诗者，曹洞下也。大抵禅道惟在妙悟，诗道亦在妙悟，且孟襄阳学力下韩退之远甚、而其诗独出退之之上者，一味妙悟而已。惟悟乃为当行，乃为本色。然悟有浅深、有分限、有透彻之悟，有但得一知半解之悟。汉、魏尚矣，不假悟也。谢灵运至盛唐诸公，透彻之悟也。他虽有悟者，皆非第一义也。吾评之非僭也，辩之非妄也。天下有可废之人，无可废之言。诗道如是也。若以为不然，则是见诗之不广，参诗之不熟耳。试取汉、魏之诗而熟参之，次取晋、宋之诗而熟参之，次取南北朝之诗而熟参之，次取沈、宋、王、杨、卢、骆、陈拾遗之诗而熟参之，次取开元、天宝诸家之诗而熟参之，次独取李、杜二公之诗而熟参之，又取大历十才子之诗而熟参之，又取元和之诗而熟参之，又尽取晚唐诸家之诗而熟参之，又取本朝苏、黄以下诸家之诗而熟参之，其真是非自有不能隐者。傥犹于此而无见焉，则是野狐外道，蒙蔽其真识，不可救药，终不悟也。

【评述】

严羽，字丹丘，自号沧浪逋客，福建邵武人。严羽大约生于南宋绍熙年间（1192~1197，韩侂胄北伐失利、宋向金屈辱求和），死于嘉熙末至淳祐初年（1241~1245，距 1279 年元灭宋仅 30 余年）。严羽曾受友人举荐进入幕府，但不得重用，很快挂职离去。他长年隐居乡里，绍定二年（1229）曾因家乡战乱避祸江左，嘉熙年间曾漫游吴越。严羽本是一个有理想抱负的读书人，也非常关心处于民族危亡之际的南宋社会现实。据传南宋末年文天祥镇守南平，严羽曾以年迈之躯离家投军。抗元彻底失败后，他坚守大丈夫“富贵等浮云，看名节”的信条，不肯投降元人，避隐民间，不知所终。他曾与南宋江湖诗派著名诗人戴复古结交。戴复古称赞说，“羽也天姿高，不肯事科举，风雅与骚些，历历在肺腑。持论伤太高，与世或龃龉，长歌激古风，自立一门户”（《祝二岩》）。

严羽著有诗集《沧浪吟卷》，收入诗歌 146 首。《沧浪诗话》附于其后。

诗话是中国古代诗歌理论批评的一种形式，著名的有欧阳修《六一诗话》、司马光《温公续诗话》、王夫之《姜斋诗话》等。宋代诗话繁荣，现存完整的就有 42 种，部分留存的将近百种。严羽《沧浪诗话》分为诗辨、诗体、诗法、诗评、考证五部分，系统性、理论性较强。他重视诗的艺术性及对人心的感发，与宋代理学家的文学观恰成对立。《沧浪诗话》在宋代极负盛名，对明清诗歌评论影响颇大，被誉为宋、元、明、清诗话第一人。

《诗辩》第一段讲的是学习的问题。严羽提出“学诗者以识为主”，识是“见识”，是对事物的认识、理解和把握。他认为诗歌作者要向汉、魏、晋、盛唐的优秀诗人学习，通过“熟读”“博取”之后“酝酿胸中”，培养自己的诗歌审美能力和创造能力。严羽在强调学习重要性的同时，又主张“妙悟”。也就是说，他认为人的本性中具有天生能力的成分，也就是通常所说的禀赋、潜质或“悟性”。学诗必须要懂得诗歌的艺术规律和创作技法，“悟”则与读书多少没有直接联系，抽象说理并不能实现诗歌真正的意趣。

严羽进一步区分了“第一义”之悟和“第二义”之悟。他认为汉、魏、晋、盛唐属“第一义”之悟，其中又分“不假悟”和“透彻之悟”，前者指不假覃思之力、真率自然的艺术特点，后者指掌握了诗歌创作规律，精工覃思，创造出意境深远的好作品。“第二义”之悟即“一知半解之悟”，主要指中、晚唐、两宋诗歌，或者以文字为诗、以议论为诗、以才学为诗，“兴趣”不足的诗歌。严羽推崇汉、魏、晋、盛唐的诗歌，认为其他诗歌都等而下之。这种观点虽然有一定的片面性，但《沧浪诗话》本就是针对宋诗，尤其是苏轼之后以黄庭坚为代表的江西诗派提出来的诗学观点。严羽提出，“诗有别材，非关书也；诗有别趣，非关理也”。“材”即“才”，指诗歌创作需要特别的才能，不是只靠书本学问就能写好诗的。诗人不同于学者，学者不一定都能成为诗人。诗要有“别趣”，要有美的形象、感发人的意志、激动人的情感，才能引起读者的审美共鸣。

《沧浪诗话》是宋代最负盛名的一部诗歌理论著作。对古代诗歌的流变，尤其是唐诗和宋诗作了深入的探讨和总结，提出了诗歌艺术的美学特征和诗歌创作的特殊性，尤其强调了诗歌创作的形象思维和富于情感等特点，直接影响到后来的“格调派”“性灵派”“神韵派”等诗派。后世的一些文学理论家如王夫之、叶燮、王国维等，都在借鉴其理论思维的基础上推陈出新。

二、辛文房《唐才子传》①

王维

维，字摩诘，太原人。九岁知属辞。工草隶，闲音律。岐王重之。维将应举，岐王谓曰：“子诗清越者可录数篇，琵琶新声能度一曲，同诣九公主第。”维如其言。

① 《唐才子传校笺》，傅璇琮主编，中华书局，2002。

是日诸伶拥维独奏，主问何名，曰："《郁轮袍》。"因出诗卷。主曰："皆我习讽，谓是古作，乃子之佳制乎？"延于上座，曰："京兆得此生为解头，荣哉！"力荐之。开元十九年，状元及第，擢左拾遗，迁给事中。贼陷两京，驾出幸，维扈从不及，为贼所擒，服药称喑病。禄山爱其才，逼至洛阳，供旧职，拘于普施寺。贼宴凝碧池，悉召梨园诸工合乐，维痛悼，赋诗曰："万户伤心生野烟，百官何日再朝天？秋槐花落空宫里，凝碧池头奏管弦。"诗闻行在所。贼平后，授伪官者皆定罪，独维得免。仕至尚书右丞。维诗入妙品上上，画思亦然，至山水平远，云势石色，皆天机所到，非学而能。自为诗云："当代谬词客，前身应画师。"后人评维"诗中有画，画中有诗"，信哉！客有以《按乐图》示维者，曰："此《霓裳》第三叠最初拍也。"对曲果然。笃志奉佛，蔬食素衣，丧妻不再娶，孤居三十年。别墅在蓝田县南辋川，亭馆相望。尝自写其景物奇胜，日与文士邱为、裴迪、崔兴宗游览赋诗，琴樽自乐。后表宅请以为寺。临终作书辞亲友，停笔而化。代宗访维文章，弟缙集赋、诗等十卷上之，今传于世。

【评述】

辛文房，字良史，元代前期西域人，曾官至省郎，其始末不见于史传。能诗，有《披沙诗集》，已佚。

《唐才子传》成书于元成宗大德甲辰（1304），共收唐、五代诗人传记278篇，传中附及120人，合计398人。唐代是中国诗歌的巅峰时期，诗坛英杰辈出，令后世叹为观止。康熙皇帝御定《全唐诗》共录诗人2200余人[①]。日本学者市河世宁以《全唐诗》为参照，编《全唐诗逸》三卷，补录128位唐代诗人散失在日本的诗歌，其中82人《全唐诗》未收录。1982年中华书局出版《全唐诗补编》[②]，又收入1500人左右（原则上与《全唐诗》不重出）。然而，诗人们入传者很少，诸如岑参、李颀、韦应物、刘长卿、王建、许浑、皮日休等诗坛重量级人物皆无传。他们的生平资料散见于唐宋人的诗文集、笔记小说、诗话、书目提要等文献之中。辛文房大量收集史料，排比考订，精心编写成《唐才子传》十卷，将隋大业初年至五代末年约350年间近400位诗人的神采风貌蚀刻其中，使许多诗人事迹不致湮灭。

王维是盛唐时期出现的通才型人物。一般人都知道他的诗、画才能。他以诗名盛于开元、天宝年间，是盛唐三大诗人之一，有"诗佛"之称。他的画被推为南宗山水画之祖，苏轼对之评价极高，"味摩诘之诗，诗中有画；观摩诘之画，画中有诗"。王维擅长草书和隶书，还精通音乐。相传名曲《郁轮袍》为他所作。《王维传》里记载了一件事，说他看了《按乐图》，便说画中之人在演奏《霓裳》曲第三章，别人听了不相信，便请乐工演奏这首曲子，方知王维所言准确无二。王维的音乐才能

① 《全唐诗》，彭定求编，延边人民出版社，2004。

② 《全唐诗外编》，王重民、孙望、童养年辑，中华书局，1982。

由此可见。王维还是一个出色的园林家，辋川别业就是他最经典的作品。他在40岁左右得宋之问已荒芜衰败的蓝田别墅[①]，于是依据山水地形和植被，融入自己诗、画、园林的审美情趣，整治重建，建成了一个可居、可游、可耕、可渔、可樵的山水园林。《王维传》字数不多，选取的事例却很典型，给后人展示了这位天才人物的全貌。

作者辛文房所谓的"才子"，以是否擅长诗歌为取舍标准，所以《唐才子传》实际上是一本诗人传记集。作者在记录这些诗人时，主要是收录、品评诗歌。评诗时或摘取作家本人及他人诗文，或采择前人旧评，或在前人旧评基础上有所增饰，或自出新意，既保留了大量诗歌评论资料，又有自己独到见解，颇具启发性。同时，这些传记里还记载了诗人的生平，资料多采自唐宋以来的文集、笔记、小说，虽缺乏必要的鉴辨，史实的疏误也多，但留下了许多诗人们生动的生活逸事。《唐才子传》作为唯一一部唐代诗人传记集，历来为研究者所重视。清人伍崇曜认为《唐才子传》"评骘精审，似钟嵘《诗品》；标举新异，似刘义庆《世说》；而叙次古雅，则又与皇甫谧《高士传》相同"，评价极高。

【阅读推荐】

西方文艺复兴时期，也出现了一批通才型人物，达·芬奇是其中最杰出的一位。"文艺复兴三杰"只是就绘画才能而言，实际上，达·芬奇在天文、发明、数学等领域都有非凡造诣。从他留下的7000多页手稿中，后世的人们可以看到这位天才人物在解剖学、鸟类学、光学、植物学、地质学、飞行器、武器、化石、等领域孜孜不倦、饶有兴致的观察和设想，其涉猎之广泛与深入，令人叹为观止。有人说，真正的"达·芬奇之谜"应该是他的大脑构成之谜。这些通才型人物是如何炼成的？研究价值很高。

推荐读本：李立朴译注的《唐才子传全译》（白话），适合一般读者阅读，贵州人民出版社2001年出版。

三、康德《美的艺术是天才的艺术》[②]

天才就是给艺术提供规则的才能（禀赋）。由于这种才能作为艺术家天生的创造性能力本身是属于自然的，所以我们也可以这样来表述：天才就是天生的内心素质，通过它自然给艺术提供规则。

不论这个定义出于怎样一种情况，也不论它只是任意作出的，还是适合着我们通常和天才这个词连在一起的那个概念而作出的，我们毕竟已经能够预先证明的是，

① 宋之问（约656~712），字延清，初唐诗人。

②《判断力批判》，康德著，邓晓芒译，人民出版社，2002。

按照我们在这里对这个词所假定的含义，美的艺术不能不必然地被看作天才的艺术。因为每一种艺术都预设了一些规则，凭借这些规则作基础，一个想要叫作艺术品的作品才首次被表象为可能的。但美的艺术的概念却不允许其作品的美的判断从任何这样一个规则中推导出来，这种规则把某个概念当作规定依据，因而把有关这作品如何可能的方式的概念当作基础。所以美的艺术不能为自己想出它应当据以完成其作品的规则来。既然没有先行的规则一个作品就仍然绝对不能叫作艺术，那么自然就必须在主体中（并通过主体各种能力的配合）给艺术提供规则，就是说，美的艺术只有作为天才的作品才是可能的。

我们由此看出，天才①是一种产生出不能为之提供任何确定规则的那种东西的才能，而不是对于那可以按照某种规则来学习的东西的熟巧的素质。于是，独创性就必须是它的第一特性。②由于也可能会有独创的胡闹，所以天才的作品同时又必须是典范，即必须是有示范作用的，因而它们本身不是通过模仿产生的，但却必须被别人用来模仿的，即用作批判的准绳或规则。③天才自己不能让描述或科学地指明它是如何创作自己的作品的，相反是作为自然提供这些规则的，因此作品的创造者把这作品归功于他的天才，他自己并不知道这些理念是如何为此在他这里汇集起来的，甚至就连随心所欲或按照计划想出这些理念、并在使别人也能产生出一模一样的作品的这样一些规范中把这些理念传达给别人，这也不是他能控制的。④自然通过天才不是为科学、而是为艺术颁布规则，而且这也只是就这种艺术应当是美的艺术而言的。

【评述】

伊曼努尔·康德（1724~1804），德国古典哲学和美学的奠基者。生于东普鲁士柯尼斯堡（今俄罗斯加里宁格勒），父亲是制革手工业者。康德于 1740 年进入哥尼斯堡大学，学习自然科学、哲学和神学。1755 年开始在母校执教，1770 年被正式任命为教授，主讲逻辑学和形而上学。康德的生活平静、呆板，起床、工作、散步都极为规律，据说他的邻居们常以他的散步时间校正钟表。18 世纪英法的革命浪潮风云变幻，以及以牛顿为代表的自然科学和以卢梭为代表的资产阶级启蒙思想，都对他产生了重要影响。他在哲学和美学领域里的不断探索和思考，最终形成了著名的三大批判著作——《纯粹理性批判》（1781）、《实践理性批判》（1788）和《判断力批判》（1790），由此奠定了他在西方哲学史上的重要地位。

康德的“批判”是清理、考察、分析研究之意。他在《纯粹理性批判》里讨论了人的感性现象世界，认为人只能凭先验的感性和知性认识现象界，不能认识超感性的本体界；在《实践理性批判》里，康德论述了愿望、理想、道德、意志等超越于实际经验之外的人的理性本体世界，认为人的意志行为应该服从于先验的存在于每个人心中的道德律令。这是两个有着不同规律和秩序的领域，但人的理想、愿望和意志必须在感性的现象世界里才能实现。康德认为，这两个领域的联结点就是人的反思判断力。于是他写了《判断力批判》，对判断力进行深入研究。《判断力批判》分上下两卷，上卷讲审美判断力问题，下卷讲目的论判断力问题。在对审美判断力的分析中，康德阐述了关于美和崇高的美学思想，以及艺术的本质、艺术美等文学的基本理论问题。

康德认为，"美的艺术是天才的艺术"，艺术家之所以能创造出美的艺术作品，一定具有天赋才能，即一种受之于大自然的特殊禀赋。创造美的艺术的特殊才能不是人人都具备的，它是自然的馈赠，只有少数人才能拥有，这种自然赐予的特殊才能，就是"天才"。康德说，天才就是天赋的才能，它有三大特性：一是原创性。天才的作品是独特和不可复制的，由瞬间的灵感获得。至于如何获得，艺术家自己也不能说明，更不可能变成公式给别人使用。正如荷马无法教会旁人写出《荷马史诗》那样的伟大诗篇。天才的独创性带有神秘色彩，只关乎艺术，不涉及科学。二是典范性。康德在原创性的基础上强调典范性，他认为大自然是通过天才为艺术立法，提供典范以启发后来的艺术家。艺术的传承只能靠天才的典范作为指导。三是鉴赏力。康德认为天才的创造能力是天生的，鉴赏能力可以通过后天的学习和训练获得。天才是独创的，鉴赏是普遍有效的。想象力是天才最重要的心理机制，知性则是鉴赏力所必要的。所以，鉴赏比天才更重要。鉴赏不一定需要天才，天才一定要有鉴赏力。只有当天才同时具备很高的鉴赏力时，才能找到表达自己独创性、典范性的材料和语言，创造出伟大的作品。

天才问题是西方文学理论一直关注的重要问题。从古希腊开始，柏拉图就借助神的凭附来解释天才现象，后来的贺拉斯、扬格等人，也对天才问题进行阐述。到了康德，在继承前人的思想和时代精神的感召下，对天才论进行了较为完整系统的阐述。他对想象力和天才的推崇，他的所谓无目的的艺术作品的形式美，受到大多数创作流派的作家和批评家们共同推崇。19 世纪后半叶出现的法国高蹈派，其创作倾向和文艺主张明显受到康德的影响，继而影响到后来的唯美主义和象征主义。康德作为德国古典哲学的奠基人，其理论里所包含的现代意义是不言而喻的。

四、艾略特《传统与个人才能》①

在英文著述中我们不常说起传统，虽然有时候也用它的名字来惋惜它的缺乏。我们无从讲到"这种传统"或"一种传统"，至多不过用形容词来说某人的诗是"传统的"，或甚至"太传统化了"。这种字眼恐怕根本就不常见，除非在贬责一类的语

① 《艾略特文集》，卞之琳、李赋宁、方平译，上海译文出版社，2012。

句中。不然的话，也是用来表示一种浮泛的称许，而言外对于所称许的作品不过认作一件有趣的考古学的复制品而已。你几乎无法用传统这个字叫英国人听来觉得顺耳，如果没有轻松地提到令人放心的考古学的话。

当然在我们对以往或现在作家的鉴赏中，这个名词不会出现。每个国家，每个民族，不但有自己的创作，也有自己的批评的气质；但对于自己批评习惯的短处与局限性，甚至于比自己创作天才的短处与局限性更容易忘掉。从许多法文论著中我们知道，或自以为知道了，法国人的批评方法或习惯；我们便断定（我们是这样不自觉的民族）说法国人比我们"更挑剔"，有时候甚至于因此自鸣得意，仿佛法国人比不上我们来得自然。也许他们是这样；但我们自己该想到批评是像呼吸一样重要的，该想到当我们读一本书而觉得有所感的时候，我们不妨明白表示我们心里想到的种种，也不妨批评我们在批评工作中的心理。在这种过程中有一点事实可以看出来：我们称赞一个诗人的时候，我们的倾向往往专注于他在作品中和别人最不相同的地方。我们自以为在他作品中的这些或这些部分看出了什么是他个人，什么是他的特质。我们很满意地谈论诗人和他前辈的异点，尤其是和他前一辈的异点，我们竭力想挑出可以独立的地方来欣赏。实在呢，假如我们研究一个诗人，撇开了他的偏见，我们却常常会看出：他的作品，不仅最好的部分，就是最个人的部分也是他前辈诗人最有力地表明他们的不朽的地方。我并非指易接受影响的青年时期，乃指完全成熟的时期。

然而，如果传统的方式仅限于追随前一代，或仅限于盲目的或胆怯的墨守前一代成功的方法，"传统"自然是不足称道了。我们见过许多这样单纯的潮流很快便消失在沙里了；新颖总比重复好。传统是具有广泛得多的意义的东西。它不是继承得到的。你如要得到它，你必须用很大的劳力。它含有历史的意识，我们可以说这对于任何人想在二十五岁以上还要继续做诗人的差不多是不可缺少的历史的意识又含有一种领悟，不但要理解过去的过去性，而且还要理解过去的现存性，历史的意识不但使人写作时有他自己那一代的背景，而且还要感到从荷马以来欧洲整个的文学及其本国整个的文学有一个同时的存在，组成一个同时的局面。这个历史的意识是对于永久的意识，也是对于暂时的意识，也是对于永久和暂时的合起来的意识。就是这个意识使一个作家成为传统性的。同时也就是这个意识使一个作家最敏锐地意识到自己在时间中的地位，自己和当代的关系。

【评述】

托马斯·艾略特（1888~1965），英国20世纪具有重大影响的诗人、剧作家、评论家。艾略特出生于美国密苏里州圣路易斯，曾在哈佛大学学习哲学、比较文学等。1915年定居伦敦，1922年发表长诗《荒原》，被评论界视作20世纪最有影响力的一部诗作，至今仍被认为是英美现代诗歌的里程碑。1922年正好是乔伊斯发表《尤利西斯》的同一年，两部巨作构成了西方现代派文学的双峰顶峙。艾略特是一个高产作家。他创作了大量诗歌，《岩石》《大教堂谋杀案》等戏剧诗，《古今论文集》和《诗集 1090—1935》等作品集，以及《圣林》等文学论文集。1948 年获诺贝尔文学奖。

《圣林：诗歌与批评文集》写于 1919 年，是艾略特第一部文学批评著作，收录 13 篇散文，论及但丁、莎士比亚等著名文学家的作品，涉及诗歌与批评方方面面的问题。艾略特反对传统文艺理论的浪漫主义文学观念和印象主义的批评观念，主张把文学作品视作客观的、有机的、独立的象征物，提出了诗歌的"非个人化"理论，对 20 世纪三四十年代在英美崛起并流行的新批评派产生了很大的影响，被尊为新批评的奠基者。

《传统与个人才能》重新诠释了传统与独创性的关系。艾略特认为，诗歌并非诗人用来表现自己的情感和个性的工具，而是客观事物的象征。"诗不是放纵情感，而是逃避情感，不是表现个性，而是逃避个性"，"一个艺术家的前进是不断牺牲自己，不断地消灭自己的个性"。艾略特的"非个人化"理论主要包括三个方面：一是诗人的个人生活与艺术生活的关系。诗人的任务是将个人的生活情感转化为艺术的情感，一个成熟的艺术家能够把全人类的情感转化为艺术情感，所以"艺术的情感是非个人的"，只有在这种非个人化的过程中，艺术才能够达到完美的境地。二是作家和传统的关系。艾略特认为历代文学本身是一个独立的系统，古今作品构成一个同时并存的秩序，作家因为在语言和形式方面多有独创，对历代共存的文学秩序有所调整，但总的来说必须服从和尊重传统。三是在具体的创作过程中，艺术家把个人情感通过艺术的方式表现出来的唯一方法是借用"客观关联物"。优秀的诗是诗人把个人感情转化为人类的普遍感情，既创新又遵循传统而创造的客观关联物有机体。这样的有机体有自己内在的标准，不以创作者与欣赏者为转移。所以文学批评应该把对诗人的兴趣转移到诗的本身，使真正的诗都能得到较为公正的评价。

艾略特的诗歌"圣林"里有 13 棵"圣树"，最挺拔的是但丁的《神曲》。

【阅读建议】

艾略特的代表作《荒原》①。

"四月天最是残酷，它在荒地上生丁香，掺和着回忆和欲望，让春雨挑拨呆钝的树根。"这是长诗《荒原》的开头。全诗共 435 行，分"死者葬仪""对弈""火的布道""水中的死亡""雷霆的话"五部分，是艾略特的成名作和影响最深远的作品。评论界认为，这首诗是艾略特"通过强烈的个人经验传达普遍真理"，是阐释他的"非个人化"诗歌理论最好的作品。

---

① 《荒原》，艾略特著，赵萝蕤译，人民文学出版社，2016。

第二节　作品选读

一、王勃《滕王阁序并诗》[①]

豫章故郡，洪都新府。星分翼轸，地接衡庐。襟三江而带五湖，控蛮荆而引瓯越。物华天宝，龙光射牛斗之墟；人杰地灵，徐孺下陈蕃之榻。雄州雾列，俊采星驰。台隍枕夷夏之交，宾主尽东南之美。都督阎公之雅望，棨戟遥临；宇文新州之懿范，襜帷暂驻。十旬休假，胜友如云；千里逢迎，高朋满座。腾蛟起凤，孟学士之词宗；紫电青霜，王将军之武库。家君作宰，路出名区；童子何知，躬逢胜饯。

时维九月，序属三秋。潦水尽而寒潭清，烟光凝而暮山紫。俨骖騑于上路，访风景于崇阿；临帝子之长洲，得天人之旧馆。层峦耸翠，上出重霄；飞阁流丹，下临无地。鹤汀凫渚，穷岛屿之萦回；桂殿兰宫，即冈峦之体势。披绣闼，俯雕甍，山原旷其盈视，川泽纡其骇瞩。闾阎扑地，钟鸣鼎食之家；舸舰迷津，青雀黄龙之舳。云销雨霁，彩彻区明。落霞与孤鹜齐飞，秋水共长天一色。渔舟唱晚，响穷彭蠡之滨；雁阵惊寒，声断衡阳之浦。

遥襟甫畅，逸兴遄飞。爽籁发而清风生，纤歌凝而白云遏。睢园绿竹，气凌彭泽之樽；邺水朱华，光照临川之笔。四美具，二难并。穷睇眄于中天，极娱游于暇日。天高地迥，觉宇宙之无穷；兴尽悲来，识盈虚之有数。望长安于日下，目吴会于云间。地势极而南溟深，天柱高而北辰远。关山难越，谁悲失路之人；萍水相逢，尽是他乡之客。怀帝阍而不见，奉宣室以何年。嗟乎！时运不齐，命途多舛。冯唐易老，李广难封。屈贾谊于长沙，非无圣主；窜梁鸿于海曲，岂乏明时。所赖君子见机，达人知命。老当益壮，宁移白首之心；穷且益坚，不坠青云之志。酌贪泉而觉爽，处涸辙以犹欢。北海虽赊，扶摇可接；东隅已逝，桑榆非晚。孟尝高洁，空余报国之情；阮籍猖狂，岂效穷途之哭！

勃，三尺微命，一介书生。无路请缨，等终军之弱冠；有怀投笔，慕宗悫之长风。舍簪笏于百龄，奉晨昏于万里。非谢家之宝树，接孟氏之芳邻。他日趋庭，叨陪鲤对；今兹捧袂，喜托龙门。杨意不逢，抚凌云而自惜；钟期既遇，奏流水以何惭？呜乎！胜地不常，盛筵难再；兰亭已矣，梓泽丘墟。临别赠言，幸承恩于伟饯；登高作赋，是所望于群公。敢竭鄙怀，恭疏短引；一言均赋，四韵俱成。请洒潘江，各倾陆海云尔。

滕王高阁临江渚，佩玉鸣鸾罢歌舞。

画栋朝飞南浦云，珠帘暮卷西山雨。

---

① 《王子安集注》，王勃、蒋清翊著，上海古籍出版社，1995。

闲云潭影日悠悠，物换星移几度秋。

阁中帝子今何在？槛外长江空自流。

【评述】

王勃（650~676），字子安，绛州龙门（今山西河津）人。王勃6岁能属文，14岁科试及第，授朝散郎。沛王李贤听闻他的才名，召为王府修撰。后因作文得罪高宗被逐，漫游蜀中，客于剑南，后补虢州参军。不久又因罪免官，父亲王福畤也受累贬为交趾（现越南河内西北）令。王勃渡南海省父，溺海而亡。王勃的诗歌气象浑厚，音律谐畅，开初唐新风；骈文含蓄典丽，气韵流动，极负盛名。

《滕王阁序》是王勃最有名的代表作，全称是《秋日登洪府滕王阁饯别序》，又名《滕王阁诗序》，是上元二年（675）王勃前往交趾看望父亲，路过南昌时所作。文章首先叙述洪都的地势、物产、人才以及阎公宴会的胜友如云，接着描绘了一幅流光溢彩的滕王阁秋景图，然后转写自身际遇、引发人生慨叹，最后言明自己恰逢盛景盛会又遇知音，自当赋诗作文以作留念。全文气韵铿锵，格调不凡，辞藻华丽，且一气呵成，酣畅淋漓，堪称初唐骈文最优秀的代表之作。后人对此文评价甚高。闻一多说，《滕王阁序》"由于用典至妙，集切题、隽永、典雅、和谐于一炉，所以世人盛赞《滕王阁序》为'千古奇文'，并断言'后人难以为继'"。[①]

王勃年少时即显示出卓而不群的才华。《旧唐书》记载说："六岁解属文，构思无滞，词情英迈，与兄才藻相类，父友杜易简常称之曰：此王氏三珠树也。"《新唐书》也提道："六岁善文辞，九岁处颜师古注《汉书》，读之，作《指瑕》以擿其失。"据说当时洪州都督阎伯屿宴请嘉宾名流登阁赋诗，目的是提携自己略有诗名的女婿，别人知晓后皆推辞不作，唯有年轻气盛的王勃自恃才华，慨然应允。第一句"南昌故郡，洪都新府"，阎公说是老生常谈、平淡无奇；第二句"星分翼轸，地接衡庐"，阎公默不言语；写到"落霞与孤鹜齐飞，秋水共长天一色"，阎公连称天才之笔。王勃曾因写《檄英王斗鸡文》被高宗斥为歪才并夺官去爵，后读到《滕王阁序》，高宗称赞说，《滕王阁序》乃"千古绝唱"，王勃乃"罕世之才"。

王勃与杨炯、卢照邻、骆宾王并称"初唐四杰"。四杰皆年少成名，留下不少名篇佳作。卢照邻童子科及第，与王勃一样是"别人家的孩子"，少年时便诗名远扬。他弱冠求仕时，被授为邓王典签，邓王李元裕称他是"寡人之相如也"。杨炯则倨傲好古，怀才自负，"每耻朝士矫饰，呼为麒麟楦"，其才华不凡和洁身自好由此可见。骆宾王在《畴昔篇》里说自己"少年重英侠，弱岁贱衣冠"。他不满武则天谋夺李唐社稷自立为帝，写下著名的《代李敬业讨武曌檄》，历数武则天的罪状，号召天下共同讨武。据说武则天读到"一抔之土未干，六尺之孤何托"时，叹道："有如此才，

① 《唐诗杂论》，闻一多著，中华书局，2009。

而使之沦落不偶，宰相之过也！”杜甫《戏为六绝句》（其二）称赞四杰：“王杨卢骆当时体，轻薄为文哂未休。尔曹身与名俱灭，不废江河万古流。”

【阅读推荐】

初唐四杰齐名，主要指他们骈文和赋的文学成就，后来才逐渐用来评论他们的诗歌。四杰在初唐文坛新旧过渡时期，扭转了齐梁诗歌和唐初上官体萎靡浮华的风气，将诗歌的笔触从亭台楼阁、风花雪月扩展到江河山川、边塞大漠的辽阔空间，赋予诗文以新鲜的生命力。四杰皆是锦绣文章，又各具特色。“王勃高华，杨炯雄厚，照邻清藻，宾王坦易，子安其最杰乎？调入初唐，时带六朝锦色”（陆时雍《诗镜总论》）。

推荐阅读：王勃《送杜少甫之任蜀州》，杨炯《战城南》《从军行》，卢照邻《长安古意》，骆宾王《讨武曌檄》。

二、萧红《呼兰河传》①

【故事梗概】

故事发生在一个叫呼兰河的小城。“我”是一个小女孩，生活单调而寂寞。父亲冷淡，母亲恶言恶色，祖母用针刺“我”手指，还好有慈祥的祖父教唐诗讲故事。左邻右舍的生活千年不变，卖豆腐的过去卖凉粉的过来，死水一般。有时也会有突然冒起来的浪花，比如老胡家娶了一个小团圆媳妇，因为长得“太大方”，不懂得“羞涩”，所以被婆婆严加管教，两个月后终于死了；或者是磨倌冯歪嘴忽然有了老婆、孩子，老婆又忽然死了，剩下刚出世的第二个孩子……

这也是萧红的童年吧，寂寞荒凉。后来，祖父死了。后花园的主人，不见了。老主人死了，小主人逃荒去了。那园里的蝴蝶、蚂蚱、蜻蜓，也许还是年年仍旧，也许现在完全荒凉了。早晨的露珠是不是还落在花盆架上，午间的太阳是不是还照着向日葵，黄昏时候的红霞是不是还会一会儿变出来一匹马，一会儿变出来一只狗，这些就不能想象了……其实并没有什么优美的故事，只因他们充满作者幼年的记忆，难以忘却，就记在这里了。

【经典摘录】

呼兰河就是这样的小城，这小城并不怎样繁华，只有两条大街，一条从南到北，一条从东到西，而最有名的算是十字街了，除了这些就都是些小胡同了。小城的人们过着日出而作、日落而息的生活。

东二道街上有个泥坑子，里边淹死过小猪、小狗、猫、鸡和鸭。猪掉进泥坑里，

---

① 《呼兰河传》，萧红著，人民文学出版社，2019。

就有人卖便宜的猪肉。小胡同里更寂寞冷清，一天到晚看不到多少闲散人。过去了卖麻花的，后半天，又来了卖凉粉的。卖豆腐的一收市，一天的事情就完了，乌鸦一飞过，这一天就真正过去了。呼兰河除了这些卑琐平凡的实际生活之外，在精神上也有不少盛举，如：跳大神，唱秧歌，放河灯，野台子戏，娘娘庙大会……

呼兰河这小城里住着我的祖父。等我生下来了，第一给了祖父无限欢喜。等我长大了，祖父非常地爱我，使我觉得在这世界上，有祖父就够了，还怕什么呢？虽然父亲冷淡，母亲恶言恶色，和祖母的用针刺我手指的这些事，都觉得不算什么了。何况又有后花园！我和祖父学诗，还很喜欢吃。祖父教我："去年今日此门中，人面桃花相映红。人面不知何处去，桃花依旧笑春风。"我喜欢这首诗。因为其中有桃花，桃树一开了花不就结桃了吗？桃子好吃。所以每念完这首诗，我就问祖父："今年咱们的樱桃树开不开花？"

我家的院子是荒凉的。那边住着几个漏粉的，那边住着几个养猪的。养猪的那厢房里还住着一个拉磨的。

我玩的时候，除了在后花园有祖父陪着，其余都是我自己玩。有一天，我正在蒿草里做着梦，听见一阵喧闹。后来才知道是老胡家来了个"团圆媳妇"。她是个小姑娘，才十二岁，她的头发又黑又长，梳着很大的辫子，竟快到膝间了，她的脸长得黑乎乎的，笑呵呵的。之后，她天天牵马到井边去饮水，我看见她好几次，她看着我就笑了，我们成了好朋友。

人们看了团圆媳妇，没有什么不满意的，只是说太大方了，见人也不羞，不像个团圆媳妇。所以，没过几天，那家就打起团圆媳妇来了，打得特别厉害，那叫声不管多远都可以听见。从此以后，我家的院子里天天哭声，哭声很大，一边哭一边叫。终于小团圆媳妇被折磨得卧床不起，婆婆又请跳大神的来，又用滚烫的热水给她洗澡，小团圆媳妇每被烫一次，就昏一次。还没到二月，那黑乎乎的、笑呵呵的小团圆媳妇就死了。

……

时光不知不觉地流逝，从前那后花园的主人，而今不见了。老主人死了，小主人逃荒去了。以上所写的，没有什么优美的故事，只因他们充满我幼年的记忆，忘却不了。难以忘却，就记在这里了。

【评述】

萧红（1911~1942），原名张迺莹，笔名悄吟、田娣、萧红等，生于黑龙江呼兰县一个地主家庭。16 岁考入哈尔滨第一女子中学，接触了五四以来的进步思想和中外文学，不满于封建家庭和包办婚姻，于 1930 年秋离家出走，几经颠沛流离。1935 年，长篇小说《生死场》由鲁迅作序，列入"奴隶丛书"出版，萧红开始在文坛引起相当大的关注。许广平回忆说，萧红的《生死场》"给上海文坛一个不小的新奇与惊动”。鲁迅在序文里写道，“北方人民的对于生的坚强，对于死的挣扎，却往往已经力透纸背；女性的细致的观察和越轨的笔致，又增加了不少明丽和新鲜”。1936年，为摆脱精神上的苦闷，萧红只身东渡日本，抗战爆发后辗转汉口、临汾、西安、重庆等地。1940年，孤独的萧红去了香港，进入她一生中最寂寞无助的时期。1942年日渐病重。弥留之际，萧红在纸上写下一句话：“我将与蓝天碧水永处。”

《呼兰河传》是萧红的代表作，写于1940年的香港。在历经多年漂泊之后，作者以童年见闻及对家乡的回忆为题材，写下了这部自传式的长篇小说。萧红此时在艺术上日趋成熟。《呼兰河传》从主题到艺术手法，都与前期的《生死场》有较大不同。整篇文章没有一个贯穿前后的故事情节，也没有固定的人物形象。萧红只是用细腻的笔触，描写了那个叫呼兰河的小城里，人与城、少女与老人、生者与逝者、愚昧与人性的纠缠交织。有人说它不像一篇小说，萧红认为，如果说“小说有一定的写法，一定要具备某几种东西，一定写得像巴尔扎克或契诃夫的作品那样。我不相信这一套。有各式各样的读者，有各式各样的小说”。茅盾评价说，《呼兰河传》在“不像小说”之外，有一些比小说更诱人的东西，它“是一篇叙事诗，一幅多彩的风土画，一串凄婉的歌谣”。同时，它又表达了对国民团体盲目、愚昧、麻木、残忍等等的忧愤和悲悯，被越来越多的读者认为是继鲁迅之后对国民心态的开掘和批判的力作。萧红在《呼兰河传》里创造了一种介于小说、散文和诗之间的文体，用笔温馨轻盈又浑厚凝重，情感与笔触自由地出入现实和梦幻、童年和成人、回忆与现实之间。《呼兰河传》清浅流动但寂寞荒凉的美，迄今仍然感动着读者。

民国时期涌现出一批才华横溢的优秀女性作家，吕碧城、萧红、石评梅、张爱玲是最杰出的四位，被人们合称为“民国四大才女”。其中，萧红命运最为悲苦，但才华横溢，是现代文学史上极具个人特色的作家。她因中篇小说《生死场》一举成名时，才24岁。代表作《呼兰河传》完成时，也不过29岁。在颠沛流离的短暂生命里，除了《生死场》《呼兰河传》两部代表作品外，她还写了小说《马伯乐》，小说集《牛车上》《旷野的呼喊》，散文集《商市街》《桥》，散文《回忆鲁迅先生》，以及纪念鲁迅的哑剧《民族魂》等，短短8年时间里写下了近60万字的作品，是当之无愧的“30年代文学洛神”。

中国人常说“过慧早夭”，这样的实例似乎不少，往往让人们扼腕叹息。不过，这些神童、天才们以短暂的生命和闪耀的才华，抒写了他们生命中最华丽动人的篇章，让绚烂的生命之花定格在青春之时，既是文坛憾事，也是文坛之幸。

【推荐观影】

《黄金时代》，萧红传记影片。许鞍华导演，汤唯、冯绍峰主演。片长179分钟，2014年上演。

三、雪莱《西风颂》[①]

一

哦，狂暴的西风，秋之生命的呼吸！
你无形，但枯死的落叶被你横扫，
有如鬼魅碰到了巫师，纷纷逃避：
黄的，黑的，灰的，红的像患肺痨，
呵，重染疫疠的一群：西风呵，是你
以车驾把有翼的种子催送到
黑暗的冬床上，它们就躺在那里，
像是墓中的死穴，冰冷，深藏，低贱，
直等到春天，你碧空的姊妹吹起
她的喇叭，在沉睡的大地上响遍，
（唤出嫩芽，像羊群一样，觅食空中）
将色和香充满了山峰和平原。
不羁的精灵呵，你无处不远行；
破坏者兼保护者：听吧，你且聆听！

二

没入你的急流，当高空一片混乱，
流云像大地的枯叶一样被撕扯
脱离天空和海洋的纠缠的枝干。
成为雨和电的使者：它们飘落
在你的磅礴之气的蔚蓝的波面，
有如狂女的飘扬的头发在闪烁，
从天穹的最遥远而模糊的边沿
直抵九霄的中天，到处都在摇曳
欲来雷雨的卷发，对濒死的一年
你唱出了葬歌，而这密集的黑夜
将成为它广大墓陵的一座圆顶，
里面正有你的万钧之力的凝结；
那是你的浑然之气，从它会迸涌
黑色的雨，冰雹和火焰：哦，你听！

① 《雪莱抒情诗选》，查良铮译，人民文学出版社，1993。

五

把我当作你的竖琴吧，有如树林：
尽管我的叶落了，那有什么关系！
你巨大的合奏所振起的音乐
将染有树林和我的深邃的秋意：
虽忧伤而甜蜜。呵，但愿你给予我
狂暴的精神！奋勇者呵，让我们合一！
请把我枯死的思想向世界吹落，
让它像枯叶一样促成新的生命！
哦，请听从这一篇符咒似的诗歌，
就把我的话语，像是灰烬和火星
从还未熄灭的炉火向人间播散！
让预言的喇叭通过我的嘴唇
把昏睡的大地唤醒吧！西风呵，
如果冬天来了，春天还会远吗？

【评述】

珀西·比希·雪莱（1792~1822），出生于英格兰一个贵族家庭。他从小聪颖，8岁时写了第一首诗《猫》。在伊顿公学读书期间，深受英国启蒙思想家威廉·葛德文《政治正义论》的影响。在牛津大学读书不到半年，就因撰写《论无神论的必然性》被开除。不久后他娶了平民女子哈丽特·威斯布鲁克，被父亲逐出家门。雪莱具有激进的民主思想，积极参与爱尔兰反对英国殖民统治的斗争，并创作发表大量诗歌。1813年，雪莱发表第一首长诗《麦布女王》。他在诗中用任意梦幻的方式，表达了对人类最终摆脱愚昧和专制统治、走向光明未来的憧憬和信念。1818年发表长诗《伊斯兰的反叛》，大量运用象征手法，洋溢着反抗暴政的革命精神和浪漫主义气息。这些作品彻底激怒英国上流社会，雪莱被逐出英伦，漂泊到意大利。1819年是雪莱创作最多产的一年，诗剧《解放了的普罗米修斯》《倩契》，政论文《从哲学的观点看议会改革》（未完成），政治长诗《暴政的假面游行》等，都写于这一年。1822年，雪莱泛舟出海，被巨浪吞噬了年轻的生命。他的墓志铭引自莎士比亚传奇剧《暴风雨》中的诗句："他并没有消失什么，不过感受了一次海水的变幻，他成了富丽珍奇的瑰宝。"

《西风颂》写于1819年。据雪莱回忆说，《西风颂》构思于佛罗伦萨附近阿诺河畔的一片树林。那一天，天空密布云霭，预示着一场暴风雨即将到来。果然在日落时，狂风夹带着冰雹，伴着阿尔卑斯山特有的电闪雷鸣，"奏响"了"涤荡大地、震撼人间的大自然的雄伟乐章"，《西风颂》就此诞生。全诗由五首十四行诗组成，五个小节独立成篇，用一个主题串连为一体。一至三节写景，歌唱西风扫除腐朽、鼓舞新生的强大威力。在雪莱笔下，草木色变，天空中乌云翻滚、雷电交加，连海洋也为之颤抖，以此象征即将来临的风起云涌的革命浪潮。后两节抒发诗人对西风的热爱和向往，由写景转向抒情。西风之后冬天到来，但冬天之后是春天。“如果冬天来了，春天还会远吗”，艰难处境中洋溢着的乐观主义精神，使这句诗千古传诵，激励着一代又一代的读者。整首诗歌结构严谨，主题明快，是雪莱抒情诗的代表作。

雪莱一直被公认为是历史上最出色的英语诗人之一。他在短暂的一生中，写下了大量歌唱自然和人生、理想和爱情的诗篇，诗中充满优美而蓬勃的想象、浪漫的感情、韵律及形象的美。在《致云雀》（1820）一诗中，诗人用浪漫主义的人生态度，热情地歌颂了云雀。云雀是“欢乐的精灵”，“像一片烈火的轻云，掠过蔚蓝的天心，永远歌唱着飞翔”。在《云》一诗中，雪莱描写云的自然变幻，从产生到消亡，再从消亡到重生。他赋予云以人的情感，用云象征生生不息的大自然。

雪莱还写下了大量的爱情诗。他认为两性之爱是宇宙中广义的爱的一部分，是大自然中崇高精神的一种体现，男女之爱可以升华为对整个人类的爱。在《致——》一诗中，他叹息爱情常被亵渎、被假意鄙薄，“希望太似绝望”，但仍然决心像“飞蛾扑向星星”“黑夜追求黎明”一样去追求爱情。雪莱的爱情观不是自私和占有，而是充满了追求自由、解放的精神。

雪莱在《诗辩》（1821，未完成）一文中，阐明了英国浪漫主义的文学观点，他认为文学应该负起改造社会的责任。他举例说，荷马史诗、希腊悲剧和莎士比亚戏剧中的英雄人物，对读者有巨大的教育意义。诗人不仅要“深刻观察现在的实际情况”，还要“从现在观察到将来”。雪莱的诗歌正是这种浪漫主义文学精神最集中的体现。丹麦文学评论家勃兰兑斯评价说，雪莱“个性特色最鲜明的作品”，其精美程度胜过莎士比亚，“他在1821年和1822年写下的那些短诗，是英语文学最美的精品”。[①] 马克思称他“本质上是一个革命家”，“永远是革命先锋队的一员”。恩格斯则称他为“天才预言家”。

【推荐阅读】

《拜伦诗选》，杨德豫译，外语教学与研究出版社2011年出版。

拜伦和雪莱是19世纪英国浪漫主义文学的一对璀璨的双子星。两人走过相似的生活轨迹，有着相同的气质、信念和才华。他们都被英国遗弃和放逐，都英年早逝。雪莱葬于意大利新教墓园，拜伦葬于他为之奋战的希腊。雪莱快乐如云雀，拜伦则更加悲伤。他们的作品以同样的光芒，长久流传。

---

① 《十九世纪文学主流》，勃兰兑斯著，张道真等译，人民文学出版社，1997。

四、海明威《丧钟为谁而鸣》[1]

【故事梗概】

《丧钟为谁而鸣》用 41 万字写了 3 天的故事。美国青年罗伯特·乔丹原是大学里的西班牙语教师，对西班牙有着深厚的感情。西班牙内战爆发后，罗伯特志愿参加西班牙政府军，负责在敌后搞爆破活动。在一次反攻炸桥任务中，他与地方游击队取得联系。在战火纷飞的三天时间里，罗伯特·乔丹陷入爱河，经历了爱情与职责的冲突，经历了生与死的考验，最终在炸桥的撤退途中，为了掩护战友而独自留下阻击敌人，为西班牙人民献出了年轻宝贵的生命。

【经典摘录】

卷首

谁都不是一座岛屿，自成一体；
每个人都是欧洲大陆的一小块，那本土的一部分。
如果一块泥巴被海浪冲掉，欧洲就小了一点；
如果一个海岬，如果你朋友或你自己的庄园被冲掉，也是如此。
任何人的死亡使我有所缺损，因为我与人类难解难分。
所以别去打听丧钟为谁而鸣，丧钟为你而鸣。

——约翰·堂恩

四十三章

……（乔丹）又望着山坡下面，思量起来。一句话，真不愿就此退出战斗。我多么不愿退出战斗，但我希望在战斗中已有过一些良好的表现。我曾用自己所具有的才干尽力而为。你是说已尽力而为。不错，已尽力而为。

我为自己信仰的事业至今已战斗了一年。我们如果在这里获胜，在每个地方就都能获胜。世界是个美好的地方，值得为之战斗，我多么不愿离开这个世界啊。但你很幸运，他对自己说，度过了这样美好的一生，你度过的一生和你祖父的一样美好，尽管时间没有他的那么长。凭着最后的这几天，你度过的一生比谁的都不差。你不必抱怨，因为你是这样的幸运，然而但愿有什么办法能把我所学到的东西传给后人。基督啊，我在这最后阶段中学得好快。我想跟卡可夫谈谈。这是说在马德里谈谈。就在那些山头的后面，在山坡下的平原对面，从灰色的山岩间下去，穿过松林、石南和金雀花地，越过高高的黄土高原，你能望到它矗立着，洁白而美丽。这一点就像比拉尔讲的那些在屠场前喝血的老太婆一样真实。真实的事情不止一件。事情件件都是真实的。好比飞机，不论是我们的还是敌人的，模样都是美丽的。美

[1] 《丧钟为谁而鸣》，海明威著，程中瑞译，上海译文出版社，2006。

丽，真是活见鬼，他想。……

他伸手拿起手提机枪，拉出插在弹仓里的空子弹夹，从口袋里掏出一些子弹夹，扳开枪机，望望枪筒里面，“卡塔”一声重新把一个子弹夹塞进弹仓的槽里，然后眺望山坡下。也许要等半小时吧，他想。现在宽宽心吧。

接着他望望山坡，望望松林，试图什么也不想。

他望望那条小河，想起了当初在桥下凉飕飕的阴影里的情景。但愿敌人就来吧，他想，我不想在敌人来到之前自己先变得神志不清。

你看哪种人对于这处境会更觉得坦然？有宗教信仰的人呢，还是正视现实的人？宗教使人们得到很大的安慰，然而我们知道，实在也没有什么可怕的。糟的只是缺乏信念罢了。只有当死亡拖延很久才来临，并且痛苦得使你丢人的时候，这才是糟的。你幸运的地方就在这里，明白吗？你根本没碰到这情况。

他们已经撤走了，真是好事。他们既然撤走了，我对眼前的情况就一点也不在乎了。我是说大致上就应该这样做。这样做实际上很对头。想想看，如果那时他们全都分散在山坡上那匹灰马附近，那情况就会大不相同。或者我们全给困在这山上等待敌人出现，也就会大不相同了。不。他们走了。他们到别处去了。要是这次进攻成功了现在该有多好。你要什么呀？什么都要。我什么都要，给我什么都接受。要是这次进攻失利，另一次也会成功的。我当时根本没有注意到飞机什么时候飞回来。上帝啊，幸运的是我总算把她打发走了。

我很想跟祖父谈谈这次经历。我敢打赌他决不需要到敌人后方去找他的自己人来上演这一幕。你怎么知道呢？他也许干过五十次。不，他想，说确切些吧。这样的事情谁也没干过五十次。完全像这样的事也许谁都没有干过一次。当然，人家一定干过的。

但愿敌人现在就来吧，他想。但愿他们立刻就来，因为腿上现在开始作痛了，一定是肿块的关系。

我们进行得满顺手，这时却挨到了炮击，他想。不过，幸亏我在桥下的时候坦克没有来。事情出了差错就势必引起不良的后果。人家给戈尔兹发出命令的时候，你就倒了霉。你知道后果会怎么样，说不定比拉尔感到的也就是这一个。不过今后我们会把这种任务安排得好得多。我们应当有手提式短波发报机。是啊，有很多东西是我们应当具备的。我还应当带一条备用的腿来。……

【评述】

海明威（1899~1961），生于美国伊利诺伊州的橡树园。父亲是医生和体育爱好者，母亲从事音乐教育，他在六个兄弟姐妹中排行老二，从小酷爱体育、捕鱼和狩猎。中学毕业后曾在堪萨斯城《星报》当记者，形成了简洁明快的文风。“一战”爆发后，赴意大利当战地救护车司机。年轻的海明威一直为华盛顿将军的战争经历所鼓舞，也想在战争中成就自己的功业。但这次参战让他认识到，战争残酷足以摧毁一切，包括理想与爱情。1926年，他发表《太阳照样升起》，成为“迷惘的一代”代言人。1929年，反映第一次世界大战的长篇巨著《永别了，武器》出版，给海明威带来很高的声誉。西班牙内战期间，他三次以记者身份亲临前线，在炮火中写了剧本《第五纵队》，并创作《丧钟为谁而鸣》（1940）。1941年访问中国，支持中国人民的抗日事业。1952年发表《老人与海》。1954年获诺贝尔文学奖。海明威一生中多次参加战争，身上留有多处旧伤，令他痛苦不堪。1961年在家中自杀。遗作有回忆录《不固定的圣节》，长篇小说《湾流中的岛屿》《伊甸园》等。

1939年，海明威开始写作《丧钟为谁而鸣》。他写了战火纷飞的三天里发生的故事。1935年，西班牙内战爆发。1936年夏，美国青年罗伯特·乔丹来到西班牙，支持西班牙人民的正义斗争。政府军在三月大败意大利侵略军，首都已转危为安。戈尔兹将军准备向瓜达拉马山区叛军发动进攻，于是派罗伯特·乔丹来敌后联系游击队，等战斗打响就炸毁一座铁桥，切断敌人的增援路线。故事从老向导安塞尔莫带乔丹侦察桥头哨所写起。星期六下午乔丹同安塞尔莫侦察大桥周边地形后，向游击队的营地进发；星期天，他们向目的地出发，路过聋子的营地；星期一，乔丹和游击小分队与敌人骑兵队发生遭遇战，聋子带领的游击队全部牺牲；星期二上午，炸桥，乔丹受伤，他命令（劝服）所有战友（包括玛丽亚）离开后，独自等着敌人靠近，“贝伦多中尉注视着那道马蹄印，策马而来，瘦削的脸严肃而庄重。他左臂弯里的手提机枪横搁在马鞍上。罗伯特·乔丹伏在树后面，小心谨慎地控制着自己，免得自己发抖。他等待着这军官来到松林边第一排树木和绿茵茵的山坡接界的地方，那里照耀着阳光。他感觉到自己的心脏抵在树林的松针地上怦怦地跳着”。故事在这里结束。

海明威的作品以简洁著称。在堪萨斯《星报》当记者时，他接受了严格的文字训练，被要求使用短句和短小的段落，“正面说，不要反面说”，反复练习用一句话陈述一件事情，逐渐形成了独有的含蓄简约的写作风格。英国文学评论家赫·欧·贝茨形容海明威是“手拿板斧的人，他斩伐了整座森林的陈言赘词，还原了基本枝干的清爽面目；他删去了解释，探讨，甚至于议论；砍掉了一切花花绿绿的比喻，清除了古老神圣、毫无生气的文章俗套；直到最后，通过疏疏落落、经受了锤炼的文字，眼前豁然开朗，能有所见”。[①] 海明威拿着板斧，把《永别了，武器》的结尾改写了39遍。《老人与海》“本来可以写一千多页那么长”，“写村庄中的每个人怎样谋生，怎样出生，怎样受教育，怎样生孩子等等”[②]，在经过200多遍的修改后，只留下了2万多字（中文译本）。海明威砍掉比喻、形容等冗赘的内容，将丰富的情

① 《海明威的文体风格》，赫·欧·贝茨著，赵少伟译，1943。

② 《海明威访问记》，乔治·普林姆顿著，《文艺研究》1980（2）。

感蕴藏在简约的文字后面，追求言简意深的写作风格。海明威将自己的写作追求比喻为“冰山”。他说，“冰山在海里移动是很威严壮观，这是因为它只有八分之一露出水面”，而作者所依靠的思想感情，是“水面之下”的八分之七。冰山原则下的简约含蓄，使得海明威作品产生了非常强烈的艺术效果。1954 年诺贝尔文学奖授奖词肯定了海明威的叙事技巧是作品成功的关键因素，他“能把一篇短小的故事反复推敲，悉心裁剪，以极简洁的语言，铸入一个较小的模式，使其既凝练，又精当；这样，人们就能获得极鲜明、极深刻的感受，牢牢地把握它要表达的主题”。

有意思的是，海明威在《老人与海》里用 2 万多字写了老渔夫的三天，在《丧钟为谁而鸣》里用 41 万字写了罗伯特·乔丹的三天。《丧钟为谁而鸣》是海明威小说中最长的一部，共 43 章，随情节发展采用或快或慢的叙事节奏。随着炸桥时间临近，小说节奏越来越快，篇幅越来越短；有时又在快节奏里插入乔丹的大量内心独白和回忆，篇幅变长，节奏也相应舒缓下来。整部作品虽然较长，但张弛有致。我们读到乔丹一路上克服种种困难，最后在游击队配合下炸掉铁桥，在撤退中身受重伤，于是他告别战友和爱人，一个人留下来狙击追兵。我们知道他会死，但是阳光灿烂，罗伯特·乔丹仍然是战斗的模样。

第三章　个性与风格

所谓个性，指每个人区别于他人的、具有一定倾向性的稳定的性格特征，也就是一个人的整体精神面貌。个性形成有先天的生理基础，也有一定的自然环境和社会环境的影响，由此形成每个人独特的个性特征。有的人热情活泼，有的人敏感多思，有的人豪放粗犷，有的人柔弱内敛……文学创作是一种主体创造性的活动，作家的个性会自然而然地投射在作品里，形成不同的文学风格。如曹操个性特征上的积极进取、胸怀壮阔，表现在诗歌创作上即为慷慨悲凉的风骨，如“对酒当歌，人生几何。譬如朝露，去日苦多”（《短歌行》），再如“秋风萧瑟，洪波涌起；日月之行，若出其中；星汉灿烂，若出其里”。南唐后主李煜多愁善感的个性特征，亡国后从皇帝到阶下囚的屈辱和辛酸，在他的词作中以深切的忧郁体现出来。作家个性气质各不相同，自然导致作品风格的多样化。鲁迅的个性激烈、执着，富于战斗性，他痛心于社会的腐败和民众的愚昧，选择了“弃医从文”、唤醒百姓的道路，选择了“像匕首像投枪”“嘻笑怒骂皆成文章”的小品文，希望和读者一起“杀出一条生存的血路”；他的弟弟周作人个性则完全不同，是一个温和、通达、看重生活趣味的人，他的散文多选择闲适性的题材，如喝茶、茶食、乌声、点心、腌鱼腊肉等等自然风物，笔风不温不火、娓娓道来，集趣味、见识、智慧于一体，形成其散文的独特风格。又如卡夫卡生活在奥匈帝国时期的布拉格，在父亲的高压之下，他的精神气质是孤独和忧郁的，其作品也不可避免地渲染上同样的个性化特征。《变形记》里的格里高尔变成甲虫后，内心是孤独和寂寞的。父亲的责骂、母亲受到的惊吓、妹妹由同情到厌烦的情感变化，没有激起他的愤怒和反抗，反而使他更加痛恨自己，比别人更想消灭自己；《城堡》里的K孤独、绝望，无论他如何努力，始终无法进入城堡，所有的努力都是徒劳。而米兰·昆德拉生活在捷克斯洛伐克时期的布拉格，他的作品里也描写孤独、流亡、沉重和绝望，却通过“玩笑”“生活在别处”“生命不能承受之轻”来加以表现。

对此，古今中外文学理论家观点较为一致：文如其人。风格的形成与作者的各种精神要素相关。曹丕认为，作家有不同的个性特征或精神气质——“气”，体现在文章中即为不同的风格特征，即“文以气为主，气之清浊有体，不可力强而致”。刘勰认为，文学创作源于情感的激动和发表思想的愿望，作品文辞和思想的平庸或杰出，与作家的才华是一致的；作品或讽或娱的刚柔基调，不会与作家的气质有别；

所写事理的深浅，也不会与作家的学识相反。所以，作品的风格很少与作者的性情相矛盾，“各师成心，其异如面”“吐纳英华，莫非情性”“才性异区，文辞繁诡”（《文心雕龙·体性》）。晚明思想家李贽在《焚书》卷三《读律肤说》中，以音乐创作为例，说明创作者不同的个性形成不同的风格：“性格清澈者音调自然宣畅，性格舒徐者音调自然舒缓，旷达者自然浩荡，雄迈者自然壮烈，沉郁者自然悲酸，古怪者自然奇绝。有是格便有是调，皆情性自然之谓也。”歌德也认为，“一个作家的风格是他的内心生活的准确标志，所以一个人如果想写出明白的风格，他首先要心里明白。如果想写出雄伟的风格，他首先要有雄伟的人格”（《歌德谈话录》）。

除创作者个人的主观因素之外，文学风格的形成与作者所处的时代、社会也有一定的关联。作家的风格往往与一个时代的审美特征相统一，是时代精神在文章中的体现。盛唐诗“笔力雄壮，气象浑厚”，是盛唐雄壮、浑厚的时代风气的体现。中晚唐不再有这般气象，诗歌中则多了几分深沉甚至于凄婉。不过，文学作品是作家创造的，作家个人是内因，时代与社会是外因，任何外因都要转化为内因而起作用。

刘勰把风格分成八个类型：典雅、远奥、精约、显附、繁缛、壮丽、新奇、轻靡。司空图《二十四诗品》继承这一理论传统，将唐代以前的诗歌划分为雄浑、冲淡、纤秾、沉着、高古、典雅、洗练、劲健、绮丽、自然、含蓄、豪放、精神、缜密、疏野、清奇、委曲、实境、悲慨、形容、超诣、飘逸、旷达、流动等二十四种类型。形成自己的风格，是文学或艺术家成熟的体现。风格一旦形成就具有一定的稳定性。不过，一个作家一生中，不同时期在艺术风格上有所变化，也是常见现象，不能狭隘地理解“文如其人”。以苏东坡的作品为例，既有“大江东去，浪淘尽，千古风流人物”的激昂，也有“十年生死两茫茫，不思量，自难忘。千里孤坟，无处话凄凉”的孤独与悲伤，有“横看成岭侧成峰，远近高低各不同”的理趣，也有“墙里秋千墙外道，墙外行人，墙里佳人笑。笑渐不闻声渐悄，多情却被无情恼”的怅然若失。再如李清照，有“一种相思，两处闲愁。此情无计可消除，才下眉头，却上心头”的思念，有“知否知否，应是绿肥红瘦”的女性敏感，有“唯恐双溪舴艋舟，载不动，许多愁”的悲伤寂寞，还有“生当作人杰，死亦为鬼雄”的悲壮。钱锺书先生认为人性本来就是多面的，每个人的“身心言动”是“平行各面”“随转异色”，无所谓一部分真一部分假。有时表里有别，也很自然。而且，作者写文章不一定全是“实录”，“巨奸”可以作“忧国语”，“热中人”可以写“冰雪文”。作者“文”“人”不符、言不由衷，不一定是“心声失真”或故意饰伪，有可能是不同的“我”，“见于文者，往往为与我周旋之我；见于行事者，往往为随众俯仰之我”，两种“我”都是真我。“言出于至诚，而行牵于游俗”，也算是人之常情。所以，钱锺书先生承认“文如其人”，但认为应看到“文如其人”现象的复杂性，不能简单地由文品推断人品，重点要关注作品的格调。格调是作者性格“本相”的自然流露，“狷急人之作风，不能尽变为澄澹，豪迈人之笔性，不能尽变为谨严”，格调是无法伪饰的。

在文学史上，风格相同或相近的作家，往往会被人们归入某一个流派，如湖畔派。同一流派的作家，往往在文学审美和艺术追求等方面具有某种程度上的趋同性，这样的划分便于人们认识和研究。不过，也有一些流派是作家们要实现某种有意识的艺术追求而组织形成的。如闻一多、徐志摩、梁实秋、陈梦家、卞之琳等诗人，为反对滥情主义和诗的散文化倾向，组成新月社，从理论到实践上对新诗的格律化进行了认真的探索。闻一多先生在《诗的格律》中提出了新月诗歌的“三美”主张——“音乐美（音节）、绘画美（辞藻）、建筑美（节的匀称和句的均齐）”。新月派诗人们以此为目标，创作了大量新格律诗，对中国新诗的发展做出了一定的贡献。徐志摩《再别康桥》是新月派诗歌艺术性最高的作品。

第一节　文论选读

一、曹丕《典论·论文》①

……王粲长于辞赋，徐干时有齐气，然粲之匹也。如粲之《初征》《登楼》《槐赋》《征思》，干之《玄猿》《漏卮》《圆扇》《橘赋》，虽张、蔡不过也，然于他文未能称是。琳、瑀之章表书记，今之隽也。应玚和而不壮；刘桢壮而不密。孔融体气高妙，有过人者；然不能持论，理不胜辞；至于杂以嘲戏，及其所善，扬、班俦也。

常人贵远贱近，向声背实，又患暗于自见，谓己为贤。夫文本同而末异，盖奏议宜雅，书论宜理，铭诔尚实，诗赋欲丽。此四科不同，故能之者偏也；唯通才能备其体。

文以气为主，气之清浊有体，不可力强而致。譬诸音乐，曲度虽均，节奏同检，至于引气不齐，巧拙有素，虽在父兄，不能以移子弟。

盖文章，经国之大业，不朽之盛事。年寿有时而尽，荣乐止乎其身，二者必至之常期，未若文章之无穷。是以古之作者，寄身于翰墨，见意于篇籍，不假良史之辞，不托飞驰之势，而声名自传于后。故西伯幽而演易，周旦显而制礼，不以隐约而弗务，不以康乐而加思。夫然，则古人贱尺璧而重寸阴，惧乎时之过已。而人多不强力；贫贱则慑于饥寒，富贵则流于逸乐，遂营目前之务，而遗千载之功。日月逝于上，体貌衰于下，忽然与万物迁化，斯志士之大痛也！

① 《曹丕集校注》，曹丕著，魏宏灿校注，安徽大学出版社，2009。

【评述】

曹丕（187~226），字子桓，曹操之子。建安十六年（211）为五官中郎将，建安二十二年（217）立为魏太子，二十五年（220）代汉称帝，为魏文帝，都洛阳。曹丕在位期间，平定边患，击退鲜卑，和匈奴、氐、羌等外夷修好，恢复汉朝在西域的建置。黄初七年（226）病逝于洛阳。庙号高祖（《资治通鉴》作世祖），谥号文皇帝。

曹丕生活的主要时期是在建安十三年赤壁之战奠定了天下三分的局势之后，生活相对安定。他的诗歌内容不及曹操，才华不及曹植。不过，他的代表作《燕歌行》（二首），用“秋风萧瑟天气凉，草木摇落露为霜，群燕辞归雁南翔”三句诗写尽深秋肃杀情景，也有很高的艺术成就。曹丕比较擅长散文，著有《典论》一书，是他在建安后期为魏世子时所撰的一部政治、社会、道德、文化论集，共20篇。遗憾的是大部分文章散佚，只剩下残章断简。《论文》由于被收入《昭明文选》得以完整保留。

《典论·论文》写于曹丕被立为太子（217）到即王位的延康元年（220）之间的那段时间，建安七子均已过世。曹丕以七子为代表，指出作家的才能各有所偏，一个作家往往只能擅长某一种文体的写作。王粲、徐干都以辞赋为主，但各有特点。陈琳、阮瑀擅长章表书记，但具体写作时仍有差别。每个作家在禀性、气度和感情方面有不同特点，会形成不同的“气”（即精神状态）反映在文章中。“文以气为主”，每个作家个性不同，所以风格各异。“气”来自人的天赋本性，无法用人力改变。曹丕还认为文章的“气”有清浊之分，“徐干时有齐气”“孔融体气高妙”。曹丕的“气”论反映了建安文学慷慨悲壮、清晰绍明的美学追求，是对建安文学创作特征的总结概括。

曹丕还把文章的价值提高到前所未有的重要程度。他认为文章是“经国之大业，不朽之盛事”，甚至比立德、立功更重要，是真正不朽的事业，可以使作者声名长久流传。以三曹父子的文章写作以及曹丕作为皇帝的影响力，文章地位得以空前提高，文学写作以及文学理论研究都形成了一个繁荣发展的高潮时期。

曹丕文学观的形成与当时的社会背景有关。从曹魏时代到刘宋代晋的两百年间，战争频仍、朝代频繁更替，社会迫切需要有真才实学之人。曹操提倡“唯才是举”，动摇了儒家的伦理道德观念，打破了儒家思想一统天下的局面。改造后的老庄哲学以玄学形式出现。曹丕明显受到玄学思想影响，将文章风格与个人才能相联系，同时主张文人当有自知之明，不要“各以所长，相轻所短”，与当时“唯才是举”的时风是一致的。而且曹丕文论注重研究文学自身的内部规律，这一点对后世中国文学理论的发展有很重要的意义。稍后的陆机沿着《典论·论文》的方向，着重探讨文学的内部规律。而刘勰受陆机《文赋》影响，最终写就中国文学理论史上最杰出的巨著《文心雕龙》。

二、钱锺书《谈艺录》[1]

吾国文体中有《自序》《家训》之类，作者既不能如刘子真、谢安石之以“不教”为“常教”，复不肯如蜀先生《遗诏》之自言“德薄勿效”；借立言以立德，托垂诫以垂名。脱曰“文可觇人”，亦须于言外行间遇之矣。“心画心声”，本为成事之说，实匙先见之明。然所言之物，可以饰伪；巨奸为忧国语，热中人作冰雪文，是也。其言之格调，则往往流露本相；狷急人之作风，不能尽变为澄澹，豪迈人之笔性，不能尽变为谨严。

文如其人，在此不在彼也。

……所言之物，实而可征，言之词气，虚而难捉。世人遂多顾此而忽彼耳。……是以同一金玉锦绣，而王禹玉之“至宝丹”，与归处讷所嘲“镀金牙齿咬银匙”，区以别矣。且也，人之言行不符，未必即为“心声失真”。常有言出于至诚，而行牵于流俗。蓬随风转，沙与泥黑；执笔尚有夜气，临事遂失初心。不由衷者，岂惟言哉，行亦有之。安知此必真而彼必伪乎。见于文者，往往为与我周旋之我；见于行事者，往往为随众俯仰之我。皆真我也。身心言动，可为平行各面，如明珠舍利，随转异色，无所谓此真彼伪；亦可为表里两层，如胡桃泥笱，去壳乃能得肉。古人多持后说，余则愿标前论。是以有自讳自汗之士，有原心原迹之谈。……言固不足以定人，行亦未可以尽人也。神奸元恶，文过饰非，以言弥缝其行，自属不鲜。区区之见，窃欲存疑。自非“知言”若孟子，亦如且就事论事，断其行之利害善恶，不必关合言行，追索意乡，于是非之外，别求真伪，反多诛心、原心等种种葛藤也。

吾国论者言及“文如其人”，辄引 Buffon 语为比附，亦不免耳食涂说。……“文如其人”，乃读者由文而知人；“文本诸人”，乃作者取诸己以成文。若人之在文中，不必肖其处世上、居众中也。

【评述】

钱锺书（1910~1998），字默存，出生于江苏无锡一个书香世家。早年熟习旧学，后进入当地东林高等小学和苏州桃坞中学求学。19 岁考入清华大学，毕业后在上海光华大学教英语，1935 年以第一名成绩考取英庚款到英国牛津留学，1937 年以论文《十七十八世纪英国文学中的中国》获牛津大学学士学位，然后到法国巴黎大学进修。学成归国后，被清华大学破格聘为教授。他不仅精通英国文学，而且对拉丁、法、德、意四种文学都甚有研究。抗战期间，他在昆明的西南联大任教一个学期后，

---

① 《谈艺录》，钱锺书著，中华书局，1984。

返回上海。上海沦陷期间困守于此，除任教于一间女子学院外，主要致力于写作。散文集《写在人生边上》(1941年出版)、长篇小说《围城》(1947年出版)、文论专著《谈艺录》(1948年出版)都写于这段时间。1958年出版《宋诗选注》。1972年，62岁的钱锺书开始写作《管锥编》。1976年，由钱锺书参与翻译的《毛泽东诗词》英译本出版。1982年，《管锥编增订》出版。1998年12月因病逝世。

《谈艺录》是除《管锥编》之外，钱锺书的另一部重要学术著作。《谈艺录》是一本诗论，用文言撰写，沿用传统诗评方式，对中国古今（主要是唐、宋、元、明、清）数十位诗人的风格和用字进行系统研究，内容涉及审美、比较鉴赏、修辞、文体及创作，模写自然与润饰自然、妙悟与神韵、理趣、于山水中见性情、“以故为新，以俗为雅”、文章布置的“行布”、比兴风骚、曲喻、心手物相应、词与意的离合等专题。作者涉猎广泛，旁征博引（举例时援用了上自柏拉图下迄白瑞蒙神甫的西方诗学），被夏志清先生誉为“中国诗话里集大成的一部巨著，也是第一部广采西洋批评来珍注中国诗学的创新之作”。

“文如其人”的说法最早出自西汉扬雄。扬雄认为，言为心声，书为心画，从诗文中可以看出作者人格的高下。后来曹丕的“文气说”、苏轼的“其文如其为人”，也都认为作者的创作风格是其个性的重要表现。钱锺书赞同“文如其人”的观点，但他认为人性本来就是多面的，每个人的“身心言动”是“平行各面”，“随转异色，无所谓此真彼伪”；有时表里有别，也很自然。而且，文章可以饰伪，“巨奸为忧国语，热中人作冰雪文”，所以不能一味地以文观人。“人的言行不符，未必即为‘心声失真’，常有言出于至诚，而行牵于游俗。蓬随风转，沙与泥黑；执笔尚有夜气，临事遂失初心。不由衷者，岂惟言哉，行亦有之。安知此必真而彼必伪乎。见于文者，往往为与我周旋之我；见于行事者，往往为随众俯仰之我。皆真我也。”钱锺书看到了“文如其人”现象的复杂性，故认为“文如其人”的真谛，不是简单地由文品推断人品，而在于关注作品的格调。作品格调是作者性格“本相”的自然流露，“狷急人之作风，不能尽变为澄澹，豪迈人之笔性，不能尽变为谨严”，格调是无法伪饰的。

钱锺书赞同“文如其人”的观点，因为读者可以“由文而知人”，作者可以取诸己以成文。但与中国古代诗学里提倡的“文如其人”观不同的是，钱锺书认为应把作品的思想内容与作品的言语风格区分开来。“文如其人”指的是语言表达的特征，而不是话语所表达的思想内容。话语所表达的思想内容可以伪装，但是用来表达思想内容的表达形式是很难伪装的。这既是对中国传统诗学主张的继承，又有独到的个人见解，是对“文如其人”观较全面的理解。

三、歌德《歌德谈话录》[①]

总的说来，哲学思辨对德国人是有害的，这使他们的风格流于晦涩，不易了解，艰深惹人厌倦。……但是从事实际生活、只顾实践活动的德国人却写得最好。席勒每逢抛开哲学思辨时，他的风格是雄壮有力的。

英国人照例写得很好，他们是天生的演说家和讲究实用的人，眼睛总是朝着现实的。

法国人在风格上显出法国人的一般性格。他们生性好社交，所以一向把听众牢记在心里。他们力求明白清楚，以便说服读者；力求饶有风趣，以便取悦读者。

总的来说，一个作家的风格是他的内心生活的准确标志。所以一个人如果想写出明白的风格，他首先就要心里明白；如果想写出雄伟的风格，他也首先就要有雄伟的人格。

【评述】

歌德（1749~1832），德国诗人、剧作家、美学家。歌德出生于莱茵河畔法兰克福一个中产阶级家庭，1765 年到莱比锡大学攻读法语，1771 年获法学博士。1776 年定居魏玛，曾担任过这个小公国的大臣、枢密顾问。他是魏玛古典主义文学最著名的代表。1794 年与席勒结为挚友，二人成为德国“狂飙突进”运动的旗手。歌德生活在欧洲大变革时期，时代在他身上烙下了深深的印记。他在 83 年的时间里辛勤笔耕，写下了大量的诗歌、戏剧和散文作品。1773 年的戏剧《葛兹·冯·伯利欣根》使他蜚声文坛，1774 年的小说《少年维特之烦恼》使他名声大噪，历时 60 年写成的《浮士德》更是西方文学的一座丰碑。

歌德在文学批评、美学、历史学、造型艺术等领域也颇有建树，著有《诗与真》《说不尽的莎士比亚》《自然的单纯模仿·作风·风格》等文论著作。与德国其他古典美学家不同，歌德是一个有着深广的文艺修养和科学修养的优秀作家，故而他的美学观点和文学理论主张较少思辨性，多从理论和实践结合上总结历史的经验和回答现实人生中遇到的理论问题。他反对以抽象的哲学思辨指导创作，主张注重实际。《歌德谈话录》是其助手爱克曼辑录的关于他的言论和活动的文集，以“谈话”形式多方面地展现了作者的思想，不受时空体式的限制，没有逻辑思维的束缚，是作者精神面貌的直接呈现，颇类似于孔子的《论语》。

在欧洲启蒙运动中，风格问题是艺术家关注的重要问题之一。歌德结合自己的创作实践，对风格的主客观原因进行分析。他认为从主观上说，“一个作家的风格是他的内心生活的准确标志”。世界上没有相同的两个人，每个人都有自己的特点，

① 《歌德谈话录》，爱克曼辑录，朱光潜译，人民文学出版社，1978。

按照自己的方式思考，不同的创作个性形成不同的艺术风格。同时，艺术的各种表达方式是风格形成的客观因素。歌德把艺术的表现方式分为单纯摹仿、作风、风格（此处的“风格”是一种具体的反映客观事物的方式——编者注）三种。摹仿以宁静的存在和物我交融为基础，偏重于单纯的客观性；作风是用灵巧而精力充沛的气质去攫取现象，偏重于单纯的主观性；风格则是基于最深刻的知识原则之上掌握事物的本性，以客观性为基础，追求主观性和客观性的统一，是艺术的最高境界。①

歌德认为，不同民族具有不同的性格特征，如英国人讲究实用，眼睛总是朝向现实；法国人喜好社交，所以追求明白清楚和饶有风趣的风格。不过，因为人类的基本情感彼此相通，所以各民族文学风格上的不同是可以沟通理解的。“中国人在思想、行为和情感方面几乎和我们一样，使我们很快就感到他们是我们的同类人，只是在他们那里一切都比我们这里更明朗、更纯洁，也更合乎道德。在他们那里，一切都是可以理解的，平易近人的，没有强烈的情欲和飞腾动荡的诗兴”。② 歌德在这里提出了一个重要观点——“世界文学”。他认为世界上不同民族文学具有共同性，可以互相交流，特别是欧洲文学有必要超越本民族的文学界限，更多地理解接受东方文学。

【推荐阅读】

歌德代表作《浮士德》。

《浮士德》是一部诗剧，共12111行，题材来自16世纪欧洲关于浮士德博士的民间传说。歌德笔下的浮士德满腹经纶、久负盛名，却垂垂老矣，对长期的生活状态感到迷茫不满，学术成就无法让他感到内心满足。魔鬼靡非斯特与上帝打赌，他将满足浮士德的所有要求，一旦浮士德说出“我满足了，请停留一下”，魔鬼就将赢得浮士德的灵魂。浮士德在魔鬼引导下，经历了知识悲剧、世俗的爱情悲剧、政治悲剧、追求古典美的艺术悲剧等阶段，最后他认为人民改造自然才是最伟大的事业。不过，这是他最后的事业悲剧。此时他的眼睛已经失明，他自认为听到的改造自然的声音，其实是为他掘墓的声音。他终于说出“我满足了，请停留一下”，靡非斯特赢得了他的灵魂，这时上帝赶来拯救了浮士德。《浮士德》是一部宏伟的史诗，是资产阶级上升时期历史的艺术概括。俄国文艺理论家别林斯基将《浮士德》与《伊里亚特》《神曲》相提并论，认为是“当代德国社会的一面完整的镜子”，“是它的时代的史诗”。

① 《自然的单纯模仿·作风·风格》，歌德著，王元化译，上海译文出版社，1982。
② 《歌德谈话录》，爱克曼辑录，朱光潜译，人民文学出版社，1978。

四、罗兰·巴特《作者之死》①

尽管作者的王国仍十分强大（新批评仅仅通常是加强这种王国），不言而喻，某些作家长期以来已试图动摇这个王国。在法国，可以说，是马拉美首先充分地看到和预见到，有必要用言语活动本身取代直到当时一直被认为是言语活动主人的人；与我们的看法一样，他认为，是言语活动在说话，而不是作者；写作，是通过一种先决的非人格性——在任何时刻都不能与现实主义小说家的具有阉割能力的客观性混为一谈——而达到这样一点，即只有言语活动在行动，在“出色地表现”，而没有“自我”：马拉美的全部诗学理论在于取消作者而崇尚写作（我们下面会看到，这一点使他的位置等于了读者）。瓦莱里由于完全纠缠于一种有关自我的心理学，而大大地淡化了马拉美的理论，但是，他却从兴趣出发从古典主义转到了修辞学内容，他不曾停止过怀疑和嘲笑作者，他强调语言学本性，而且，作为他的“大胆的”活动，他在其全部散文书籍中要求文学考虑主要是词语的条件，因为在这种条件的对面，对作家内在性的任何求助在他看来都纯粹是一种迷信。普鲁斯特也不顾人谓他的分析似乎具有心理学的特征，而是以极端琐碎的方式明显地力求打乱作家与其人物的关系：他不使叙述者变成曾见过、曾感觉过的人，也不使之变成正在写作的人，而是使之成为即将写作的人（小说中的年青人，他到底多大年纪？而且他到底是谁呢？他想写作，但又不能写，可是在写作最后成为可能的时候，小说也结束了），普鲁斯特赋予了现代写作以辉煌的业绩：他不把自己的生活放入小说之中，而是彻底颠倒，正像人们常说的那样，他把自己的生活经历变成了一种创作，而他的书则成了这种创作的样板，以至于我们明显地看到，不是夏吕斯在模仿孟德斯鸠，而是孟德斯鸠在其历史故事真实之中仅仅是由夏吕斯产生的其次要的一节。最后，超现实主义，由于停留在现代性的前历史阶段，在言语活动作为系统存在和（或）这一运动所关注的是任意地对编码进行直接的破坏（甚至是虚幻式的破坏，因为一种编码不会自行毁掉，人们只能“运用”它）的情况下，它无疑不能赋予言语活动一种至高无上的地位；但是，超现实主义屡屡建议要突然辜负被期待的意义（这便是超现实主义著名的“颠动”），它让手尽可能快地写作连脑袋都不知道的事情（这便是自动写作），它接受一种多人共同写作的原则与经验，在这些情况下，它已经使作者的形象失去了神圣性。最后，除了文学本身，语言学也为破坏作者提供了珍贵的分析工具，它指出，陈述过程在整体上是一种空的过程，它可以在不需用对话者个人来充实的情况下就能出色地运转：从语言学上讲，作者从来就只不过是写作的人，就像我仅仅是说我的人一样：言语活动认识“主语”，而不认识“个人”，而这个主语

① 《罗兰·巴特随笔选》，怀宇译，百花文艺出版社，2005。

由于在确定它的陈述过程之外就是空的，便足以使言语活动“挺得住”，也就是说足以耗尽言语活动。

【评述】

罗兰·巴特（1915~1980），生于法国诺曼底瑟堡。父亲是一位海军军官，在他未满一岁时死于北海的一场战斗，他由母亲抚养长大。9 岁时迁居巴黎。1939 年获巴黎大学古希腊文学学位。二战时因健康问题未被征召入伍，主要从事理论研究，陆续发表了《写作的零度》（1953）、《神话》（1957）、《符号学基础》（1965）、《批评与真理》（1966）、《S/Z》（1970）、《文本的快乐》（1973）等著作。1977 年被选为法兰西学院文学与符号学主席。1980 年不幸因车祸伤重过世。罗兰·巴特是 20 世纪 60 年代以来法国最负盛名的文学批评家。

《作者之死》写于 1967 年，是罗兰·巴特最著名的论文。传统文学批评对于文学作品意义的分析，以肯定作品中心意义的存在、肯定作者是意义的权威为前提，比如拉辛的目的是通过不同阐释技巧的运用，达到对文本终极意义的追寻。结构主义也同样肯定作品中心意义的存在，只是认为文本中心意义是由文本结构所规定而不是由作家赋予的。罗兰·巴特在《作者之死》里，否定作品存在的中心意义，否定作者对于作品的权威。他认为作者在借助语言写作时，由于符号具有自由嬉戏性质，所以它们之间的联系、混杂、碰撞，使得作者无法控制这些文字的意义，作品中真正在说话的是语言而不是作者。在这个意义上，不存在所谓独创的文本，也不存在所谓独创性写作。作者的文本最终只有在与别的文本的相互联系和对立比较中，才能显示出自己的价值。巴特否定了作者权威，也就否定了作品中心和终极意义，相应导致他的文本阅读观念也产生根本转变。巴特指出，当我们不再把文本看成一个具有中心意义的封闭结构，而是看成一种符号在其间进行着无穷无尽的相互指涉、游移、转换的游戏领域时，阅读不再以解释作品的中心意义为目的，而在于指出它的多元性和扩散性，阅读因此成为描述文字在符号游戏中不断“颠覆”自己而形成多重意义的一个过程。

在《S/Z》里，罗兰·巴特用这种阅读理论解剖了巴尔扎克中篇小说《萨拉辛》。他将小说分为 561 个意义单元（所指），不拘句式，短至寥寥数字，长则若干句列。可以看出在巴特这本厚达 200 页的文章中，561 个阅读单元始终笼罩于五种类型的符码之中，其排列不分高下层次，但又被复合运用。它们成为“禁止”作品成为统一体的分解力量，也因此使作品获得了丰富性和多样性。

有意思的是，罗兰·巴特是结构主义在文学研究领域的重要代表。但随着结构主义理论在发展过程中逐渐暴露出不可克服的矛盾性，其科学性也受到质疑。所以，包括巴特在内的一批结构主义理论家开始转向解构主义。法国的另一位结构主义精神分析学的代表人物雅克·拉康，以及哲学家福柯，其理论中都蕴藏丰富的解构主义思想，对后现代文论有着重要而深远的影响。

第二节　作品选读

一、李商隐《锦瑟》《无题》[1]

锦瑟

锦瑟无端五十弦，一弦一柱思华年。庄生晓梦迷蝴蝶，望帝春心托杜鹃。沧海月明珠有泪，蓝田日暖玉生烟。此情可待成追忆，只是当时已惘然。

无题（二首）

相见时难别亦难，东风无力百花残。春蚕到死丝方尽，蜡炬成灰泪始干。晓镜但愁云鬓改，夜吟应觉月光寒。蓬山此去无多路，青鸟殷勤为探看。

昨夜星辰昨夜风，画楼西畔桂堂东。身无彩凤双飞翼，心有灵犀一点通。隔座送钩春酒暖，分曹射覆蜡灯红。嗟余听鼓应官去，走马兰台类转蓬。

【评述】

李商隐（约 813~858），字义山，号玉谿生，怀州河内（今河南沁阳）人。李商隐出身寒微，9 岁丧父，早年随堂叔求学，19 岁时为太平军节度使令狐楚赏识，聘为幕僚，开始在诗歌创作中显露出其独有的感伤、冷艳风格。唐文宗开成二年（837）举进士，曾任秘书省校书郎、弘农县尉等职。李商隐最初因文才深得牛党令狐楚的赏识，后来李党王茂元爱其才将女儿嫁给他，他因此被长期卷入牛李党争，备受排挤，处境艰难。后半生一直在各藩镇幕府中过着清寒的幕僚生活，潦倒至死。李商隐一生经历宪宗、穆宗、敬宗、文宗、武宗、宣宗六朝——唐王朝日渐衰败、危机深重的后期，所谓“史家不幸诗家幸”，李商隐为后世留下了不少佳作。他与杜牧合称“小李杜”，与温庭筠合称“温李”。李商隐诗以优美、晦涩著称，元好问《论诗绝句》说“诗家总爱西昆好，独恨无人作郑笺”，中肯之至。

《锦瑟》是李商隐最著名的一首诗歌。诗题“锦瑟”，评论家大多认为并非咏物，不过是按古诗惯例以篇首二字为题，实际是借瑟隐题的无题诗。作者追忆自己的青春年华，伤感自己不幸的遭遇，借庄生梦蝶、杜鹃啼血、沧海珠泪、良玉生烟等典故，营造了独有的哀怨凄迷的气氛，含蓄深沉，感人至深。此诗是李商隐最难索解的作品之一，素有“一篇《锦瑟》解人难”的比喻。

两首《无题》，第一首“相见时难别亦难”据说是诗人 16 岁时所作，描写离别相思之苦，堪称爱情的千古绝唱。首句两个“难”字，道尽离别之痛。“春蚕到死丝

[1] 《李商隐诗歌集解》，刘学锴、余恕诚著，中华书局，1988。

方尽”“蜡炬成灰泪始干”，字里行间饱含真挚的思念和生死不渝的别离之情，感人至深。“昨夜星辰昨夜风”写男女双方在热闹的宴会上“心有灵犀”，为终于达成爱情的默契而欣喜，却又身不由己“听鼓”离去，因无法达成愿望而感受更大的痛苦。相爱不能相守、欢乐和痛苦交织的复杂心态，被刻画得细致入微。

李商隐留存诗歌600余首，题材丰富。无论是政治诗、咏史诗还是抒情诗，都在晚唐诗坛独占鳌头。其中最能代表其风格与成就的，是他寄寓个人身世之感的抒情诗。这类诗歌情思朦胧、内涵多义，借日常景物赋予独特含蓄的意蕴，令人回味无穷。李诗意象丰富，且大多带有非现实的色彩，朦胧多义，如珠泪、玉烟、蓬山、青鸟、彩凤、灵犀、碧城、瑶台、灵风、梦雨等等，表现多种情绪牵连渗透的复杂情感，连诗人自己也难以明状。诗人自己的无端愁绪，是来自家世（妻子王氏早逝）还是政治际遇，抑或是盛世寂灭前的末世之感，很难分辨清楚。“锦瑟”美丽却“无端”幽怨，引发诗人追思华年，哀痛、幻灭、遗恨、沧桑，整首诗被赋予浓郁的幽怨凄凉之感。清代吴乔《围炉诗话》认为：“于李、杜、韩后能别开生路，自成一家者，惟李义山一人。”①

二、钱锺书《围城》

【故事梗概】

故事发生于1920~1940年代。方鸿渐是一个从中国南方乡绅家庭走出的青年人，迫于家庭压力与同乡周家女子订亲。周氏患病早亡，准岳父周先生被鸿渐所写的唁电感动，资助他出国求学。

方鸿渐在欧洲闲混几年，不理学业。临回国前，为了给准岳丈和家人一个交代，他买了“克莱登大学”的假博士文凭，并随海外学成的学生回国。在船上与留学生鲍小姐相识并热恋，但被鲍小姐欺骗感情。同时也遇见了大学同学苏文纨。

回到上海后，鸿渐在丈人周先生开办的银行任职。他此时陷入一场三角恋，苏小姐青睐于他，频频暗示他追求自己，他却对苏的表妹唐晓芙一见钟情。这期间还结识了苏文纨的追求者赵辛楣。懦弱的方鸿渐一直无法鼓起勇气和苏小姐分手，结果被苏小姐发现真相后来拆散他和唐小姐。唐小姐责骂讽刺时他不加辩白，一连串的巧合误会终于让两人分手。爱情在方鸿渐心里死去。苏小姐很快嫁给诗人曹元朗，方鸿渐和赵辛楣反而由情敌到“同情兄”，此时则成了朋友。

抗战爆发，方家逃难到上海租界。在赵辛楣的引荐下，方鸿渐决定接受内地新办的三闾大学的聘请。乘船、坐车加上步行，他们踏上艰辛的旅途。同行的还有两

---

① 《清诗话续编》，郭绍虞编选，上海古籍出版社，2016。

个狡猾卑鄙的教授李梅亭和顾尔谦，以及英语助教孙柔嘉。国内烽烟四起，一路上诸多坎坷。孙小姐很温顺，还懂得照顾人。方鸿渐看她一个女孩子孤身在外，给了她一些关心。赵辛楣在旁冷眼相看，知道孙小姐正布下天罗地网要猎取未设防的方鸿渐。三间大学是个是非之地，尔虞我诈、钩心斗角。方鸿渐由于性格弱点，陷入复杂的人事纠纷当中。他居然还遇上了“克莱登大学”的同学。方赵二人最后待不下去，只好辞职离开，取道香港回上海。途中方鸿渐与孙柔嘉订婚。回到上海后，鸿渐在赵辛楣帮助下到一家报馆任职，与柔嘉结婚。

两人的感情很快因两个家庭的介入而恶化。孙柔嘉不喜欢方家人，尤其是爱管闲事、旧派作风的公公，以及恶意不加遮掩的两位弟媳妇。鸿渐则讨厌孙的姑母、俗气世故的陆太太。鸿渐辞去报馆职务，决定去内地见赵辛楣，柔嘉则希望他留在上海接受姑母给他的一个职位。两人爆发一连串的争吵，终于不可避免地分手。鸿渐失去了生活的希望。

【经典摘录】

方鸿渐回到上海，去苏家拜访苏小姐，恰巧遇上苏小姐的表妹唐晓芙。爱情来到了方鸿渐心里。

苏小姐领了个二十左右的娇小女孩子出来，介绍道：“这是我表妹唐晓芙。”唐小姐妩媚端正的圆脸，有两个浅酒涡。天生着一般女人要花钱费时、调脂和粉来仿造的好脸色，新鲜得使人见了忘掉口渴而又觉嘴馋，仿佛是好水果。她眼睛并不顶大，可是灵活温柔，反衬得许多女人的大眼睛只像政治家讲的大话，大而无当。古典学者看她说笑时露出的好牙齿，会诧异为什么古今中外诗人，都甘心变成女人头插的钗，腰束的带，身体睡的席，甚至脚下践踏的鞋，可是从没想到化作她的牙刷。她头发没烫，眉毛不镊，口红也没有擦，似乎安心遵守天生的限止，不要弥补造化的缺陷。总而言之，唐小姐是摩登文明社会里那桩罕物——一个真正的女孩子。有许多都市女孩子已经是装模作样的早熟女人，算不得孩子；有许多女孩子只是浑沌痴顽的无性别孩子，还说不上女人。方鸿渐立刻想在她心上造个好印象。唐小姐尊称他为“同学老前辈”，他抗议道：“这可不成！你叫我‘前辈’，我已经觉得像史前原人的遗骸了。你何必又加上‘老’字？我们不幸生得太早，没福气跟你同时同学，这是恨事。你再叫我‘前辈’，就是有意提醒我是老大过时的人，太残忍了！”

唐小姐道：“方先生真会挑眼！算我错了，‘老’字先取消。”

苏小姐同时活泼地说：“不羞！还要咱们像船上那些人叫你‘小方’么？晓芙，不用理他。他不受抬举，干脆什么都不叫他。”

方鸿渐看唐小姐不笑的时候，脸上还依恋着笑意，像音乐停止后袅袅空中的余音。许多女人会笑得这样甜，但她们的笑容只是面部肌肉柔软操，仿佛有教练在喊口令，“一！”忽然满脸堆笑，“二！”忽然笑不知去向，只余个空脸，像电影开映前的布幕。他找话出来跟她讲，问她进的什么系。苏小姐不许她说，说："让他猜。"

方鸿渐猜文学不对，教育也不对，猜化学物理全不对，应用张吉民先生的话道："Search me！难道读的是数学？那太利害了！"

唐小姐说出来，原来极平常的是政治系。苏小姐注一句道："这才利害呢。将来是我们的统治者，女官。"

方鸿渐说："女人原是天生的政治动物。虚虚实实，以退为进，这些政治手腕，女人生下来全有。女人学政治，那真是以后天发展先天，锦上添花了。我在欧洲，听过 Ernst Bergmann 先生的课。他说男人有思想创造力，女人有社会活动力，所以男人在社会上做的事该让给女人去做，男人好躲在家里从容思想，发明新科学，产生新艺术。我看此话甚有道理。女人不必学政治，而现在的政治家要成功，都得学女人。政治舞台上的戏剧全是反串。"

苏小姐道："这是你那位先生故作奇论，你就喜欢那一套。"

方鸿渐道："唐小姐，你表姐真不识抬举，好好请她女子参政，她倒笑我故作奇论！你评评理看。老话说，要齐家而后能治国平天下。请问有多少男人会管理家务的？管家要仰仗女人，而自己吹牛说大丈夫要治国平天下，区区家务不屑理会，只好比造房子要先向半空里盖个屋顶。把国家社会全部交给女人有许多好处，至少可以减少战争。外交也许更复杂，秘密条款更多，可是女人因为身体关系，并不擅长打仗。女人对于机械的头脑比不上男人，战争起来或者使用简单的武器，甚至不过揪头发、抓头皮、拧肉这些本位武化，损害不大。无论如何，如今新式女人早不肯多生孩子了，到那时候她们忙着干国事，更没工夫生产，人口稀少，战事也许根本不会产生。"

唐小姐感觉方鸿渐说这些话，都为着引起自己对他的注意，心中暗笑，说："我不知道方先生是侮辱政治还是侮辱女人，至少都不是好话。"

苏小姐道："好哇！拐了弯拍了人家半天的马屁，人家非但不领情，根本就没有懂！我劝你少开口罢。"

唐小姐道："我并没有不领情。我感激得很方先生肯为我表演口才。假使我是学算学的，我想方先生一定另有议论，说女人是天生的计算动物。"

苏小姐道："也许说你这样一个人肯念算学，他从此不厌恨算学。反正翻来覆去，强词夺理，全是他的话。我从前并不知道他这样油嘴。这次同回国算领教了。大学同学的时候，他老远看见我们脸就涨红，愈走近脸愈红，红得我们瞧着都身上发难过。我们背后叫他'寒暑表'，因为他脸色忽升忽降，表示出他跟女学生距离的远近，真好玩儿！想不到外国去了一趟，学得这样厚皮老脸，也许混在鲍小姐那一类女朋友里训练出来的。"

方鸿渐慌忙说："别胡说！那些事提它干吗？你们女学生真要不得！当了面假正

经，转背就挖苦得人家体无完肤，真缺德！”

苏小姐看他发急，刚才因为他对唐小姐卖弄的不快全消散了，笑道：“瞧你着急的那样子！你自己怕不是当面花言巧语，背后刻薄人家。”

【评述】

作者简介：参看本章文论“钱锺书《谈艺录》”。

《围城》是钱锺书唯一一部长篇小说。作者以抗战初期为背景，以留学归国的方鸿渐的生活、职业、爱情及婚姻为主要线索，生动地描绘了知识分子阶层的众生相，对社会、人生、心理、道德的病态作了深刻的解剖，文笔犀利、幽默。杨绛先生曾解释《围城》的题旨：围在城里的人想逃出来，城外的人想冲进去。婚姻也罢，职业也罢，人生的愿望大多如此。《围城》的主人公方鸿渐是一个善良而聪明的人，也是一个毫无勇气的懦夫。怯懦是他性格的主要特征。他明白自己和别人的关系，但就是无法从坏处境中脱身，害怕会因此伤害别人，也就是作者所说的“不让人讨厌，可是全无用处”。还在念大学时，他在父亲的坚持下和一位同乡女子订婚。虽然彼此毫不了解，他也只是略加反对后便表示同意，幸好那女子不久死去。准丈人为了纪念独生爱女，把准备作为嫁妆的款项供他出洋留学。他无意去争取学位，但又觉得对丈人和父亲都无法交代，只好买个假文凭来糊弄家人。他与丈人家的关系、与家人的关系、与苏小姐唐小姐的关系、与三闾大学同事的关系、与孙柔嘉的关系，以及他的学业、事业，都因为缺乏勇气、犹豫迟疑而一再受挫。他在种种矛盾中束手无策。“在他身上，有对封建文化和秩序的绝望，也有古老社会和传统精神的影响。有 20 世纪文明的熏陶，也有对西洋文化的鄙夷。他有某些善良、正直的品性，但病态腐朽的社会也造就了他的迂腐、软弱。他总是在找精神依附，可每找到新归宿，又发现这不过是一种旧束缚。面对一座座黑暗的‘围城’，他找不到突围的路”。①

钱锺书的小说不多，除长篇小说《围城》，还有一本短篇小说集《人·鬼·兽》。钱锺书小说的特色之一是写知识分子。如《猫》里的爱默夫妇，《纪念》里的曼倩与天健，等等。《围城》则勾勒了一幅知识分子群相图：“冷若冰霜、艳若桃李”的苏文纨，自称“对雌雄性别最有研究”的假哲学家褚慎明，外表时髦骨子里守旧的董斜川，庸俗贪财的学术骗子李梅亭，道貌岸然、老奸巨猾的高松年，攀龙附凤、浅薄猥琐的顾尔谦和陆子潇，柔顺之下深藏心机的孙柔嘉，等等。他们多是留过学见过大世面的教授学者，却自私虚伪、自欺欺人，既没有追求光明、反抗现实的理想，也没有对苦难者的同情。看似文明时髦的言行举止，却折射出他们精神世界的灰暗。他们在“围城”里倾轧煎熬，冲出一个“围城”又陷入另一个“围城”。钱锺书小说集中探讨了知识分子出路这一主题，开拓了现代小说题材的新领域。

---

① 《中国文学名著快读》，四川文艺出版社，2002。

钱锺书小说还有一大特色，就是作为学者小说卓而不群的艺术风格。钱先生乃博学鸿儒，通多国语言，中西文化典故信手拈来、运用自如，语言机智、风趣、谐谑天成，再加上精奥的心理分析、细腻的心理刻画、生动的细节描写，以及用喜剧形式表达悲剧的手法，使《围城》具有独特的艺术魅力，令读者在捧腹大笑中思之称绝。夏志清评价《围城》是"中国近代文学中最有趣和最用心经营的小说，可能亦是最伟大的一部"，"作为讽刺文学，它令人想起像《儒林外史》那一类的著名中国古典小说，但是，它比它们优胜，因为它有统一的结构和更丰富的喜剧性"。[①]

【阅读推荐】

余光中散文集《左手的掌纹》，江苏文艺出版社2004年出版。

余光中散文被称为学者散文。所谓学者散文，多指从事人文社科研究的一些学者，在研究之余创作的融学术知识、理性思考和个人感性表达的一类文章。这一类散文结合了作者丰富的知识储存、文化关怀和个人感受，学者渊博的"识"与情、理融合，使作品具有特别的思想深度和情感厚度。钱锺书散文集《写在人生边上》和余光中散文集《左手的掌纹》都是典型的学者散文。

三、法布尔《昆虫记》[②]

开隧道的矿蜂

矿蜂是细长形的蜜蜂，它们的身材大小不同，大的比黄蜂还大，小的比苍蝇还小。但是它们有一个共同的特征，那就是它的腹部的底端有一条明显的沟，沟里藏着一根刺，遇到敌人来侵犯时，这根刺可以沿着沟来回地移动，以保护自己。我这里要讲的是关于矿蜂中的一种有红色斑纹的蜂。雌蜂的斑纹是很美丽夺目的，细长的腹部被黑色和褐色的条纹环绕着。至于它的身材，大约和黄蜂差不多。

它的巢往往建在结实的泥土里面，因为那里没有崩溃的危险。比如，我们家院子里那条平坦的小道就是它们最理想的屋基。每到春天，它们就成群结队地来到这个地方安营扎寨。每群数量不一，最大的差不多有上百只黄蜂。这地方简直成了它们的大都市。

每只蜜蜂都有自己单独的一个房间。这个房间除了它自己以外，谁也不可以进去。如果有哪只不识趣的蜜蜂想闯进别人的房间，那么主人就会毫不客气地给它一剑。因此，大家都各自守着自己的家，谁也不冒犯谁，这个小小的社会充满了和平的气氛。

一到四月，它们的工作就不知不觉地开始了。唯一可以显而易见地证明它们在

① 《中国现代小说史》，夏志清著，复旦大学出版社，2005。

② 《昆虫记》，法布尔著，刘莹莹、王琪译，花城出版社，2001。

工作的，是那一堆堆新鲜的小土山。至于那些劳动者，我们外人是很少有机会看到的。它们通常是在坑的底下忙碌着，有时在这边，有时在那边。我们在外面可以看到，那小土堆渐渐地有了动静，先是顶部开始动，接着有东西从顶上沿着斜坡滚下来，一个劳动者捧着满怀的废物，把它们从土堆顶端的开口处抛到外面来，而它们自己却用不着出来。

五月到了，太阳和鲜花带来了欢乐。四月的矿工们，这时已经演变成勤劳的采蜜者了。我们常常看到它们满身披着黄色的尘土停在土堆上，而那些土堆现在已变得像一只倒扣着的碗了，那碗底上的洞就是它们的入口了。

它们的地下建筑离地面最近的部分是一根几乎垂直的轴，大约有一支铅笔那么粗，在地面下约有六寸到十二寸深，这个部分就算是走廊了。在走廊的下面，就是一个个小小的巢。每个小巢大概有四分之三寸长，呈椭圆形。那些小巢有一个公共的走廊通到地上。每一个小巢内部都修葺得很光滑，很精致。我们可以看出一个个淡淡的六角形的印子，这就是它们作最后一次工程时留下的痕迹。它们用什么工具来完成这么精细的工作呢？是它们的舌头。我曾经试图往巢里面灌水，看看会有什么后果，可是水一点儿也流不到巢里去。这是因为斑纹蜂在巢上涂了一层唾液，这层唾液像油纸一样包住了巢，在下雨的日子里，巢里的小蜜蜂就再也不会被弄湿了。

斑纹蜂一般在三、四月里筑巢。那时候天气不大好，地面上也缺少花草。它们在地下工作，用它的嘴和四肢代替铁锹和耙子。当它们把一堆堆的泥粒带到地面上后，巢就渐渐地做成了。最后用它的铲子——舌头，涂上一层唾液。当快乐的五月到来时，地下的工作已经完毕，那和煦的阳光和灿烂的鲜花也已经开始向它们招手了。……

蜘蛛的几何学

当我们观察着园蛛，尤其是丝光蛛和条纹蛛的网时，我们会发现它的网并不是杂乱无章的，那些辐排得很均匀，每对相邻的辐所交成的角都是相等的；虽然辐的数目对不同的蜘蛛而言是各不相同的，可这个规律适用于各种蜘蛛。

我们已经知道，蜘蛛织网的方式很特别，它把网分成若干等份，同一类蜘蛛所分的份数是相同的。当它安置辐的时候，我们只见它向各个方向乱跳，似乎毫无规则，但是这种无规则的工作的结果是造成一个规则而美丽的网，像教堂中的玫瑰窗一般。即使他用了圆规、尺子之类的工具，也没有一个设计家能画出一个比这更规范的网来。

我们可以看到，在同一个扇形里，所有的弦，也就是那构成螺旋形线圈的横辐，都是互相平行的，并且越靠近中心，这种弦之间的距离就越远。每一根弦和支持它的两根辐交成四个角，一边的两个是钝角，另一边的两个是锐角。而同一扇形中的弦和辐所交成的钝角和锐角正好各自相等——因为这些弦都是平行的。

不但如此，凭我们的观察，这些相等的锐角和钝角，又和别的扇形中的锐角和钝角分别相等，所以，总的看来，这螺旋形的线圈包括一组组的横档以及一组组和辐交成相等的角。

这种特性使我们想到数学家们所称的“对数螺线”。这种曲线在科学领域是很著名的。对数螺线是一根无止尽的螺线，它永远向着极绕，越绕越靠近极，但又永远不能到达极。即使用最精密的仪器，我们也看不到一根完全的对数螺线。这种图形只存在科学家的假想中，可令人惊讶的是小小的蜘蛛也知道这线，它就是依照这种曲线的法则来绕它网上的螺线的，而且做得很精确。

这螺旋线还有一个特点。如果你用一根有弹性的线绕成一个对数螺线的图形，再把这根线放开来，然后拉紧放开的那部分，那么线的运动的一端就会划成一个和原来的对数螺线完全相似的螺线，只是变换了一下位置。这个定理是一位名叫杰克斯·勃诺利的数学教授发现的。他死后，后人把这条定理刻在他的墓碑上，算是他一生中最为光荣的事迹之一。

【评述】

让－亨利·卡西米尔·法布尔（1823~1915），法国昆虫学家、文学家。生于法国南部阿维尼翁省的圣莱昂镇，幼时因家贫辍学，坚持自学。19岁考进阿维尼翁师范学校，毕业后开始教师生涯。法布尔在教学、著书之余，靠自学获得数学、物理学士学位，1855年获巴黎科学院博士学位。1866年担任阿维尼翁勒坎博物馆馆长。1880年，他倾其所有购买了一处乡间荒地上的旧宅，取名“阿尔玛斯”（中文译作“荒石园”），园子里有很多耐旱、多刺的植物，是各种昆虫的乐园。法布尔从此隐居于此，在这片“昆虫的天堂”专心观察、实验、著述，撰写了十卷本的《昆虫记》。《昆虫记》出版后广受欢迎，法布尔因此获得许多科学头衔，但他仍然朴实如初，为人腼腆谦逊，过着清贫的生活。生物学家达尔文对他尊敬有加，称他为“无可效仿的观察者”。

《昆虫记》是一部研究昆虫本能与习性的著作。在法布尔之前，昆虫学家们的研究工作是在放大镜下对昆虫进行解剖，仔细查看它们的触角、大颚、翅膀、足，对它们的生活习性甚少研究。法布尔认为这种做法并不合理。他提出要到大自然中去观察活生生的昆虫，研究它们在活着时的活动，它们的本能和习性，它们的才能和感情。他在40年时间里，日复一日地手持放大镜，观察这些小虫子们的食性、喜好、生存技巧、天敌、蜕变、筑巢、繁殖，以孩童般的视角、真实而质朴的笔调，记录下昆虫们的本能和习性，为读者展现了一个生机勃勃的昆虫世界。在他的笔下，长腹蜂是挥舞瓦刀的“泥瓦匠”，黑蛛蜂是技艺高超的“制陶工”，土蜂是下针精确无误的“麻醉师”，切叶蜂是技艺惊人的“鞣毡大师”，蜾蠃是“挖掘工”“采脂工”和“粉刷工”，毛刺泥蜂用跺脚庆祝进攻胜利，天牛幼虫竟然可以预知未来，蟋蟀在园子里放声歌唱……法布尔用人性的笔触描绘昆虫世界的日常生活，字里行间洋溢着浓浓的人情味，充满了对生命的关爱之情。

就科普著作而言，《昆虫记》充满人文精神。法布尔的研究方法曾经遭到所谓正统力量的责难，他甚至因在公开场合讲述花的繁殖而被迫辞去教职。他辩驳说：“你们把昆虫开膛破肚，我在它们活蹦乱跳的情况下进行研究；你们把昆虫变成一堆既可怖又可怜的东西，而我使人们喜欢它们；你们在酷刑室和碎尸场里工作，而我在蔚蓝的天空下、鸣蝉的歌声中观察；你们用试剂测试蜂房和原生质，我却研究本能的最高表现；你们探究的是死，我探究的却是生！”《昆虫记》不仅是一部研究昆虫的科学巨著，同时也是一部讴歌生命的宏伟诗篇。作者甚至把思考延伸至昆虫以外的大千世界。在写蟋蟀们放声歌唱时，他写下这样一段话：“在天上，就在我头顶上，天鹅星座在银河中划上它那大大的十字架；在下面，就在我的四周，蟋蟀的交响乐在抑扬起伏。这歌唱自己欢乐的小不点儿令我忘记了群星璀璨的场面。这些天上的眼睛平静而冷漠地瞧着我们，我们对于这些星星一无所知。”1910 年，年近九旬、从事昆虫研究已达三四十年之久的法布尔，不无遗憾地说，“如今我被迫中断这些研究。要知道从事这些研究是我一生得到的仅有的安慰。阅尽大千世界，知道虫类是最多姿多彩的一群。即使能让我再获得些许气力，甚至有可能再获得几次长寿人生，我也做不到彻底认清虫类的益趣”。(《昆虫记·序言》全十卷)

就文学著作而言，《昆虫记》洋溢着科学精神。法布尔认为，从事昆虫研究需要一种“天真”的科学态度。如果没有这种“天真”——也就是“讲求实际者眼中的奇思怪想”，谁还会去关心这些小小的虫子呢？而且，从事昆虫研究既要有严谨的研究态度，还要有质疑、求证的探究精神。法布尔说自己“在对某个事物说‘是’以前，都要观察、触摸，而且不是一次，是两三次，甚至没完没了”，直到“疑心在如山的铁证下归顺听从为止”。1879 年，《昆虫记》第一卷问世，以后每三年出一卷。1910 年，《昆虫记》第十卷问世，法布尔已是一位耄耋老人。

两种精神的融汇，使得《昆虫记》具有独特的艺术特征，不像其他的科学类作品充满专用术语、内容晦涩难懂，而是语言朴实、文风流畅优美、深入浅出，将科学的理性思考和人文的感性表达很好地融汇一体，实现了科学与文学的完美结合。《昆虫记》因此被称为“昆虫的史诗”，法布尔则被赞誉为“科学诗人”“昆虫荷马”“昆虫世界的维吉尔”。

四、契诃夫短篇小说[①]

【故事梗概】

一个官员的死 一个挺好的晚上，庶务官伊凡·德密特里奇·切尔维亚科夫坐

① 《契诃夫小说选》，汝龙译，人民文学出版社，1978。

在戏院看戏，忽然间打了个喷嚏。他发现前排一个小老头使劲用手帕猛擦自己的秃顶和脖子，嘴里嘟哝着。他认出这是交通部的一位将军。他吓坏了，小心翼翼地咳了一声，赶快赔礼道歉。

“对不起，大人，我不小心……”

“不要紧，不要紧……”

“看在上帝面上，原谅我，我不是故意的！”

“唉，请您坐好吧！别妨碍我看戏！”

幕间休息时，切尔维亚科夫又去道歉。将军不耐烦地让他忘掉此事。

切尔维亚科夫回到家，把此事告诉妻子。妻子也说他应该去道歉。一连几天，切尔维亚科夫都去找将军道歉。将军不胜其烦，让他“滚出去”。切尔维亚科夫退到门口，走出去，一路磨蹭着回到自己家里，往沙发上一躺，就这么……死了。

第六病室　某医院的第六病室关着五个疯子。看门人尼基达是个退伍老兵，脸上有种牧羊人的神情。疯子伊凡·德米特里出身贵族，学过医，当过法庭的民事执行官员。一次惊吓使他患上“迫害妄想症”，于是被送来第六病室。主持医院工作的拉京是一个刚毕业不久的年轻人，他认为医院腐败肮脏，对病人恢复极其有害，但他又生性软弱，懒得动手去改变。他讨厌小城里庸俗无聊的小市民，平时只和邮政局长喝酒聊天。一次为德米特里做检查时，拉京突然发现这个病人知识丰富、思想敏锐、十分健谈，于是经常来找他聊天。新来的助理医生霍包托夫图谋拉京的位子，便造谣说他也患了精神病。

邮政局长受人指使，强迫拉京和他一起去休养，拉京只好请假去各地疗养。一路上，他越来越讨厌邮政局长。重返小城后，霍包托夫已成功取代拉京的位子。拉京去找德米特里。德米特里看穿了拉京的软弱，厌倦了空谈，让他滚开。霍包托夫把他当作疯子关进了第六病室。拉京痛苦不堪，拼命打门想要出去。尼基达把拉京狠狠地打了一顿。第二天，拉京死了。

【经典摘录】

套中人

“这有什么奇怪的！”布尔金说，“生性孤僻、像寄居蟹或者蜗牛那样极力缩进自己的硬壳里去的人，这世界上有不少呢。也许这是隔代遗传的现象，重又退回从前人类祖先还不是群居的动物而孤零零地住在自己洞穴里的时代的现象吧；要不然，也许这只不过是人的性格的一种变态——谁知道呢？我不是博物学家，这类问题不关我的事；我只不过要说明像玛芙拉那样的人并不是稀有的现象罢了。是啊，不必往远里说，就拿一个姓别里科夫的人来说好了，他是我的同事，希腊语教师，大约两个月前才在我们城里去世。当然，您一定听说过他。他所以出名，是因为他即使在最晴朗的天气也穿上雨鞋，带着雨伞，而且一定穿着暖和的棉大衣。他的雨伞总是用套子包好，表也总是用一个灰色的鹿皮套子包好；遇到他拿出小折刀来削铅笔，就连小折刀也是装在一个小套子里的。他的脸也好像蒙着一个套子，因为他总是把它藏在竖起的衣领里面。他戴黑眼镜，穿羊毛衫，用棉花堵上耳朵眼；他一坐上马车，总要叫马车夫支起车篷来。总之，在这人身上可以看出一种经常的、难忍难熬的心意，总想用一层壳把自己包起来，仿佛要为自己制造一个套子，好隔绝人世，不受外界影响。现实生活刺激他，惊吓他，老是闹得他六神不安。也许为了替自己的胆怯、自己对现实的憎恶辩护吧，他老是歌颂过去，歌颂那些从没存在过的东西；实际上他所教的古代语言，对他来说，也就是雨鞋和雨伞，使他借此躲避了现实生活。

"'啊，古希腊语是多么响亮，多么美！'他说，现出甜蜜蜜的表情；他仿佛要证明这句话似的，眯起眼睛，举起手指头，念道：'Anthropos！'①

"别里科夫把他的思想也极力藏在一个套子里。只有政府的告示和报纸上的文章，其中写着禁止什么或者看到一篇文章否定性爱，他就觉得又清楚又明白：这种事是禁止的，这就行了。他总觉得官方的批准或默许里面，老是包藏着使人起疑的成分，包藏隐隐约约、还没说透的成分。每逢经当局批准，城里成立了一个戏剧小组，或者阅览室，或者茶馆，他总要摇摇头，低声说：

"'当然，行是行的，这固然很好，可是千万别闹出什么乱子来啊。'"

【评述】

安东·巴甫洛维奇·契诃夫（1860~1904），生于俄罗斯南部小城塔甘罗格市。他的祖先是农奴，祖父用积蓄的3500卢布为自己和三个儿子赎得自由。1876年，父亲经商失败，全家悄悄迁居莫斯科，契诃夫只身留在塔甘罗格，靠教家馆维持生计，完成中学学业。1879年考进莫斯科大学医科，开始尝试写作。毕业后在兹威尼哥罗德等地行医，广泛接触平民、了解生活，搜集积累了许多素材。从1879年发表第一篇小说《一封给有学问的友邻的信》开始，契诃夫创作了大量短篇小说。后期创作了《伊凡诺夫》《海鸥》《万尼亚舅舅》《三姊妹》《樱桃园》等剧作，曲折反映了俄国大革命前夕一部分小资产阶级知识分子的苦闷和追求。契诃夫是俄罗斯短篇小说艺术大师和19世纪俄国批判现实主义文学伟大作家，与法国的莫泊桑和美国的欧·亨利并称为"世界三大短篇小说家"。

契诃夫一生中创作了大量的短篇小说，主要内容是刻画丑恶人物的伪善，关怀被损害的弱者，以及揭露社会制度的病态及其所造成的灾害。契诃夫并不直接描写沙皇政府的暴虐统治，贵族地主、商人、官吏的穷奢极侈、强取豪夺，不触及政治、经济、道德等方面触目惊心的问题，也不故意安排离奇曲折的故事情节。他只是通

① 希腊语，人。

过看似平淡无奇的生活场景，反映复杂的社会矛盾，揭示时代的情绪和精神面貌。《一个官员的死》用一件小事鞭挞病态社会，作者讽刺了小人物的奴性，同时也揭示出社会等级森严、人与人不平等的社会现实。《套中人》写胆小怕事的别里科夫的日常生活，以及他打算结婚而未果的喜剧故事，从侧面揭露了沙皇统治下整个社会停滞和窒息的气氛。《苦恼》里贫困的马车夫失去了儿子，整个社会无人倾听他的不幸，他只能向相依为命的小马诉说，病态社会的冷酷无情跃然纸上。《变色龙》里，一条狗咬了金饰匠的手指头，本是一件琐碎至极、小得不能再小的案件，却因为狗的主人，让警官在几分钟内频繁“变色”。契诃夫突破了短篇小说的体裁局限，从平凡的生活题材中提炼重要的思想主题，把挖掘生活的深度和塑造典型的高度很好地结合起来。

契诃夫塑造了不同阶层形形色色的人物形象。他笔下的人物既是鲜明、具体的个体，又通常带有其所属的阶级（或阶层）的某种特征。他在刻画人物性格时，对人物的外部特征并不作细致描写，而是选择能够凸显其主体特征的方面作细描式的刻画。比如《套中人》里，他对别里科夫的生活、工作、装束、行为、言谈、环境等不作细描，只是带上一个套子的特点，所以别里科夫的肖像特征并不鲜明，而性格上的突出特点——“套中人”形象却清晰、鲜明地印在读者的脑子里。而且，契诃夫喜欢在作品中安插叙述人物，让故事通过叙述人展示出来。叙述人在讲故事的同时，人物肖像及特征也被刻画出来，而且还带有评述性。如《第六病室》里的拉京，“仪表笨重、粗俗，跟农民一样，他的脸相、胡子、平顺的头发、又壮又笨的体格，都叫人联想到大道边上小酒馆里那种吃得挺胖、喝得太多、脾气很凶的老板。他那严厉的脸上布满幼小的青筋，他的眼睛小、鼻子红；他身材高、肩膀宽，因而手脚也大，仿佛一拳打出来准能致人死命似的……”，以对人物获得的印象和感受为基础描绘人物，既有真实感，又能对读者起到引导作用。

莫泊桑的小说风格与契诃夫相差较大。莫泊桑不分析人物，很少去研究为什么他的人物会这样做。莫泊桑认为，“小说里的心理学，就是显示一个人在生活中内在的样子，也就是小说必须包含的因素。生活本身引导一个人真实的内在”。所以，他总是不惜代价地写最真实的东西，尽管他笔下的真实有时看来似乎很肤浅。不过，英国小说家毛姆认为，没有一个作者是完美无瑕的，一个作者有权利以他最好的著作得到认可。莫泊桑把自己看成普通人，所以他笔下的人物大多很简单，就是平常见到的普通人，故事背景也很普通。莫泊桑的杰出在于通过这些凡人小事捕捉生命和生活的意义。契诃夫的故事似乎没有意义，他自己也很不屑于那些无稽的情节。他说，“为什么要把一个人安排在潜水艇里去北极？而此时他所爱的人正歇斯底里地从钟楼跳下去？这些都不真实，现实中不会发生。所以应该写简单的事情。比如彼得是如何爱上玛利亚并结婚的，这就行了”。契诃夫的作品很真诚，有打动人的情节，而且笔力了得。毛姆甚至认为，契诃夫的文学造诣无人超越，他的作品总能牵着别人的鼻子走。崇拜他的人有好的品位，不喜欢他的人就是凡夫俗子。毛姆认为莫泊桑可以和契诃夫媲美。

欧·亨利不像契诃夫那样漫不经心地描述生活中一些见怪不怪的事，而是着意于编排精巧曲折的情节，利用生活中的巧合和偶然，给小说增添幽默效果。《麦琪的礼物》中，在一个圣诞夜里，妻子为了给丈夫买昂贵的金表链而卖掉自己唯一的财产——心爱的长发，丈夫为了给妻子买漂亮昂贵的发梳而卖掉了祖传的金表。两件礼物都成为摆设，主人公“带泪的微笑”感动了读者。《警察与赞美诗》中，流浪汉索比为了进监狱过冬，屡屡以身试法，可始终无法如愿。最后，当他独自待在教堂，对美好人性和新生的愿望被赞美诗唤醒、豪情满怀地憧憬未来时，警察却不期而至，他一直落空的愿望在不经意间变成现实。《最后一片叶子》《爱的牺牲》《二十年后》《黄雀在后》《华服之憾》等小说，都是以情节的出其不意，带给读者强烈的心理感受冲击，形成其独具魅力的幽默效果。

【推荐阅读】

《契诃夫短篇小说选》，童道明译，上海三联书店 2009 年出版。

《莫泊桑短篇小说集》，柳鸣九译，中国宇航出版社 2016 出版。

《欧·亨利短篇小说精选》，崔爽译，浙江文艺出版社 2015 年出版。

将三位短篇小说大师的作品对比阅读是一件有趣的事。对于想尝试写作的人来说，三位大师的作品都是极好的范本。

思考题

1. 试分析作家的社会体验对于创作的意义。
2. 为什么说作者是理解其作品的钥匙，请结合本编作品加以分析。
3. 你是否有过灵感、从事过文学创作，试述个人体会。

辅助阅读资料

1. 朱自清:《诗言志辨》，上海古籍出版社，1998
2. 童庆炳:《维纳斯的腰带》，上海文艺出版社，2001
3. 艾布拉姆斯:《镜与灯：浪漫主义文论及批评传统》，北京大学出版社，1989
4. 尼采:《悲剧的诞生》，周国平译，生活·读书·新知三联书店，1986

第三编　文学与读者

【学习要点】

1. 阅读是读者与作者通过作品进行的对话。

2. 阅读中的误读和见仁见智。

3. 读者对作品的期待视野。

在文学活动中，作者依据自己对社会生活的理解和感受创造文学作品，他们把自己的艺术情感、艺术想象、艺术经验，通过曲折复杂的故事情节、丰满的人物形象、逼真具象的环境描写、灵动有趣的对话、或朴素或深刻的审美和思想，在作品中加以表达。作者完成文本写作，为读者提供一个“意义世界”，接着便经过作品的传播和读者的接受活动，经过鉴赏和批评，作品的价值得以实现，文学活动得以真正完成。读者是文学活动的最后一个环节，也是文学活动的基本要素之一。同一文学作品，不同读者的反应是不一样的；经典作品的阐释，也因时代而异。因为读者总是处于不同的语境、具有不同的视野。文学活动是动态、开放的，读者的创造与再创造同样也是动态、开放的。

第一章　原意与前见

文学是一种描述性的艺术形式，它描绘每一个对象、人物和事件，描写人和事物的遭遇。文学批评家们的高论，可以引导、指点我们的阅读，但作品还是需要读者自己通过亲身阅读，去了解、领略作品内容的深刻和艺术魅力。在这个意义上可以说，作者在先，读者在后；文本在先，阅读在后。读者对于作品的阅读，首先是与作者对话，寻求作品的原意阅读。

所谓原意阅读，指的是寻求作品原意，强调读者对作品的真理性把握。作品是作者心灵世界的展露，创作是作者由情到辞的过程。当人们阅读时，从文辞出发，通过语言文字去获取信息、认识世界、发展思维、获得审美体验，用自己的心灵去与作者的心灵相互交流。孟子把这个过程概括为“以意逆志”，即以阅读者的心意，去求取作品之“志”。也有人认为应该是以作者之意，以求取文章之“志”。其实无论是谁之“意”，寻求的都是作品之“志”。

孟子认为基本的阅读路径是要获得诗歌的本意，即诗人之志、所欲之事，而不是说诗者的臆断。为此，孟子批判了两种不好的读诗现象——“以文害辞”和“以辞害志”。“以文害辞”是从文字片段来理解篇章整体的辞义，也就是所谓的“断章取义”；“以辞害志”则是错把作品的言辞表层之意当作作品的本意。孟子认为，从作者与阅读者的角度来说，有文、辞和志三方面要素。文辞是外在语言，志是隐于文辞后的精神底蕴。在诗中，外在语言和内在意蕴常常错位。所谓“以意逆志”，就是要通过阅读作品，努力索悟作品的内涵和作者的用心，实现读者和作者的对话。

西方传统解释学也主张阅读要消除误解，回到作者的原意。美国文艺理论家赫施坚决主张作者是解释的最终权威。他认为文本的含义不是读者个人随意赋予的，作者赋予文本的含义应该得到理解，而且也可能得到理解。赫施甚至认为阅读因人而异，发生变化的不是文本的含义，而是文本对作者来说的意味，“恰恰由于文本含义始终如故，因而它对某个新境遇的关系才会呈现出差异”（赫施《解释的有效性》）。不过，在这一点上，作为哲学解释学创始人的加达默尔看法不同。他提出，理解具有历史性，阅读者的前见是不可消除、不可避免的。加达默尔所谓的前见，指的是先入之见，即人们因所处的特定历史处境而构成的先存的心灵状态。人们在观察、认识外部事物时，总是带有一定的知识、情感、愿望、意志等主观意识要素，因此对于同一事物或现象会有不同的反映与评价。阅读也是如此。加达默尔的“前见”观来源于德国哲学家海德格尔。海德格尔认为，任何解释工作之初，实际上已经有了解释者的不言自明、无可争议的先入之见。把某某东西作为某某东西来加以解释，本质上是通过“前理解”来起作用的。人们解释某种东西时，往往喜欢有典可稽、有例在先，而最早的有典可稽、有例在先，都必然有这种先入之见，所以解释从来不是对先行给定的东西所作的无前提的把握。加达默尔深受海德格尔的影响，认为读者的理解与解释是以前见、前理解为出发点的。前见构成读者特定的视野，无视野的人难以形成理解。同时，有视野也并不意味着局限性，读者是能够超出视野向外去观看东西的。

俄国文学理论家车尔尼雪夫斯基有一段关于美丑的有趣议论。他在《艺术与现实的美学关系》一文中说，在普通人民看来，“美好的生活”就是吃得饱，住得好，睡眠充足；农民的“生活”概念总是包括劳动的概念在内：生活而不劳动既是不可能的，而且也是叫人烦闷的。辛勤却不致令人精疲力竭的劳动，青年农民或农家少女鲜嫩红润的脸色，大概就是普通劳动人民对美的第一个理解。因为辛勤劳动才能丰衣足食，所以农家少女是体格强壮的结实的美。劳动不会让人发胖，过分肥胖是个缺点；乡下美人因为辛勤劳动，不可能有纤细的手足，所以“弱不禁风”的上流社会美人不仅“不漂亮”，而且往往不是疾病就是“苦命”的结果。民歌是不会歌咏这种美的。民歌中的美人有着旺盛的健康和均衡的体格，是生活富足而又经常、认真劳动的结果。上流社会的美人则完全不同：她们骨骼娇小、手脚纤细，是没有劳动的生活的标志，也是有价值的生活的标志。甚至连患上偏头痛——一种因为缺乏劳动而导致的神经系统疾病，也会被人羡慕，因为它是人们所喜欢的那种生活方式的结果。所以，健康固然不会失去它的价值，因为如果不健康，即使大富大贵，也生活得不好受。但是柔弱、萎顿、慵倦的病态，更具有美的价值和意义。车尔尼雪夫斯基讲的是“美的阶级性”，其实也可以理解为不同阶层的人们关于“美”所存在的前见。鲁迅先生也说过类似的一段话。他说:“穷人决无开交易所折本的懊恼，煤油大王哪会知道北京捡煤渣老婆子身受的酸辛，饥区的灾民，大约总不去种兰花，像阔人的老太爷一样，贾府上的焦大，也不爱林妹妹的”。前见是由历史、传统构成的。不同的人们因为不同的阶级、生活，形成了不同的关于美丑的前见或前理解，所以这种前见、前理解构成了他们特定的视野。如果一个人根本没有视野，对于两种美的观点势必都难以理解。所以鲁迅先生认为，“文学有普遍性，但有局限；也有较为永久的，但因读者的社会体验而生变化。北极的爱斯基摩人（即今因纽特人）和非洲腹地的黑人，我以为是不会懂得林黛玉型的。”中国的历史文化，使得中国人对林黛玉怀有特定的前见，可以理解她的性格和气质。而对于西方人来讲，由于缺乏这样的前见，想要理解林黛玉这样的人物形象，则几乎不太可能。对于美国文化来说，金陵十二钗的女孩子们受欢迎的不是爱哭的林黛玉，也不是圆滑心机深的薛宝钗，而是干脆利落、行动力强的王熙凤。“前见”论虽然是西方阅读理论的观点，但其实，刘勰“知音”论里的“圆该”，讲的是心胸，也是学识的广博和良好的文学修养，同样可以理解为读者的前见。

产生于20世60年代的接受美学还提出了“期待视野”，认为读者在阅读一部文学作品时，原先拥有的审美与生活方面的各种经验、素养、趣味、理想，都会对文学作品形成一种审美期待系统——潜在的审美要求和评价尺度，并最终在阅读活动中实现创作、感受和净化三大目的。

第一节　文论选读

一、《孟子》

孟子·万章上　咸丘蒙曰:“舜之不臣尧，则吾既得闻命矣。《诗》云:‘普天之下，莫非王土；率土之滨，莫非王臣。’而舜既为天子矣，敢问瞽瞍之非臣如何?”曰:“是诗也，非是之谓也，劳于王事而不得养父母也。曰:‘此莫非王事，我独贤劳也。’故说诗者，不以文害辞，不以辞害志；以意逆志，是为得之。如以辞而已矣，《云汉》之诗曰:‘周余黎民，靡有孑遗。’信斯言也，是周无遗民也。孝子之至，莫大乎尊亲；尊亲之至，莫大乎以天下养。为天子父，尊之至也；以天下养，养之至也。《诗》曰:‘永言孝思，孝思维则。’此之谓也。《书》曰:‘祗载见瞽瞍，夔夔斋栗，瞽瞍亦允若。’是为父不得而子也?”

孟子·告子下　公孙丑问曰:“高子曰:‘《小弁》，小人之诗也。’”孟子曰:“何以言之?”曰:“怨。”曰:“固哉，高叟之为诗也?有人于此，越人关弓而射之，则己谈笑而道之；无他，疏之也。其兄关弓而射之，则己垂涕泣而道之；无他，戚之也。《小弁》之怨，亲亲也。亲亲，仁也。固矣夫，高叟之为《诗》也!”曰:“《凯风》何以不怨?”曰:“《凯风》，亲之过小者也;《小弁》，亲之过大者也。亲之过大而不怨，是愈疏也；亲之过小而怨，是不可矶也。愈疏，不孝也；不可矶，亦不孝也。孔子曰:‘舜其至孝矣，五十而慕。’”

【评述】

孟子（前372~前289），名轲，战国中期邹（今山东邹县）人。先秦时期思想家、教育家，儒家学派的代表人物，与孔子并称“孔孟”。孟子曾受业于孔子之孙子思，继承和发展了孔子的思想学说。韩愈将孟子列为孔子之后继承儒家道统之人。

《孟子》是孟子的言论汇编，由孟子及其弟子共同编写完成。孟子继承孔子“仁者爱人”思想，进一步提出仁政与民本思想。他也与孔子一样，中年时期曾怀着政治抱负，带着学生周游列国，游说于各国君主，推行他的仁政和民本思想，力图将儒家的政治理论和治国理念转化为具体的国家治理主张。晚年回到故乡，从事教育和著述。《孟子》共七篇，由孟子与学生共同写成。

春秋时期，“不学诗无以言”，人们说话时常常引用《诗》的句子，难免出现各种各样的误读。孟子批评了“以文害辞”和“以辞害志”两种不好的读诗倾向。“以文害辞”是指从文字片段理解文章整体意思，即通常所说的断章取义；“以辞害志”指读者错把文章的言辞表层之意当作作品的真实本意，即望文生义。孟子认为，基本的阅读价值路径是要努力获得诗的本意，不能随意歪曲诗歌的原意。他提出“以意逆志”，主张以阅读者之心意，去获取作品和作者之“志”——原意。至于如何“以意逆志”，最靠得住的做法是读者与作者面对面的交流，但即使与作者是同时代人，这种面对面的交流也是不太可能实现的。对作者来说，作品写完、创作结束，很少有作者再絮絮叨叨地解释自己的创作动机。读者要追索原意，只能通过作品文辞表达出来的意思来试着加以理解。不过，可以将诵诗读书视作与作者的“神交”，通过了解写诗著书的人，以及研究他们所处的社会时代，尽可能实现正确理解其作品的目的。文学作品总是特定时代环境中作者思想感情的产物，因此要把握作品的真正意旨，就必须“知人论世”，返回到作品的历史文化语境，去考察作品的意蕴和作者的思想感情。

孟子反对孤立地分析理解作品，主张将作品阅读纳入“作品—作者—时代”的整体系统里进行，不拘泥于具体的字词句段，同时了解作者的身世背景、文化个性等情况，将作品和作者都置于一个大的历史语境中去加以考察。在这样的阅读活动中，作者、作品和读者都不是孤立单独的存在，而是在彼此互动，最终帮助读者实现阅读目的。

孟子提倡的阅读方法对后世产生了较大影响。欧阳修认为，“画之为物，尤难识其精粗真伪”，识别的标准，只是一个“意”字。他说，“得者各以其意”，而笔者又有“秉笔之意”，只有这两个“意”相通、交融，才是各得其所。“意”犹如灵魂，可以将创作者与鉴赏者连通起来。这实际上就是孟子所说的“以意逆志”。欧阳修讲的是书画，与文学阅读同理可通。清人吴乔认为，“心不孤起，仗境方生。熟读《新旧唐书》、《通鉴》、稗史、杂志，乃能于作者知其时事，知其境遇，而后知其诗命意之所在”（《围炉诗话》）。王国维对此也极力推崇。他说，“善哉，孟子之言诗也，曰：‘说诗者不以文害辞，不以辞害志；以意逆志，是为得之。’顾意逆在我，志在古人，果何修而能使我之所意，不失古人之志乎？此其术，孟子亦言之曰：‘诵其诗，读其书，不知其人可乎？是以论其世也’。是故由其世以知其人，由其人以逆其志，则古诗虽有不能解者寡矣”（《玉溪生诗年谱会笺序》）。王国维阐释孟子的阅读理论，认为通过论世而可知人，通过知人而可解“意”。现在的中小学语文课堂上，孟子的“以意逆志”“知人论世”仍然是阅读教学的主要方法。

二、刘勰《文心雕龙·知音》

夫麟凤与麏雉悬绝，珠玉与砾石超殊，白日垂其照，青眸写其形。然鲁臣以麟为麏，楚人以雉为凤，魏氏以夜光为怪石，宋客以燕砾为宝珠。形器易征，谬乃若是，文情难鉴，谁曰易分？夫篇章杂沓，质文交加；知多偏好，人莫圆该。慷慨者逆声而击节，酝藉者见密而高蹈，浮慧者观绮而跃心，爱奇者闻诡而惊听。会己则嗟讽，异我则沮弃；各执一隅之解，欲拟万端之变：所谓“东向而望，不见西墙”也。

凡操千曲而后晓声，观千剑而后识器；故圆照之象，务先博观。阅乔岳以形培塿，酌沧波以喻畎浍。无私于轻重，不偏于憎爱；然后能平理若衡，照辞如镜矣。是以将阅文情，先标六观：一观位体，二观置辞，三观通变，四观奇正，五观事义，六观宫商。斯术既形，则优劣见矣。

夫缀文者情动而辞发，观文者披文以入情；沿波讨源，虽幽必显。世远莫见其面，觇文辄见其心。岂成篇之足深？患识照之自浅耳。夫志在山水，琴表其情，况形之笔端，理将焉匿？故心之照理，譬目之照形：目瞭则形无不分，心敏则理无不达。然而俗监之迷者，深废浅售。此庄周所以笑《折杨》，宋玉所以伤《白雪》也。昔屈平有言：“文质疏内，众不知余之异采。”见异，唯知音耳。扬雄自称“心好沈博绝丽之文”，其事浮浅，亦可知矣。夫唯深识鉴奥，必欢然内怿；譬春台之熙众人，乐饵之止过客。盖闻兰为国香，服媚弥芬；书亦国华，玩泽方美。知音君子，其垂意焉。

【评述】

刘勰及《文心雕龙》简介见第一编。

《知音》是《文心雕龙》第48篇，是刘勰批评文论方面比较集中的一个专篇。

“知音”原本指志趣相投、心心相印的人产生情谊，出自《吕氏春秋·本味篇》。擅长弹奏的俞伯牙和善于倾听的钟子期通过琴声成为知己，后来子期病故，伯牙认为世上再无知音，于是摔琴终生不再弹奏，以谢子期知音之情。《淮南子·修务训》将“知音”一词引入文艺领域，批评听音乐的人不看重作曲者的本意，而是凭作曲者的声望来判断音乐价值的不良倾向。刘勰认为，文学作品的阅读鉴赏，是作品客观性作用于鉴赏者主观性的过程。一方面，主观性不同，对于作品自然会产生不同的感受，所谓“慷慨者逆声而击节，酝藉者见密而高蹈，浮慧者观绮而跃心，爱奇者闻诡而惊听”，所以“音实难知”；另一方面，文学作品丰富繁多，各有特色，读者要想准确地感受真义，鉴赏优劣，殊为不易。即使像秦皇汉武这样的君王、班固曹植这样的文人以及楼护这样的贵族门客，也往往出于自己的主观好恶或无知，要么贵古贱今、崇己抑人，要么信伪迷真，致使文学史上众多优秀的文学作品被轻视或埋没，所谓“知实难逢”。刘勰提出，阅读须从文辞出发，通过自己心灵感受和体验，与作者的心灵世界交融，使作品的价值和意义在读者的阅读过程中得到完全实现，入其情，见其心，读者才可能成为作品真正的“知音”，成为作品理想的读者。

刘勰认为，读者要想成为“知音”，需要具备“圆该”的心胸境界，即包容并蓄、宽广旷达的审美心胸。文学作品繁杂丰富、风格各异，阅读者往往无法全面接受阅读对象。作为读者，无“私于轻重”，不“偏于憎爱”，本身已很难做到，如果还要要求读者对作品中常人难以达到的超凡脱俗、深奥高妙之处，都能做客观、中肯的理解和评价，更是难上加难。不过刘勰提出，可以通过“博观”——即“操千曲”、“观千剑”——这样长期丰富的实践，培养广博的学识和良好的文学修养，帮助自己从感性层面探知作品的深层意蕴，最终洞悉作品的精神和作者的心灵感受。当此之时，阅读者内心会“欢然内怿”，被作者之情深深打动，产生感应、共鸣、共振，犹如“春台之熙众人，乐饵之止过客”，沉浸在愉悦的阅读感受之中。

汉代刘向《说苑·善说》记载了一则“雍门周为孟尝君鼓琴”的故事。雍门子周善琴，见孟尝君富贵快乐，不能感受悲伤之曲的情绪，便引导他思及国势危亡。孟尝君悲从中来，领略了子周哀伤曲调的意境。汉末哲学家桓谭从艺术心理学的角度，借这个故事提出了文学鉴赏中主观与客观的统一关系。魏晋时嵇康继承桓谭的思想，也强调鉴赏过程中主观心理因素的作用。嵇康在《声无哀乐论》一文中，通过秦客与东野主人的八次辩难，阐明了“心之与声，明为二物”的主张。刘勰继承了桓谭和嵇康的观点，而且做了更进一步的总结。他的“知音”论不仅对作品的艺术性提出较高要求，而且还期待读者有更全面的知识素养和更高层次的审美心胸，才有可能成为作者作品的知音。

【推荐阅读】

宋代周紫芝《竹坡诗话》：

余倾年游蒋山，夜上宝公塔时，天已昏黑，而月犹未出，前临大江，下视佛屋峥嵘，时闻风铃，铿然有声。忽记杜少陵诗“夜深殿突兀，风动金琅珰”，恍然如己语。又尝独行山谷间，古木夹道交阴，惟闻子规相应木间。乃知“两边山木合，终日子规啼”之为佳句也。又暑中濒溪，与客纳凉，时夕阳在山，蝉声满树，观二人洗马于溪中。曰：此少陵所谓“晚凉看洗马，森木乱鸣蝉”者也。此诗平日视之，不见其工，惟当所见处，乃始知其为妙。作诗正要写所见耳，不必过为奇险也。

三、尧斯《作为向文学挑战的文学史》①

我在这里采用了汉斯·格奥尔格·加达默尔对历史客观主义的批评。他在《真

① 《读者反应批评》，尧斯著，王卫新译，北京文化艺术出版社，1989。

理与方法》中把作用史（这个历史试图从理解本身揭示出历史真实）的原则看作是提问与回答的逻辑在历史传统上的一种应用。“要想理解一个文本，须先理解一个问题，而文本是对这个问题的一个回答”，这是科林伍德的观点。在对这个论点的深入探讨中，加达默尔指出，重建起来的问题不再可能存在于它原先的视野中，因为这个历史视野始终包容在我们当前的视野中:“理解始终（是）这些被认为独自存在的视野的整合过程”。历史问题不可能独立存在，它必然转入“对我们来说已成为传统的问题”。由此，雷内·韦勒克曾用以说明文学批判的窘境的那些问题就迎刃而解了。韦勒克的那些问题是：语文学家应该从历史的角度，还是按当前的立场，或者按“几个世纪的评判”来评价一部文学作品？衡量一般历史的实际标准有可能如此偏狭，以致使用这些标准只会使一部在其作用上发挥过很大的意义潜力的作品变得可怜起来。当前的美学评论将会偏爱一种符合现代口味的作品规范，对所有其他的作品，则仅仅因为它们没有再显现在它们那个时代中的功能而做出不公正的评价。至于作用的历史本身，不管它如何富有教益，“作为权威也跟同时代诗人的权威一样，处于遭受反对的境地”。韦勒克的结论——我们不可能回避自己的评判，我们只能尽量客观地进行评判，也就是像每个科学家那样，“把对象孤立起来”——不是摆脱窘境的办法，而是倒退到客观唯心主义那里去了。对一部文学作品来说，“几个世纪的评判”比仅仅是“另一种读者、批评家、观众甚至教授累积起来的评判”，即逐渐阐发一种作品所固有的、并在其被接受的历史阶段中现实化了的意义潜力更为重要。而懂行的评判只要在遇到传统的时候有控制地进行“视野的融合”，就能领悟这种意义潜力。

然而，当加达默尔要把古典这个概念抬高为所有历史地沟通过去和现在的典范时，我用接受美学为一部可望成立的文学史奠定基础的尝试，与加达默尔的作用史原则之间的一致就达到了极限。“所谓‘古典’，就是无须克服历史距离——因为它已经在不断的沟通中自行克服了这个距离”，加达默尔这个定义产生于对所有历史传统来说都是基本的提问与回答的关系之中。假如古典就是“为每个它所面临的时代讲述一些好像是专门为那个时代讲述的东西”，那么对古典文本来说，就不必去寻找文本对此提供了一个回答的那个问题了。这样来“显示自身意义并解释自身”的古典作品，不正是对我称之为“第二次视野转变”的那种状况的结果——所谓“杰作”的毋庸置疑的当然性的写照吗？这种杰作在一个堪称模范的传统的回溯视野中隐藏了自己本来的否定性，使我们不得不从毫无疑问的典范那里重新迎回“真正的提问视野”。即使在古典作品面前也不能免除接受意识认识“文本和时代之间的张力关系”的使命。黑格尔所采用的古典主义（它自行解释自己）这个概念，结果必须颠倒提问与回答的历史关系，并且同作用史的原则——理解“不仅是一种复制行为，而且也是一种创造行为”——发生矛盾。

【评述】

汉斯·罗伯特·尧斯（1921~1997），德国文艺理论家、美学家，接受美学的主要创立者。1952年获海德堡大学博士学位，1957年以《中世纪动物史诗研究》获罗曼语文学授课资格，1959年至1966年在门斯特和吉森大学执教，1966年被聘为康斯坦茨大学教授。在此期间，尧斯与伊瑟尔创立"诗与阐释学"研究小组，旨在用历史、美学、语言学"对话"的方法研究文学问题。1967年，尧斯发表《什么是文学史，文学史研究的目的是什么》、伊瑟尔发表《文本的召唤结构》两篇演讲，引起激烈争论，以尧斯、伊瑟尔、福尔曼、普莱斯丹茨、耶特利德等理论家为代表的接受美学宣告诞生。尧斯后期的代表作是《审美经验与文学阐释学》和《中世纪文学的时代性和现实性》（1977）。在这些著作中，他开始清算和批判自己早期的理论，逐渐把研究对象从文学接受扩展到包含作家、作品、读者的文学总体过程。不过，尧斯的理论始终以读者立场为主，因为他认为"文学的本质是它的人际交流性质，这种性质决定了文学不能脱离观察者而独立存在"。

《作为向文学挑战的文学史》发表于1970年，是接受美学的纲领性宣言。在这篇著名的论文中，尧斯阐述了接受美学的重要概念——期待视野。他认为任何阅读都是在一定的期待视野中进行的。在文学阅读之前及阅读过程中，读者作为接受主体，在心理上形成一种阅读的"既定图式"，即阅读经验期待视野（简称为期待视野），它是接受者从自己现有的条件出发对文学作品所能达到的理解范围，可以看成是读者对作品的某种"先入之见"，是一种预先存在的阅读意向。期待视野既是阅读理解成为可能的基础，又可能是限制阅读理解实现的因素。期待视野和接受动机将决定读者对所读作品内容的取舍，决定他的阅读重点以及对作品的基本态度与评价。在具体的阅读中，期待视野体现为文体期待、形象期待和意蕴期待。尧斯还进一步区分了个人期待视野和公共期待视野，并把后者规范为接受美学的主要任务。他认为，文本展现了作者的"初始视野"，而读者具有的是"现今视野"，作品阅读和理解就意味着两种不同视野的融合，这种"视野融合"就是作品的终极意义和价值所在。

尧斯认为，文学史应该研究作家、作品和读者三者之间的关系，文学史首先是文学被读者接受的历史。作品只有被接受并产生影响才能流传下来，这是文学史研究不应该忽略但一直被忽略的一个简单事实。尧斯提出把文学史看成文学效果的历史，因为读者的接受程度必然会影响作者的文学生产，对文本的理解很多时候会变成一种阅读的后果。这样，即使文本的确定性消失，但"只有阅读，才能使文本从死的语言物质材料中挣脱出来，而拥有现实的生命"。一部作品的价值和意义应当用它的潜在特性作用于接受意识时产生的审美效果来衡量，对一部作品进行接受和评价的历史就是这部作品的作用史，而各时代接受者的文学"期待视野"就是对其审美效果最好的总结概括。

接受美学着意提高读者地位，强调读者对文学作品意义和价值的重要作用，在一定程度上破除了传统文学研究将读者摒弃在外的局限，强调文学是作者、作品与读者之间的“对话”这一本质特征。在此基础上，法国后现代思想家罗兰·巴特提出了更为激进的观点——“作家已死”，他认为读者的诞生必须以“作者之死”为代价，作品不过是作家中心论的愚蠢产物，承认作者就是窒息文本。作品形成后，读者大可自行其是，不存在误读。“耶鲁四人帮”中的保罗·德·曼也在《阅读的讽喻》（1972）中指出，文学的生命正是在于“误读与误解的可能”，否则文学就没有生命和活力可言，阅读根本不存在误读。

接受美学在20世纪七八十年代影响颇大，尧斯《作为向文学挑战的文学史》一文被译成23种文字多次再版，中国文论学界也引进了这一“新理论”。不过，童庆炳先生说，“那时我们觉得这理论真新鲜，真是一种‘原创性’的新发现。多少年过去了，我发现‘接受美学’就其思想而言，在我们中国‘古已有之’，接受美学的思想幼芽产生于中国”。[①] 孟子的“以意逆志”和钟惺的“诗为活物”，其实也将读者纳入了文学研究范畴，也涉及“误读”等文学接受问题。可见中西文论虽源流各异，但并不缺少联络和共同的关注点。

四、伊泽尔《阅读活动：审美响应理论》[②]

不论真正的读者可能是谁、是什么人，他总是扮演文本向他提供的一种特殊角色，正是这种特殊角色构成了“隐含的读者”这个概念。关于这个概念，存在两个基本的、相互联系的方面：它一方面作为一种文本结构的读者角色，另一方面作为一种构造活动的读者角色。让我们从文本结构开始吧。我们可以假设，无论如何，每一部文学作品都表现了一种由作者收集起来的关于世界的观点（虽然这种世界观不一定具有代表性）。因此，作品决不仅是对一个既定世界的摹写——它利用它所能利用的材料构造了一个它特有的世界。正是这个世界的构造方式造成了作者的意向视野。因为对于它可能存在的读者来说，文本必须具有容易发生变化的陌生程度（如果说作品对于他们会具有某种“新奇”的话），他们必须被文本安排在一个位置上，以便他们能够把新观点具体化。然而，这个位置却不能在文本之中表现出来，因为它是读者观看被表现世界的优势点，所以不可能是那个世界的一部分。因此，文本必须造成一种立场，使读者能够由此出发来观察事物；只要读者固有的习惯性倾向制约着他的倾向性，他就永远看不到这些事物；不仅如此，这种立场还必须能够容纳所有不同种类的读者。那么，怎样才能把它从文本结构中引申出来呢？

---

① 《中国古代文论的现代意义》，童庆炳著，北京师范大学出版社，2001。

② 《审美过程研究——阅读活动：审美响应理论》，伊泽尔著，霍桂桓等译，人民大学出版社，1988。

文学文本提供了一种关于世界的观点（也就是作者的世界观），它本身也由各种各样的视野组成，这些视野概述了作者的观点，也为读者实现文本预定要让他实现的东西指明了道路。我们可以用小说作为最好的例子来说明这一点，它是一个为传达作者幻想的个性而构思的视野系统。在小说中一般存在四种主要视野：叙述者的视野，人物的视野，情节视野，以及虚构的读者的视野。尽管这些视野可能由于其重要性而各不相同，但是它们之中没有一个视野独自等同于文本的意义。它们所做的只是为读者提供来自各不相同的出发点（叙述者、人物等等）的行动指南，这些行动指南持续不断地相互转变，并以这样一种形式——它们都在一个普通相遇处汇聚到一起。我们把这个相遇处叫作文本的意义，读者只有从某一个立场出发去想象，文本的意义才能成为他的注意中心。因而，文本的立场和汇聚点是紧密联系在一起的，虽然在它们之间任何一个都没有实际表现出来，而是互不相关地在语句中表达出来。与此相反，它们是从阅读过程中显现的；在这个过程中，读者的角色是不断占据变幻的优势点（这种优势点是文本为一种预先构造的读者活动准备的），从而把这多种多样的视野填充到一个不断展开的模式之中。这使他不仅能领会文本视野的不同出发点，也能领会它们的最终合并，这种合并是由不断变化的视野之间的相互影响，以及逐渐展现的合并本身来引导的。

【评述】

沃尔夫冈·伊泽尔（1922~2007），德国美学家、文学批评家，接受美学的创始人与主要代表之一，康士坦茨大学教授。1970 年发表论文《本文的召唤结构》，引起强烈反响，奠定其接受美学主要理论家的地位。主要著作有《暗隐的读者：从班扬到贝克特散文小说的交流模式》（1974）、《阅读活动：审美响应理论》（1976）等。

伊泽尔认为，文学作为一种言语活动，是人类交流的一种形式，阅读则是这种交流活动中不可或缺至关重要的一个环节。但文学又不同于一般的语言活动和交流形式，比如说文学需要作品以相对固定的文本形式存在作为基础，文学交流的形式也不可能面对面进行等等，导致文学的交流（包括阅读）具有一些有别于日常交流的特质，比如存在一种“隐含的读者”。所谓“隐含的读者”，可以理解为作者为自己的作品设想的“理想读者”，也就是作者希望自己的作品问世之后能够遇到的“知音”。“隐含读者”的形成取决于三个因素，一是作者的创作动机，二是作者赋予文本的独特内涵，三是作者的选材及文体特点。不同意识观念、不同审美观、擅长不同文体的作家，往往期待不同类型，但都极富洞察力、能理解自己每个动机和每句话含义的隐含读者——理想读者。作者针对这个隐含读者，在有意无意的设计之下创作作品，并期待读者参与完成这一过程；读者则顺着文本的指引，一步步地将文本纳入视野，在内心构建起形象。作品就这样在读者与文本的相遇和交流过程中，由读者与作者共同创造完成。当然，读者不可能是以空白的头脑来接受作品的，他们总是自觉或不自觉地带着各自预先构成的思想定向——“前见”（或“前结构”），并与作者的创作意图、作品意蕴之间形成极为微妙的关系。有的是对作品的“正解”，有的则是千奇百怪的“误读”。无论是正解还是误读，都是实际读者在“隐含读者”引导下的能动的接受过程。

伊泽尔的阅读理论认为，在阅读过程中，文本和读者之间一直处于相互作用的关系之中。文本对读者的作用是显而易见的，它为读者提供新的经验、新的形象、新的思想体系；而读者对于文本来说，则是一次次具体的完成。文本并不是固定形态的存在，而是有待阅读对它进行加工。由于文本中往往体现作者对某些思想的肯定或否定，所以读者的阅读事实上是对这些肯定或否定的重新判断。

伊泽尔作为接受美学的代表人物之一，与接受美学的创始人尧斯在理论上双峰并峙、互为补充，被誉为“接受美学的双璧”，共同使接受美学在世界范围内形成了广泛的影响。

第二节　作品选读

一、《诗经》

黍离

彼黍离离，彼稷之苗。行迈靡靡，中心摇摇。知我者，谓我心忧；不知我者，谓我何求。悠悠苍天！此何人哉？

彼黍离离，彼稷之穗。行迈靡靡，中心如醉。知我者，谓我心忧；不知我者，谓我何求。悠悠苍天！此何人哉？

彼黍离离，彼稷之实。行迈靡靡，中心如噎。知我者，谓我心忧；不知我者，谓我何求。悠悠苍天！此何人哉？

蒹葭

蒹葭苍苍，白露为霜。所谓伊人，在水一方。溯洄从之，道阻且长。溯游从之，宛在水中央。

蒹葭萋萋，白露未晞。所谓伊人，在水之湄。溯洄从之，道阻且跻。溯游从之，宛在水中坻。

蒹葭采采，白露未已。所谓伊人，在水之涘。溯洄从之，道阻且右。溯游从之，宛在水中沚。

【评述】

《诗经》，先秦时称《诗》或《诗三百》，是中国最早的诗歌总集，收录了西周初年至春秋中叶约500年间的诗歌，作者大多不可考。春秋末期孔子删诗、重新编订，按作品的乐调分为风、雅、颂三部分，共305篇。风指国风，即各诸侯国的地方音乐，包括周南、召南、邶、鄘、卫、王、郑、刘、魏、唐、秦、陈、桧、曹、豳等十五个地区的民歌，共160篇；雅是周王乐歌，有大雅31篇、小雅74篇；颂是朝廷祭祀和赞美功德的乐歌，有周颂31篇、鲁颂4篇、商颂5篇，共40篇。《诗》经历秦末战火得以留传，到汉代被儒家奉为经典，称为《诗经》。

《诗经》内容十分丰富，包括祭祀、农事、宴飨、怨刺、战争徭役、爱情婚姻等题材，较全面地反映了西周初年到春秋中叶的社会生活。祭祀诗大多以祭祀、颂祖为主题，或叙述部族历史，或歌颂先王功德。《生民》《公刘》《绵》《皇矣》《大明》等五首诗歌反映了西周的开国历史，歌颂了后稷、公刘、太王、王季、文王、武王的功绩。《诗经》形成于中国早期的农业时代，所以有不少直接描写农业生产的诗歌，如《豳风·七月》描绘了一户农家一年的劳作安排和生活情况。《诗经》中有些诗以君臣、亲朋欢聚宴飨为主要内容，像一幅幅描绘西周社会亲缘礼制伦常的生活图卷。《采薇》等战争诗既从正面描写天子、诸侯的武功，表现出强烈的自豪感和乐观主义精神，同时也叙写征夫厌战、思妇闺怨，内容丰富，情感饱满，艺术成就极高。爱情婚姻诗歌在《诗经》中占的比重较大，既有反映男女思慕、相亲相恋的情歌，也有反映婚嫁场面、婚姻生活的家庭诗歌，以及表现不幸婚姻的弃妇诗（如《氓》）。大雅和小雅中则有不少诗歌反映厉王、幽王时的政治黑暗和民生疾苦，如《伐檀》《硕鼠》等。这些诗歌属于怨刺诗，被后人称为“变风”“变雅”，真实地反映了当时政治腐败的社会现实。

《黍离》为《王风》首篇，写诗人行役至宗周，路过以往的宗庙宫室，昔日的繁盛奢华已然不见，连刚刚经历的战火也全无痕迹，所见尽为茁壮的禾黍。行走在田陌小道上的诗人不禁心旌摇摇，充满忧思和怅惘。这样的悲哀旁人无法理解，“知我者谓我心忧，不知我者谓我何求”。即使问之苍天，苍天也无回应，“悠悠苍天，此何人哉”。《黍离》采用重章叠句形式，一唱三叠，三章结构相同，只是“稷苗”长成了“稷穗”和“稷实”，用同一物象不同时间的表现形式完成时间流逝、情景转换、心绪压抑三个方面的发展，在往复回环中表现主人公忧郁之情。清代文学家方玉润在《诗经原始》中称，《黍离》“三章只换六字，而一往情深，低回无限”。

关于《黍离》的主题，历来争讼颇多。《毛诗序》认为《黍离》主旨是“闵宗周”，这一说法被普遍接受，但三家诗中的韩诗和鲁诗都持不同看法。宋代程颐认为，“稷”是“后稷”，“彼稷之苗”是彼后稷之苗。近代以后关于《黍离》主题更是众说纷纭、新说颇多。郭沫若认为是旧家贵族悲伤自己的破产之作（《中国古代社会研究》），余冠英认为是流浪者在诉述他的忧思（《诗经选》，蓝菊荪持爱国志士忧国怨战说（《诗经国风今译》），程俊英主张难舍家园说（《诗经译注》）等。诗歌产生的时间已经过去两千余年，诗歌形成的背景早已消失不见，这些说法孰对孰错很难判断。但无论作何解释，诗歌通过长势繁盛的稷苗反衬出时世变迁的沧桑感，至今仍是这首诗的动人之处。

《蒹葭》属于秦风，是秦地（现陕西关中到甘肃东南部一带）的一首民歌，写痴情的诗人对意中人的深深思念。他热烈追求而始终不可得的痛苦心情，与极富艺术感染力的意境融为一体。“蒹葭苍苍，白露为霜”，清清的流水，白茫茫的一片芦花，秋天的清晨，露珠凝成的清霜。在这样的情景中追寻自己心爱之人，而情人却似乎藏于景中融在水里，隔河遥望，“在水一方”“在水之湄”“在水之涘”，似乎可以看见，却混混茫茫，不知其真正所在，“溯洄从之”“溯游从之”，追求、失落，可望不可即，无限的怅惘里蕴藏着一丝思念的甜蜜。

与《黍离》一样，《蒹葭》的主题也是众说纷纭。主要有三种说法，一是“刺襄公”说，“伊人”被认为是周王朝礼制的隐喻，此诗是讥刺秦襄公不能用周礼来巩固他的国家；二是“招贤”说，作者惋惜招引隐居的贤士而不可得；三是“爱情”说，写追求所爱而始终追求不到的惆怅与苦闷。

《诗经》305首是在500余年的时间里逐渐形成的。作品产生的地域辽阔，年代漫长，作者成分复杂，并经过许多人的搜集、整理和编辑而成。对于读者来说，“以意逆志”谈何容易，“诗无达诂”方是正解。

二、罗贯中《三国演义》①

【故事梗概】

青梅煮酒论英雄 小说第二十一回写曹操身为丞相，却“挟天子以令诸侯”欺君罔上，献帝与国舅董承密谋诛杀曹操。董承深夜来见刘备，刘备担心是曹操试探于他，直到董承取出诏书。两人共同策划诛曹之事，刘备主张“缓缓施行，不可轻泄”。刘备怕曹操发现此事加害自己，每日只在住处种菜、浇灌。一天，曹操派人请刘备赴宴，刘备早有准备，应答自如。

【经典摘录】

一日，关、张不在，玄德正在后园浇菜，许褚、张辽引数十人入园中曰：“丞相有命，请使君便行。”玄德惊问曰：“有甚紧事？”许褚曰：“不知。只教我来相请。”玄德只得随二人入府见操。操笑曰：“在家做得好大事！”唬得玄德面如土色。操执玄德手，直至后园，曰：“玄德学圃不易！”玄德方才放心，答曰：“无事消遣耳。”操曰：“适见枝头梅子青青，忽感去年征张绣时，道上缺水，将士皆渴；吾心生一计，以鞭虚指曰：‘前面有梅林。’军士闻之，口皆生唾，由是不渴。今见此梅，不可不

① 《三国演义》，罗贯中著，人民文学出版社，2014。

赏。又值煮酒正熟，故邀使君小亭一会。”玄德心神方定。随至小亭，已设樽俎：盘置青梅，一樽煮酒。二人对坐，开怀畅饮。酒至半酣，忽阴云漠漠，骤雨将至。从人遥指天外龙挂，操与玄德凭栏观之。操曰：“使君知龙之变化否？”玄德曰：“未知其详。”操曰：“龙能大能小，能升能隐；大则兴云吐雾，小则隐介藏形；升则飞腾于宇宙之间，隐则潜伏于波涛之内。方今春深，龙乘时变化，犹人得志而纵横四海。龙之为物，可比世之英雄。玄德久历四方，必知当世英雄。请试指言之。”玄德曰：“备肉眼安识英雄？”操曰：“休得过谦。”玄德曰：“备叨恩庇，得仕于朝。天下英雄，实有未知。”操曰：“既不识其面，亦闻其名。”玄德曰：“淮南袁术，兵粮足备，可为英雄？”操笑曰：“冢中枯骨，吾早晚必擒之！”玄德曰：“河北袁绍，四世三公，门多故吏；今虎踞冀州之地，部下能事者极多，可为英雄？”操笑曰：“袁绍色厉胆薄，好谋无断；干大事而惜身，见小利而忘命：非英雄也。”玄德曰：“有一人名称七俊，威镇九州——刘景升可为英雄？”操曰：“刘表虚名无实，非英雄也。”玄德曰：“有一人血气方刚，江东领袖——孙伯符乃英雄也？”操曰：“孙策藉父之名，非英雄也。”玄德曰：“益州刘季玉，可为英雄乎？”操曰：“刘璋虽系宗室，乃守户之犬耳，何足为英雄！”玄德曰：“如张绣、张鲁、韩遂等辈皆何如？”操鼓掌大笑曰：“此等碌碌小人，何足挂齿！”玄德曰：“舍此之外，备实不知。”操曰：“夫英雄者，胸怀大志，腹有良谋，有包藏宇宙之机，吞吐天地之志者也。”玄德曰：“谁能当之？”操以手指玄德，后自指，曰：“今天下英雄，惟使君与操耳！”玄德闻言，吃了一惊，手中所执匙筯，不觉落于地下。时正值大雨将至，雷声大作。玄德乃从容俯首拾筯曰：“一震之威，乃至于此。”操笑曰：“丈夫亦畏雷乎？”玄德曰：“圣人迅雷风烈必变，安得不畏？”将闻言失筯缘故，轻轻掩饰过了。操遂不疑玄德。

【故事梗概】

诸葛亮舌战群儒　小说第四十三回写曹操夺取荆州之后，刘备败退江夏，处境艰危。曹操大军压境，东吴张昭等人力主投降。诸葛亮应鲁肃之邀来到柴桑，以超人胆识同东吴群儒展开舌战，东吴主降派一一败下阵来。诸葛亮最终说服孙权，促成吴蜀联盟共抗曹操的局面。

【经典摘录】

肃乃引孔明至幕下。早见张昭、顾雍等一班文武二十余人，峨冠博带，整衣端坐。孔明逐一相见，各问姓名。施礼已毕，坐于客位。张昭等见孔明丰神飘洒，气宇轩昂，料此人必来游说。张昭先以言挑之曰：“昭乃江东微末之士，久闻先生高卧隆中，自比管、乐。此语果有之乎？”孔明曰：“此亮平生小可之比也。”昭曰：“近闻刘豫州三顾先生于草庐之中，幸得先生，以为‘如鱼得水’，思欲席卷荆襄。今一旦以属曹操，未审是何主见？”孔明自思张昭乃孙权手下第一个谋士，若不先难倒他，如何说得孙权，遂答曰：“吾观取汉上之地，易如反掌。我主刘豫州躬行仁义，不忍夺同宗之基业，故力辞之。刘琮孺子，听信佞言，暗自投降，致使曹操得以猖獗。今我主屯兵江夏，别有良图，非等闲可知也。”昭曰：“若此，是先生言行相违也。先生自比管、乐——管仲相桓公，霸诸侯，一匡天下；乐毅扶持微弱之燕，下齐七十余城：此二人者，真济世之才也。先生在草庐之中，但笑傲风月，抱膝危坐。今既从事刘豫州，当为生灵兴利除害，剿灭乱贼。且刘豫州未得先生之前，尚且纵横寰宇，割据城池；今得先生，人皆仰望。虽三尺童蒙，亦谓彪虎生翼，将见汉室复兴，曹氏即灭矣。朝廷旧臣，山林隐士，无不拭目而待：以为拂高天之云翳，仰日月之光辉，拯民于水火之中，措天下于衽席之上，在此时也。何先生自归豫州，曹兵一出，弃甲抛戈，望风而窜；上不能报刘表以安庶民，下不能辅孤子而据疆土；乃弃新野，走樊城，败当阳，奔夏口，无容身之地：是豫州既得先生之后，反不如其初也。管仲、乐毅，果如是乎？愚直之言，幸勿见怪！”孔明听罢，哑然而笑曰：“鹏飞万里，其志岂群鸟能识哉？譬如人染沉疴，当先用糜粥以饮之，和药以服之；待其腑脏调和，形体渐安，然后用肉食以补之，猛药以治之：则病根尽去，人得全生也。若不待气脉和缓，便投以猛药厚味，欲求安保，诚为难矣。吾主刘豫州，向日军败于汝南，寄迹刘表，兵不满千，将止关、张、赵云而已：此正如病势尫羸已极之时也。新野山僻小县，人民稀少，粮食鲜薄，豫州不过暂借以容身，岂真将坐守于此耶？夫以甲兵不完，城郭不固，军不经练，粮不继日，然而博望烧屯，白河用水，使夏侯惇、曹仁辈心惊胆裂：窃谓管仲、乐毅之用兵，未必过此。至于刘琮降操，豫州实出不知；且又不忍乘乱夺同宗之基业，此真大仁大义也。当阳之败，豫州见有数十万赴义之民，扶老携幼相随，不忍弃之，日行十里，不思进取江陵，甘与同败，此亦大仁大义也。寡不敌众，胜负乃其常事。昔高皇数败于项羽，而垓下一战成功，此非韩信之良谋乎？夫信久事高皇，未尝累胜。盖国家大计，社稷安危，是有主谋。非比夸辩之徒，虚誉欺人：坐议立谈，无人可及；临机应变，百无一能。诚为天下笑耳！”这一篇言语，说得张昭并无一言回答。

座上忽一人抗声问曰：“今曹公兵屯百万，将列千员，龙骧虎视，平吞江夏，公以为何如？”孔明视之，乃虞翻也。孔明曰：“曹操收袁绍蚁聚之兵，劫刘表乌合之众，虽数百万不足惧也。”虞翻冷笑曰：“军败于当阳，计穷于夏口，区区求救于人，而犹言‘不惧’，此真大言欺人也！”孔明曰：“刘豫州以数千仁义之师，安能敌百万残暴之众？退守夏口，所以待时也。今江东兵精粮足，且有长江之险，犹欲使其主屈膝降贼，不顾天下耻笑。由此论之，刘豫州真不惧操贼者矣！”虞翻不能对。

【评述】

罗贯中，元末明初著名小说家、戏曲家，生平不见史传，大约生活于1330~1400年间。明代贾仲明《录鬼簿续编》记载他为“太原人，号湖海散人”，不善与人交际，擅长写作乐府、隐语，风格清新独特，颇受称颂。罗贯中亲历元末社会大动乱，他接近社会下层，目睹当时乱世纷争，倾向于用儒家的“忠”“义”“王道”“仁政”治理天下。罗贯中的政治主张不仅集中体现于《三国演义》，其他历史演义类作品（如《残唐五代史演义传》《隋唐志传》）也有所展示。

《三国演义》又称《三国志通俗演义》或《三国志演义》，是中国文学史上第一部成熟的长篇小说。故事内容取材于东汉末年和魏、蜀、吴三国的历史，从东汉灵帝中平元年（184）黄巾起义开始，一直叙写到晋武帝太康元年（280）吴亡，艺术地再现了从东汉末年天下大乱到西晋重新统一的历史进程，在广阔的历史背景中，形象而深刻地描写了当时各个政治集团之间错综复杂的政治军事矛盾和冲突。

东汉末年，土地兼并剧烈，地主剥削残酷，官府徭役繁重，政治黑暗腐败。184年，黄巾起义爆发，有力地动摇了封建统治的基础，直接威胁到东汉王朝的存亡。为了挽救即将覆灭的命运，东汉朝廷对黄巾起义进行了疯狂镇压，但自身也无法再维持对全国的统治。在镇压黄巾起义过程中产生的大大小小的地主武装，彼此之间又展开了钩心斗角的政治斗争和频繁的军事混战：汉灵帝死，少帝刘辩继位，何进掌权，宦官杀何进，袁绍又起兵杀宦官，董卓赶走袁绍，后来又废刘辩而立献帝刘协。各怀野心的官僚豪强朝野呼应，反对董卓。王允设计杀死董卓，董卓部属李傕、郭汜等又杀王允和其他官僚。袁绍为首的十七镇诸侯以讨伐董卓为名，先后割据一方，混战厮杀。从镇压起义军中起家的曹操、刘备和孙坚，通过多次战争一步步扩大势力。曹操“移驾幸许都”后，挟天子令诸侯，经过11年的各种战争，基本上统一了黄河流域，成为割据中原地带的大军阀。赤壁大战后，魏、蜀、吴三分天下局势形成，又经过72年混战，才重新统一为晋。

三国故事早就流传民间。西晋史学家陈寿紧承《史记》《汉书》之后，撰写了纪传体断代史书《三国志》。《三国志》全书分《魏书》30卷、《蜀书》15卷、《吴书》20卷，共65卷，详细记述了三国时期重大的历史事件、社会政治生活的方方面面，具有极高史料价值。但《三国志》叙事过于简略，并且有不少疏漏，于是东晋裴松之受命为《三国志》作注。裴松之遍览旧籍，为《三国志》增补了大量史实，篇幅三倍于《三国志》。罗贯中在此基础上，按照艺术创作的规律，在尊重基本史实的前提下加以取舍、增补和发挥，既有本于史，又不拘泥于实，最终演绎了开一代先河的历史小说《三国演义》。

历史小说不同于历史典籍。历史小说的作者在尊重基本史实的前提下，会为了更好地塑造人物形象，在诸多细节上不拘史实，加以合理的想象与虚构。这种艺术的想象与虚构，正是小说与历史的区别，也是小说格外感人的地方。统观整部《三国演义》，这种艺术想象和虚构大致体现在以下几方面：

一是正史不载。为了突出人物形象和性格，作者采用了一些并不可靠的民间传闻野史加以编排发挥，如诸葛亮七擒孟获和空城计，在陈寿《三国志》中并无记载。

但在小说中，这些故事情节的编排，对塑造诸葛亮的形象起到了画龙点睛的作用，大大丰富了小说的表现力。二是正史上虽有记载，但小说做了补充和合理想象。如刘备三顾茅庐是《三国演义》中十分重要的一个情节，为诸葛亮出场做了很好的烘托和铺垫。而在《三国志》中，仅有“由是先主遂诣亮，凡三往，乃见”一句。三是史籍中虽有其事，但为了艺术表现的需要，作者“狸猫换太子”，搬家移位。如张飞怒打势利、跋扈的督邮一节，极好地展示了张飞疾恶如仇的火爆性格，然而在《三国志》中，鞭打督邮的不是张飞，而是小说中谦恭忍让的刘备。据《三国志·先主传》记载，“督邮以公事到县，先主求谒，不通，直入缚督邮，杖二百，解绶系其颈着马柳，弃官亡命”。罗贯中在处理这段史实时，保留了鞭打督邮这个史事，却将刘备换成张飞，更符合小说中刘备与张飞各自的性格特征。

因此，我们在阅读这部七分实、三分虚的《三国演义》时，应将其作为一部历史小说来欣赏，而不能等同于历史典籍。要注意把握好小说与史籍、文学与历史的区别，用文学欣赏的眼光欣赏小说，以历史的方法鉴定史实，才不至于把小说当历史，误读了这部伟大的作品。

三、夏多布里昂《别了，法兰西》[①]

起锚了，对远航者这是一个庄严的时刻。领水员将船引导到港外，他离去时，太阳正在坠落。天色灰暗，微风习习，距船几链远的地方，海浪沉重地拍打着礁石。

我凝视着圣马罗。我在那儿丢下了泪流满面的母亲。我遥望着我和吕西儿常去作礼拜的教堂的钟楼和圆屋顶、房屋、城墙、堡垒、塔楼和海滩；我同热斯里尔和其他朋友小时一道在那儿度过了我的童年。在我四分五裂的祖国失去一位无法取代的伟人时，我撒手而去了。我对祖国和我自己的命运同样感到迷茫：谁将沉没？法兰西还是我自己？有朝一日，我还能看见我的法兰西和我的亲人吗？

船驶到海峡出口，夜幕已经降临，周围一片沉寂。城内点燃了万家灯火，灯塔也亮了；我祖屋的那些颤抖的灯光照耀着我在礁石、波涛和黑夜包围中的航程，同时微笑着同我告别。

我只带走了我的青春和我的幻想。我践踏过这块土地上的尘埃，数过这一片天空的星星，而我现在离开这个世界，到一个土地和天空对我都陌生的世界去。如果我能够到达航行的目的地，那么会发生什么事情呢？我可能在极北的海岸漂泊，那叱咤风云、毁灭过那么多代人的失去和平的年代对我也许会毫无影响；我也许不会目睹这场翻天覆地的变革。我也许不会拿起笔，从事这不幸的写作生涯；我的名字

① 《法国散文选》，程依荣译，湖南人民出版社，1987。

也许会默默无闻，或者只得到一种为嫉妒者所不屑但平静安逸的光荣。谁知道，也许我会重渡大西洋，也许我会像一名全盛时期的征服者，定居在我冒险探索和发现的偏远的国度里！

不！为了改变这儿的苦难，为了变成一个同过去的我迥然不同的人，我应该回到我的祖国。孕育我的大海将成为我第二次生命的摇篮。我首次远航时她载负着我，好像我的乳母把我抱在她的怀中；好像倾听我诉说我最初的痛苦和最初的欢乐的女友把我抱在她的双臂里。

风停了，落潮的海水把我们带到外海，岸上的灯火模糊，最后全然消失了。由于沉思、淡淡的怅惘和更加朦胧的期望，我困倦了。我走下甲板进入我的房间。我躺在吊床上被摇晃着，轻轻拍打船侧的波涛噼啪作响。起风了，桅杆上升起了风帆。次日清晨我登上甲板时，再也看不见法兰西的土地了。

这是我命运的转折："再出海去！ Again to sea！"（拜伦）

【评述】

弗朗索瓦－勒内·夏多布里昂（1768~1848），法国19世纪初期消极浪漫主义作家，法国浪漫主义文学的奠基人。他出生于布列塔尼省的一个没落贵族家庭，从小高傲、自负，生性孤僻、忧郁，富于幻想。1786年进入军界，担任陆军中尉，并因其长兄是马勒塞尔勃（路易十六的总理）的孙女婿，混迹于巴黎的社交界及宫廷，步入文化圈，因此他对1789年爆发的资产阶级革命，先是持冷观态度，后随着革命的深入，他的保王立场日益鲜明。在整个法国大革命中，他的政治活动与文学创作都是效忠于封建波旁王朝的。但是他在文学创作中却是卓有成绩的，正如法拉格所说："夏多布里昂在文学烹调之道中，是以无与伦比的艺术家面目出现的。他赢得了淑女仕男的热烈欢迎，创立了法兰西文学上的浪漫派。"他在1801年发表的《阿达拉》是法国第一部浪漫主义小说。除了创作《阿达拉》《殉道者》《那捷兹人》等小说外，他还写下了卷帙浩繁的《墓外回忆录》《美洲游记》《从巴黎到耶路撒冷》等散文作品，成为法国文学史上优秀的散文家。

《别了，法兰西》写于1791年。此时作者的父亲已经去世，为了躲避革命的冲击，夏多布里昂决定离开法国到北美去实现酝酿已久的探险旅程。文章着重抒发了作者离开法国时的迷茫、愤懑的心情。整篇文章酣畅淋漓，情感激越，真切灼人。

作者开篇点题，"起锚了，对远航者这是一个庄严的时刻"，看似信手拈来，实为匠心独具。它紧扣题目，又是客观的描述，奠定了全篇的基调。接着以优婉的笔调、委婉的叙述，抒发了自己对故乡的依恋和迷茫。然而作者并没有仅仅沉溺于怀旧、依恋之中，而是笔锋一转，一个"不！"字，托出了一个更强音，昭示出自己的心音：今日的漂泊出走，正是要在大海的摇篮里洗汰自己的柔弱，获得新的生命，变成一个与"过去的我迥然不同的人"。于是在沉思、迷惘和朦胧的期望中，喊出

"这是我命运的转折：'再出海去！ Again to sea！'"这一句结尾，犹如凌空劈来，意韵深长，既扣篇题又是开首"庄严时刻"的自然升华，读来铿锵有力，深沉凝重。

通观全篇，文章结构严谨，一气呵成，情真意切。同时作者遣词造句挥洒自如，在抒发情怀时，巧妙地与景物描写相融合；在情景交融中创造出一种笼罩全篇的氛围，使读者与作者都沉浸在迷茫、愤懑的情愫中，使作者的真情实感贯穿于字里行间。

阅读时需要注意的是，作者站在保王党的立场，对法国的资产阶级大革命充满怨恨。离开法国后，他加入孔德王子的侨民团，参加了反对革命的军事活动。1814年波旁王朝复辟后，他重新回到巴黎成为贵族院议员，不久当上外交部长。在本文里，他站在自身的立场上，抒发了真情实感。

四、玛格丽特·阿特伍德《盲刺客》①

【故事梗概】

小说一开始，加拿大提康德罗加港的一个小镇上，82岁的艾丽丝已是风烛残年。她回忆起几十年前的一场事故——那是在1945年，25岁的妹妹劳拉的车祸事故。劳拉当时开着艾丽丝的车，从一座正在维修的桥上径直闯过"危险"警示牌，坠入一百英尺的沟壑。车起火燃烧，劳拉当场死亡。警察觉得事情蹊跷恐有隐情，艾丽丝说妹妹驾驶技术本来就不好，当地的《多伦多星报》报道说可能是桥上裸露的电车轨道造成了车祸事故，希望有关部门重视桥上的安全措施云云。两年后，劳拉的处女作《盲刺客》出版。盲刺客的故事夹杂在这一家人的故事里，开了头……

【经典摘录】

第一章

《盲刺客》（劳拉·蔡斯著）

引子：《石园花草谱》

她有一张他的照片。她把照片塞进一个牛皮纸信封里，信封外面写着"剪报"的字样。她又把信封夹在《石园花草谱》的书页中间，料定没有人会去翻看。

她仔细地保存着这张照片，因为这几乎是她留下的唯一与他有关的东西。这是一张黑白照片，是战前用一种笨重的箱形闪光照相机拍摄的；这种照相机的口上带着手风琴一样的皱褶，外面套着做工精良的皮套，看上去像牲口的口套，还配有背带和精细的搭扣。照片是他们两个人一起照的——她和他在一次野餐会上的合影。照片背后有铅笔写的野餐的字样——没有他或她的名字，只有"野餐"两个字。她心里

① 《盲刺客》，玛格丽特·阿特伍德著，韩忠华译，上海译文出版社，2016。

知道名字就行了，不需要写下来。

他们俩坐在一棵树下。那也许是棵苹果树，她当时没太注意是什么树。她身穿一件白衬衫，袖子卷到胳膊肘；下面是条白裙子，撩到膝盖。当时一定有一阵微风，因为裙子向上翻卷，贴着她的身体；或者并没有风，裙子就是紧贴身体；也许天气很热。天气确实很热。她把手伸到照片上方，现在仍能感到热气迎面扑来，就像被太阳晒了一天的石头夜半散发的热气。

照片上的那个男人戴着一顶浅色的礼帽，前檐往下倾，半遮着脸。他的脸看上去晒得比她黑。她半对着他，面带笑容；她记不得从此以后她还对谁那样笑过。她在照片中显得十分年轻，太年轻了；当时她并不认为自己太年轻了。他也在微笑，满口的牙齿像点燃的火柴一样闪着白光。然而，他抬起一只手，仿佛要戏谑地挡开她；仿佛要避开将来可能会看他的那些人，避开可能会从这张小小相纸的方框里看他的那些人。他仿佛要避开她，又仿佛要保护她似的。在他那只伸出来的欲挡镜头的手中夹着一个烟蒂。

在没有人的时候，她会拿出那个牛皮纸信封，把照片从一叠剪报中抽出来。她把照片平放在桌子上，然后盯着它看，就像在往一口水井或一个池塘里看——不是在找自己的倒影，而是在找别的东西，一种她丢失的东西；这东西虽然够不着，却还清晰可见，像沙滩上的一颗宝石闪闪发光。她仔细观看每一个细微之处：他那被闪光灯或太阳的强光照着发白的手指；他衣服上的皱褶；树上的叶子，以及挂在枝头的圆圆的小果实——这些究竟是不是苹果？还有前院里的那些粗草。草当时已经枯黄，因为天气干燥。

在照片的一边，还有一只手——你一开始不会发现——腕部以上被框边剪去了；这只手放在草地上，似乎被丢弃了，由它自生自灭。

照片上，晴朗的天空中飘浮着被风吹散的云彩留下的痕迹，像冰淇淋抹在了蓝色的金属上，还有他那被香烟熏黑的手指。远处是闪光的河水。如今，一切都被时光的长河淹没了。

这一切虽说淹没了，但还在我的记忆中闪耀。

几百页读过去。原来，《盲刺客》书中的《盲刺客》故事是艾丽丝所写。她为什么要写这个故事？书中的他和她是劳拉和亚历克斯，还是艾丽丝和亚历克斯？读到最后几十页，读者慢慢清楚了……

第十五章

《盲刺客》尾声：另一只手

她有一张他的照片，是黑白的。她仔细地保存着，因为它几乎是她留下的唯一与他有关的东西。照片是他们俩的合影——她和这个男人在一次野餐会上。“野餐”的字样写在背面——不是他或她的名字，仅仅是“野餐”两个字。她心里知道两个人的名字，不需要写下来。

他们俩坐在一棵树下，那一定是棵苹果树。她把一条宽大的裙子掖在膝盖上。那是个大热天。她把手伸到照片上方，仍能感到热气蒸腾上来。

他头戴一顶浅色的礼帽，半遮着脸。她斜转身对着他，面带笑容；她记不得从此以后她还对谁那样笑过。她在照片里显得十分年轻。他也在微笑，但他抬起一只手，横在他自己和照相机之间，似乎要挡住镜头。他仿佛要挡住她将来的视线，以免她再回头看现在；又仿佛要保护她似的。他的手指中夹着一个烟蒂。

在没有人的时候，她取出照片，平放在桌子上，然后盯着它看。她审视每一个细微之处：他冒烟的手指、他衣服上洗白了的皱褶、挂在枝头的未成熟的苹果、前方地面上的枯草，还有她的笑脸。

照片已被剪过，三分之一被剪去了。左下角有一只手，搁在草地上，腕部以上被截掉了，那是另一个人的手——那个人总是在照片里，不管看得见还是看不见。这是那只将来要记述事情的手。

她心里在想：我怎么会如此无知？又如此愚蠢、如此视而不见、如此粗心大意？然而，如果没有这种无知、这样的粗心大意，我们又怎么活下去？如果你知道将要发生什么事，如果你知道下一步将要发生的一切事情——如果你预先知道你自己行为的后果——你就注定完蛋了。你将会像上帝一样毁了。你将是块石头。你将永远不会吃，不会喝，不会笑，不会在早晨起床。你将不会爱任何人，永远不会。你将永远不敢爱任何人。

现在这一切都被时间淹没了——还有树、天空、风和云彩。她所留下的仅仅是这张照片，还有关于它的故事。

照片是幸福的，而故事不是。幸福是一座围着玻璃围墙的花园：没有进来或出去的途径。天堂里没有故事，因为那儿没有旅行。是丧失、悔恨、苦难和渴望驱赶着故事，让故事沿着它崎岖的道路前进。

【评述】

玛格丽特·阿特伍德（1939~　），加拿大小说家、诗人、文学评论家。她出生于加拿大首都渥太华，父亲是位昆虫学家，因工作需要举家迁居多伦多。阿特伍德中学时成绩优异，1959 年就读于多伦多大学，1961 年赴哈佛大学拉德克利夫学院继续深造，1962 年获文学硕士学位，并开始撰写关于哥特式小说的博士论文《英国玄学罗曼司》，最后虽然没有完成论文，但哥特式小说在其创作中留下了痕迹。1969 年，阿特伍德出版第一部长篇小说《可以吃的女人》。1985 年发表幻想小说《使女的故事》，一举成名。《使女的故事》、《猫眼》（1988）、《别名格雷斯》（1996）三次获得英国布克奖提名。布克奖拥有“文学奥斯卡”的美誉，是当代文学最高奖。2000 年，《盲刺客》击败石黑一雄《从前孤儿时》等五部作品，摘得布克奖桂冠。2008 年，阿特伍德获阿斯图里亚斯王子奖；2017 年，获卡夫卡文学奖和德国书业和平奖。近年来，她一直是诺贝尔文学奖热门人选之一。

《盲刺客》是一部像“俄罗斯套娃”一样故事套故事、结构复杂奇巧的小说。作者讲了蔡斯家的两个女儿——姐姐艾丽丝和妹妹劳拉的一生，时间跨度近一个世纪。姐妹俩的爷爷本杰明是一位纽扣制造商，他兢兢业业地为这个家族的经济和地位打下了基础，然后娶了一位没落贵族家的小姐，生下三个儿子。“一战”爆发，三个儿子上了战场，两个死在欧洲，只有艾丽丝和劳拉的爸爸诺弗尔，带着残废的身体和被战争摧毁的精神回到家乡。渐渐衰败的阿维隆庄园和家族，开明却颓丧的父亲，自由自在不受约束的童年，姐妹俩在这样的背景中成长起来。姐姐艾丽丝从小被教育要承担责任，成了一个理智、现实的女孩，妹妹劳拉则纯真而极端。大萧条时代，蔡斯工厂濒于倒闭，父亲把 18 岁的艾丽丝嫁给了企业家兼政客理查德，想挽救自己的工厂，可是被理查德欺骗，他死了，工厂也倒闭了。艾丽丝为了自己和劳拉的生活，毫无兴致地维持着婚姻。就在这时，姐妹俩认识了愤怒而偏激的“左翼”活动家亚历克斯，劳拉显然爱上了他。艾丽丝发现理查德诱奸劳拉，又瞒着她将怀孕的劳拉送到精神病院麻醉剖腹产，于是下决心带着女儿离开。劳拉经历不幸的遭遇后，回到荒弃的阿维隆庄园，等待去了欧洲战场的亚历克斯。战争结束后姐妹重逢。劳拉得知亚历克斯已死，而姐姐艾丽丝是他的情人，于是开车冲下了桥。

《盲刺客》结构复杂奇巧。作者设计了三条叙述主线：一是跨越大半个世纪、以剪报形式出现的各家新闻报道，用以交代故事的主要发展线索；二是艾丽丝垂暮之年的回忆和叙述，描述人物的成长和发生的事件；三是劳拉署名的小说《盲刺客》叙写亚历克斯与艾丽丝的恋情，其中又套有亚历克斯构想的同名小说《盲刺客》。几条线索交织在一起。从一开始，作者就似乎在有意误导读者：劳拉是《盲刺客》的作者，劳拉是亚历克斯的情人。小说中的人物似乎也受此误导，如艾丽丝与亚历克斯的女儿艾梅一直以为自己是劳拉与亚历克斯的骨肉。直到小说后半部，艾丽丝与亚历克斯的关系渐渐浮出水面，所有真相直到最后十多页才水落石出。

《盲刺客》的结构和叙事方式颇受评论家们的推崇。有人把这种“故事套故事”的俄罗斯套娃般的结构形式比喻为一张卷着的“华丽挂毯”，随着挂毯的徐徐展开，读者看到的是一幅幅绚烂生动的画面。小说的叙事方式也打破了传统模式。在一部 40 余万字的长篇小说里，作者大胆采用了时空交错、人称变换、象征性描写、潜意识挖掘等后现代主义的多种表现手法。如通过剪报来反映故事线索，并把它们和整个故事有机地融合在一起。再如在部分章节里，作者将对话与叙述放在一起，人物对话不加引号。阿特伍德对这些细节的处理，需要读者的阅读行为更加积极主动，去加以区分和判断。“这也代表了作者的一种文学思想，一部好的小说不仅应当向读者讲述精彩的故事，还应当让读者学到些什么。”[1]

【推荐阅读】

玛格丽特·阿特伍德《幸福结局》：一篇极短的小说，一种极少见的文本形式。作者写道：人人都想要A一般的幸福结局，但生活往往是B、C、D、E、F。生活的真相究竟是什么？人生的意义究竟是什么？

结局就这么多，开头总是更有趣。

真正的行家懂得品味故事的经过，这是只能任其发展的部分。

这些是跟情节有关的所有讨论，无论怎样就是一件事情跟着一件事情，什么，什么，然后什么。

现在试想怎么样和为什么。

① 《盲刺客·译序》，玛格丽特·阿特伍德著，韩忠华译，上海译文出版社，2016。

第二章 创造与自由阅读

文学作品内容的多样性和丰富性，决定了阅读就是带有个性色彩的多元解读。中国阅读理论不仅仅强调以意逆志、求取原意、寻觅知音，同时也强调“仁者见之谓之仁，知者见之谓之知”的自由阅读和开放阅读。汉代董仲舒提出“《诗》无达诂,《易》无达占,《春秋》无达辞”，认为像《诗经》《易经》《春秋》这样的儒家经典都不必有确定的意义，应根据适时、各人所需而有不同的意义阐释。因为作品会时过境迁，难以解释，所以无需忠于原作，可根据自己的需要加以利用。“诗无达诂”虽然是一种功利性和政治教化式的阅读主张，但其中也包含着对读者主体精神的肯定。事实上，读者对于作品的阅读往往带有主观倾向性，在阅读过程中又往往抱有外在的功利目的或主体的价值追求。

例如,《红楼梦》的主题到底是什么？在王国维眼里,《红楼梦》是一部充满神秘色彩的悲观主义作品。在胡适看来,《红楼梦》是一部自然主义杰作。毛泽东认为,《红楼梦》就是封建阶级的没落画卷。而鲁迅先生评价说:“《红楼梦》是中国许多人所知道，至少，是知道这名目的书。谁是作者和读者姑且勿论，单是命意，就因读者的眼光而有种种：经学家看见《易》，道学家看见淫，才子看见缠绵，革命家看见排满，流言家看见宫闱秘事。”不仅不同人的阅读“见仁见智”，而且同一人阅读同一本书，不同时期也可能产生不同的阅读感受。毕淑敏说自己读《人鱼公主》，8 岁时读出了人鱼公主的惨痛，18 岁时理解了这是一篇写爱情的童话，28 岁时读出这篇童话中的母爱，38 岁时热衷探讨写作技巧。自由阅读无疑会常常导致“曲解”和“误读”。不过，对文学作品的“曲解”和“误读”，一来很难避免，二来也非大忌。用钟惺的话讲，“诗为活物”。

黑格尔说:“遇到一件艺术作品，我们首先见到的是它直接呈现给我们的东西，然后再追究它的意蕴或内容，前一个因素——外在的因素——对于我们之所以有价值，并非由于它所直接呈现的；我们假定它里面还有一种内在的东西，即一种意蕴，一种灌注生气于外在形状的意蕴。那外在形状的用处就在指引到这意蕴。……艺术作品应该具有意蕴，也是如此，它不只是用了某种线条、曲线、面、齿纹、石头浮雕、颜色、文字乃至于其他媒介，就算尽了它的能事，而是要显现出一种内在的生气、情感、灵魂、风骨和精神，这就是我们所说的艺术的意蕴。”从这个意义上说，文学阅读的任务就是探寻并获得这种“意蕴”，即在文学阅读中获得我们所能够“理解”

的可以“确定”的意义内涵。所以，对同一篇文章，有着不同欣赏习惯、文学素养、人生阅历的读者，自然也就会读出不同的“意蕴”。

高尔基说，文学是人学，是以人物形象表现社会、反映人生的，而人物形象本身就是一个多重性格组合在一起的内涵丰富的复杂个体。因此，文学形象绝不是一个只具有单一性格的“扁形人物”，而是一个具有多重复杂性格的“圆形人物”。人物形象的多重性格也就决定了文学作品主题的多元化。文学作品一旦问世，就形成为一个由作者、作品和读者构成的“三位一体”的系统，它的人物形象和主题不再属于作者，无论主题还是人物性格已存在多义性。王夫之论诗时说：“作者用一致之思，读者各以其情而自得。”歌德也说：“优秀的文艺作品，无论你怎样探测都是探测不到底的。”这也说明文学作品可作多角度、多层面的解读和感悟。

接受美学理论更加强调读者对作品意义的再生成和再创造，以及这种意义生成的无限性。加达默尔认为，读者的理解始终是一种创造性的行为。文本属于历史，是一种历史产物，会随着历史的发展变化而发展变化，对文本的解释自然也属于历史的变化与发展。

从以上观点出发，所谓的“误读”或“曲解谬误”也就不难理解了。比如赛珍珠把《水浒传》译为“All Men Are Brothers”，译回中文是“四海之内皆兄弟”。再比如美国在20世纪50年代出现的“寒山热”，一个在传统中国社会长期默默无闻的唐代诗人寒山，竟成为1000年后欧美青年追捧的偶像，这也是一种文化误读吗？跨文化的“寒山热”现象，其实源于美国年轻一代对社会制度、道德准则和价值观念的怀疑，是“垮掉的一代”特立独行、标榜自我的价值追求。这些内容与寒山诗遗世独立的精神品质恰好契合，成为美国人理解寒山诗的基础和前提。“误读”是因为前见，也是因为阅读未来就具有创造性。1000年的时间距离，使寒山诗在另一种文化里的意义和价值充分显现。而寒山诗本身的视域与理解者的视域通过渗透、融合后，所产生的理解不再是文本原意的简单重建，也不再局限于理解者的前见，它是二者的综合统一。某种意义上可以说，后世对前代作品的阅读，此文化对彼文化的阅读，很难讲没有曲解和误读。但文学的曲解和误读也可视作一种创造性的阅读。读者以自己的思想、意图、视界和心境阅读作品，或许可以发现作者自己都没有发现的东西，实现文本意义的重新认定和自我限定，只是这种创造性的阅读需要合理性和依据，不能是外加的和穿凿附会的。

美国“寒山热”这一文学现象，印证了加达默尔所主张的时间距离和视域融合理论。

第一节　文论选读

一、董仲舒《春秋繁露》[①]

君子知在位者之不能以恶服人也，是故简六艺以赡养之。诗书序其志，礼乐纯其美，易春秋明其知，六学皆大，而各有所长。诗道志，故长于质；礼制节，故长于文；乐咏德，故长于风；书著功，故长于事；易本天地，故长于数；春秋正是非，故长于治人。(《玉怀》)

难晋事者曰："春秋之法，未逾年之君称子，盖人心之正也，至里克杀奚齐，避此正辞，而称君之子，何也？"曰："所闻诗无达诂，易无达占，春秋无达辞。从变从义，而一以奉人。仁人录其同姓之祸，固宜异操。晋，春秋之同姓也，骊姬一谋，而三君死之，天下之所共痛也，本其所为为之者，蔽于所欲得位，而不见其难也；春秋疾其所蔽，故去其正辞，徒言君之子而已。若谓奚齐曰：'嘻嘻！为大国君之子，富贵足矣，何以兄之位为欲居之，以至此乎云尔！'录所痛之辞也。故痛之中有痛，无罪而受其死者，申生、奚齐、卓子是也；恶之中有恶者，己立之，己杀之，不得如他臣之弑君者，齐公子商人是也。故晋祸痛而齐祸重，《春秋》伤痛而敦重，是以夺晋子继位之辞，与齐子成君之号，详见之也。"(《精华》)

【评述】

董仲舒（前179~前104），西汉广川（今河北广川）人，出生于诗书世家，幼时好学，30岁时开始设坛讲授《公羊春秋》，成为知名大儒，"进退容止，非礼不行，学士皆师尊之"。汉景帝时为博士。汉武帝继位后下诏征求治国方略，董仲舒被推举参加策问，在著名的"天人三策"中系统提出了天人感应、大一统以及推明孔氏、抑黜百家的主张，为武帝所采纳，使儒学成为中国社会正统思想，影响长达两千多年。在出任江都易王刘非国相十年、胶西王刘端国相四年后，董仲舒辞官回家，著书写作。武帝一直很敬重他，每逢大事商议，即派人前去问他的建议，死后赐葬于长安下马陵。

西汉中期，诸侯割据基本结束，中央集权得到巩固与加强，出现了经济繁荣和政治大一统的局面。董仲舒以儒家为主，融合名法阴阳道，对先秦儒学加工改造，重新创造了一个新的儒学体系，奠定了封建统治"大一统"的理论基础，其思想主要反映在《春秋繁露》一书中。据《汉书·董仲舒传》记载，董仲舒说《春秋》事得失，作《闻举》《玉杯》《蕃露》等数十篇。《蕃露》是他讲《春秋》诸篇中的一篇。"蕃""繁"二字相通，意为"多"，"露"为"润"，《春秋繁露》即是对《春秋》

① 《春秋繁露》，董仲舒著，周桂钿译，中华书局，2011。

大义的引申和发挥，是董仲舒阐释儒家经典《春秋》的专著。现存《春秋繁露》有17卷82篇。由于书中篇名和《汉书·艺文志》记载不尽相同，后人怀疑不是董仲舒一人所作。

先秦时期，“不学诗无以言”，“引诗”“赋诗”成为人们交际时重要的语言方式，也相应形成了“说诗”“解诗”的治学方式。到了汉代，阐释前人典籍架构自己思想体系的治学方式被沿袭下来。汉武帝“罢黜百家，独尊儒术”后，阐释的典籍集中于《诗》《书》《礼》《易》《春秋》，经生们各自从“用”的角度出发，随心所欲地对这些儒家经典进行各种各样的阐释和解说。董仲舒从阐释学的角度，提出“诗无达诂，易无达占，春秋无达辞”，认为对《诗经》题旨和意义的解释是无法通达、确定和统一的，正如《周易》无法完全达到占卜的目的，《春秋》的微言大义也无法用文辞完全表达出来。所以，作品阅读应遵循“从变从义，而一以奉仁人”的原则。所谓“从变”，指阐释者可以根据自己所处的历史语境和诗语诗义的变化对文本进行灵活的解释；所谓“从义”，指阅读者必须始终紧扣文本，对文本的主观理解和解释必须顾及文本的客观内涵和基本旨义。

董仲舒生活在“汉承秦灭学”“六经离析”的时期，各种学术思想并存，“《诗》学”也处于多样化发展的格局。齐、鲁、韩、毛四家诗各有其面貌和师承系统，对于篇章字句的解释“文字各异，训义固殊”，即使同一家诗也存在学术分野，如鲁诗一家就有韦氏学、张、唐、褚氏学等分支，呈现出纷繁复杂的情形。“诸经之中，惟《诗》文义易明，亦惟《诗》辩争最甚”，“各随所主之门户，均有一说之可通也”。[①] 不同的诗学流派有不同的学术背景，也就形成了对《诗》的不同解释。董仲舒“《诗》无达诂”论，既是对汉代诗学研究现状的描述，也提出了读经、说经即阅读阐释行为的主观性问题。他的“从变从义”的读诗主张，将文本的客观有效性和阅读的主观能动性结合在一起，使“诗无达诂”论具有了丰富而完整的内涵。

类似的说法还有“见仁见智”。原文出自《周易·系辞上》：“仁者见之谓之仁，知者见之谓之知”。“见仁见智”的说法最初是针对《周易》卦辞卦象阐释的多义性和多向性而言，指《周易》因意义深微幽远极具变通，所以对它的阐释也千变万化，莫衷一是。不过，“见仁见智”说更强调作者原意的无法复制和阅读者的个人差异，强调读者作为接受主体的能动性和创造性，与董仲舒“诗无达诂”强调主客体两方面的统一，仍有所不同。董仲舒“诗无达诂”虽然是以经书文本作为文学创作和解读的最高典范，强调在经学的阈限下发挥理解差异和自由思想的作用，但也在特定的历史背景下倡导多元的文本解读，对后世的阅读理论产生了较大的影响。

---

① 《四库全书总目》，海南出版社，1999。

二、钟惺《诗论》

《诗》，活物也。游、夏以后，自汉至宋，无不说《诗》者，不必皆有当于《诗》，而皆可以说《诗》。其皆可以说《诗》者，即在不必皆有当于《诗》之中。非说《诗》者之能如是，而《诗》之为物，不能不如是也。

何以明之？孔子，亲删《诗》者也。而七十子之徒，亲受《诗》于孔子而学之者也。以至春秋列国大夫，与孔子删《诗》之时不甚先后而闻且见之者也；以至韩婴，汉儒之能为《诗》者也。且读孔子及其弟子之所引《诗》，列国盟会、聘享之所赋《诗》，与韩氏之所传《诗》者，其事其文其义不有与《诗》之本事、本文、本义绝不相蒙，而引之、赋之、传之者乎？既引之，既赋之，既传之，又觉与《诗》之事之文之义，未尝不合也。其故何也？夫《诗》，取断章者也。断之于彼，而无损于此；此无所予，而彼取之。说《诗》者盈天下，达于后世，屡迁数变，而《诗》不知；而《诗》固已明矣，而《诗》固已行矣。然而《诗》之为《诗》自如也，此《诗》之所以为经也。今或是汉儒而非宋，是宋而非汉，非汉与宋是已说，则是其意以为《诗》之指归，尽于汉与宋与已说也，岂不隘且固哉？……

予家世受《诗》，暇日取《三百篇》正文流览之，意有所得，间拈数语，大抵依考亭所注，稍为之导其滞、醒其痴、补其疏、省其累、奥其肤、经其迂。业已刻之吴兴；再取搜一过，而趣以境生、情由日徙，已觉有异于前者。友人沈雨若，今之敦《诗》者也，难予曰："过此以往，子能更取而新之乎？"予曰："能。夫以予一人心目，而前后已不可强同矣；后之视今，犹今之视前，何不能新之有？"盖《诗》之为物，能使人至此，而予亦不自知，乃欲使宋之不异于汉，汉不异于游、夏，游、夏之说《诗》不异于作《诗》者，不几于刻舟而守株乎？故说《诗》者散为万，而《诗》之体自一；执其一，而《诗》之用且万。噫！此《诗》之所以为经也。

【评述】

钟惺（1574~1624），字伯敬，号退谷，别号退庵，湖广竟陵（今湖北天门）人。出身于书香门第，明万历三十八年（1610）进士，历任南京礼部仪制司主事、祠祭司郎中，天启元年（1621）升福建按察使佥事提督学政。后辞官归乡，闭户读书，晚年入寺院发愿受戒，取法号断残。钟惺在南京时简淡自持，在秦淮河畔租一楼屋，伏案读史至深夜，每有所得辄记之，撰成《史怀》一书，评论古史，"多所发明，有古贤所不逮者"。钟惺为人严冷，诗风也倡幽峭，并且参以禅旨，高深莫测，有"诗妖"之名。他与同里谭元春共选《诗归》51 卷，包括《唐诗归》36 卷和《古诗归》15 卷，名扬一时，形成"竟陵派"，二人并称"钟谭"。

《诗论》作于 1620 年，刊载于《钟惺批点〈诗经〉》一书的卷首，实际上是该书的序言，后收入《隐秀轩集》。

钟惺认为，人们在各种场合诵《诗》用《诗》，不一定切合《诗》的本义，但也不会觉得和《诗》的意义有什么不相符的地方。作者一旦完成创作，文本便作为一种实体独立存在，作品的思想内容并不因此固化和一成不变，而是通过读者的阅读和理解，将这一创作活动延续下去。作品不是游离于读者阅读之外的僵固的一成不变的东西，而是具有开放性特征的“活物”，其思想意义是在读者的阅读和理解过程中生成的，所以读者所理解的作品内容意义，与作者的原义部分产生重叠、交叉甚至错位，是在所难免的。《诗经》的生命力并不在于它具有固定的、作者所寄寓的思想内容，而是表现为它能在不同时代的不同环境下，通过人们不断的阅读，被不断地赋予新的意义。从这个意义上说，正因为“诗为活物”，一部伟大作品的“内容会随着读者的阅读而不断发生变化，阐释中因历史的增删和群体的叠加会对作品不断作出新的解释赋予其新的意义，因此，其意义的生成总是处于未完成状态而永远指向未来”，诗作品因此得以长存，具有永恒的生命力。①

中国传统文论认为，作者创作文学作品的目的是传情达意，即所谓的“诗言志，歌咏言”，因此读者阅读作品，最主要的目的就是寻找了解作者的原义。“知人论世”就是主张通过了解作者的生活际遇、情感经历、理想追求，进而在作品中寻找作者创作的动机以及欲表达的情志。从孔子的“兴、观、群、怨”，刘勰的“沿波讨源”“披文以入情”，到白居易的“文章合为时而著，歌诗合为事而作”，朱熹的“道者文之根本，文者道之枝叶”，再到顾炎武的“纪政事”“察民隐”“乐道人之善”，都强调作者对于作品的决定性意义，强调阅读是对于作者原义的理解和把握。所以一直以来，文学理论最关注的核心问题是作者——作品，创作论、作家论、作品论构成了中国传统文论的主要内容，读者始终被置于被动阅读、接受教育的境地。就阅读活动而言，作者和文本在前，读者的阅读和理解在后，通过阅读领悟和理解作者情志，的确也是阅读无容争辩的主要目的，但并不意味着可以因此忽略甚至否定读者对于作品的意义。事实上，读者的阅读行为不仅总体上是对作品的一种再创造，而且每个个体的创造内容还有所不同，即所谓的“有一千个读者就有一千个哈姆雷特”。所以钟惺的“诗为活物”，并非对孟子“以意逆志”阅读观的简单否定，而是主张将读者的阅读活动纳入文学理论的研究范畴。这一观点不仅在中国古代诗学理论中独树一帜，而且使人们对文学作品的理解有了一种全新的思考和把握途径。

钟惺“诗为活物”说对后世产生了较大的影响。清代袁枚提出，“作诗者以诗传，说读者以说传。传者传其说之是，不必尽合于作者也”（《程绵庄诗说序》）；王夫之认为，“作者用一致之思，读者各以其情而自得”（《姜斋诗话》）；沈德潜说，“读诗者心平气和，涵泳浸渍，则意味自出；不宜自立意见，勉强求和也。古人之言

① 《论钟惺〈诗论〉》，陈和娣著，韶关大学学报，1996（3）。

包含无尽，后人读之，随其性情浅深高下，各有会心……董子云：‘诗无达诂’，此物此志也，评点笺释，皆后人方隅之见”（《唐诗别裁·凡例》），等等。

钟惺的观点与西方接受理论有较多相似点。尧斯提倡作品的教育功能和娱乐功能要在读者阅读中实现，而实现过程即是作品获得生命力和最后完成的过程。读者在此过程中是主动的，是推动文学创作的动力；文学的接受活动，不仅受作品的性质制约，也受读者制约。接受美学把文学接受活动分为社会接受和个人接受两种形态。读者作为生物的和社会的本质，无论在意识或下意识中接受的一切信息，都会对他的文学接受活动产生影响。

三、萨特《什么是文学》（节选）[①]

读者位于完全无知与无所不知之间，他有一定的知识，这些知识随时都在变化，足以向他显示他的历史性。这确实不是一个瞬间意识，一个超越时间的对自由的纯粹肯定，而且读者也不是在历史的上空翱翔；他置身其间，作者们同样也有历史性；惟其如此，他们中有些人就希望逃脱历史，跃入永恒。在这些投入同一段历史并且同样致力于创造这一历史的人中间，通过书籍的媒介建立起一种历史接触。写作和阅读是同一历史事实的两个方面，而作家怂恿我们去争取的那个自由并非在以纯粹抽象的方式意识到自己是自由的。……每本书从一个特殊的异化出发建议一种具体的解放途径，所以每本书都在暗中求助于某些典章制度和习俗、某些压迫和冲突形式，求助于当时的智慧和疯狂、持久的激情和一时的固执，求助于迷信和良知的最新成果、明显不过的事实和愚昧无知的表现，求助于科学使之流行、并由人们应用于各个领域的特殊推理方法，求助于希望和恐惧，求助于感性、想象乃至感知的习惯。总之，求助于习俗和现成的价值、作者与读者共有的整个世界。作者使之活跃起来并把他自己的自由注入其中的正是这个熟悉的世界，医生应该从这个熟悉的世界出发做手术，使它得到具体的解放，这个世界便是异化、处境、历史，我应该把它接过来，承担起来，应该为了我也为了别人改变它或保存它。因为，如果说自由的直接面貌是否定性，众所周知这里指的不是抽象的表示否决的力量，而是一种具体的否定性，它身上包含着它否定的东西，它整个儿染上后者的色彩。既然作者与读者的自由通过一个世界彼此寻找，相互影响，我们既可以说作者对世界某一面貌的选择确定了他选中的对象，也可以说他在选择读者的同时决定了他的题材。所以所有精神产品本身都包含着它们选中的读者的形象。

① 《萨特文论选》，施康强译，人民文学出版社，1991。

【评述】

让 - 保罗 · 萨特（1905~1980），法国存在主义哲学家、文学家，20 世纪西方最重要的哲学家之一。他生于一个海军军官家庭，1924 年考入巴黎高等师范学校攻读哲学，以优异成绩毕业后在中学任教。1933 年赴德国柏林法兰西学院进修哲学，研究胡塞尔现象学和海德格尔存在主义理论，回国后继续在中学执教，陆续发表《论想象》《自我的超越性》《情绪理论初探》《胡塞尔现象学的一个基本概念：意向性》等哲学著作。1943 年秋，哲学著作《存在与虚无》出版，标志着萨特存在主义哲学体系形成。萨特也是优秀的文学家，著有中篇小说《恶心》、短篇集《墙》以及长篇《自由之路》等法国当代文学名著。他的戏剧创作成就高于小说，《苍蝇》《间隔》等剧作在法国当代戏剧中占有重要地位。1955 年曾访问中国。萨特一生拒绝接受任何奖项，包括 1964 年的诺贝尔文学奖。

《什么是文学》发表于 1948 年，是萨特文学理论代表作。他在文中针对“为艺术而艺术”的倾向，提出了干预现实生活的“介入文学”理论。萨特认为，作者知道自己“是那个叫出还没有被命名或不敢直言其名之物的名字的人”，其责任是通过对客观世界的“揭示”，将世界未知的秘密呈现给世人，并给世界带来变革。所以，作者要介入社会、介入时代，通过写作这一介入行为，揭露现实以及生活在这种现实里的人们的困境。这种介入，“不是征调文人从军，而是要提醒他们每个人都知道，或者都应当知道的东西：每一个用文字意指事物的行为都会‘融入客观精神’；而且在意指的同时，作家会使文字和事物具有一种‘新的维度’；作家说的每句话都会有助于‘揭露’世界，而揭露世界总是而且已经意味着‘改变’世界”。所以，作家在写作中要“完全在场”，要用一种积极的、审慎的态度进行写作，将时代需要的、有助于社会发展的价值观加以传达，对社会和公众负责，而不应该只停留在单纯描述现实世界的层面之上。与此同时，“精神产品这个既是具体的又是想象出来的对象只有在作者和读者的联合努力之下才能出现”，作者揭示世界的过程（即创作过程）离不开读者阅读的具体行为，作品意义的形成需要读者的参与，没有进入读者意识和未经过具体阅读过程的作品是没有意义的。作品看似是一个被作者安排得一切就绪的世界，需要读者凝聚个人的所有学识和经验，调动所有的感官和记忆来了解这个世界，但事实上，读者的阅读也是一个创作过程，他需要不断超越字句而寻觅更为深刻的东西。文学作品尤其是那些伟大的著作所具有的无限内蕴，正是读者不断创造出来的。

萨特认为，作家在创作过程中可能会出现一种沉默：他的思绪处于先于语言的混沌状态，没有词语的参与，只可意会但不能表达出来的空白状态，但其中蕴含了丰富的创造力；同样，读者沉浸在作品的世界里，感受着那种无法用语言表达的震撼，他的阅读也会出现类似的沉默。此外，阅读过程中经常会出现作者没有言明而被读者发现出来的意义，如莎士比亚戏剧的人文情怀，或是卡夫卡作品的荒诞怪异，都是作者没有言明而被读者发现的深刻内蕴。因此，读者的阅读是对文学作品的重新发明创造，是与作者的创造性同样重要的一种行为。

萨特的文艺理论充分关注读者在文学活动中的重要作用，表达了强烈的读者意识，对后来兴起的读者理论产生直接影响，并引导西方文论研究重点从“作者中心”“作品中心”转向“读者中心”。接受美学理论家尧斯高度评价萨特的《什么是文学》一书，认为萨特“首次给读者恢复了名誉，将读者概念演示为一种有关阅读和写作辩证法的理论，可谓意义重大”。

四、罗曼·英伽登《对文学的艺术作品的认识》①

当我们在准备阅读的时候发生了什么情况呢？在阅读之初，我们发现自己面对着一本书，一本在现实世界中存在的书，由一系列覆盖着书写的和印刷的符号的书面装订而成，所以我们经历的第一件事就是对这些“符号”的视知觉。然而，一旦我们发现这是些符号而不是绘画，我们所做的事就超出了，或者毋宁说不同于纯粹的视知觉。在阅读时产生的知觉中，我们注意的不是独特的和个别的特征，而是典型的；由书写语言规则确定的字母的一般物理形式，或者在“流畅”的阅读时，语词符号的形式。当然，个别特征并没有完全从读者的意识中消失；从而对语词符号的典型形式的理解并不纯粹是对一个种类的理解。例如，我们确实看到一个字母如何在一系列语词符号中重复出现的。但是这些个别特征仅仅被归结为它们的典型形式的外观，一般说来，除非个性特征由于某种缘故变得特别重要，否则它将减弱，但它决不会从意识中完全消失，一个专注的、纯粹的感性知觉（或者对于同一事物一系列持续的知觉）为我们提供了一个在任何意义上都是个别的对象。在一个很快的知觉中，我们清楚地看到的只是对象的一般的方面；于是我们说“我看见一座山”或“一张桌子”。这些词都是些一般的名词，它们适用于确实以其个性形式呈现在我们面前但还没有任何细节确实被个性化的知觉对象。只有进一步的、更为专注的知觉才能使我们更为精确地把握许多细节的独特性，于是我们就理解了它和其他“相似”对象的区别。在阅读一部印刷的文本时，各个字母和语词符号对于我们并没有什么个性特征；这些个性特征对我们是毫无意义的。反之，如果我们过分注意字母的个别差异，就会干扰我们的阅读。这种情况阅读手稿时尤为明显，在这里我们有意忽略字母物理形式的个性变化，而把注意力指向手稿的“书写符号”——就是说，指向手稿中典型的东西。如果我们不能理解书写符号，我们就根本不能“解释”本

① 《对文学的艺术作品的认识》，罗曼·英伽登著，陈燕谷、晓未译，中国文联出版社，1988。

文。在流畅的、很快的阅读时，我们感知不到个别的字母本身，尽管它们并没有从我们的意识中消失。我们读的是“完整的词”，所以容易忽略印刷上的错误。还有一些其他关于印刷的书页的细节问题，我们对此并非毫无意识，不过我们不是为了它们本身而注意它们。如果我们确实注意到它们，这就证明阅读的注意力分散了，因为我们在通过视觉阅读时的主要目的是理解典型的语词形式。同样的事情也发生在听别人谈话或“朗诵”文学作品的时候，在这里我们注意的不是具体声音的细节而是作为典型形式的语词声音。如果由于某种原因我们未能理解这些典型形式，即使语言天赋推荐的声音足够大了，我们仍然说我们“没有听到”他在说什么，从而也没有理解他。

所以阅读文学作品的第一个基本过程不是一个简单的纯粹感性知觉，而是超出这个知觉，把注意力集中在语词的物理的或纯粹语音学形式的典型特征上。阅读的基本过程还通过另一个途径超出简单的感性知觉。首先，它把书写（印刷）符号作为“表现”，即意义的载体；其次，语词声音——它似乎以一种特殊方式同语词的书写符号交织在一起——是被直接理解的。当然也是在典型形式中和书写符号一道被理解的。

【评述】

罗曼·英伽登（1893~1970），波兰哲学家、美学家和文艺理论家，现象学美学的主要代表。生于克拉科夫，早年入华沙大学哲学系，1912 年留学德国，先后入哥廷根大学和弗赖堡大学，曾受教于德国现象学创始人胡塞尔。1918 年获博士学位后回国，在里沃夫和克拉科夫大学教授哲学。英伽登著有《文学的艺术作品》《对文学的艺术作品的认识》《艺术本体论研究》《经验、艺术作品与价值》等著作，《文学的艺术作品》是现象学美学的代表作。

英伽登认为，文学作品是一个多层次的结构，是由四个异质的层次构成的一个整体，分别是：1. 字音和建立在字音基础上的高一级的语音构造；2. 不同等级的意义单元；3. 由多种图式化观相、观相连续体和观相系列构成的层次；4. 由再现的客体及其各种变化构成的层次。第一层是语音层，是文学作品最基本的层次，是作品赖以存在的基础；第二层是语义层，在构成作品其他层次上具有决定性的作用，并影响着下几层的意义是否正确；第三层次是图式观相层。观相是客体向主体显示的方式，文学作品的“观相”只是骨架式或图示化的，对读者来说是“有限”的，其中充满了许多“未定点”，需要读者通过想象去连接或填充；第四层是再现的客体层次。这一层次在前三个层次基础上形成，处于作品的较高层级。作者在文学作品中通过虚构对象组成一个想象世界，所以作品是再现的客体而非客体本身，它提供的是一种“观念”或“形而上学质”。所谓“形而上学质”指崇高、悲剧、恐惧、动人、丑恶、神圣、悲悯等性质，它们往往通过“复杂”而又“根本不同”的情境或事件显露出来，“作为一种氛围弥漫于该情意中的人与物之上，并以其光芒穿透万物而使之显现”。这些只能在特定生活情境中体验和感悟的形而上学质，揭示的是生命和存在的深层意义。文学作品中的“真理”就是形而上学质在文本中的显现。

英伽登认为，读者的阅读过程，就是对文学作品的图式结构加以具体化和再创造的过程，也就是对作品的四个层次的认识过程。四个层次随着阅读的过程依次出现，它们逐步展开的过程就是一个完整的阅读过程。首先，阅读是对语音层和语义层的认识，对这两层的认识理解通常是结合在一起的，因为“人们不是首先理解语词声音然后理解语词意义”，两种理解是同时发生的，“在理解语词声音时，人们就理解了语词的意义”，而且人们在阅读时会不自觉地忽视语词孤立存在时的意义，而将句子作为一个整体来理解。随着阅读的进行，人们的阅读思维会随着句子的推进而推进，已经读过的句子还保留在阅读者意识之中，正在阅读的句子显示着它的含义，同时对先前读过的句意进行修正和补充，并暗示即将阅读的句子的意义，三者构成为一个意义整体，通过相互修正和补充来展现其真实含义。读者对字词的理解形成“纯意向性客体”，对句子的理解形成“纯意向性事态”，各种“纯意向性事态”的结构组合形成变化多端的高级意群，并最终创造出一个完整世界。不过，阅读活动的理解认识不止于此，只有完成对第三、第四层次的理解，才能真正实现对作品的审美理解。在这个过程中，英伽登强调了读者的创造作用。他认为文学作品是一种图式化构造，其中包含着许多未定点和空白，需要读者将其“具体化”或“现实化”，并达到对作品的审美具体化，最终产生审美价值。这正是认识和理解文学作品的最终目的。

阅读活动就是对作品进行客观意向的认识和重构。英伽登据此将读者是否参与这种认识和重构分为“积极阅读”和“消极阅读”两种状态。“积极阅读”的读者充分发挥其主观能动性，认真专注地与文学作品进行真正的“直接交流”，其阅读活动具有创造性和意向性；而“消极阅读”的读者只是被动、机械地阅读那些语词、句子的表面含义，并没有真正理解作品。他认为，只有充分发挥主观能动性的、创造性的“积极阅读”，才能使读者进入文学作品所要表现的对象世界，积极进行审美体验，最终实现读者与作品的交流和融合。

长期以来，西方文学理论研究一直以作者和文本为中心，忽视读者以及阅读活动的意义。及至 20 世纪 60 年代起，陆续出现的现象学、解释学和接受美学等理论，开始将读者纳入文学研究的主要对象。罗曼·英伽登作为现象学美学的重要代表人物，重点分析了读者与文本之间的交流，承认作品的客观限制和读者的修正补充，认为文学的艺术作品客观意向的呈现、审美经验和审美价值的实现，都有赖于读者的阅读活动，并主张积极阅读和深度阅读，这对于纠正目前普遍存在的“冷”阅读及“浅”阅读，无疑具有重要的意义。

第二节 作品选读

一、张岱《陶庵梦忆》

陶庵梦忆序

陶庵国破家亡，无所归止。披发入山，駴駴为野人。故旧见之，如毒药猛兽，愕窒不敢与接。作《自挽诗》，每欲引决，因《石匮书》未成，尚视息人世。然瓶粟屡罄，不能举火。始知首阳二老，直头饿死，不食周粟，还是后人妆点语也。

饥饿之余，好弄笔墨。因思昔人生长王谢，颇事豪华，今日罹此果报：以笠报颅，以蒉报踵，仇簪履也；以衲报裘，以苎报絺，仇轻暖也；以藿报肉，以粝报粻，仇甘旨也；以荐报床，以石报枕，仇温柔也；以绳报枢，以瓮报牖，仇爽垲也；以烟报目，以粪报鼻，仇香艳也；以途报足，以囊报肩，仇舆从也。种种罪案，从种种果报中见之。

鸡鸣枕上，夜气方回。因想余生平，繁华靡丽，过眼皆空，五十年来，总成一梦。今当黍熟黄粱，车旋蚁穴，当作如何消受？遥思往事，忆即书之，持问佛前，一一忏悔。不次岁月，异年谱也；不分门类，别志林也。偶拈一则，如游旧径，如见故人，城郭人民，翻用自喜。真所谓痴人前不得说梦矣。

昔有西陵脚夫，为人担酒，失足破其瓮。念无以偿，痴坐伫想曰："得是梦便好！"一寒士乡试中试，方赴鹿鸣宴，恍然犹意未真，自啮其臂曰："莫是梦否？"一梦耳，惟恐其非梦，又惟恐其是梦，其为痴人则一也。

余今大梦将寤，犹事雕虫，又是一番梦呓。因叹慧业文人，名心难化，政如邯郸梦断，漏尽钟鸣，卢生遗表，犹思摹榻二王，以流传后世。则其名根一点，坚固如佛家舍利，劫火猛烈，犹烧之不失也。

湖心亭看雪

崇祯五年十二月，余住西湖。大雪三日，湖中人鸟声俱绝。是日更定矣，余拏一小舟，拥毳衣炉火，独往湖心亭看雪。雾凇沆砀，天与云与山与水，上下一白。湖上影子，惟长堤一痕、湖心亭一点，与余舟一芥、舟中人两三粒而已。

到亭上，有两人铺毡对坐，一童子烧酒炉正沸。见余，大喜曰："湖中焉得更有此人！"拉余同饮，余强饮三大白而别。问其姓氏，是金陵人，客此。及下船，舟子喃喃曰："莫说相公痴，更有痴似相公者！"

西湖香市

西湖香市，起于花朝，尽于端午。山东进香普陀者日至，嘉湖进香天竺者日至，至则与湖之人市焉，故曰香市。

然进香之人，市于三天竺，市于岳王坟，市于湖心亭，市于陆宣公祠，无不市，而独凑集于昭庆寺。昭庆寺两廊故无日不市者，三代八朝之古董，蛮夷闽貊之珍异，皆集焉。至香市，则殿中边甬道上下、池左右、山门内外，有屋则摊，无屋则厂，厂外又棚，棚外又摊，节节寸寸。凡胭脂簪珥、牙尺剪刀，以至经典木鱼、伢儿嬉具之类，无不集。

此时春暖，桃柳明媚，鼓吹清和，岸无留船，寓无留客，肆无留酿。袁石公所谓“山色如娥，花光如颊，温风如酒，波纹如绫”，已画出西湖三月，而此以香客杂来，光景又别。士女闲都，不胜其村妆野妇之乔画；芳兰芗泽，不胜其合香芫荽之薰蒸；丝竹管弦，不胜其摇鼓欱笙之聒帐；鼎彝光怪，不胜其泥人竹马之行情；宋元名画，不胜其湖景佛图之纸贵。如逃如逐，如奔如追，撩扑不开，牵挽不住。数百十万男男女女、老老少少，日簇拥于寺之前后左右者，凡四阅月方罢。恐大江以东，断无此二地矣。

崇祯庚辰三月，昭庆寺火。是岁及辛巳壬午洊饥，民强半饿死。壬午道鲠山东，香客断绝，无有至者，市遂废。辛巳夏，余在西湖，但见城中饿殍舁出，扛挽相属。时杭州刘太守梦谦，汴梁人，乡里抽丰者，多寓西湖，日以民词馈送。有轻薄子改古诗诮之曰:“山不青山楼不楼，西湖歌舞一时休。暖风吹得死人臭，还把杭州送汴州。”可作西湖实录。

【评述】

张岱（1597~1680），字宗子，又字石公，号陶庵、蝶庵，浙江山阴（今绍兴）人。他出生于仕宦之家，从小过着奢华不羁的生活，“纨绔子弟，极爱繁华”(《自为墓志铭》)。清军入关后，为了躲避兵荒马乱的生活，他选择隐居，“披发入山”，布衣素食，安贫著书。张岱出生书香门第，先辈均是饱学之儒，博通经史，他亦将修史视为毕生使命。他利用家藏书籍，历时30余年，完成了纪传体明史《石匮书》(亦名《石匮藏书》) 的撰写。成书之日，明朝已经灭亡。《石匮书》共220卷，起自洪武，迄于天启;《石匮书后集》共63卷，记载崇祯朝及南明史事，是有关明朝的重要史料之一。

《陶庵梦忆》《西湖梦寻》是张岱的散文代表作，均写于他隐居之后。《陶庵梦忆》共8卷，成书于甲申明亡（1644）之后，刊行于乾隆四十年（1794），是张岱传世作品中最著名的一部。《陶庵梦忆》是一种回忆录形式的散文，其中有大量百姓日常娱乐和风俗人情的刻画，也有贵族子弟们浪漫雅致、闲情逸趣的描写。茶楼酒肆、说书演戏、斗鸡养鸟、放灯迎神以及山水风景、工艺书画等等，构成了一幅丰富的明代社会生活风俗画卷。书中关于明代日常生活、娱乐、戏曲、古董等的大量记录，对明代物质文化研究极具史料价值。《西湖梦寻》共5卷72则记事。张岱将杭州一带重要的山水景色、佛教寺院、先贤祭祠进行了全方位描写，按照总记、北路、西路、中路、南路、外景的空间顺序依次写来，把杭州的古与今展现在读者面前。72则记事中，有对明代美好富足生活的回忆，亦有作者在兵乱之后重返西湖的所见所闻。每则记事完毕，作者还选录了先贤时人的诗文附录其后，所以《西湖梦寻》也是一部西湖诗文集。张岱“笔具画工”，即使是沿革、掌故等旧资料，他也能写出一番新意。两部文集虽多写前朝旧事，但作者抑制不住的故国感怀，使得他笔下的美景美则美矣，也不可抑制地流露出伤感和眷恋。作者亲身经历过的那些风流繁华，如今“劳碌半生，皆成梦幻”（《自为墓志铭》）。

《陶庵梦忆序》是《陶庵梦忆》的序言。作者将自己晚年国破家亡、捉襟见肘的潦倒境况与当年繁华靡丽的生活对举，昔日“甘旨”“温柔”“爽垲”“香艳”“舆从”的优渥生活，如今却“以藿报肉，以粝报粻”“以荐报床，以石报枕”“以绳报枢，以瓮报牖”，不得不令人感慨，“过眼皆空，五十年来，总成一梦”。所以“遥思往事，忆即书之，持向佛前，一一忏悔”。“梦忆”书名即由此而来。既要“说梦”，作者又自嘲“痴人前不得说梦”。他写了两个“痴人”的旧事，西陵脚夫“惟恐其非梦”，中试寒士则“惟恐其是梦”。他自己现在“大梦将寤，犹事雕虫”，写下的自然只是“一番梦呓”。

《湖心亭看雪》是张岱散文的传世名篇，记叙了作者在西湖乘舟看雪的一次经历。作者在大雪三日、夜深人静之后，摇着小舟独往看雪，不期然亭中遇客，三人对酌，临别才互道名姓。舟子喃喃，以三人为痴，殊不知这三人正是性情中人。作者文笔洗练，全文不足二百字，却融叙事、写景、抒情于一体，既写出了雪后西湖清新雅致的特点，又表现了深挚的隐逸之思，更寄寓了作者幽深的眷恋和感伤的情怀。天长地远的阔大境界、万籁无声的寂静气氛，借“一痕”“一点”“一芥”“两三粒”传达出来，令人拍案叫绝。全文情景交融，自然成章，毫无雕琢之感，给人以愉悦的感受。

《西湖香市》选自《西湖梦寻》。文章首先写香市的起讫时间和各方来客，然后重点介绍昭庆寺的香市。昭庆香市上物品繁多，各种各样，古今中外，应有尽有。作者继而回忆起香市曾经的盛况，春暖花开时一片繁忙，芳香、鼓乐、特产、图画，淋漓尽致。西湖香市人数之众、历时之长、场面之热闹，江东独有。作者写此文时是辛巳年，即崇祯帝自尽于煤山的前三年，“民强半饿死。壬午道梗，山东香客断绝，无有至者，市遂废”。作者引用一首讽刺诗，为西湖香市的昔盛今衰作结。有学者评价说，轻薄子改宋人诗句其实并不轻薄，倒是字字血泪，沉重悲凛。[①]

后世对张岱散文评价甚高。周作人称他为都会诗人，“所注意的是人事而非天然，山水不过是他所写的生活的背景”（《〈陶庵梦忆〉序》）。陈平原评价说他是中国散文史上的大家，其“散文所表现出的空灵之气，只可意会而难以言传”，“在我看

① 《中国古代文学名著分类集成——散文卷六》，百花文艺出版社，2011。

来，明文第一，张岱莫属”，“尤其是《陶庵梦忆》，篇篇都是好文章，随便翻开一页，都是可圈可点”（《“都市诗人”张岱的为人与为文》）。明清文学研究专家夏咸淳先生则称张岱是明清之际的文化奇才、晚明小品集大成者，“具大节义、大学问、大手笔”，“如果说《清明上河图》是中国绘画史风俗图之瑰宝，那么《陶庵梦忆》则是中国文学史风俗记之绝唱”（《论张岱及其〈陶庵梦忆〉〈西湖梦寻〉》）。

二、徐志摩《志摩的诗》①

雪花的快乐

假如我是一朵雪花，
翩翩的在半空里潇洒，
我一定认清我的方向——
飞扬，飞扬，飞扬——
这地面上有我的方向。

不去那冷寞的幽谷，
不去那凄清的山麓，
也不上荒街去惆怅——
飞扬，飞扬，飞扬——
你看！我有我的方向！

在半空里娟娟地飞舞，
认明了那清幽的住处，
等着她来花园里探望——
飞扬，飞扬，飞扬——
啊，她身上有朱砂梅的清香！

那时我凭藉我的身轻，
盈盈地，沾住了她的衣襟，
贴近她柔波似的心胸——
消溶，消溶，消溶——
溶入了她柔波似的心胸！

① 《志摩的诗》，徐志摩著，人民文学出版社，1983。

偶然

我是天空里的一片云，
偶尔投影在你的波心——
你不必讶异，
更无须欢喜——
在转瞬间消灭了踪影。

你我相逢在黑夜的海上，
你有你的，我有我的，方向；
你记得也好，
最好你忘掉，
在这交会时互放的光亮！

【评述】

徐志摩（1897~1931），原名徐章垿，字槱森，浙江海宁人，先后就读于上海沪江大学、天津北洋大学和北京大学。就读北京大学期间，拜梁启超为老师，1918 年赴美学习经济，1921 年赴英国留学，入剑桥大学研究政治经济学。在剑桥两年受西方教育的熏陶及欧美浪漫主义和唯美派诗人的影响，开始创作新诗。1922 年从英国求学归来，在报刊上发表大量诗文，与梁实秋、闻一多、胡适等共同兴办新月社。据说是徐志摩提议用“新月”二字做社名，原因是出于对印度诗人泰戈尔《新月集》的兴趣。1924 年，获诺贝尔文学奖的泰戈尔访华，成为当年中国文化界一大盛事。徐志摩、林徽因全程陪同、翻译。此后，徐志摩先后在北京大学、光华大学、大夏大学和南京大学等学校任教授。1930 年，应胡适之邀再度任北京大学和北京女子师范大学教授。1931 年 11 月，因飞机失事罹难。

徐志摩著有《志摩的诗》《翡冷翠的一夜》《猛虎集》和《云游》四部诗集，《志摩的诗》是诗人自编的第一部诗集，收录了 1922~1925 年所写的 55 首诗。这本诗集的内容较为丰富，有《先生！先生！》《谁知道》《灰色的人生》《叫化活该》等政治诗，记录了诗人面对饥寒交迫的底层民众，他的压抑、愤懑以及同情、怜悯;《沙扬娜拉》《车眺》《再别康桥》等极富浪漫主义色彩和情调的诗歌，则被公认是最能代表其创作风格的抒情短章，文字清雅秀丽，意境幽谧恬淡，艺术感染力极强。作为新月派诗歌的代表作家，徐志摩遵循闻一多关于诗歌“三美”的创作原则，将中国古典诗词、散曲、民歌的精华，与欧洲浪漫派诗人的风格样式融为一体，在中国现代白话诗坛上，形成了一股新颖、独特、清新的诗风。

《雪花的快乐》一开篇，雪花被诗人人格化，融情入景，物我同化。雪花不断飞舞飘洒，但并不随风飘扬，而是始终如一地朝着自己认定的方向飞扬。它避开“冷寂的幽谷”“凄清的山麓”“也不上荒街去惆怅”，而是执着地飞到理想的“清幽的住处”，终于找到带着“朱砂梅清香”的美丽姑娘，雪花“盈盈的，沾住她的衣襟”，“贴近她柔波似的心胸”，消溶在她的心房。整首诗轻灵、自由、曼妙，洋溢着乐观、唯美的情绪，体现了“爱、自由与美”的完美结合。像雪花一般为爱而生、为美而死，这就是诗人追求的自由和热爱的快乐。

《偶然》初载于 1926 年 5 月 27 日《晨报副刊·诗镌》第 9 期，据说是诗人初遇林徽因时在伦敦所写。这首两段十行的小诗，在现代诗歌中别具一格。诗题是一个极抽象的时间副词，作者却写了两件比较实在的事，一是天空里的云偶尔投影在水里的波心，二是“你”“我”在海上偶尔的相遇。世间万物聚散离合，缘起缘灭、云聚去散。相遇是缘，相别也是无奈。既然是人生的无可奈何，就不可能对每一个偶然的相遇都驻足相伴。既然各自都有前行的方向，那么忘掉彼此相遇时互放的光亮，放下执念，才能继续前行。文学评论家、诗人卞之琳认为，《偶然》是徐志摩诗歌中“形式上最完美的一首”[①]。同为新月派诗人的陈梦家也认为，这首诗代表着徐志摩诗歌艺术的成熟，因为它抹去了诗人前期诗歌的“火气”，而用“柔丽清爽”的诗句“写那微妙的灵魂的秘密”。[②]

徐志摩诗歌之美，美在真情。他所强调的诗歌“性灵”，实际上就是发自内心的真情实感。在这种感情的牵引下，诗人尽情地表述着对理想和美好事物的追求，对自然和爱情的热爱。情感真挚坦荡，使得他的诗情自然天成，少有斧凿之痕。徐志摩诗歌之美，美在意象。《再别康桥》里那些美丽的景物——云彩、金柳、青荇、波光、水影，不是纯客观的自然物，而是诗人苦心孤诣建构的意象，见证过往昔时光，浸染着深深的情感，蕴含着志摩式的洒脱和深情。徐志摩诗歌之美，美在韵律。诗人认为音乐美是诗歌与生俱来之美，音节就是诗歌体现音乐美的主要形式。诗是“给每一个字都赋予灵魂，使其具有生命力，许多字结合起来就成了一篇乐章”。

胡适在论及徐志摩时说：“他的人生观，真是一种单纯的信仰——这里面只有三个大字：一个是爱，一个是自由，一个是美。他梦想这一理想的条件能够会合在一个人生里。他的一生历史，只是他追求这个单纯信仰实现的历史。”

三、荷马史诗《伊利亚特》[③]

【故事梗概】

古希腊人与特洛伊人之间发生了一场战争。战争起因于奥林匹斯山上神明之间

---

① 《徐志摩诗集序》，卞之琳著，四川人民出版社，1981。
② 《纪念志摩》，陈梦家著，百花文艺出版社，1992。
③ 《伊利亚特》，荷马著，罗念生、王焕生译，人民文学出版社，1994。

的争执。天父宙斯从普罗米修斯那里得知，他若同女神忒提斯结婚，生下的孩子会推翻他的统治。于是宙斯将忒提斯下嫁给弥尔弥冬国王佩琉斯。婚礼举行时，没被邀请参加的争吵女神向席间扔下一个金苹果，上写“给最美的女神”，引起天后赫拉、智慧女神雅典娜、爱与美神阿佛洛狄特的争抢。宙斯让特洛伊王子帕里斯来裁判。帕里斯因出生时有异兆，被父亲普里阿摩斯放逐在伊达山中牧羊。三位女神分别许给帕里斯权力、武力和美女，帕里斯把美誉判给了爱神阿佛洛狄特。爱神帮助他把斯巴达王墨涅拉奥斯的妻子、美丽的海伦拐回了特洛伊。斯巴达城与特洛伊城交涉不成，希腊各城邦以墨涅拉奥斯的兄长、迈锡尼王阿伽门农为统帅组建联军，远征特洛伊。

《伊利亚特》开篇时，战争已进行到第十年，特洛伊城久攻不下，于是希腊军攻占了克律塞城，俘虏了阿波罗神庙祭司的女儿克律塞伊斯。祭司前来赎回女儿，反遭阿伽门农羞辱。祭司向阿波罗神祈祷，愤怒的阿波罗把瘟疫射向联军，联军死伤无数。骁勇善战的阿基琉斯为此与阿伽门农发生争执。阿伽门农虽归还了祭司的女儿，却抢走了阿基琉斯的女俘布里塞伊斯。阿基琉斯深感屈辱，愤然退出了战斗。

希腊人攻打特洛伊。特洛伊王子赫克托尔率军迎战。帕里斯与海伦的前夫、斯巴达王墨涅拉奥斯达成协议，决斗胜者赢得海伦及全部财产，双方停战。决斗中，帕里斯几乎被墨涅拉奥斯勒死，爱神用雾将帕里斯救回特洛伊。

奥林匹斯山上，众神商议缔约讲和的问题。雅典娜唆使特洛伊人潘达洛斯射伤了墨涅拉奥斯，双方重燃战火。庇护双方的众神也赶来参战。特洛伊人战退。赫克托尔为了城邦和自己的荣誉重返战场，与希腊英雄埃涅阿斯激烈战斗。第二天，特洛伊军队在天父宙斯的指引下，一直打到希腊联军营寨之外。阿伽门农请求最英勇善战的阿基琉斯参战仍被拒绝。次日，双方展开拉锯战，希腊联军受伤严重。天后赫拉见势不妙，忙诱使宙斯进屋睡觉，希腊人在海神的帮助下反击，赫克托尔受伤。宙斯醒来后知道中计，禁止众神帮助希腊军队。特洛伊人再次反击，一直攻打到希腊人船边，放火烧船。

阿基琉斯的好友帕特洛克罗斯见此情形悲痛不已。他请求阿基琉斯重上战场，遭到拒绝，于是穿上阿基琉斯的铠甲出战。特洛伊人起初以为他是英勇的阿基琉斯，怕得要死，但最终英勇的赫克托尔将他杀死。阿基琉斯失去了最好的朋友。他痛苦懊悔，决定重上战场，为友复仇。

阿基琉斯的母亲请求匠神赫菲斯托斯重新赶制战袍，阿基琉斯如战神一般扑向赫克托尔。在雅典娜的帮助下，阿喀琉斯的长矛投中了赫克托尔的颈项。他把赫克托尔的尸体拖在车后，绕着特洛伊城转了三圈。

九天后，特洛伊老国王普里阿摩斯来到阿基琉斯的营帐，哀求他归还儿子的尸体。阿基琉斯被这位哀伤的父亲所打动，将尸体还给了他。特洛伊人悲痛而隆重地埋葬了自己的英雄。长诗在特洛伊人的葬礼中结束。

【经典摘录】

以下选自《伊利亚特》第 18 卷。穿着阿基琉斯铠甲上阵杀敌的帕特罗克洛斯战死，阿基琉斯非常痛苦。母亲忒提斯闻讯赶来，劝告阿基琉斯不要上战场复仇，因为早在出征之前，女神便知道儿子会死在战场上。现在，她再一次劝告儿子。

忒提斯流着眼泪回答儿子这样说："孩子啊，如果你这样说，你的死期将至；你注定的死期也便来临，待赫克托尔一死。"

捷足的阿基琉斯气愤地对母亲这样说："那就让我立即死吧，既然我未能挽救朋友免遭不幸。他远离家乡死在这里，危难时我却没能救助。现在我既然不会再返回亲爱的家园，我没能救助帕特罗克洛斯，没能救助许多其他的被神祥的赫克托尔杀死的人，却徒然坐在船舶前，成为大地的负担，虽然没有哪个穿铜甲的阿开奥斯人作战比我强，尽管会议时许多人强过我。愿不睦能从神界和人间永远消失，还有愤怒，它使聪明的人陷入暴戾，它进入人们的心胸比蜂蜜还甘甜，然后却像烟雾在胸中迅速鼓起。人民的首领阿伽门农就这样把我激怒。但不管心中如何痛苦，过去的事情就让它过去吧，我们必须控制心灵。我现在就去找杀死我的朋友的赫克托尔，我随时愿意迎接死亡，只要宙斯和其他的不死神明决定让它实现。强大的赫拉克勒斯也未能躲过死亡，尽管克罗诺斯之子宙斯对他很怜悯，但他还是被命运和赫拉的嫉恨征服。如果命运对我也这样安排，我愿意倒下死去，但现在我要去争取荣誉，让腰带低束的特洛亚的和达尔达尼亚的妇女们痛苦地张开双手，不断地从柔软的双颊往下抹眼泪，痛苦得不住地放声痛哭，让她们知道我停止战斗的时日有多长。母亲啊，我不会被说服，不要阻拦我上战场。"

【评述】

荷马，古希腊盲诗人，大约生活在公元前九至前八世纪。根据史诗的内容和语言特点，人们推测他可能是小亚细亚西部的伊奥尼亚人，最后死在爱琴海中的伊奥斯岛。荷马生活在古希腊口传文学盛行的时代，游吟诗人辈出，荷马是其中最杰出的一位。

在公元前 12 世纪末 11 世纪初，希腊半岛南部地区的阿开亚人和小亚细亚北部的特洛伊人爆发了一场持续 10 年的战争。战争结束后，关于战争的传说以及海上冒险的故事便流传下来。人们对战争中涌现出来的英雄人物的歌颂，与古希腊神话交织在一起，以短歌的方式在希腊各地到处传唱。盲诗人荷马以这些短歌为基础，加工整理形成演唱脚本到处传唱，公元前 6 世纪正式成文。公元前 3~ 前 2 世纪，亚历山大城的学者们对其进行了完整的编辑审订，形成了《荷马史诗》。《荷马史诗》是古希腊最伟大的作品，也是欧洲文学最伟大的作品，是西方文化的源头。

《荷马史诗》是两部长篇史诗——《伊利亚特》和《奥德修纪》的统称，两部史诗各24卷，《伊利亚特》15693行，《奥德修纪》12110行，艺术地再现了那场历时十年、规模宏大、神人共战的特洛伊战争，以及伊塔卡岛国王奥德修斯战后返家的艰难旅程。特洛伊战争虽持续十年，但作者并未像一般的史诗那样详述战争的全部过程，而是巧妙地取舍材料，把主题集中于阿基琉斯英雄形象的塑造。作者一开篇就说“女神啊，请歌唱佩琉斯之子阿基琉斯致命的忿怒”，此后故事便围绕英雄阿基琉斯和他的愤怒展开。《伊利亚特》集中叙述了阿基琉斯愤怒的原因——与阿伽门农的矛盾，愤怒的后果——希腊联军伤亡惨重，以及愤怒的消解——好友的死亡、为荣誉而战，其他事件则作为相关情节穿插其中。同时，作者在时间截取上也表现出高超的技巧。他在长达十年的战事中只选了约50天里发生的事件，其中三分之二的篇幅用来描写阿基琉斯拒绝参战后的情形，为其他英雄人物的塑造留出了足够的空间。如希腊军的猛将狄俄墨得斯、埃涅阿斯、帕特罗克洛斯等，特洛伊城英勇善战的赫克托尔，作者充分展现了他们的英雄气质。作者塑造了一系列英雄形象，但又使他们在阿基琉斯登场后一下变得黯淡，众星拱月般地烘托出特洛伊战争中最伟大的英雄阿基琉斯的光辉形象。

《奥德修纪》塑造了伊塔卡岛国王奥德修斯的英雄形象。奥德修斯是希腊联军中最有智慧的人，他不仅说服阿基琉斯参加联军，还设计了木马计最终攻陷特洛伊城。战争结束后，他经过十年的海上漂泊，遭遇种种艰难险阻，同大自然进行顽强的斗争，最后才返回自己的家乡。

史诗通常出现在一些古老文明的早期，以口述歌咏的形式记录了人类童年时期具有重大意义的历史事件或神话传说。古巴比伦的《吉尔伽美什》、中国的《格萨尔王》、印度的《摩诃婆罗多》《罗摩衍那》，以及古希腊的《伊里亚特》《奥德赛》，都是著名的史诗。就内容而言，史诗分为创世史诗和英雄史诗两大类。创世史诗通常结构宏大，是某个民族形成、发展的历史记录。英雄史诗则是用长篇叙事诗的体裁讲述英雄人物的经历或丰功伟绩。《伊利亚特》和《奥德修纪》都是典型的英雄史诗，是西方文学的艺术瑰宝，是后世文学取之不尽用之不竭的宝藏。

四、卡尔维诺《如果在冬夜，一个旅人》①

【故事梗概】

“你”是一位读者，满怀欣喜来买伊塔洛·卡尔维诺的新小说《如果在冬夜，一个旅人》，急不可待地开始阅读：冬雨淅沥的夜晚，位于乡间小镇的火车站，“我”拎着箱子下到站台，应该有人接站，带走这只箱子，可是没有。“我”走进车站酒

① 《如果在冬夜，一个旅人》，伊塔洛·卡尔维诺著，萧天佑译，译林出版社，2007。

吧，一遍遍地拨打投币电话，应该有人接听，可是没有。“我”成了火车站唯一的旅客，徒劳地盯着那只挂钟，被排除在一切时间联系之外。“我”设想着这个乡村小镇的日常生活，阿尔米达太太的小商店开在靠近货运站台的平交道口。“我”正打算把箱子寄放在店里，警察局长告诉“我”有人被杀害了，要“我”赶快离开……“你”读到32页，兴趣正浓，突然发现刚刚看过的内容重新出现了，页码回到17页，再到32页后又回到17页。这本书就没有33页以后的内容，原来是印刷厂装订有误。第二天，“你”去了书店要求更换。书店老板解释说，他已接到出版社通知，卡尔维诺的新书在装订时与波兰作家巴扎克巴尔的《在马尔堡市郊外》混装在一起。柳德米拉也来换书。“你”和她商量一起读这本新书，并彼此联系交换读书心得。

他们分别回家，将错就错地开始阅读巴扎克巴尔的《在马尔堡市郊外》，很快便发现他们读的既不是卡尔维诺的新小说，也不是波兰小说，而是一本辛梅里亚语的小说。辛梅里亚，一个在战争中消失的国家和民族，连语言也随之消失了。他们来到大学“死亡语言的死亡文学的已死亡研究所”，请教研究辛梅里亚语的乌齐—图齐教授，得知这本书是辛梅里亚最有希望的年轻诗人乌科·阿蒂唯一的小说《从陡壁悬崖上探出身躯》。可是，从教授书架上找出的这本书与他们读过的小说人名地名相同，内容却完全不同，而且残缺不全。教授说正是因为残缺不全，它才成为辛梅里亚文学最有代表性的篇章。这部小说中的小说还会怎样发展呢？此时两人遇见柳德米拉的姐姐、酷爱举办读书会的罗塔里娅，得知作者用另一个笔名和另一种语言写了小说的后半部分，书名也改成《不怕寒风，不怕眩晕》。不过参加罗塔里娅的读书小组后，他们发现听到的与前面读过的没有任何联系，而罗塔里娅手里也只有20页左右拆开的书稿。我们——小说外真正的读者随着读者“你”继续查寻、追踪。来到出版社，终于发现一本由混乱的作者、混乱的译者，以及争抢书稿的混乱的出版社共同造就的新书《望着黑沉沉的下面》。“你”开始追踪译者马拉纳的行踪。原来，马拉纳曾与柳德米拉相好，因为柳德米拉爱看小说，他觉得是小说导致两人关系发生危机，于是视小说作者为情敌，并开始模仿、拼凑和伪造各国小说，把作者弄得模糊不清，这样柳德米拉在读书时，他便不会感到被遗忘。“你”从各方面了解到，马拉纳可能隐藏在南美洲什么地方，可是历经周折未能找到，只好回到故乡。在四处追寻的过程中，“你”又读到了《在线条交织的网中》《在线条交叉的网中》《在月光照耀的落叶上》《在空墓穴的周围》和《最后的结局是什么？》等小说。“你”回到家乡的图书馆，惊喜地发现这十本书都在图书目录里，可是要借出时，它们要么找不到，要么取不出来，要么被送回了印刷厂。“你”与其他读者耐心地等着，并彼此交谈。“你”在谈话中理解了古时候小说结尾只有两种：男女主人公受尽磨难，要么结为夫妻，要么双双死去。于是“你”决定和柳德米拉结婚。全书的故事告终。

十部小说的内容要么互不相干，要么藕断丝连，真正把所有这些材料串连起来的，是小说的读者——“你”和柳德米拉。至于为什么正好是十个小说，卡尔维诺说，其实他也“可以选择写十二个，或七个，或七十七个，写为了传达出多样性的意义所必需的那样多”。

【经典摘录】

第一章

你即将开始阅读伊塔洛·卡尔维诺的新小说《如果在冬夜，一个旅人》。先放松一下，然后集中注意力，抛掉一切无关的想法，让周围的世界隐去。最好关上门，隔壁老开着电视。立即告诉他们：“不，我不要看电视！”大声点，否则他们听不见。“我在看书！不要打扰我！”也许那边噪音太大，他们没听见你的话，你再大点声，怒吼道：“我要开始看伊塔洛·卡尔维诺的新小说了！”你要是不愿意说，也可以不说；但愿他们不来干扰你。

找个最舒适的姿势吧：坐着、仰着、蜷着或者躺着。仰卧、侧卧或者俯卧。坐在安乐椅上、长沙发上、摇椅上、睡椅上。躺在吊床上，如果你有吊床的话。当然也可以躺在床上，或者躺在被窝里。你还可以头朝下拿大顶，像练瑜伽功。当然，书也得倒过来拿着。

是啊，理想的阅读姿势是找不到的。过去人们曾站在阅读架前读书。习惯站着，他们习惯站着不动。骑马骑累了，他们就那样站着休息。以前还从来没人想到骑在马上看书；可今天，骑坐在马鞍上看书，把书放在马背上或者用特制的马具把书挂在马耳朵上，好像对你挺有吸引力。两足插在脚蹬里看书应该是个非常舒适的姿势。要从阅读中得到享受，首要的条件就是把两只脚抬起来。……

如果在冬夜，一个旅人

故事发生在某火车站上。一辆火车头呜呜地鸣叫着，活塞冒出的蒸汽弥漫在本章的开头，一团烟雾遮盖了第一段的一部分。火车站的气味中夹杂着一股小餐饮的气味。有人透过雾气蒙蒙的玻璃向外观看，他打开玻璃门，酒吧里面也雾气腾腾的，就像近视眼或被煤灰刺痛眼睛时所看到的景象。这本小说的文字模糊，就像旧时火车上的玻璃窗户结满水汽一样，雾气罩住了书页。这是个冬雨淅沥的夜晚，主人公走进酒吧，脱下潮湿的衣服，一股水汽倾刻裹住了他的身躯。火车的长鸣在雨水中闪烁着寒光的铁轨尽头渐渐消逝。……

我就是小说的主人公，在小酒吧与电话亭之间穿梭。或者说，小说的主人公叫“我”，除此之外你对这个人物还什么也不知道；对这个车站也是如此，你只知道它叫“车站”，除此之外你什么也不知道，只知道你从这里打电话没人接。也许在某个遥远的城市里有个电话铃在响，但没有人接。……

【评述】

伊塔洛·卡尔维诺（1923~1985），意大利作家。出生于古巴哈瓦那附近一个叫拉斯维加斯的小镇，2 岁时全家迁回父亲的故乡圣莱莫。1942 年就读都灵大学农学系。“二战”期间，在被德国人占领的 20 个月里，卡尔维诺和弟弟积极参加抵抗运动，父母因此被德国人羁押为人质。战后重返都灵大学攻读文学。1947 年，24 岁的卡尔维诺发表处女作《蛛巢小径》，1949 年，发表短篇小说集《乌鸦最后来》。1952 年，中篇小说《分成两半的子爵》被认为具有“寓言式的现实主义色彩”，为意大利文学创作开辟了一条新路。卡尔维诺还著有短篇小说集《进入战争》(1954)、《意大利童话故事》(1956)、《树上的男爵》(1957)、《房产投机》(1957)、《烟云》(1958)、《不存在的骑士》(1959)、短篇小说集《马可瓦多》(1963)、《宇宙奇趣》(1965)、《零点起始》(1967)、《看不见的城市》(1972)、《命运交叉的古堡》(1973)、《如果在冬夜，一个旅人》(1979)，最后一部小说《帕洛马尔》写于 1983 年。1985 年，卡尔维诺被提名诺贝尔文学奖，遗憾的是这一年他因脑溢血去世。

《如果在冬夜，一个旅人》是卡尔维诺在中国最具知名度的代表作品。这部作品采用第二人称“你”展开叙述，里面的十部小说都以“我”为主人公。十部小说似乎讲了十个故事，但真正的故事发生在这些故事之外，在“你”和柳德米拉因阅读而相识相爱、一起找寻答案的过程之中。卡尔维诺说，这部小说的基本叙述中心，是“一个以第一人称讲述的男性人物发现自己要充当一个不是他的角色的角色，他处在这样一个形势中，由一个女性人物实施的吸引和一个敌人集体的暗中威胁的逼迫，在他身上变得无退路地纠缠在一起”。[①] 实际上还有一个隐身的叙述者存在于文本之外，不参与情节的发展，但不时会出现在文章里，对“你”、柳德米拉及其他人物的行为作评断。这种叙述方式极易使文本里的读者“你”与文本外真正的读者形成对话状态。在第一章，读者“你”即将读书时的各种情态，让真正的读者忍俊不禁。“你”大声嚷嚷说自己要看书，让别人关掉电视；“你”尝试不同的看书姿势，跷起脚，调好灯光，希望这本书不要太让自己失望，当然即使失望也不会太严重；“你”得先上书店买书。走进书店，躲开那“厚厚一堆”没有读过的书们“皱着眉头”投来的“威吓的目光”，那些都是要么来不及看、要么价格太贵、要么能借到的书；“你”终于买下了这本因作者或题材而吸引“你”的新书，像领走自己走失的爱犬。周围的书们“怏怏地望着你走开”；终于回到家可以安静地坐下来看书了，“你”先翻到最后一页，想知道它究竟有多长，“谢天谢地，不算太长”；然后又翻来覆去看封面和护封，似乎上面的文字“都是些一般的话，没有多大意思”，不过崭新的书让人看着也很高兴；“你”终于开始看前几行了，“希望立即能够看出作者独特的风格”，可是“很遗憾，你没看出来”……

卡尔维诺在《如果在冬夜，一个旅人》里完全颠覆了传统的阅读和接受习惯，

---

① 《〈如果在冬夜，一个旅人〉前言》，卡尔维诺著，译林出版社，2007。

使文本呈现出全方位的开放式阅读模式，实现了真正意义上读者与作品的对话。作者说，“本书一直十分注意让阅读本书的读者能够进入角色并与小说中的‘读者’等同起来，因此并未给他起个名字，因为那样做会把他与第三人称自动等同起来，把它变成一个人物”。这样做的结果很有意思。因为作者没有给主角起名字，所以小说外真正的读者完全能够身临其境，在不由自主的状态中与作品形成对话关系，读者的自由度和自主性因此得到加强，与此同时传统作品中作家的权威地位被彻底削弱。

1970 年，美国作家威廉·加斯在《小说和生活中的人物》一文中，提出了“元小说”的概念。对“元小说”的通常理解就是关于小说的小说、关于叙述的小说叙述，也就是说，让读者走进作家的家里，看他的住房、起居、生活方式和那个把自己“还原”成“作家的人”的作家——作家在故事中向读者展示自己构思、写作过程，向读者展示读者阅读的过程，并以此抵抗传统现实主义已成的习规，消解某种“真实”的产生和产生的方式。于是，读者从中看到“原来作家是这样写作的”，一如读者到了作者的家里，找到了可以窥看、破除现实主义写作成规的门扉和秘窗。[①]阎连科先生认为，就元小说创造的丰富性和稔熟性而言，卡尔维诺《如果在冬夜，一个旅人》大放异彩，“为我们留下了非常值得探讨、玩味和研究的一部元小说的杰作”。

【阅读推荐】

《卡尔维诺经典：短篇小说集》，译林出版社，2012 年。

思考题

1. 请结合自己的阅读体验，谈谈如何理解“理想的读者”。
2. 结合具体作品，分析优秀作品为何具有“永久的魅力”。

辅助阅读材料

1. 洪汉鼎编:《理解与解释》，东方出版社，2001
2. 王一川:《审美体验论》，百花文艺出版社，1988
3. 罗曼·英伽登:《对文学的艺术作品的认识》，陈燕谷、晓未译，中国文联出版公司，1988
4. 伊瑟尔:《阅读行为》，金惠敏等译，湖南文艺出版社，1991

① 《20 世纪文学写作：元小说——还原了写作与阅读的写作与阅读》，阎连科著，扬子江评论，2017(3)。

第四编　文学作品

【学习要点】

1. 作品是文学活动的核心环节。

2. 文学种类样式的发展变化。

3. 各民族最早的文学形式都是诗歌。

在全部的文学活动中，文学作品是最被关注的对象。它是文学活动的基本要素和关键环节，是作者活动的结果、读者活动的前提。对任何的文学研究来说，作品研究总是最重要的部分。作品的研究角度很多。人类文学已经有几千年历史，作品数量越来越多，作品之间也显现出程度不等的差异。划分类型进行研究，是人们认识文学的必然要求。

通常的划分方式有二分法、三分法、四分法，各有不同的分类标准。中国传统的二分法是把所有文章按有韵无韵分为“文”“笔”两类，依据是文本的语言形式，不涉及题材、构思，也不区分文学作品与非文学作品。相比而言，“内容、形式”二分法更容易让人接受。人们通常诟病它将文学作品割裂成内容和形式两个部分，事实上它也强调内容和形式的统一，如孔子“质胜文则野，文胜质则史。文质彬彬，然后君子”①。亚里士多德《诗学》依据文本模仿现实的手段，把诗分成史诗和戏剧两类，史诗通过语言模仿现实，戏剧则有音乐的介入，所以史诗被看作严格意义上的文学类型。至于三分法，《诗经》依音乐类型分为风、雅、颂三个部分。中国传统文论还有“言、意、象”三分法，以及记叙、议论、抒情三分法。西方的叙事诗、抒情诗和戏剧三分法是歌德提出来的。意大利文艺批评家克罗齐认为，三分法肇始于柏拉图，古希腊时已基本存在。

本部分根据作品结构、形式和语言运用等特点，把作品分为诗歌、散文、小说、戏剧四种体裁，以便于学习掌握。

① 《论语·雍也》。

第一章　诗歌

从现存的文献来看，世界上各民族的文学都是以诗为开端的。在远古时期，文字产生之前，人们已开始用歌谣的形式记史、记事、传情达意。“断竹、续竹、飞土、逐肉”（《弹歌》），是最早的狩猎歌曲；“候人兮猗”（《涂山氏女之歌》），是最早的情歌。

诗歌最早是“诗”与“歌”，与音乐（有时也包括舞）结合在一起。《诗经》按音乐的不同划分为风、雅、颂三个部分，雅是周都城及京畿地区的音乐，颂是宗庙祭祀时所用的庙堂音乐，风是地方音乐。不同地区的音乐节奏和韵律有所不同。“中正则雅，多哇则郑。”雅声的节奏和韵律中正平和，郑声多变调，节奏和韵律不中正。后来诗歌的语言部分和音乐部分各自发展，音乐要素转变为重章叠句的形式和押韵的语句在诗中保留下来。《诗经》的赋、比、兴手法，尤其是比兴，后来发展成为诗歌表情达意的主要方式。

战国后期，南方楚国以独特的文化发展，创造出了有别于《诗经》的诗体——楚辞。楚辞从楚国民歌发展而来，诗中充满神奇瑰丽的想象，洋溢着浪漫主义色彩。屈原运用这种诗歌形式，创作了抒情长诗《离骚》，以及《九歌》《九章》《天问》等作品。后继者有宋玉、唐勒、景差等人。《离骚》是楚辞艺术成就最高的作品，是中国浪漫主义诗歌的开山鼻祖，与《诗经》并称“风骚”。两部作品代表着早期中国诗歌的高峰。经过汉乐府民歌、建安文学以及魏晋南北朝时期的发展，中国古典诗歌进入唐朝的鼎盛时期。《全唐诗》共收录超过 2000 位诗人的约 50000 首作品，诗歌从内容到形式获得了全面的发展。及至宋朝，词作为一种新的诗体问世。词称“诗余”，又叫“长短句”，本是与音乐的乐曲相配的歌词，在柳永、苏轼、李清照、辛弃疾等优秀作家笔下，取得宋代文学的最高成就。元曲中的散曲，是在宋元时的民谣俚曲音乐基础上形成的独特的诗歌形式。到了元、明、清，戏曲和小说大量出现，诗歌失去了古已有之的“文坛霸主”地位。近代以后，传统诗歌也不可避免地发生变化。新体诗在 20 世纪 20 年代和 80 年代曾一度出现高峰，诞生了不少优秀的诗人和诗篇，不再赘述。

诗歌是一种抒情文体。黑格尔认为，抒情诗的内容是“主体（诗人）的内心世界，是观照和感受的心灵”，它“采取自我表现作为它唯一的形式和终极的目的，它所处理的不是展现为外在事迹的那种具有实体性的整体，而是某一个反躬内省的主体的一些零星的观感、情绪和见解”。[1]也就是说，首先，诗歌的题材是某种内心活动，是某种情感。抒情诗的出发点是“诗人的内心和灵魂，较具体地说，就是他的具体的情调和情境”。其次，在表现形式上，诗歌“不是对一件事进行丝毫不露主体性的（纯客观的）描述，而是主体的掌握方式和情感，即响彻丛诗的欢乐或哀怨，激昂或抑郁”（黑格尔《美学》）。当然，诗歌表现的情感是极端个人化的，即使同一种情感，在不同诗人笔下，也会出现迥然不同的表现方法。

一、李清照《漱玉词》[2]

一剪梅

红藕香残玉簟秋。轻解罗裳，独上兰舟。云中谁寄锦书来，雁字回时，月满西楼。花自飘零水自流。一种相思，两处闲愁。此情无计可消除，才下眉头，却上心头。

醉花阴

薄雾浓云愁永昼，瑞脑销金兽。佳节又重阳，玉枕纱橱，半夜凉初透。东篱把酒黄昏后，有暗香盈袖。莫道不销魂，帘卷西风，人比黄花瘦。

如梦令

常记溪亭日暮，沉醉不知归路。兴尽晚回舟，误入藕花深处。争渡，争渡，惊起一滩鸥鹭。

永遇乐

落日熔金，暮云合璧，人在何处。染柳烟浓，吹梅笛怨，春意知几许。元宵佳节，融和天气，次第岂无风雨。来相召，香车宝马，谢他酒朋诗侣。中州盛日，闺门多暇，记得偏重三五。铺翠冠儿，捻金雪柳，簇带争济楚。如今憔悴，风鬟霜鬓，怕见夜间出去。不如向帘儿底下，听人笑语。

渔家傲

天接云涛连晓雾，星河欲转千帆舞。仿佛梦魂归帝所，闻天语，殷勤问我归何处。我报路长嗟日暮，学诗谩有惊人句。九万里风鹏正举，风休住，蓬舟吹取三山去。

声声慢

寻寻觅觅，冷冷清清，凄凄惨惨戚戚。乍暖还寒时候，最难将息。三杯两盏淡酒，怎敌他、晚来风急。雁过也，正伤心，却是旧时相识。满地黄花堆积，憔悴损，如今有谁堪摘。守着窗儿，独自怎生得黑。梧桐更兼细雨，到黄昏、点点滴滴。这次第，怎一个愁字了得！

---

① 《美学》，黑格尔著，朱光潜译，商务印书馆，1991。

② 《李清照集校注》，王仲闻著，人民文学出版社，1979。

【评述】

李清照（1084~ 约 1155），自号易安居士，济南章丘人。出生于书香门第，父亲李格非精通经史，长于散文，母亲知书能文。18 岁与太学生赵明诚结婚后住汴州，生活安定优裕，夫妻共同收集、校勘金石书画，词作多为闺阁之怨或怀人。徽宗大观元年（1107）移居青州。建炎元年（1127）靖康之难，李清照与丈夫南渡江宁。建炎三年（1129）赵明诚病死于建康，李清照只身辗转于杭州、越州、金华一带，逃难中艰难携带的金石书画古卷大多散佚，在孤苦中度过了晚年生活。李清照著有《李易安集》12 卷和《漱玉词》5 卷，均失传，现存诗文皆后人所辑。与辛弃疾并称词坛“二安”（辛弃疾字幼安）。

李清照能书善画，诗、词、文皆有成就，最擅长的是词。她的词以南渡为界，分为前后两个时期。前期词作主要是抒写少女、少妇时期的生活。《如梦令》（常记溪亭日暮）描写了藕花深处的归舟和滩头惊飞的鸥鹭，是一个天真活泼的女孩子尽情游玩、无忧无虑的生活写照，词风活泼，内容富有生趣。《怨王孙》（湖上风来波浩渺）展现了一幅清新广阔的秋景图，轻快的节拍中传达出作者开朗愉快的心情。《醉花阴》（薄雾浓云愁永昼）通过重阳时节各种寂寞物象及气氛的渲染，表现了闺中人相思的深情、离别的苦楚。《凤凰台上忆吹箫》（香冷金猊）写夫妻小别，从别前设想到别后，抒写了对丈夫的深厚情意和离愁别绪。《一剪梅》（红藕香残玉簟秋）亦是以离别为主题，用具体的物象寄托情思，诗人抒写对爱情生活的向往和珍惜，笔调含蓄、形象、淡远。

从靖康元年起，李清照遭遇国破、家亡、夫死等一系列沉重的苦难，长期流亡，孤苦度日。这一时期的词作多写个人不幸遭遇，情绪比较低沉。《菩萨蛮》（风柔日薄春犹早）倾述了背井离乡之人的故乡之思，只能在醉梦中回到故乡。《添字采桑子》（窗前谁种芭蕉树）写芭蕉树长在窗前“阴满中庭”，三更雨“点滴霖霪”敲打芭蕉，勾起诗人对中原故国的思念和怀恋，传递出南渡时期众多流落异乡、骨肉分散的人们的共同感受。在《永遇乐》（落日熔金）一词里，作者在元宵佳节的融和天气里，想到的却是可能到来的风雨，早年中州盛日时的快乐，早已化作今日异地飘零、人老憔悴的孤寂。《渔家傲》（天接云涛连晓雾）流露了作者无家可归的痛苦心情，以及对美好生活的向往。《声声慢》（寻寻觅觅）是李清照后期词的代表作，生动地表现了一个身历国破家亡的孤苦妇人，在秋日黄昏时分的孤寂愁苦心情，既是作者情感历程的真实写照，也是时代苦难的象征。

李清照早年写过一篇《词论》，提出“词别是一家”的观点。她认为词在艺术上有自身的特点，包括形式上的严音律、内容上的有情致和风格上的尚文雅。李清照词本身文学成就极高，她擅长将人们日常惯用的浅俗文字，提炼为清新鲜丽的词句，形成其浅近易懂却耐人寻味的语言风格。如《凤凰台上忆吹箫》（香冷金猊）里的“起来慵自梳头”“生怕离怀别苦”“多少事欲说还休”“新来瘦，非干病酒，不是悲秋”，《一剪梅》中的“轻解罗裳，独上兰舟”“一种相思，两处闲愁”“才下眉头，却上心头”等，几乎都是日常口语，作者却用生花妙笔，将其提炼为别致清新的“寻常语”。同时，李清照提出词要严韵律，她自己所作之词妙解音律，无一字不协律，而且“化俗为雅”，如《永遇乐》（落日熔金）开头对句工致，“染柳”二句甚有气象，“次第”“三五”“济楚”“怕见”“如今憔悴”等语，不避方言俗语，如叙家常，平淡却入律，在宋词中别具一格。清沈谦《填词杂说》评价说，“男中李后主，女中李易安，极是当行本色”。

李清照将女性作家敏感、丰富的各种情感，通过别致、细腻的文笔加以体现，同时抒情曲折含蓄，用可感的景物表现各种感受，耐人寻味。尤其是她后期的作品，将身世飘零之感与对国家命运的担忧融为一体，写出了婉约词的忧伤绝唱，长久地感动着后来的读者。在《武陵春》（风住尘香花已尽）里，无端的愁绪、无法排解的忧伤，令作者“欲语泪先流”“只恐双溪蚱蜢舟，载不动，许多愁”。作者的“愁”是什么？是知己、爱人逝去的悼亡之悲，还是物是人非的山河之痛，读者虽不得而知，却被作者之愁深深打动。再如《声声慢》（寻寻觅觅）一词强烈地渲染了清凄悲凉之景，以及心中的彷徨孤苦之痛。作者创造性地以三句十四字的叠字开头，音韵上加强了凄清情调的感觉；秋凉季节以淡酒驱寒，怎能抵挡住寒风对愁中之人的侵袭；大雁飞过，依稀往年见过，可亲人已逝，自己的信又能捎到何处；秋雨凄冷，“点点滴滴”，其中蕴含着的国仇家恨，一个“愁”字又岂能说尽。李清照的愁、苦，是万千战乱中流离之人的愁、苦。个人的愁思情绪、伤时伤乱的家国之痛和身世之悲融为一体，形成“易安体”的特殊格调，读之令人凄怆欲绝，因而成为千古名篇。

二、《海子诗全编》①

面朝大海，春暖花开

从明天起，做一个幸福的人
喂马、劈柴，周游世界
从明天起，关心粮食和蔬菜
我有一所房子，面朝大海，春暖花开
从明天起，和每一个亲人通信
告诉他们我的幸福
那幸福的闪电告诉我的

① 《海子诗全编》，西川编，上海三联书店，1997。

我将告诉每一个人
给每一条河每一座山取一个温暖的名字
陌生人，我也为你祝福
愿你有一个灿烂的前程
愿你有情人终成眷属
愿你在尘世获得幸福
我只愿面朝大海，春暖花开

九月

目击众神死亡的草原上野花一片
远在远方的风比远方更远
我的琴声呜咽，泪水全无
我把这远方的远归还草原
一个叫木头，一个叫马尾
我的琴声呜咽，泪水全无
远方只有在死亡中凝聚野花一片
明月如镜高悬草原映照千年岁月
我的琴声呜咽，泪水全无
只身打马过草原

【评述】

海子（1964~1989），原名查海生，安徽怀宁人。当代青年诗人。1979 年考入北京大学法律系，毕业后在中国政法大学任教。1982 年开始创作诗歌，1984 年进入创作旺盛期，发表诗歌、剧本、小说和札记等大量作品。在短短 5 年时间内，海子写下了近 200 万字的作品，包括《小站》《河流》《新娘》《活在珍贵的人间》《传说》《五月的麦地》《村庄》《祖国》等诗集，《太阳・断头篇》《太阳・土地篇》《太阳・大札撒》（残稿）《太阳，你是父亲的好女儿》《太阳・诗剧》《太阳・弥赛亚》《太阳，天堂和唱》等长诗集，《春天，十个海子》《黑夜的献诗》《面朝大海，春暖花开》等短诗集，合唱剧《弥赛亚》，祭祀剧《弑》，等等。其中最著名的是他的抒情短诗，如《亚洲铜》《麦地》《以梦为马》《黑夜的献诗——献给黑夜的女儿》《面朝大海，春暖花开》等。海子的抒情短诗诗情充沛，语言纯粹，结构严密，在当时诗坛独树一帜。

《海子诗全编》大约有 500 首抒情诗、7 部未完成的长诗及诗学论文若干。诗人关注作为个体生命存在的人在现世生存中的痛苦、幸福和命运，信仰和追求“净洁”、“神圣化”、爱与美。他向往远方，远方虽然遥远、荒芜，“除了青稞一无所有”，“除了遥远一无所有”，可远方的“石头长出血，石头长出七姐妹”，带给诗人“不能触摸的”、包含着痛苦的幸福（《远方》）；他执着地追求光明，要“将此火高高举起”，“开花落英于神圣的祖国”，“愿将自己埋葬在四周高高的山上，守望平静的家园”(《祖国》)。他歌颂带给人类温暖和希望的太阳，“在黑暗的尽头”，“太阳，扶着我站起来”，“黎明捧着我 / 光明的孪生之子”(《黎明》)；他怀恋纯美的女性，“这地上 / 少女们多得好像 / 我真有这么多女儿 / 真的曾经这样幸福 / 同一根水勺子 / 用小豆、菠菜、油菜 / 把她们养大……”(《歌：阳光打在地上》)；他也意识到理想与现实的冲突对立、现实境遇下幸福的虚妄，“幸福不是灯火 / 幸福不能照亮大地”(《麦地》。诗人深情地怀恋土地——“麦地”，这是他理想中的希望之地和漂泊灵魂的精神家园。他在“麦地”与仇人“握手言和”(《麦地》)，在“麦地”“为众兄弟背诵中国诗歌”(《五月的麦地》)，温暖和美丽的“麦地”散发出的精神光芒，给诗人的心灵带来最深情温柔的慰藉。

《九月》写于1986年，是一首带有哲理意味的抒情诗歌。“众神死亡”所在的草原“野花一片”，“远在远方的风比远方更远”，“明月如镜高悬草原映照千年岁月”，时间的无限与空间的辽远令人怅然。呜咽的马头琴声藏着深沉低回的情感，诗人却轻轻一笔带过，“只身打马过草原”。《面朝大海，春暖花开》写于1989年。海子在结束生命前的两个月，写下了这首带给无数人温暖的诗篇。诗人向往质朴、单纯而自由的生活，田园牧歌式的充满诗意，“有一所房子，面朝大海，春暖花开”，“喂马、劈柴，周游世界”，“关心粮食和蔬菜”；他要“给每一条河每一座山取一个温暖的名字”，把这样的幸福分享给亲朋众人。最后，诗人把最世俗化却也最真挚的祝福留给世界和陌生的世人，祝每个人有“灿烂的前程”，祝“有情人终成眷属”。整首诗歌意象清新、节奏明快。诗人深藏着自己的痛苦离世而去，却把快乐幸福的祝愿留给了世人。

诗歌是海子生存的一种方式。在诗歌里，他钟情于自然万物——大地、天空、黎明、阳光、月亮、朝霞，思索着人类的生存困境和个体生命的终极意义，用优美而富有诗意的语言表达自己率真的情感。他在诗歌里抒写理想和追求，追求爱情和幸福。诗是他的远方和理想，是照亮茫茫黑夜的灯盏。海子认为，伟大的诗歌要将人类精神体现出来。在他的诗歌里，融合传统与现代文化的丰富意象、丰满而真诚的感情流露、优美而富有表现力的诗句、独特的艺术表现技巧，使其在20世纪80年代众星云集的朦胧诗坛光辉灿烂。

三、普希金《叶甫盖尼·奥涅金》①

【故事梗概】

《叶甫盖尼·奥涅金》是一部诗体小说。

奥涅金是一个俊美聪明的俄罗斯贵族青年，风流倜傥，常常周旋于宫廷沙龙、

① 《叶甫盖尼·奥涅金》，普希金著，王士燮译，黑龙江人民出版社，1982。

舞会、音乐会，逗引得贵族小姐们春心荡漾，可他却不愿意轻易成为情感的俘虏。他渐渐厌倦了社交，回到书斋阅读拜伦。去世的伯父把乡下的庄园留给了奥涅金，乡下生活的新鲜感很快过去，他又开始感到厌倦。他尝试用轻微的地租代替农奴繁重的徭役，却被周围的乡绅视作危险人物。年轻热情的连斯基刚从德国返乡，为奥涅金孤寂的死水般的生活激起了涟漪。不久后，奥涅金应邀参加连斯基女友奥尔加家的聚会，奥尔加的姐姐、沉静的达吉雅娜被奥涅金吸引，她鼓起勇气表白了爱情，却遭到奥涅金残忍的拒绝。

不久后，连斯基再次邀请奥涅金参加达吉雅娜的命名日聚会，并保证说不会有乌七八糟的客人。奥涅金应邀前往，却没想到聚会十分热闹。他觉得连斯基愚弄了自己，于是邀奥尔加频频共舞，并甜言蜜语哄骗姑娘。连斯基嫉妒愤怒之下，向奥涅金下了战书，并在决斗中丧生。奥涅金为此感到十分痛苦，离开庄园四处云游。达吉雅娜在相思、忧愁之中，久久地徘徊于山林溪流之间。

两年后，奥涅金回到彼得堡，意外发现达吉雅娜成了公爵夫人和上流社会熠熠发光的社交明星。他突然感受到了自己的爱情，于是向达吉雅娜频频示爱，甚至直奔公爵府要求见面。看着昔日的心上人，达吉雅娜心潮起伏。她曾经那么爱这个男子，可是现在她决心要忠于道德和义务。

【经典摘录】

第三章　达吉雅娜写信表白，焦急万分地期待着奥涅金的回复。

可一天过去了，没有见到答复。
第二天又来了，还是没有回音。
她苍白得像幽灵，一早穿好衣裳，
达吉雅娜等待着：何时会来信？
奥尔加的爱人翩翩来到了。
“请问您那位朋友在哪里？”
主妇对他提出一个问题：
“他简直已完全把我们忘记。”
达吉雅娜脸上一热，颤栗起来。
“他说过今天要来做客，”
连斯基回答老妇人说，
“大概是因为信件耽搁。”
达吉雅娜垂下她的眼睑，
好像听到了恶意的责难。

第八章　奥涅金返回彼得堡。在一个盛大的舞会上，他遇见了高贵美丽、举止端庄的达吉雅娜。此时的她已是一个贵妇人，落落大方，十分冷淡。奥涅金思潮翻滚。突然接到公爵家的晚会请柬，他又惊又喜。

奥涅金又开始计算时间，
又焦灼地等待日落黄昏。
钟敲了十下，他乘上马车，
风驰电掣，转眼来到正门，
他战战兢兢地向里面走，
前去晋见这位公爵夫人；
达吉雅娜一个人坐在房间里，
两人默默地相对了一阵。
奥涅金讷讷地说不出话，
局促不安，脸色阴沉，
对她的询问不知所答。
一个固执的念头占据他的心，
他目不转睛地望着她，
她却那么从容，心情那么平稳。

【评述】

亚历山大·谢尔盖耶维奇·普希金（1799~1837），俄罗斯诗人、小说家，现代俄国文学的创始人。普希金出生于贵族家庭，少年时聪慧过人，12 岁开始创作诗歌。中学毕业后在彼得堡外交部供职。受十二月党人及民主思想的影响，秘密参加“绿灯社”，创作了许多反对农奴制、讴歌自由的诗歌，如《自由颂》《致恰达耶夫》《乡村》等。1820 年，普希金被外派（其实是变相流放）到南部任职，追求自由的思想更加明确和强烈。他写下了《短剑》《囚徒》《致大海》等名篇。1826 年新沙皇尼古拉一世登基，普希金被召回莫斯科，他希望新沙皇赦免被流放的十二月党人，但幻想很快破灭，遂创作政治抒情诗《致西伯利亚的囚徒》。1830 年秋，普希金完成诗体小说《叶甫盖尼·奥涅金》《别尔金小说集》以及近 30 首抒情诗。1837 年，普希金在与法国流亡者丹特斯的决斗中受重伤而死去，这位“俄国诗歌的太阳”（高尔基语）就此陨落。

19 世纪前半叶的俄罗斯一方面仍处于封建农奴制时期，阶级矛盾激化，社会岌岌可危；一方面又不可避免地受西方资本主义发展的冲击和影响，社会革命浪潮似“山雨欲来风满楼”。俄国贵族青年因此分化为三类：第一类是十二月党人，他们接受孟德斯鸠、卢梭的启蒙思想，渴望革命，追求进步。他们英勇无畏地开展革命活动，将改变国家落后状态作为自己的使命。1825 年 12 月，佩斯捷利、穆拉维约夫－阿波斯托尔、雷列耶夫等十二月党人发动武装起义，试图推翻沙皇专制制度和农奴制，但因起义失败而遭到流放。第二类是追随沙皇统治，坚决维护旧秩序的顽固保守党。第三类介于二者之间，既不愿与上流社会同流合污，又不愿起来革命反对专制和农奴制度，被高尔基形容为“既非孔雀又非乌鸦”的多余人。普希金塑造的“奥涅金”就是一个典型的多余人。这个“诞生在涅瓦河畔”的年轻浪子，是一个“欢乐和奢华的孩童”，享受着“美好的青春时光”。他从小接受良好的教育，年轻俊美，在上流社会交际圈里如鱼得水。但他对声色犬马都只能喜欢几天，很快就会厌倦这种一成不变的生活。于是他回到书斋读拜伦，想要写诗却一个字也写不出来；他继承遗产来到乡下，乡村生活的新鲜感很快过去，想改革的念头一遭到反对也很快放弃。友谊于他也不珍贵。连斯基与他成为朋友，两人推心置腹甚为知交，他仍然可以置后者的感受于不顾，去挑逗连斯基的未婚妻奥尔加，并接受决斗挑战，使好友死于自己的枪下。爱情于他更是逢场作戏。达吉雅娜对他表白，他却说自己与幸福无缘，他们如果结合“将是一场灾难”。当达吉雅娜成为上流社会的贵妇人后，他觉得自己产生了爱情，其实不过是虚荣心和征服感。正如赫尔岑所说，“奥涅金是一个无所事事的人，因为他从来没有什么事要去做，这是一个在他所安身立命的环境里的多余人。他什么事都做过，可是什么事都没做到底”。[①]

普希金通过奥涅金在上流社会、乡间等不同环境中的心理活动、语言活动、书信写作，甚至阅读的书籍，对这个人物进行了全方位多角度地描写，使这个人物立体、丰满，具有高度的典型性。赫尔岑评价说，“奥涅金，这是俄国人，他只有在俄国才能产生；他在俄国是必然的，你在俄国到处都可以看见他”，“你经常在自己的身边或者在自己本身找到他”，“问题在于我们只要不是被注定要做官或地主，或多或少总有点奥涅金的成分”。[②] 普希金通过对奥涅金活动空间的描写，展示了极其广阔的社会生活画面。他并未将笔触仅仅停留在自己熟悉的贵族阶级生活圈和城市面貌，而是真实地反映了俄国城乡四季的景色、各阶层的日常生活、国家的经济文化形态等各个方面，堪称“俄国生活的百科全书”。值得强调的是，普希金还专门为这个人物创造了“奥涅金诗节”，使得作品具有极强的艺术感染力，在音乐性上达到了难以逾越的高度。

对“多余人”的社会背景及言行心理的准确剖析，奥涅金、连斯基、达吉雅娜等典型形象的塑造，新颖的诗体小说形式，决定了这部作品极高的艺术价值和艺术魅力。它与普希金的诗歌《自由颂》《致大海》《致恰达耶夫》，短篇小说《黑桃皇后》，长篇小说《上尉的女儿》等，共同奠定了其在俄罗斯文学史上的崇高地位。提起这位伟大的作家，后来的文学大师们丝毫不吝溢美之词。高尔基称普希金为“一切开端的开端”，他的创作“是一条诗歌与散文的辽阔的光辉夺目的洪流”，他“是一个将浪漫主义同现实主义相结合的奠基人：这种结合赋予俄罗斯文学以特有的色

① 《十九世纪俄罗斯文学史》，卡普斯金著，高等教育出版社，1958。
② 《赫尔岑论文学》，辛未艾译，上海译文出版社，1989。

调和特有的面貌”。果戈理说，“一提到普希金的名字，马上就会想起这是一位俄罗斯民族诗人。他像一部辞书一样，包含着我们语言的全部宝藏、力量和灵活性。在他身上，俄罗斯的大自然、俄罗斯的灵魂、俄罗斯的语言、俄罗斯的性格反映得那样纯洁，那样美，就像在凸出的光学玻璃上反映出来的风景一样”。别林斯基指出，“只有从普希金起，才开始有了俄罗斯文学，因为在他的诗歌里跳动着俄罗斯生活的脉搏”。赫尔岑则说，在尼古拉一世统治的残酷时代，“只有普希金的响亮辽阔的歌声在奴役和苦难的山谷里鸣响着：这个歌声继承了过去的时代，用勇敢的声音充实了今天的日子，并且把它的声音送向那遥远的未来”。冈察斯基称“普希金是俄罗斯艺术之父和始祖”。

1877 年，莫斯科大剧院歌手伊利莎维塔·拉芙洛芙斯卡娅向柴可夫斯基提议，在普希金小说的基础上，创作歌剧《叶甫盖尼·奥涅金》。1878 年 1 月，柴可夫斯基的三幕歌剧《叶甫盖尼·奥涅金》创作完成。柴氏挑选了奥涅金人生中几个重要的场景串联剧情，交代主角的命运和感情世界。剧中大量运用普希金的原诗，并添加特有的音乐和戏剧元素，再度创作了一部伟大的歌剧作品。1879 年首演后一炮而红，后来多次上演，成为俄罗斯歌剧经典剧目。

【拓展阅读】

普希金十四行诗

假如生活欺骗了你
不要悲伤，不要心急
忧郁的日子里需要镇静
相信吧，快乐的日子将会来临
心儿永远向往着未来
现在却常是忧郁
一切都是瞬息
一切都将会过去
而那过去了的
就会成为亲切的怀恋

白郎宁夫人十四行诗

当金黄的太阳升起来，第一次照上
你爱的盟约，我就预期着明月
来解除那情结、系的太早太急。
我只怕爱的容易、就容易失望，
引起悔心。

再回顾我自己，我哪像
让你爱慕的人！——却像一具哑涩
破损的弦琴、配不上你那么清澈
美妙的歌声！
而这琴，匆忙里给用上，
一发出沙沙的音，就给恼恨地
扔下。
我这么说，并不曾亏待
自己，可是我冤了你。
在乐圣的
手里，一张破琴也可以流出完美
和谐的韵律；
而凭一张弓，真诚的
灵魂，可以在勒索、也同时在溺爱。

莎士比亚十四行诗

时间，以巧妙的手艺创造
那众人瞩目的可爱的容颜，
有一日要对它变得非常粗暴，
把那绝世之姿变成丑陋不堪；
永无休止的时间引导着夏季
到可怕的冬天，就在那里把它毁伤；
浆液被寒霜凝结，绿叶全无踪迹，
美貌覆上了冰雪，到处一片凄凉；
如在夏季不曾提炼香花的精华，
把那香水密封在玻璃瓶里，
美的芬芳和美的本身将一起被糟蹋。
本身无存，也没有什么可供回忆。
花儿一经提炼，纵然遇到冬天，
只是花颜失色，其芬芳永在人间。

四、里尔克《秋日》《波西米亚中部风光》[①]

秋日

主啊！是时候了。
夏日曾经很盛大。
把你的阴影落在日规上，
让秋风刮过田野。

让最后的果实长得丰满，
再给它们两天南方的气候，
迫使它们成熟，
把最后的甘甜酿入浓酒。

谁这时没有房屋，就不必建筑，
谁这时孤独，就永远孤独，
就醒着，读着，写着长信，
在林荫道上来回
不安地游荡，当着落叶纷飞。（冯至译）

波西米亚中部风光

远处，暮色苍茫着滔滔林莽
荫翳的边际。
然后，只是
或此或彼一棵树阴断
庄稼已抽穗的农田五彩的平面。
最亮的光里
马铃薯在萌芽；然后
大麦一点点辽阔，直到针叶林
圈围成一幅图画。
高高闪耀在新林上空，
迎面而来教堂尖顶的十字架，金红，
猎人的小屋从云杉林里耸立而出；——

① 《里尔克诗全集》，陈宁译，商务印书馆，2016。

而小屋之上，
天空穹隆而起，闪亮而湛蓝。（陈宁译）

【评述】

赖纳·马利亚·里尔克（1875~1926），20 世纪德语世界的巅峰诗人。里尔克出生在布拉格一个德语家庭。那时布拉格是波西米亚首都，属于奥匈帝国。父亲先后任职于奥地利军队和铁路，母亲出身名门，追恋上流社会生活。1884 年父母关系破裂。里尔克依照父亲意愿进入军校，后来病退。1894 年出版第一部诗集《生活与歌曲》。1895 年进入布拉格大学学习艺术史、文学史、哲学，出版诗集《宅神祭品》，20 岁时离开布拉格去慕尼黑。1906 年为法国雕塑家罗丹当秘书，1922 年完成两部重要作品《杜伊诺哀歌》和《致俄耳甫斯十四行》。1926 年因白血病逝世。

里尔克著有《梦中加冕》（1897）、《降临节》（1898）、《为我庆祝》（1899）、《图画之书》（1902~1906）、《新诗》（1907）、《杜伊诺哀歌》（1912~1922）等诗集。他是一位内心敏感、善于观察和沉思的诗人，他的诗歌以对客观事物的精细观察和准确描述而著称。里尔克认为，要想还原物的本来面目，让物以真实面目示人，就必须尊重物，让物成其为物，把自身化为存在物中的一部分。诗人要学会平息自己内心嘈杂欲望的喧闹，倾听事物自身的声音。里尔克曾经担任罗丹的秘书。也许是受罗丹雕塑的影响，里尔克形成了一种冷静客观的诗风。《波西米亚中部风光》即是一首静观的诗歌。

《秋日》和《严重的时刻》是里尔克在中国最著名的两首诗歌。《秋日》一开篇便说：是时候了，夏天就要过去，已是“把你的阴影落在日规上，让秋风刮过田野”的秋日。“让枝头最后的果实饱满；再给两天南方的好天气，催它们成熟，把最后的甘甜压进浓酒”，写的是葡萄酒的酿造，也写的是生命与创造。最后一段是全诗的高潮。“谁此时没有房子，就不必建造。谁此时孤独，就永远孤独。”诗人在写自己吗？他就是没有故乡的人，注定要永远寻找故乡。“就醒着，读着，写着长信，在林荫道上来回不安地游荡，当着落叶纷飞。”像一幅画面，也像从近景推远的电影镜头。“落叶纷飞”的背景，抒情主人公醒来、读书、写信、徘徊，孤独、漂泊的意境和形象，极为动人。

里尔克的诗歌写悲伤、寂寞，也写死亡。在里尔克的诗作中，诗的纯美与哲学沉思的结合几近完美。他是喧嚣尘世中的一个孤独者，终身都在寻找精神的故乡。读他的《严重的时刻》（也被译为《严肃的时刻》），“谁此刻在世界上某处哭，无端端地在世界上哭，在哭我”（陈宁译），你无法不感到震撼和哀伤。在《给青年诗人的十封信》里，他耐心地回应了许多青年人常有的困惑，告诫他们要“寂寞而勇敢地生活在任何一处无情的现实中”。

第二章　散文

在各种文学样式中，散文是最复杂的一种。面对不同的参照对象，它的含义就不同。最初的散文是与韵文相对的文体，先秦诸子散文就是与《诗经》相对的文体。柏拉图在《理想国》里，也谈到了与有韵的诗相对的散文。这是最广义的散文概念。到后来，格式整齐的骈文出现，散文又指与骈文相对的文体。在文学体裁分类中，散文是与诗歌、小说等并列的一种文学样式。朱自清先生解释说："散文的意思不止一个。对骈文说，是不用对偶的单笔，所谓散行的文字。唐以来的'古文'便是这东西。这是文言里的区别，我们现在不大用得着。对韵文说，散文无韵；这里所谓散文，比前一义所包广大，虽也是文言里旧有的分别，但白话文里也可采用。这都是从形式上分别。还有与诗相对的散文，不拘文言白话，与其说是形式不一样，不如说是内容不一样……"

虽然很难定义，散文写作反而获得了最大的空间。只要不是诗歌、小说、戏剧，都可以是散文。除了"神凝形散"可以视作散文明确的写作要求之外，几无任何限制。题材上广泛多样，可以无所不包，古今中外、宇宙洪荒、理想信念、花花草草，皆可入题。篇幅可长可短，内容亦庄亦谐。可以像诗歌一样抒情，却不必受韵律格式的限制；可以像小说一样叙事，也不必苛求情节完整。风格上可以是辞采艳丽的锦绣华章，也可以平实隽永意味深远。作家们可以专事写作，也可以跨界打卡。朱自清散文是美文，记人的（如《背影》《给亡妇》等）感情真挚，"像淡香疏影似的不过几笔，却常能把他那真诚的灵魂捧出来给读者看"，写景状物的（如《荷塘月色》《桨声灯影中的秦淮河》等）如工笔细描一样的逼真如画。钱锺书散文（《写在人生边上》）是好读有趣的学者散文，如数家珍的知识掌故、信手拈来的名言隽语、入木三分的刻画描摹、爽辣谐趣的揶揄讽刺，让人目不暇接、酣畅淋漓。余秋雨散文是历史文化散文，从尘封的史料和平淡的山水中挖掘深厚的文化内涵，蕴含历史的厚重和现代的人文关怀。周作人散文平和冲淡，林清玄散文清新幽远，梁实秋散文别致有趣……古代的，现代的，中国的，外国的，散文世界繁花似锦，丝毫不逊色于其他三种体裁。

一、苏轼《前赤壁赋》①

壬戌之秋，七月既望，苏子与客泛舟，游于赤壁之下。清风徐来，水波不兴。举酒属客，诵明月之诗，歌窈窕之章。少焉，月出于东山之上，徘徊于斗牛之间。白露横江，水光接天。纵一苇之所如，凌万顷之茫然。浩浩乎如冯虚御风，而不知其所止；飘飘乎如遗世独立，羽化而登仙。

于是饮酒乐甚，扣舷而歌之。歌曰："桂棹兮兰桨，击空明兮溯流光。渺渺兮予怀，望美人兮天一方。"客有吹洞箫者，倚歌而和之。其声呜呜然，如怨如慕，如泣如诉；余音袅袅，不绝如缕。舞幽壑之潜蛟，泣孤舟之嫠妇。

苏子愀然，正襟危坐，而问客曰："何为其然也？"客曰："月明星稀，乌鹊南飞，此非曹孟德之诗乎？西望夏口，东望武昌，山川相缪，郁乎苍苍，此非孟德之困于周郎者乎？方其破荆州，下江陵，顺流而东也，舳舻千里，旌旗蔽空，酾酒临江，横槊赋诗，固一世之雄也，而今安在哉？况吾与子渔樵于江渚之上，侣鱼虾而友麋鹿，驾一叶之扁舟，举匏樽以相属。寄蜉蝣于天地，渺沧海之一粟。哀吾生之须臾，羡长江之无穷。挟飞仙以遨游，抱明月而长终。知不可乎骤得，托遗响于悲风。"

苏子曰："客亦知夫水与月乎？逝者如斯，而未尝往也；盈虚者如彼，而卒莫消长也。盖将自其变者而观之，则天地曾不能以一瞬；自其不变者而观之，则物与我皆无尽也，而又何羡乎！且夫天地之间，物各有主，苟非吾之所有，虽一毫而莫取。惟江上之清风，与山间之明月，耳得之而为声，目遇之而成色，取之无禁，用之不竭。是造物者之无尽藏也，而吾与子之所共适。"

客喜而笑，洗盏更酌。肴核既尽，杯盘狼藉。相与枕藉乎舟中，不知东方之既白。

【评述】

苏轼（1037~1101），字子瞻，号东坡居士，眉州（今四川眉山）人。与父苏洵、弟苏辙合称"三苏"。苏轼自幼刻苦读书，涉猎极广。宋仁宗嘉祐二年（1057）进士及第，官至翰林学士、知制诰、礼部尚书，一生经历仁宗、英宗、神宗、哲宗、徽宗五朝。苏轼在政治上富有革新思想，但在王安石实施新法改革时，他因革新内容及改革方法的不同而加以反对，并写诗讽刺；后来司马光执政时，他又反对尽废新法，因此在新旧两党之争中屡遭排挤打击，数次被贬。元丰二年（1079）因"乌台诗案"入狱，出狱后被贬黄州团练副使，此间写下《前赤壁赋》《后赤壁赋》和《念奴娇·赤壁怀古》等名篇。"东坡居士"是他此时给自己起的别号。元祐四年（1089）调任龙图阁学士知杭州，修苏堤造福杭州百姓。绍圣四年（1097），62 岁的

① 《苏轼全集》，上海古籍出版社，2000。

苏轼被放逐海南。元符三年（1100）遇大赦，北归途中病逝于常州。苏轼生活在百年无事的北宋中叶，诗文革新运动已有胜绩，社会文化在中唐以后又一次繁荣。良好的家庭教育加上刻苦学习，使得青年时期的苏轼不仅具有广博的历史文化知识，还成长为艺术上的全才。著有《东坡全集》100余卷，留下2700多首诗、300多首词，以及许多优美的散文。

《前赤壁赋》是一篇散文赋，作于元丰五年（1082）。原题《赤壁赋》，因作者于同年十月再游赤壁，作《后赤壁赋》，后来的选本为了区别改为《前赤壁赋》。当时苏轼贬官黄州，政治上的挫折令他心情苦闷，从江山风物中获得极大的精神慰藉。文章首段写景，夜游赤壁，泛舟江上，清风、明月、江水美如仙境，主人公也不觉产生遗世独立、羽化登仙之感。第二段转为抒情，呜呜咽咽的洞箫声吹出幽怨凄哀的情调，作者的情绪随之由乐转悲。第三四段主客问答，抒写对人生的思考和感叹。客人由眼前情景想到曹操的“对酒当歌，人生几何”，想到赤壁已成历史遗迹，曹操、周瑜等盖世英雄皆已风流云散，不由得唏嘘感叹，人生苦短。苏子的回答则照应文章开头，以明月、江水为喻，说明万物和人生都在变与不变之间，不用羡慕长江的无穷，也不用哀叹人生的短暂，应当到大自然中，尽情享受清风明月之美。作者的思想矛盾、对人生的思考、由悲而喜的情感转化，以及善于自我排解、安时处顺、随缘自适的人生态度，通过文章很好地体现出来。艺术上写景、抒情、议论紧密结合，情景交融、情理相生，既充满诗情画意，又饱含人生哲理，艺术成就极高。《前赤壁赋》既是苏轼散文赋代表作，也是宋代散文赋的最高成就。

苏轼诗歌篇目众多，成就很高，其中不乏名篇。《游金山寺》从长江的到海不回暗伤自己的宦游不归，“羁愁畏晚寻归楫”“有田不归如江水”，抒发了一种豪迈而深沉的感情；《题西林壁》从不同方位看到山的不同面目，“横看成岭侧成峰，远近高低各不同”，从寻常生活中引申出具有普遍意义的哲理；《王维吴道子画》对唐代吴、王两派画法做总结，“吴生虽妙绝，犹以画工论；摩诘得之于象外，有如仙翮谢笼樊”，一篇画论被写得诗意盎然；《和子由渑池怀旧》是作者人生观的诗意表达，“人生到处知何似？应似飞鸿踏雪泥。泥上偶然留指爪，鸿飞那复计东西”，诗意明快、畅达。

苏轼在词的创作上有更大的创造性。他的词作冲破了晚唐五代专写男女恋情、离愁别绪的旧框框，把写景、咏物、悼亡、怀人、咏史、抒怀、写志等诗歌题材统统摄入，内容十分丰富，风格上也是多种多样、不拘一格。《水调歌头·中秋》借赏月、问月悟到万物的不尽人意，充分表现了作者的洒脱性格和旷达情怀。后人赞曰，“中秋词，自东坡《水调歌头》一出，余词尽废”（《苕溪渔隐丛话》）。《定风波》（莫听穿林打叶声）则抒写了作者在面对生活中的挫折和打击所采取的超然态度，与世无争，自得其乐，“一蓑烟雨任平生”。《临江仙·夜归临皋》（夜饮东坡醒复醉）中，诗人用简淡的文笔，写自己醉归敲门、伫听江水之声，其情其景明白如画，不在乎名利得失的诗人形象如在眼前。

苏轼开宋词豪放一派。《念奴娇·赤壁怀古》雄浑豪放，《江城子·密州出猎》情绪激昂，表达了作者杀敌报国的雄心壮志和高昂的爱国情感，在宋词中前所未有，令人耳目一新、奋发向上。苏轼不仅擅长写“令东州壮士抵掌顿足而歌之，吹笛击鼓以为节”的豪放词，他的婉约词也写得缠绵深挚，感人至深。《江城子》(十年生死两茫茫)是其婉约词的代表作，上片写死别之痛，下片写相思之苦，“千里孤坟，无处话凄凉”。诗人通过梦境把对亡妻的真挚情感和深沉思念，表达得质朴自然，催人泪下。《水龙吟》(次韵章质夫杨花)是苏轼婉约词又一名篇。这首词是一首和词。当时章楶(字质夫)写杨花词寄与东坡，东坡读后以词回复。两词内容相近，都是从杨花写到思妇。在东坡词中，杨花是有生命、有感情的物，与思妇融合一体，让人分不清哪是写的思妇、哪是写的杨花，“似花还似非花，也无人惜从教坠”；春归去，杨花飞尽，多情的诗人欲寻找杨花的遗踪：“晓来雨过，遗踪何在？一池萍碎。”有趣的是，诗人在这里注释：“杨花落水为浮萍，验之信然。”这是实情还是作者的深情，其实并不重要。对读者而言，读到的是杨花的多情和生命力。杨花飞尽，“春色三分”也化作“二分尘土，一分流水”。作者在写花吗？“细看来，不是杨花，是离人泪”。咏物诗写出如此深婉缠绵的感情内涵，苏轼词作的艺术成就可见一斑。王国维评价说，“东坡《水龙吟》杨花词和韵而似原唱，章质夫词原唱而似和韵，才之不可强也如是”。(《人间词话》)

苏轼是文学史上少有的全才，诗、词、文兼长，书法、绘画也自成一体，成就颇高。他是欧阳修之后北宋文坛的领军人物，除了自己杰出的创作之外，还培养、提携了一批作家，如“苏门四学士”的黄庭坚、晁补之、秦观、张耒，以及加上陈师道、李廌的“苏门六君子”。他创造的豪放一派后来直接影响南宋的爱国词人辛弃疾——后人称为“苏辛”，再往后一直影响到清代的陈维崧、查慎行等。苏轼在诗歌上与黄庭坚并称“苏黄”，实际上黄的成就和影响远不及东坡。苏诗境界开阔、风格雄浑、意象丰富奇特，对后世诗歌创作影响也极为深远。金代的元好问、明代“公安派”、清代钱谦益都十分推崇苏诗。至于他的散文创作以及文论画论，在两宋及后世都是众人模仿学习的榜样。陆游说，“(宋高宗)建炎(1127~1130)以来，尚苏氏文章，学者翕然从之”。连科举考试也唯苏轼文章为上，“苏文熟，吃羊肉；苏文生，吃菜羹”，令人莞尔。他的《东坡志林》是精炼优美、富于抒情的优秀作品，《游沙溪》《记承天寺夜游》皆是其中名篇，极富美感且耐人寻味。晚明“公安三袁”，明末清初的王思任、张岱，清代的袁枚、郑板桥等，都受到苏轼的直接影响。

【拓展阅读】

对比阅读：章楶《水龙吟·杨花》

燕忙莺懒芳残，正堤上柳花飘坠。轻飞乱舞，点画青林，全无才思。闲趁游丝，静临深院，日长门闭。傍珠帘散漫，垂垂欲下，依前被、风扶起。

兰帐玉人睡觉，怪春衣雪沾琼缀，绣床渐满，香球无数，才圆却碎。时见蜂儿，仰粘轻粉，鱼吞池水。望章台路杳，金鞍游荡，有盈盈泪。

二、梁实秋《雅舍小品》①

雅舍

到四川来，觉得此地人建造房屋最是经济。火烧过的砖，常常用来做柱子，孤零零的砌起四根砖柱，上面盖上一个木头架子，看上去瘦骨嶙嶙，单薄得可怜；但是顶上铺了瓦，四面编了竹篦墙，墙上敷了泥灰，远远的看过去，没有人能说不像是座房子。我现在住的“雅舍”正是这样一座典型的房子。不消说，这房子有砖柱，有竹篦墙，一切特点都应有尽有。讲到住房，我的经验不算少，什么“上支下摘”“前廊后厦”“一楼一底”“三上三下”“亭子间”“茅草棚”“琼楼玉宇”和“摩天大厦”，各式各样，我都尝试过。我不论住在哪里，只要住得稍久，对那房子便发生感情，非不得已我还舍不得搬。这“雅舍”，我初来时仅求其能蔽风雨，并不敢存奢望，现在住了两个多月，我的好感油然而生。虽然我已渐渐感觉它并不能蔽风雨，因为有窗而无玻璃，风来则洞若凉亭，有瓦而空隙不少，雨来则渗如滴漏。纵然不能蔽风雨，“雅舍”还是自有它的个性。有个性就可爱。

“雅舍”的位置在半山腰，下距马路约有七八十层的土阶。前面是阡陌螺旋的稻田。再远望过去是几抹葱翠的远山，旁边有高粱地，有竹林，有水池，有粪坑，后面是荒僻的榛莽未除的土山坡。若说地点荒凉，则月明之夕，或风雨之日，亦常有客到，大抵好友不嫌路远，路远乃见情谊。客来则先爬几十级的土阶，进得屋来仍须上坡，因为屋内地板乃依山势而铺，一面高，一面低，坡度甚大，客来无不惊叹，我则久而安之，每日由书房走到饭厅是上坡，饭后鼓腹而出是下坡，亦不觉有大不便处。

“雅舍”共有六间，我居其二。篦墙不固，门窗不严，故我与邻人彼此均可互通声息。邻人轰饮作乐，咿唔诗章，喁喁细语，以及鼾声、喷嚏声、吮汤声、撕纸声、脱皮鞋声，均随时由门窗户壁的隙处荡漾而来，破我岑寂。入夜则鼠子瞰灯，才一合眼，鼠子便自由行动，或搬核桃在地板上顺坡而下，或吸灯油而推翻烛台，或攀援而上帐顶，或在门框桌脚上磨牙，使得人不得安枕。但是对于鼠子，我很惭愧的承认，我“没有法子”。“没有法子”一语是被外国人常常引用着的，以为这话最足代表中国人的懒惰隐忍的态度。其实我的对付鼠子并不懒惰。窗上糊纸，纸一戳就

① 《雅舍小品》，梁实秋著，鹭江出版社，2010。

破；门户关紧，而相鼠有牙，一阵咬便是一个洞洞。试问还有什么法子？洋鬼子住到“雅舍”里，不也是“没有法子”？比鼠子更骚扰的是蚊子。“雅舍”的蚊风之盛，是我前所未见的。“聚蚊成雷”真有其事：每当黄昏时候，满屋里磕头碰脑的全是蚊子，又黑又大，骨骼都像是硬的。在别处蚊子早已肃清的时候，在“雅舍”则格外猖獗，来客偶不留心，则两腿伤处累累隆起如玉蜀黍，但是我仍安之。冬天一到，蚊子自然绝迹，明年夏天——谁知道我还是否住在“雅舍”！

“雅舍”最宜月夜——地势较高，得月较先。看山头吐月，红盘乍涌，一霎间，清光四射，天空皎洁，四野无声，微闻犬吠，坐客无不悄然！舍前有两株梨树，等到月升中天，清光从树间筛洒而下，地上阴影斑斓，此时尤为幽绝。直到兴阑人散，归房就寝，月光仍然逼近窗来，助我凄凉。细雨蒙蒙之际，“雅舍”亦复有趣。推窗展望，俨然米氏章法，若云若雾，一片弥漫。但若大雨滂沱，我就又惶悚不安了，屋顶湿印到处都有，起初如碗大，俄而扩大如盆，继则滴水乃不绝，终乃屋顶灰泥突然崩裂，如奇葩初绽，砉然一声而泥水下注，此刻满室狼藉，抢救无及。此种经验，已数见不鲜。

“雅舍”之陈设，只当得简朴二字，但洒扫拂拭，不使有纤尘。我非显要，故名公巨卿之照片不得入我室；我非牙医，故无博士文凭张挂壁间；我不业理发，故丝织西湖十景以及电影明星之照片亦均不能张我四壁。我有一几一椅一榻，酣睡写读，均已有着，我亦不复他求。但是陈设虽简，我却喜欢翻新布置，西人常常讥笑妇人喜欢变更桌椅位置，以为这是妇人天性喜变之一征。诬否且不论，我是喜欢改变的。中国旧式家庭，陈设千篇一律，正厅上是一条案，前面一张八仙桌，一边一把靠椅，两旁是两把靠椅夹一只茶几。我以为陈设宜求疏落参差之致，最忌排偶。“雅舍”所有，毫无新奇，但一物一事之安排布置俱不从俗。人入我室，即知此是我室。笠翁《闲情偶寄》之所论，正合我意。

“雅舍”非我所有，我仅是房客之一。但思“天地者万物之逆旅”，人生本来如寄，我住“雅舍”一日，“雅舍”即一日为我所有。即使此一日亦不能算是我有，至少此一日“雅舍”所能给予之苦辣酸甜，我实躬受亲尝。刘克庄词：“客里似家家似寄。”我此时此刻卜居“雅舍”，“雅舍”即似我家。其实似家似寄，我亦分辨不清。

长日无俚，写作自遣，随想随写，不拘篇章，冠以“雅舍小品”四字，以示写作所在，且志因缘。

【评述】

梁实秋（1903~1987），原名梁治华，字实秋，浙江杭县（今杭州）人，出生于北京，1923 年 8 月赴美留学，获哈佛大学文学硕士学位。1926 年回国后在多所大学任教。1927 年加入“新月社”。20 世纪 30 年代曾与鲁迅展开论争。1949 年到台湾，执教于台湾数所大学，65 岁退休后专事写作，宣称“有一几一椅一榻，酣睡写读，均已有着，我亦不复他求”。梁实秋是中国著名的现当代散文家、文学批评家、翻译家，国内莎士比亚研究的第一个权威。著作等身，留下了两千多万字的著作，其散文集创造了中国现代散文著作出版的最高纪录。

《雅舍小品》是梁实秋1939年在四川北碚雅舍所写的小品文的结集。初版于1949年，收入散文34篇。因为是专栏式的作品，篇幅都不长，每篇不出两千字。全书没有统一的主题，题材随手拈来，都是身边琐事，诸如衣食住行、营养娱乐、人伦道德、世态炎凉、生老病死等等，不涉及政治思想，也不谈中西文化。像《握手》《理发》《衣裳》《女人》《男人》《洗澡》《牙签》等文章，题目看似平常，却被作者写得别致有趣。中国文化独有的人情世故、事态纷纭，以及一些有意无意的小把戏，往往被作者描摹剖析，再加以幽默戏谑的评价，睿智和识见尽在其中。

《雅舍》是文集第一篇，作者交代自己的居住及写作地点。在他人文集中，这个内容可能会用“……写于雅舍”几个字来表达，梁实秋先生却敷衍出了一篇有趣的文章。其中有作者深刻入微的观察，比如对四川房屋的描写，“火烧过的砖，常常用来做柱子，孤零零的砌起四根砖柱，上面盖上一个木头架子，看上去瘦骨嶙嶙，单薄得可怜；但是顶上铺了瓦，四面编了竹篦墙，墙上敷了泥灰，远远的看过去，没有人能说不像是座房子”；有身居陋室的苦中作乐，如屋里地势不平，“每日由书房走到饭厅是上坡，饭后鼓腹而出是下坡”；再如对老鼠蚊子骚扰、邻里互通声息状况的描写。作者不仅擅长苦中找乐，如不时把屋子里的陈设翻新布置，更擅长自己宽解。他说，“天地者万物之逆旅”，人生本来如寄，“我住‘雅舍’一日，‘雅舍’即一日为我所有”，“‘雅舍’所能给予之苦辣酸甜，我实躬受亲尝”。环境之艰苦在作者的淡然相处中化为无形。

《雅舍小品》里有多篇写人情世故的文章，非常精彩。比如对于最平常的握手礼节，作者说，有的手并不好握，“第一是作大官或自以为作大官者，那只手不好握。他常常挺着胸膛，伸出一只巨灵之掌，两眼望着青天，等你趁上去握的时候，他的手仍是直僵地伸着，他并不握，他等着你来握”。你假如去握了，“结果是孤掌难鸣，冷涔涔的讨一场没趣”（《握手》）。再比如谦让，作者写道，“一群客人挤在客厅里，谁也不肯先坐，谁也不肯坐首座”，“你推我让，人声鼎沸。辈份小的，官职低的，垂着手远远的立在屋角，听候调遣。自以为有占首座或次座资格的人，无不攘臂而前，拉拉扯扯，不肯放过他们表现谦让的美德的机会”。“主人腆着一张笑脸，偶然插一两句嘴，作鹭鸶笑”，“这场纷扰，要直到大家的兴致均已低落，该说的话差不多都已说完，然后急转直下，突然平息，本就该坐上座的人便去就了上座，并无苦恼之象，而往往是显着踌躇满志顾盼自雄的样子”（《谦让》）。他讽刺溺爱孩子的现象，“我一向不信孩子是未来世界的主人翁，因为我亲见孩子到处在做现在的主人翁”。他也嘲笑结婚典礼，说“假如人生本来像戏，结婚典礼便似‘戏中戏’，越隆重则越像”。他还系统总结了骂人的种种学问，提醒众人勿入“骂人误区”，“假如你骂一个无关痛痒的人，你越骂他他越得意，时常可以把一个无名小卒骂出名了，你看冤与不冤？”

梁实秋的散文融文人散文与学者散文于一体，旁征博引，内蕴丰盈，行文崇尚简洁，追求“绚烂之极趋于平淡”的艺术境界。而且作者洞察人生百态，擅长描摹刻画，文笔机智闪烁，谐趣横生，严肃中见幽默，幽默中见文采。他后来写了一些怀念故人、思恋故土的散文，谈东安市场，谈北京的年景，谈水木清华，迂徐平淡的文字间蕴含剪不断的乡愁与思念，感人至深。朱光潜曾评价说，梁实秋先生《雅舍小品》对于文学的贡献在他翻译莎士比亚的工作之上。

三、拉马丁《马赛曲》①

当年有一名驻守在斯特拉斯堡的青年军官，名叫鲁热·德利尔。他出生在汝拉山区的隆·勒索尼埃城，同所有山区小城一样，那是一个风光旖旎和充满活力的地方。这个青年人作为军人热爱战斗，作为思想家热爱革命。他能作曲又能作诗，很受人赏识，成了斯特拉斯堡市长迪特里克家的常客。迪特里克是一位阿尔萨斯爱国者，他的两个女儿也都热爱祖国，洋溢着革命激情；激情在边境地区尤其强烈，就像人的手脚最容易抽搐一样。她们喜欢这位青年军官，她们激励他的心灵，启发他的灵感。她们是青年军官的艺术探索的知音，是他的作品的演奏者。

那是1792年冬天。斯特拉斯堡城内到处都是饥馑。迪特里克一家生活清苦，只有粗茶淡饭，但鲁热·德利尔仍是他们殷勤招待的客人。青年军官和他们朝夕相处，亲如一家。一天，餐桌上只摆着配给的面包和几片烟熏的火腿，迪特里克平静而阴郁地望着鲁热·德利尔，对他说：“我们没有丰盛的筵席。但是，只要我们公民的节日热情洋溢，只要我们士兵心中充满勇气，这一切算得了什么！贮藏室里还留着一瓶酒，这是最后一瓶了。”

“把酒拿来吧，”他对女儿说，“让我们为自由和祖国干杯。”

斯特拉斯堡不久将举行盛大的爱国集会，德利尔要在这最后几滴酒中汲取灵感，谱写一首歌曲。这首在陶醉中谱写的歌曲应该给人民的心灵带来振奋。姑娘们兴奋地把酒取来，斟满了老父亲和青年军官的酒杯，一直到他们把那瓶酒饮完。

已经是午夜了，天气是严寒的，德利尔思绪起伏，感情激荡。他步履踉跄地回到自己孤独的卧室里。他时而在他公民激动的灵魂中，在他艺术家的键盘上去寻求灵感；或先吟出灵感所赐予的乐句然后填词，或凭激动先作词然后谱曲，词和曲在

① 《法国散文选》，湖南人民出版社，1987。

他头脑里是如此水乳交融，以致他自己也弄不清先产生的是词还是曲，以致诗和音乐、感情和表达形式成了不可分割的浑然一体。这一切其实都只是在口头完成了，他并没有动笔记下任何东西。

崇高灵魂的飞扬使他疲惫不堪，他头靠着钢琴入睡了，一直到天明才醒来。前夜的歌曲像梦幻的印象逐渐重现在他的记忆里。他这才用纸笔记录下来，并且立即朝迪特里克家跑去。老市长正在菜园里翻地种菜，老人的妻子和女儿还没有起床。迪特里克把她们唤醒，又叫来几位同他一样热爱音乐的友人。老人的大女儿伴奏，鲁热演唱。唱完第一段，大家脸色苍白；唱完第二段，大家热泪盈眶；全曲终了时，大家热血沸腾。迪特里克的妻子、女儿和青年军官都流着泪相互拥抱。祖国之歌诞生了。可是，唉！这首歌也是恐怖时代之歌。几个月后，在这首由他的朋友用心灵撰写、并且由他女儿试唱、诞生在他家的歌曲声中，不幸的迪特里克被押上了断头台。

几天后，这首新歌在斯特拉斯堡公开演出，不久就传遍全法国，为一切民众歌咏队所演唱。这首歌被马赛各俱乐部采纳，成为群众集会开始和结束时必唱的歌曲，马赛志愿兵在开赴前线途中高唱着这首歌，所以人们称它为《马赛曲》。德利尔年迈的母亲是一个保王党人和虔诚的教徒，她对她儿子的声音引起的反响十分恐惧，写信问他："一伙强盗唱着歌穿越法国，听说他们所唱的歌曲是我们家的人谱写的，这是怎么回事？"被当作保王党人放逐的德利尔本人，听见这首歌像死亡的威胁在他耳边回响时，也不禁全身战栗，急忙沿着上阿尔卑斯山的小径逃遁。"这首歌叫什么名字呀？"德利尔问他的向导。"马赛曲"，给他引路的农民回答说。这样，他才知道自己谱写的歌曲的名称。他被自己播下的热情追逐着。

【评述】

拉马丁（1789~1869），法国 19 世纪著名的浪漫主义作家。出生于旧贵族家庭，对当时的法国大革命有一种本能的恐惧和戒备，因而常常怀恋过去，把理想寄托在飘渺的天堂、逝去的事物，或向大自然寻求安慰。在他眼里，人生就是痛苦和失望的源泉。法国大革命后，他的政治立场逐渐由保守主义转到资本主义自由主义，极力宣传人道主义思想，强调作品要为宣传自己的思想服务。1820 年发表代表作《沉思集》，着力抒发对逝去幸福的惋叹，充满消极颓伤的情调，对法国浪漫派诗歌影响很大。此外还著有一些社会小说、历史小说、自传性故事。

本文选自《吉伦特派史》。这是一本关于法国大革命时期温和的右翼吉伦特派历史的书。书中寄寓了作者对吉伦特派的深切同情。吉伦特派亦称温和的共和派，由于大多数人原是吉伦特省人，故被称为吉伦特派。在法国大革命时期，他们从 1790 年 10 月到 1792 年 9 月控制立法议会，成为革命的领导核心。随着革命的深入，由于在审判国王时，吉伦特派的一些人反对处死国王，被人们指责为保王党。1793 年 5

月 30 日开始，巴黎发生了反对吉伦特派的群众运动。6 月 2 日国民公会下令逮捕了 29 名吉伦特派议员。在后来吉伦特派的反对派山岳派执政的恐怖时期，有 21 名被捕的吉伦特派议员被送上断头台。直到 1794 年山岳派垮台后，那些幸免于难的吉伦特派才回到国民公会中，并恢复了荣誉。

本文同书中其他篇章一样，笔触细腻，情感饱满，淋漓尽致地抒发了作者对吉伦特派不幸遭遇的同情，给人以历史的凝重和叹息，体现了作者浪漫诗人的气质和政治家的沉思。作者开篇即用简练的笔墨，勾勒出主人公的形象：充满革命激情的青年军官鲁热·德利尔，斯特拉斯堡市长迪特里克以及他的两个美丽而同样充满激情的女儿。虽然是寥寥几笔，却给读者留下了美好的印象，也给全文的悲剧色彩埋下了伏笔。随后作者用 5 段篇幅，充满激情地详细记叙了《马赛曲》的诞生。在作者笔下，一切都是那么自然，其间洋溢着浓郁的浪漫主义色调——融融火炉前的晚宴，年轻的心，美好的人，芬芳的酒，悠扬的琴声，一切都是那么美好，那么崇高；又充满了肃然的悲壮——“唱完第一段，大家脸色苍白；唱完第二段，大家眼泪盈眶；全曲终了时，大家热血沸腾”。祖国之歌就这样诞生了。随即作者一笔宕开，以迪特里克被送上断头台作结尾，陡然使人如坠海底，默默无言。最后一段，作者承接迪特里克之死，由《马赛曲》传唱及命名到德利尔逃遁，使悲剧色彩达到高潮。特别是最后一句“他被自己播下的热情追逐着”，不禁令人怅然若失，热泪盈眶。

这是一篇具有浓郁悲剧色彩的作品。然而，开篇却是那么平缓，中间的叙述富于诗意，结局的转换却又是那么的陡然、凝重和自然，可以说是卒章显志的典范之作。综观全篇，三个部分井然有序，一气呵成。文章篇幅不长，不算鸿篇巨制，但包含的内容却丰富、凝重。这一切在作者笔下表现得是那样的含蓄、深沉，就像历史本身那样给人以肃然的静穆和无限的思索。

值得一提的是，《马赛曲》是一篇主观性极强的作品，字里行间都充满了作者的情感倾向，充分体现了作者的政治见解。然而，这一切都隐含于客观的记叙和精当的选材之上，不露痕迹，因而极富感染力。这正是作者精湛的艺术技巧的体现。

四、纪伯伦《先知》《沙与沫》①

先知·论美

一位诗人说，请给我们谈谈美。

他答道：如果美不以自身为途径，为向导，你们到哪里，又如何能找到她呢？如果她不是你们言语的编织者，你们又如何能谈论她呢？伤心痛苦者说：“美是善良

① 《纪伯伦全集》，李唯中译，九州出版社，2014。

而温柔的，她像一位因自己的荣耀而半含羞涩的年轻母亲，走在我们的身边。”热情奔放者说：“不，美是强烈而令人惊畏的，她如暴风雨般震动我们脚下的大地，摇撼我们头上的天空。”疲惫怠倦者说：“美是温柔的低语，她在我们的心中诉说。她的声音波动在我们的沉默中，犹似一道微弱的光在对阴影的恐惧中颤抖。”但活泼好动者说：“我们曾听到她在山谷中大声呼叫，随其呐喊而来的是足蹄踏地、翅膀拍击和雄狮怒吼的声音。”夜晚，城市的守夜人说：“美将与晨光一同从东方升起。”正午，辛勤劳作者和长途跋涉者说：“我们曾看到她透过黄昏之窗眺望大地。”严冬，困在风雪中的人说：“她将与春同至，雀跃于山峦之间。”酷暑，收割庄稼的人说：“我们曾看到她与秋叶共舞，雪花点缀于她的发梢。”你们谈到关于美的所有这些，实际并非关于她本身，而是关于你们未被满足的需求，但美并不是一种需求，而是心醉神迷的欣喜。她不是焦渴的唇，也不是伸出的空空的手，而是一颗燃烧的心，一个充满喜悦的灵魂。她不是你们想看到的形象，也不是你们想听到的歌声，而是你们闭上眼睛看到的形象，堵住耳朵听到的歌声。她不是伤残树皮下的树液，也不是悬在利爪下的翅膀。而是一座鲜花永远盛开的花园，一群永远在天空飞翔的天使。奥法利斯城的人们啊，当生命摘去遮盖她圣洁面容的面纱时，美就是生命。但你们是生命，也是面纱。美是凝视自己镜中身影的永恒。但你们就是永恒，你们也是明镜。

沙与沫

我永远在沙岸上行走，在沙土和泡沫的中间。高潮会抹去我的脚印，风也会把泡沫吹走。但是海洋和沙岸，却将永远存在。

我曾抓起一把烟雾。然后我促掌一看，哎哟，烟雾变成一个虫子。我把手握起再伸开一看，手里却是一只鸟。我再把手握起又伸开，在掌心里站着一个容颜忧郁、向天仰首的人。我又把手握起，当我伸掌的时候，除了烟雾以外一无所有。但是我听到了一支绝顶甜柔的歌曲。

仅仅在昨天，我认为我自己只是一个碎片，无韵律地在生命的穹苍中颤抖。现在我晓得，我就是那苍穹，一切生命都是在我里面有韵律地转动的碎片。

他们在觉醒的时候对我说：“你和你所居住的世界，只不过是无边海洋的无边沙岸上的一粒沙子。”在梦里我对他们说：“我就是那无边的海洋，大千世界只不过是我的沙岸上的沙粒。”

只有一次把我窘得哑口无言，就是当一个人问我“你是谁”的时候。

我想使自己完满起来。但是除非我能变成一个上面住着理智生物的星球，此外还有什么可能呢？这不是第一个人的目标吗？

一粒珍珠是痛苦围绕着的一粒沙子所建造起来的庙宇。是什么愿望围绕着什么样的沙粒，建造起我们的身体呢？

给我静默，我将向黑暗挑战。

当我的灵魂和肉体由相爱而结婚的时候，我就得到了重生。

记忆是相会的一种形式，忘记是自由的一种形式。

人性是一条光河，从永久以前流到永久。

除了通过黑夜的道路，人们不能到达黎明。

我的房子对我说："不要离开我，因为你的过去住在这里。"道路对我说："跟我来吧，因为我是你的将来。"我对我的房子和道路说："我没有过去，也没有将来。如果我住下来，我的住中就有去，我的去中就有住，只有爱和死才能改变一切。"

【评述】

纪伯伦·哈利勒·纪伯伦（1883~1931），黎巴嫩哲理诗人和杰出画家。出生于黎巴嫩北部的崇山峻岭之中，著名的"圣谷"附近的贝什里村。12岁时随母迁往美国波士顿，两年后只身回国，进入贝鲁特"希克玛（睿智）"学校学习阿拉伯语、法文和绘画。1902年返回美国，随后痛失母亲等三位亲人。他用一幅题名《走向永恒》的画，画下了临终前从容、平静的母亲。1908年得友人资助赴巴黎学画，得到罗丹等艺术大师的亲授指点。在欧洲的这段时间，他游览了许多文化名城、历史古迹，了解社会，扩大视野。1911年再次返美，长期居住纽约，从事文学与绘画创作，并领导阿拉伯侨民文化潮流。后来遭受疾病折磨。当感到死神将至，纪伯伦愈加拼命地创作。在生命的最后岁月，他写下了传遍阿拉伯世界的诗篇《朦胧中的祖国》。去世时年仅48岁。纪伯伦著有小说《草原新娘》、《叛逆的灵魂》（1908）和长篇小说《折断的翅膀》等，散文诗集《泪与笑》、《暴风雨》、《先驱者》（1920）、《先知》（1923）、《沙与沫》（1926）等，诗集《行列圣歌》、《珍闻与趣谈》、《与灵魂私语》，以及诗剧《大地诸神》、《拉撒路和他的情人》等。

《先知》是纪伯伦的代表作，它以智者临别赠言的方式，论述了爱与美、生与死、婚姻与家庭、劳作与安乐、法律与自由、理智与热情等一系列问题。在短暂的生命旅程中，纪伯伦饱经颠沛流离、痛失亲人、爱情波折、债务缠身与疾病煎熬之苦，可是他的作品却充满爱与美的主题。在《先知》里，作者借智者之口，解答人们会时常遭遇的人生难题。在《论爱》一文中，纪伯伦告诉读者，"爱虽给你加冠，他也要把你钉在十字架上。他虽栽培你，他也刈剪你。"爱的力量是巨大的，既给你带来欢乐又给你带来痛苦。在《论美》一文中，诗人指出美是不能强求的，但只要我们热爱美、向往美，有爱美之心，就一定会步入美的殿堂。"在生命揭露圣洁的面容的时候的美，就是生命。但你就是生命，你也是面纱。美是永生揽镜自照。但你就是永生，你也是镜子。"在这里，诗人着重强调了生命本身就是美的道理。在《论友谊》中，作者说，真正的友谊不用言语，一切的思想、愿望、希冀，都在无声的喜悦中发生而共享。《先知》中包含许多深刻的哲理，可作者却写得亲切自然、平易近人，富有哲理、充满智慧。

《沙与沫》也是纪伯伦最著名的作品之一。在他的故事里，“一花一世界，一沙一天国”，四季流转，云朵变幻。生命的解答蕴藏其中，只要你善于发掘。“一个人的意义不在于他的成就，而在于他所企求成就的东西。我们中间，有些人像墨水，有些人像纸张”；“一个人的实质，不在于他向你显露的那一面，而在于他不能向你显露的那一面”；“对于从银河的窗户里下望的人，空间就不是地球与太阳之间的空间了”。哲理之外的音韵之美、智慧之美，传达出生命的爱和真谛，体现了人类共同的情感，满足了不同心灵的不同需求。

纪伯伦是阿拉伯海外文学的杰出代表。以他为中心形成了阿拉伯第一个文学流派“叙美派”（即“阿拉伯侨民文学”），他是重量级的中坚力量和领军人物。他身上既有着阿拉伯传统文化的深刻烙印，又有着西方文化明显的影响。东西方文化和价值观念的碰撞，不同艺术形式的借鉴与交融，形成其“世界公民”的视角和独特的艺术风格。他曾说：“整个地球都是我的祖国，全部人类都是我的乡亲。”纪伯伦是一位双语作家，前期主要用阿拉伯语写作，再翻译成英文。后期多用英文写作，再翻译成阿拉伯文。《先知》就是先用英文发表，然后译成阿拉伯文的。纪伯伦是黎巴嫩和阿拉伯现代小说散文诗歌的奠基者之一。科威特《阿拉伯人》杂志撰文称，纪伯伦“开辟了通往西方人头脑和心灵的道路”，是“世界文坛占据了崇高地位的三位东方诗人之一”。法国文学研究中心的一位专家说，《先知》是“数百年来东方送给我们的最美好的礼物”。

【推荐阅读】

泰戈尔的《飞鸟集》。

纪伯伦《沙与沫》与泰戈尔《飞鸟集》都是东方现代散文诗的经典之作，二者都以简短而寓意隽永的诗句，一点一滴地浸润读者的心灵。

第三章 小说

小说是叙事文体，产生的时间比较晚，但叙事的历史却很悠久。古老民族最早的文学大多是史诗（长篇叙事诗），用来记录部族发展的历史。后来诗歌的叙事性慢慢减退，把记事这一功能让给了历史著作。

“小说”一词最早出自《庄子·外物篇》：“饰小说以干县令，其与大达亦远矣。”庄子把“小说”与“大达”对举，用来指那些琐屑的言谈、无关政教的小道理。这与后世作为一种文学体裁出现的“小说”含义不尽相同，但在“小说不登大雅之堂”这一点上，两种说法有相似之处。先秦诸子百家中有“小说家”，班固《汉书·艺文志》说：“小说家者流，盖出于稗官。街谈巷语，道听途说者之所造也。”意思是说，小说家就是记录民间街谈巷语、道听途说，以呈报上级的文章。先秦小说家自成一家，但不入流。《艺文志》抄录了古书《七略》目录，在“小说家”条目下列有15家1380篇著作，其中包括《伊尹说》27篇、《鬻子说》19篇、《周考》76篇、《青史子》57篇等，皆已亡佚。魏晋南北朝时期出现大量的志人、志怪小说，是中国小说发展的重要阶段，后又经唐传奇、宋话本，到明清时期，中国古典小说发展到最高水平，体裁样式都已成熟，并出现思想性、艺术性都很高的优秀作品。如明代的《三国演义》《水浒传》《西游记》和《金瓶梅》，清代的《聊斋志异》《儒林外史》和《红楼梦》。虽然在正统的文化观念里，小说仍然是“街谈巷议”的下里巴人，是不入流的“闲书”，但小说伸缩自如的容量和多样化的叙事方式，使其逐渐成为最主要的文学形式。

如果说中国古代文学传统是以诗文为核心，西方文学传统则一开始就是以叙事为核心的。荷马史诗被称为西方叙事文学传统的最初源头，而中世纪流行于欧洲各国的“传奇”被认为是西方叙事文学由史诗到十八十九世纪的现代小说的发展中介。①

小说是一种典型的叙事文学。所谓叙事，就是铺叙故事，或者说讲述故事。法国叙事学家罗兰·巴特在《叙事作品结构导论》中认为，叙事在人类文化中具有普遍性，叙事与人类历史本身是共同产生的，超越国度、超越历史、超越文化，犹如生命一样永存。小说是叙事的一种类型，是用语言来铺叙故事的叙事形式。既然是

① 《文学理论新编》，童庆炳主编，北京师范大学出版社，2010。

讲故事的叙述文体，那么谁在讲故事（叙述者），讲什么故事（人物、事件、情节与环境），如何讲故事（叙事时间），就是最重要的叙事要素。

一、刘义庆《世说新语》①

雅量（两则）

嵇中散临刑东市，神气不变，索琴弹之，奏《广陵散》。曲终，曰："袁孝尼尝请学此散，吾靳固不与，《广陵散》于今绝矣！"太学生三千人上书，请以为师，不许。文王亦寻悔焉。

郗太傅在京口，遣门生与王丞相书，求女婿。丞相语郗信："君往东厢，任意选之。"门生归白郗曰："王家诸郎亦皆可嘉，闻来觅婿，咸自矜持，唯有一郎在东床上坦腹卧，如不闻。"郗公云："正此好！"访之，乃是逸少，因嫁女与焉。

容止（三则）

魏武将见匈奴使。自以形陋，不足雄远国，使崔季珪代，帝自捉刀立床头。既毕，令间谍问曰："魏王何如？"匈奴使答曰："魏王雅望非常，然床头捉刀人，此乃英雄也。"魏武闻之，追杀此使。

嵇康身长七尺八寸，风姿特秀。见者叹曰："萧萧肃肃，爽朗清举。"或云："肃肃如松下风，高而徐引。"山公曰："嵇叔夜之为人也。岩岩若孤松之独立；其醉也，傀俄若玉山之将崩。"

潘岳妙有姿容，好神情。少时挟弹出洛阳道，妇人遇者，莫不连手共萦之。左太冲绝丑，亦复效岳游遨，于是群妪齐共乱唾之，委顿而返。

有人语王戎曰："嵇延祖卓卓如野鹤之在鸡群。"答曰："君未见其父耳！"

伤逝（两则）

王仲宣好驴鸣，既葬，文帝临其丧，顾语同游曰："王好驴鸣，可各作一声以送之。"赴客皆一作驴鸣。

王子猷、子敬俱病笃，而子敬先亡。子猷问左右："何以都不闻消息？此已丧矣！"语时了不悲。便索舆来奔丧，都不哭。子敬素好琴，便径入坐灵床上，取子敬琴弹，弦既不调，掷地云："子敬，子敬，人琴俱亡！"因恸绝良久。月余亦卒。

任诞（四则）

刘伶病酒，渴甚，从妇求酒。妇捐酒毁器，涕泣谏曰："君饮太过，非摄生之道，必宜断之！"伶曰："甚善。我不能自禁，唯当祝鬼神自誓断之耳。便可具酒肉。"妇曰："敬闻命。"供酒肉于神前，请伶祝誓。伶跪而祝曰："天生刘伶，以酒为名；一

---

① 《世说新语校笺》，刘义庆著，徐震堮校，中华书局，2011。

饮一斛，五斗解酲。妇人之言，慎不可听。”便引酒进肉，隗然已醉矣。

阮公邻家妇，有美色，当垆酤酒。阮与王安丰常从妇饮酒，阮醉，便眠其妇侧。夫始殊疑之，伺察，终无他意。

襄阳罗友有大韵，少时多谓之痴。尝伺人祠，欲乞食，往太蚤，门未开。主人迎神出见，问以非时何得在此，答曰："闻卿祠，欲乞一顿食耳。”遂隐门侧。至晓，得食便退，了无怍容。为人有记功，从桓宣武平蜀，按行蜀城阙，观宇内外，道陌广狭，植种果竹多少，皆默记之。后宣武溧州与简文集，友亦预焉；共道蜀中事，亦有所遗忘，友皆名列，曾无错漏。宣武验以蜀城阙簿，皆如其言，坐者叹服。谢公云："罗友讵减魏阳元！”后为广州刺史，当之镇，刺史桓豁语令莫来宿，答曰："民已有前期，主人贫，或有酒馔之费，见与甚有旧，请别日奉命。”征西密遣人察之，至日，乃往荆州门下书佐家，处之怡然，不异胜达。在益州，语儿云："我有五百人食器。”家中大惊。其由来清，而忽有此物，定是二百五十沓乌樏。

王子猷居山阴。夜大雪，眠觉，开室，命酌酒，四望皎然。因起彷徨，咏左思《招隐诗》，忽忆戴安道。时戴在剡，即便夜乘小船就之。经宿方至，造门不前而返。人问其故，王曰："吾本乘兴而行，兴尽而返，何必见戴？”

排调（两则）

王丞相枕周伯仁膝，指其腹曰："卿此中何所有？”答曰："此中空洞无物，然容卿辈数百人。”

王文度、范荣期俱为简文所要。范年大而位小，王年小而位大。将前，更相推在前；既移久，王遂在范后。王因谓曰："簸之扬之，糠秕在前。”范曰："洮之汰之，沙砾在后。”

【评述】

刘义庆（403~444），又名刘辰翁，字季伯，彭城（今江苏徐州）人。他出生于南朝宋宗室，是宋武帝刘裕之侄、长沙景王刘道怜次子，自幼才华出众，在诸王中颇为出色。其叔临川王刘道规无子，即以刘义庆为嗣，袭封南郡公、临川王等职。17岁升任尚书左仆射，位及人臣。但堂弟宋文帝刘义隆篡位后，加紧对自家宗室的杀戮和控制。刘义庆"惧有灾祸"，29岁时乞求外调，任荆州刺史，颇有功绩。后任江州刺史与南兖州刺史。38岁时召集文学之士编撰《世说新语》，另著有怪异小说集《幽明录》。41岁病逝于建康，谥号"康王"。

《世说新语》最早见于《隋书·经籍志》，被称为"世说"，而无"新语"二字。唐代以后，以《世说新语》之名流行于世。全书分3卷，共36门类。上卷包括德行、言语、政事、文学等4门，中卷包括方正、雅量、识鉴、赏誉、品藻、规箴等9门，下卷包括容止、自新、企羡、伤逝、栖逸、任诞、仇隙等23门，记载的都是历史上著名人物的故事。鲁迅先生认为《世说新语》"乃纂辑旧文，非有自造"

(《中国小说史略》)，意思是说《世说新语》不是新创，而是在汇集前人文献资料的基础上编撰而成。这些文献资料大致包括三类：一是性质相同的记载人物逸事的小说，二是各类史书，包括《汉书》、《三国志》等正史，以及大部分杂史；三是以人物为中心的杂传。《世说新语》在小说和历史之间“边界模糊的交错地带”，在或真或假的历史故事的基础上，经过增删、润色，写成了新的故事。至于这些故事的真假，后世已很难辨别，但它总体上描绘出魏晋时期的社会氛围以及士族阶层的精神面貌。

从东汉末年到东晋末年大约200多年的时间里，社会危机四伏，政权频繁更迭，战乱持续不断。随后的南北朝更是如此。从魏至隋的360余年间，有30余个大小王朝交替兴亡。作为维护大一统政治的儒学思想逐渐丧失权威地位，老庄学说和佛教思想广为传播，魏晋因此成为自春秋战国以后又一个异说并存、思想解放的时代，并因此促成文人的个体自觉。那个时期的士人都具有一种独特的精神特质，无论是帝王将相还是隐士僧侣，个性十足，奇人怪事，与传统儒家的言行规范迥然不同。《雅量》中的嵇康“临刑东市，神气不变，索琴弹之，奏《广陵散》”，曲终大笑，说“广陵散于今绝矣”，大丈夫在死亡面前的优雅从容和淡定自若跃然纸上；《伤逝》中的魏文帝曹丕赴王仲宣葬礼，因王好驴鸣，遂提议大家一人一声驴鸣为死者送行；《任诞》中的王子猷（王羲之之子）任性放达，弃官东归，住在山阴县。一天夜里下大雪，他喝酒，诵左思《招隐》诗，突然想起朋友戴安道，连夜坐船赶去剡县戴家。船行一夜方至，王子猷却连门都不进，直接原路返回。别人认为他古怪，他却说，“吾本乘兴而行，兴尽而返，何必见戴”；《排调》中的王文度和范荣期既相互谦让又相互取笑。走在后面的王文度说：“簸米扬米，秕子和糠米都在前面。”走在前面的范荣期说：“淘米洗米，沙子和石子都在后面。”……李泽厚先生说，“《世说新语》津津有味地论述那么多的神情笑貌、传闻逸事，其中并不都是功臣名将们的赫赫战功或忠臣义士的烈烈操守，相反，更多倒是手执浮尘、口吐玄言、扪虱而谈、辩才无碍，重点展示的是内在的智慧，高超的精神，脱俗的言行，漂亮的风貌”。[①] 日本汉学家大沼枕山说，“一种风流吾最爱，魏晋人物晚唐诗”。

《世说新语》具有很高的史学价值，是研究魏晋社会、历史、宗教、文学、思想、风俗的重要资料。同时，《世说新语》也具有很高的文学价值，是后人了解魏晋名士风流的极好途径。全书涉及的人物达1000余人，堪称魏晋两朝“名人传记”。作者以不同于儒家的审美和欣赏，展示了这些魏晋名士们独特的个性之美，有的面容姣好、姿仪俊秀，有的风神俊朗、生气勃勃，有的清雅脱俗，有的语言妙趣，可见作者主张美在神韵、心灵、人格独立和精神自由的审美观。

---

① 《美的历程》，李泽厚著，文物出版社，1981。

《世说新语》是中国最早的一部文言志人小说集，其广泛丰富的内容和纯熟精美的语言艺术，使它成为魏晋笔记小说的代表作，在中国古代小说史上起着承前启后的重要作用。自《世说新语》问世后，历代都是类似的志人小说出现，如《太平广记》、纪晓岚的《阅微草堂笔记》和蒲松龄的《聊斋志异》等。它类似素描的简洁的叙事手法和隽永诙谐幽默的语言，风趣而含蓄，生动而意味深长，更是令后世文人钦佩神往。鲁迅曾称赞说，《世说新语》“记言则玄远冷隽，记行则高简瑰奇”，其艺术成就可见一斑。

二、曹雪芹《红楼梦》①

【故事梗概】

前八十回为曹雪芹原著。开篇即写女娲补天剩下一块无用之石，弃于大荒山无稽崖青梗峰下。一僧一道路过此地，顽石再三求他们带它去红尘中历练，于是它被“缩成扇坠大小”，带去“昌明隆盛之邦，诗礼簪缨之族，花锦繁华之地，温柔富贵之乡”安身乐业。几世风劫以后，空空道人路过此地，见石上刻着顽石当初在红尘中的那番经历，便抄录下来，交作者披阅增删，即成《石头记》。

甄士隐（“真事隐”）住在葫芦庙旁，与穷书生贾雨村（“假语存”）成了朋友，并资助他进京赶考。元宵节晚上女儿英莲被拐，后葫芦庙失火烧了他家，甄士隐带着妻子投奔岳父，不仅受尽白眼，家产也被糊弄光了。贫病交加之下，听跛足道人唱《好了歌》，于是顿悟遁入空门。贾雨村中进士点了官，因贪污被弹劾革职，在盐政林如海家教林黛玉读书。黛玉丧母，被外祖母贾母接到金陵贾府，见到了荣宁二府一干人等，也包括衔玉而生、深得宠爱的贾宝玉。两人初见即觉似曾相识。不久后，王夫人的姐姐薛姨妈带着儿子薛蟠和女儿宝钗也在贾府住下。宝钗随身带着癞头和尚所赠金锁，黛玉忌讳金玉良缘之说，常暗暗讥讽宝钗、敲打宝玉。

贾政长女元春被册封为妃，皇帝恩准她回家省亲，荣国府为此修建了极其奢华的大观园。元春回宫后担心大观园空闲，便让宝玉和众姐妹搬进居住。宝玉进园后，成天与姐妹们一起厮混，《西厢记》等禁书也被带了进去。宝玉黛玉一起读《西厢》。暮春时节，黛玉伤春惜花，收集落花埋入花冢，写下《葬花吟》。一次，湘云与宝玉谈仕途，宝玉道黛玉从不说这种混账话。恰巧黛玉经过听见，深喜知心。

丫鬟金钏与宝玉调笑，被王夫人赶出投井而死；宝玉结识了一位王爷喜欢的伶人，伶人失踪，王爷派人到贾府要人。贾政大怒，痛打宝玉。王夫人找宝玉的丫头袭人，要她随时汇报宝玉行踪，并决定把袭人给宝玉做妾。众人在大观园成立诗社。

---

① 《红楼梦》，曹雪芹著，无名氏续，人民文学出版社，1982。

行酒令时黛玉无意间引了几句《西厢记》曲文，被宝钗察觉并提醒了她，二人关系好转。黛玉模仿《春江花月夜》写《秋窗风雨夕》。丫头紫娟假说黛玉要回姑苏试探宝玉，结果宝玉信以为真而精神失常。黛玉明白宝玉真心，众人也以为他们必成美满姻缘。宝玉年纪渐大，被父亲逼着上学，搬出了大观园。贾政二女儿迎春出嫁，薛蟠娶了悍妇夏金桂整日家里闹腾，香菱（即甄士隐被拐的女儿英莲）被折磨得生了重病，王夫人抄检大观园，丫头司棋被查出与表哥的私情而自杀。大观园冷清下来。

后四十回为续作。比较主要的情节是宝玉与宝钗结婚。王熙凤使调包计。黛玉焚稿断痴情，泪尽而亡。宝玉见新娘是宝钗，从此心灰意冷。最后虽然考取功名，仍然出家遁世。

【经典摘录】

第23回“西厢记妙词通戏语，牡丹亭艳曲警芳心”。

三月桃花开时，宝黛二人共读《西厢》，并借《西厢记》曲文表白、打趣，对话中深藏对彼此的爱慕之情。黛玉在回房的路上听到《牡丹亭》，不禁心动神弛，触景感伤。

那一日正当三月中浣，早饭后，宝玉携了一套《会真记》，走到沁芳闸桥边桃花底下一块石上坐着，展开《会真记》，从头细玩。正看到“落红成阵”，只见一阵风过，把树头上桃花吹下一大半来，落的满身满书满地皆是。宝玉要抖将下来，恐怕脚步践踏了，只得兜了那花瓣，来至池边，抖在池内。那花瓣浮在水面，飘飘荡荡，竟流出沁芳闸去了。回来只见地下还有许多。

宝玉正踟蹰间，只听背后有人说道：“你在这里作什么？”宝玉一回头，却是林黛玉来了，肩上担着花锄，锄上挂着花囊，手内拿着花帚。宝玉笑道：“好，好，来把这个花扫起来，撂在那水里。我才撂了好些在那里呢。”林黛玉道：“撂在水里不好。你看这里的水干净，只一流出去，有人家的地方脏的臭的混倒，仍旧把花遭塌了。那畸角上我有一个花冢，如今把他扫了，装在这绢袋里，拿土埋上，日久不过随土化了，岂不干净。”

宝玉听了喜不自禁，笑道：“待我放下书，帮你来收拾。”黛玉道：“什么书？”宝玉见问，慌的藏之不迭，便说道：“不过是《中庸》《大学》。”黛玉笑道：“你又在我跟前弄鬼。趁早儿给我瞧，好多着呢。”宝玉道：“好妹妹，若论你，我是不怕的。你看了，好歹别告诉别人去。真真这是好书！你要看了，连饭也不想吃呢。”一面说，一面递了过去。林黛玉把花具且都放下，接书来瞧，从头看去，越看越爱看，不到一顿饭工夫，将十六出俱已看完，自觉词藻警人，余香满口。虽看完了书，却只管出神，心内还默默记诵。

宝玉笑道：“妹妹，你说好不好？”林黛玉笑道：“果然有趣。”宝玉笑道：“我就是个‘多愁多病身’，你就是那‘倾国倾城貌’。”林黛玉听了，不觉带腮连耳通红，登时直竖起两道似蹙非蹙的眉，瞪了两只似睁非睁的眼，微腮带怒，薄面含嗔，指宝玉道：“你这该死的胡说！好好的把这淫词艳曲弄了来，还学了这些混话来欺负我。我告诉舅舅舅母去。”说到“欺负”两个字上，早又把眼睛圈儿红了，转身就走。宝玉着了急，向前拦住说道：“好妹妹，千万饶我这一遭，原是我说错了。若有心欺负你，明儿我掉在池子里，教个癞头鼋吞了去，变个大忘八，等你明儿做了‘一品夫人’病老归西的时候，我往你坟上替你驮一辈子的碑去。”说的林黛玉“嗤”的一声笑了，揉着眼睛，一面笑道：“一般也唬的这个调儿，还只管胡说。‘呸，原来是苗而不秀，是个银样镴枪头。’”宝玉听了，笑道：“你这个呢？我也告诉去。”林黛玉笑道：“你说你会过目成诵，难道我就不能一目十行么？”宝玉一面收书，一面笑道：“正经快把花埋了罢，别提那个了。”二人便收拾落花，正才掩埋妥协，只见袭人走来，说道：“那里没找到，摸在这里来。那边大老爷身上不好，姑娘们都过去请安，老太太叫打发你去呢。快回去换衣裳去罢。”宝玉听了，忙拿了书，别了黛玉，同袭人回房换衣不提。

这里林黛玉见宝玉去了，又听见众姊妹也不在房，自己闷闷的。正欲回房，刚走到梨香院墙角上，只听墙内笛韵悠扬，歌声婉转。林黛玉便知是那十二个女孩子演习戏文呢。只是林黛玉素习不大喜看戏文，便不留心，只管往前走。偶然两句吹到耳内，明明白白，一字不落，唱道是：“原来姹紫嫣红开遍，似这般都付与断井颓垣。”林黛玉听了，倒也十分感慨缠绵，便止住步侧耳细听，又听唱道是：“良辰美景奈何天，赏心乐事谁家院。”听了这两句，不觉点头自叹，心下自思道：“原来戏上也有好文章。可惜世人只知看戏，未必能领略这其中的趣味。”想毕，又后悔不该胡想，耽误了听曲子。又侧耳时，只听唱道：“则为你如花美眷，似水流年……”林黛玉听了这两句，不觉心动神摇。又听道“你在幽闺自怜”等句，亦发如醉如痴，站立不住，便一蹲身坐在一块山子石上，细嚼“如花美眷，似水流年”八个字的滋味。忽又想起前日见古人诗中有“水流花谢两无情”之句，再又有词中有“流水落花春去也，天上人间”之句，又兼方才所见《西厢记》中“花落水流红，闲愁万种”之句，都一时想起来，凑聚在一处。仔细忖度，不觉心痛神痴，眼中落泪。……

【评述】

曹雪芹（约 1715~1763），名霑，字梦阮，号雪芹。祖籍沈阳，先世原是汉人，明末入满洲籍，后来随清兵入关，得康熙帝宠幸，曹家三世袭江宁织造。雍正继位后，曹家开始失势，雍正五年（1727）被抄家。曹雪芹生长在南京，少年时代过着富贵荣华的贵族公子哥的生活，十三四岁时家境败落，随全家迁回北京，贫困潦倒，生活艰难，甚至“举家食粥”。晚年居住在北京西郊，靠旧友接济度日，开始撰写《红楼梦》。乾隆二十七年（1762），幼子夭亡。曹雪芹陷入极度的忧伤和悲痛，在穷愁困顿中离开人世，仅留下一部未完成的伟大著作。在曹雪芹去世前十年左右，80回《红楼梦》已传抄问世。至于后半部分，红学家们倾向于认为基本上也已完成，只是由于某些原因未能传抄行世，最后终于佚失，成为一大憾事。

《红楼梦》是一部具有高度思想性的伟大著作。它通过对贾家这个封建贵族家庭的兴衰变化，以及对围绕其家庭成员展开的广泛社会生活的描写，像一幅历史画卷生动而真实地再现了中国封建社会的各个层面，折射出当时社会的时代风貌。《红楼梦》集中描写的荣宁二府，是两个表面上金光玉色、骨子里日渐枯竭的封建贵族大家庭，每天穷奢极侈、挥金如土。宁国府孙媳秦可卿去世，单是一口棺材，“拿一千两银子只怕也没处买”；为了丧礼风光一些，又花1200两银子为贾蓉捐官。荣国府贾妃省亲，特地大兴土木，修建了一座极其奢华的大观园，连贾政和一帮清客走进去“都迷了路”，元妃也说“太奢华了”。而维持这个家庭豪奢生活的，主要来自地租剥削，所以当“水旱不收、盗贼蜂起”时，这个大家族只好靠典当、变卖来维持这种日子。这个家庭同它所寄生的那个社会一样，早已是千疮百孔，不过是“百足之虫”“死而不僵”。对“树倒猢狲散”的忧患，上至老爷太太下至丫头仆人，其实都已心知肚明。外表煊赫内里干枯的荣宁二府，其实是那个时代统治阶级的缩影。荣国府的兴衰变化，曲折地反映出那个时代的历史发展趋势。

作者在《红楼梦》里塑造了一大群美丽灵秀的女儿形象。可无论是冰雪聪明的黛玉，端庄稳重的宝钗，豪放的湘云，敏捷的探春，美丽刚烈的晴雯，还是权倾一时的凤姐，以及当了贵妃的元春，最后都未能逃脱被摧残被毁灭的命运。最令人唏嘘感叹的是宝玉和黛玉的爱情悲剧，这种两小无猜、建立在相同思想基础上的爱情是不容于封建礼教规范的，两个叛逆者的爱情只可能是以悲剧结束，无论有没有宝钗。作者通过对贾林爱情悲剧，以及大观园女儿们悲剧的描写，毫不留情地批判了封建礼教的虚伪、残酷，歌颂了这些女儿们如花一般的可贵品质，这也是作者自己所倾心追求的理想生活及美好事物。

《红楼梦》是一部具有高度艺术性的伟大著作。在结构上，它完全打破了传统小说安排故事情节和人物发展的单线方式，创造了一个宏大完整而又自然的艺术结构，中心人物和中心事件被置于错综复杂的环境之中，几百个人物和众多的复杂事件既相互勾连又互为因果，共同构成为一幅全景图般的社会历史画卷，里面活跃着各色人等，上至皇妃国公，下至贩夫走卒，作者都作了生动的描画。各种生活细节包括园林建筑、家具器皿、服饰摆设、车轿排场等，作者也都加以真切细致的描写。同时，作者所具有的烹饪、医药、诗词、绘画、建筑、戏曲等各种文化艺术的丰富知识和精到见解，也得以充分展现。即使在世界文学宝库里，《红楼梦》的博大精深也是罕见的，堪称百科全书式的长篇巨著。

《红楼梦》在中国文学史上具有崇高的地位和深远的影响。伴随着《红楼梦》的流传，人们不仅热衷于续写，而且评论和研究的兴趣热情一直未减，并形成一门专门的学问——红学。近百年来，《红楼梦》的评论、研究从早期的评点、索隐，到20世纪前期的“新红学”，再到50年代以后的各种评论，对《红楼梦》的研究文字早就汗牛充栋，远远超过原文本身。《红楼梦》的作者、文本的思想内涵、人物形象、性格特征等，得到了日益深细的探讨、解析。近二三十年来，红学研究仍然保持着生机勃勃的态势，可见《红楼梦》所具有的巨大艺术魅力，不愧是中国古代小说的一座高峰。

三、茨威格《一个女人一生中的二十四小时》①

【故事梗概】

工厂主太太亨丽埃33岁，年轻、窈窕、秀美、性格内向，有两个十二三岁的女儿，一个正派夫人，品德无可指责。仅仅是傍晚平台上两个小时的谈话和花园里一个小时的黑咖啡，亨丽埃居然丢下孩子和丈夫，与一个法国男人——一个年轻俊美的纨绔子弟远走高飞。大家认为这两人早有预谋。“我”却竭力为亨丽埃太太辩护，深信确实有某种原因让一个女人做出她以前绝对不可能做、也无法负责的事情。“我”认为，有一种女人，多年来对婚后生活深感失望，内心里因而已有准备，逢到任何有力的进攻就会立刻委身相从，“屈服于某种神秘莫测的力量”。

“我”的看法招致激烈反对，幸好C夫人出面调解，否则我们的争论很可能发展到拳脚相向。C夫人是一位满头银发、雍容华贵的优雅女子，她因为“我”的看法而信任“我”。几天后，她对“我”讲述了23年前发生的故事。40岁时，丈夫因病过世，她开始觉得自己的生活毫无意义。42岁时（也就是23年前），她来到蒙特卡洛，用丈夫教她的“特殊方式”逛赌馆。她不为赌钱，主要是想观察赌台上那一双双手。从这些手上可以看出一个人独有的神态和心理变化，反映每个人独特的人生。这一天，她遇上了一双年轻、漂亮而绝望的手。她中邪一样地跟着这个24岁的年轻男子，一心想帮他振作起来。她救了这个想要自杀的人，带着他回到旅馆，要他发誓不再赌博重新做人。这个男子最终还是回到了赌场。从被那张年轻的手和俊美的脸所吸引到失身于他，再到想抛弃家庭名誉随其远走高飞，仅仅是24小时的邂逅。在这短短的时间里，C夫人被潜意识里一次又一次强烈的激情所牵引、主宰，甚至打算为他牺牲一切。可狂热的赌徒不仅将C夫人给他的路费赌光输完，还公开羞辱她。从赌场相遇到拯救、失身、受辱、彻底决裂，梦一般的生活不过24小时。可是对C夫人来说，那个年轻男子正是这股“神秘莫测的力量”。在此后23年的漫长岁月里，她

① 《茨威格中短篇小说选》，斯蒂芬·茨威格著，张玉书译，人民文学出版社，2006。

对这24小时的每个时刻记忆犹新，“二十四小时就足以决定一个女人的整个命运”。

【经典摘录】

（C夫人说）“那天晚上我走进赌馆，有两只台子已经围满了人，我绕着走向第三只台子，摸出几个金币预备下注，忽然迎面传来一阵非常奇怪的声响，使我吃了一惊。那时正当人人定睛个个紧张，心神似乎都被静默震慑住了的一霎，每逢圆球奔跑得疲惫无力只在最后两个码盘上颠踬着时，就会出现这样的一霎，此刻我竟听到一阵“咯咯喳喳”的响声，像是骨节折裂。我不由自主地向对面望了一眼，立刻见到——真的，我吓呆了！——两只我从没见过的手，一只右手一只左手，像两匹暴戾的猛兽互相扭缠，在疯狂的对搏中你揪我压，使得指节间发出轧碎核桃一般的脆声。那两只手美丽得少见，秀窄修长，却又丰润白晰，指甲放着青光、甲尖柔圆而带珠泽。那晚上我一直盯着这双手——这双超群出众得简直可以说是世间唯一的手，的确令我痴痴发怔了——尤其使我惊骇不已的是手上所表现的激情，是那种狂热的感情，那样抽搐痉挛的互相扭结彼此纠缠。我一见就意识到，这儿有一个情感充沛的人，正把自己的全部激情一齐驱上手指，免得留存体内胀裂了心胸。突然，在圆球发着轻微的脆响落进码盘、管台子的唱出彩门的那一秒钟，这双手顿时解开了，像两只猛兽被一颗枪弹同时击中似的，两只手一齐瘫倒，不仅显得筋弛力懈，真可说是已经死了。它们瘫在那儿像是雕塑一般，表现出的是沉睡、是绝望、是受了电击、是永逝，我实在无法形容。因为，在这以前和自此以后，我从没有也再见不到这么含义无穷的双手了，每根筋肉都在倾诉，所有的毛孔几乎全部渗发激情动人心魄。这两只手像被浪潮掀上海滩的水母似的，在绿呢台面上死寂地平躺了一会。然后，其中的一只，右边那一只，从指尖开始又慢慢儿倦乏无力地抬起来了，它颤抖着，闪缩了一下，转动了一下，颤颤悠悠，摸索回旋，最后神经战栗地抓起一个筹码，用拇指和食指捏着，迟疑不决地捻着，像是玩弄一个小轮子。忽然，这只手猛一下拱起背部活像一头野豹，接着飞快地一弹，仿佛啐了一口唾沫，把那个一百法郎筹码掷到下注的黑圈里面。那只静卧不动的左手这时如闻警声，马上也惊惶不宁了，它直竖起来，慢慢滑动，真像是在偷偷爬行，挨拢那只瑟瑟发抖、仿佛已被刚才的一掷耗尽了精力的右手，于是，两只手惶惶悚悚地靠在一处，两只肘腕在台面上无声地连连碰击，恰像上下牙打寒战一样——我没有，从来还没有，见到过一双能这样传达表情的手，能用这么一种痉挛的方式表露激动与紧张。望着这双颤抖喘息迫不及待的手，看着它寒栗惊惧的神情，我突然觉得整座大厅里其他一切全部死灭僵凝了，尽管四周营营扰扰，管台子的喊声像小贩叫卖，人来人往川流不息，转轮里的圆球巡回滚动，终于高起低落、跳进它那坦平的圆形牢笼——所有这些动荡嘤嗡冲袭神经的纷乱景象对我全不存在，我紧紧盯着平生难遇的这双手，竟被它迷住了。

【评述】

斯蒂芬·茨威格（1881~1942 年），奥地利著名作家、小说家、传记作家。出身于犹太银行家家庭，青年时代在维也纳和柏林攻读哲学和文学，1903 年获博士学位，开始从事文学翻译和文学创作。曾游历欧洲、北非、印度、美洲等地。一战后从事反战工作，成为著名的和平主义者。茨威格深受弗洛伊德学说的影响，他深入研究、描写小人物的日常心理，从而形成其作品的艺术风格。1934 年遭纳粹驱逐，先后流亡英国、巴西。1942 年，因不堪忍受法西斯对故国的践踏，茨威格与妻子在巴西里约热内卢寓所服毒自杀。巴西总统为其举行国葬，数以万计的人前往吊唁。

茨威格著有 6 部小说集、7 部戏剧、9 部散文集、12 部传记和 2 部长篇小说，著名的作品包括《银弦集》（1901）、《早年的花环》（1906）等诗集，《泰西特斯》（1907）、《滨海之宅》（1911）、《变换不定的喜剧演员》（1912）、反战题材的《耶利米》（1916）等剧本，《艾利卡埃·瓦尔德之恋》（1904）、《初次经历》（1911）、《热带癫狂症》（1922）、《情感的迷惘》（1927）等小说集，《异端的权利》、《麦哲伦航海记》、《人类的群星闪耀时》、《三大师》、《三个描摹自己生活的诗人》等传记，长篇小说《心灵的焦躁》，回忆录《昨日的世界》，等等。其中影响最大的是他的小说，尤其是《初次经历》、《热带癫狂症》和《情感的迷惘》三部小说集。茨威格通过这三部“链条小说”集，分别描写了处于人类童年、成年和老年的三种心理状态，抒写了各种潜藏于内心深处的“激情时刻”，并因此形成了独特的艺术风格。

《初次经历》是第一部链条小说，作者通过儿童视角观察被激情主宰的成人情感世界，这个世界充满他们无法理解的“灼人的秘密”。在第二部链条小说《热带癫狂症》里，作者展示了被情欲驱使的成年男女的心理活动和情感世界，细腻深入地描写了他们如何在本能驱使下成为激情的俘虏。《一个陌生女人的来信》出自这本小说集，是茨威格最著名的中篇小说之一。走过人生的童年和成年，“人生链条”来到第三个阶段——老年。茨威格在《情感的迷惘》这部小说集中，集中展现了人到老年时的各种心理情感。作品主人公大多是历经岁月沧桑的过来人，作者用细腻温情的文笔，描写了他们在情欲驱使或遭受打击时的心灵震颤、意识流动以及心理的变化。在《一个女人一生中的二十四小时》里，亨丽埃太太与一个年轻男子从认识到私奔的 24 小时，C 夫人与那位年轻狂热赌徒疯狂、梦魇般的 24 小时，却决定了他们一生的命运。作者并不着重于描写这 24 小时的奇巧情节，而是用细致的文笔探寻人类情感更为幽深之处：温存、热情、牺牲精神，本能、情欲、虚荣……

茨威格擅长剖析各色人物的心理特征。在他的系列小说里，主人公虽不可避免地具有某些阶级（或阶层）特征，但作者并不有意强调这些，而是重点挖掘具有典型意义的心理特征。他精确地捕捉人类的惊怵、惶恐、揣测、变异等种种心理，并通过巧妙的时间截取，“把心理的暗沟溶入肌肤进入流程”，艺术性地展示了这种心理的特征和变化。《一个陌生女人的来信》描写了一个痴情女子对体面文雅、风流成性的作家 R 的炽烈爱情。这段爱情只有三面之缘：13 岁时的情窦初开和强烈的爱恋，18 岁时偶遇献身并怀孕生子，28 岁时为抚养孩子沦入风尘，在酒吧与 R 再次相遇，仍不改初衷要爱 R 到死。一个天真少女痴心不改、至死不渝的爱情，只有这三面之缘。可是从 13 岁起，她的生命中没有一秒钟是被浪费和虚度的。三次相遇的一天、一刻甚至一秒，都被女主人公详尽地记录下来，“第一次见到你的那一天，不，是那一刻”，“从这秒钟起，我就爱上了你”，“我从十三岁到十六岁，每一个小时都是生活在你身上的”……时间对于这个女人，是何其慷慨又是何等残酷；而她的爱情，是何其坚韧又是何其悲哀。她终其一生都在等待 R 能认出自己，可是 R 第一次当她是小孩，第二次当她是妓女，第三次也只当作风流艳遇。三次相遇与一段人生，主人公的甜蜜、痛苦、忧愁和悲愤，人性中最本真最纯净的深情厚意，通过作者细腻、真挚、感人的精描细写尽显无遗。在《一个女人一生中的二十四小时》里，C 夫人的经历和转变集中在 24 小时。24 小时对于人生只是一瞬，却被精确刻印在 C 夫人永远的记忆里。“大约整整一个钟头，我……只注视着这一个人，不放过他的每一个姿态”，“那一小时的时间是随着一片无形的大海上面千起万伏的轻涛细浪点点消逝的”，“十点——从那场惊心动魄的遭遇开始算起，正好是二十四小时”。C 夫人对这 24 小时的记忆一直延续到 23 年后，她的一生都被这 24 小时所主宰。

茨威格小说中的心理分析描写，既不同于现实主义文学的真实心理描写，也不同于意识流等现代主义文学的非理性描写。他描写小人物的内心世界，引起读者的关注和同情，但并不引导读者走向批判现实主义直接尖锐的揭露与批判，也不呈现为现代主义或后现代主义作品的杂乱无序和颓唐灰暗。他像一个用笔作手术刀的“医生”，剖析各种情欲状况，同时给予“患者”深切的理解和无限的温柔同情。长久以来，茨威格塑造的这个“陌生而吸引人的情感世界”，让无数读者产生“共鸣”。罗曼·罗兰因此称他为“心灵的猎者”。

四、博尔赫斯《小径分岔的花园》①

【故事梗概】

小说在开头引用了哈特《欧洲战争史》中的史料，说一战中英军一支有 1400 门大炮支援的部队因气候关系推迟作战。一位叫余准的中国人的证词否定了这一说法，就此引出一个真假难辨的故事：余准是德国间谍，探知英国炮兵的所在地，但此时他身份暴露，英国特工马登正赶来逮捕他。他必须马上逃走，想办法在被捕前送出

① 《博尔赫斯全集》，上海译文出版社，2015。

情报。他躲过追杀者，乘火车在一个没有站牌的车站下车，每逢岔道便向左拐，终于来到汉学家艾伯特博士“小径分岔的花园”。艾伯特见到余准很高兴，因为他一直在研究已故云南总督彭㝡的迷宫，余准正好是彭㝡的曾孙。艾伯特从彭㝡的一份手稿获知，迷宫并不是空间上的，而是一座时间迷宫，彭㝡的小说是一个关于时间的谜语，谜底就是“时间”，“因为时间永远分岔，通向无数的将来。在将来的某个时刻，我可以成为您的敌人”。听了他的话，余准感到一阵莫名的躁动，花园里仿佛浮动着无数看不见的人。他看见马登从小径走来。于是他乘艾伯特转身取资料时，开枪打死了他。余准被捕，报上刊登了他杀死艾伯特的消息，德国人马上轰炸了那个叫艾伯特的城市。

【经典摘录】

我们落了座；我坐在一张低矮的长沙发上，他背朝着窗口和一个落地圆座钟。我估计一小时之内追捕我的理查德·马登到不了这里，我的不可挽回的决定可以等待。

“彭㝡的一生真令人惊异，”斯蒂芬·艾伯特说。“他当上家乡省份的总督，精通天文、占星、经典诠诂、棋艺，又是著名的诗人和书法家；他抛弃了这一切，去写书、盖迷宫。他抛弃了炙手可热的官爵地位、娇妻美妾、盛席琼筵，甚至抛弃了治学，在明虚斋闭户不出十三年。他死后，继承人只找到一些杂乱无章的手稿。您也许知道，他家里的人要把手稿烧掉，但是遗嘱执行人——一个道士或和尚——坚持要刊行。”

“彭㝡的后人，”我插嘴说，“至今还在责怪那个道士。刊行是毫无道理的。那本书是一堆自相矛盾的草稿的汇编。我看过一次：主人公在第三回里死了，第四回里又活了过来。至于彭㝡的另一项工作，那座迷宫……”

“那就是迷宫，”他指着一个高高的漆柜说。

“一座象牙雕刻的迷宫！”我失声喊道。“一座微雕迷宫……”

“一座象征的迷宫，”他纠正我说。“一座时间的无形迷宫。我这个英国蛮子有幸悟出了明显的奥秘。经过一百多年，细节已无从查考，但不难猜测当时的情景。彭㝡有一次说：我引退后要写一部小说。另一次说：我引退后要盖一座迷宫。人们都以为是两件事，谁也没有想到书和迷宫是一件东西。明虚斋固然在一个可以说是相当错综的花园的中央，这一事实使人们联想起一座实实在在的迷宫。彭㝡死了；在他广阔的地产中间，谁都没有找到迷宫。两个情况使我直截了当地解决了这个问题。一是关于彭㝡打算盖一座绝对无边无际的迷宫的奇怪的传说，二是我找到的一封信的片断。”

艾伯特站起来。他打开那个已经泛黑的金色柜子，背朝着我有几秒钟之久。他转身时手里拿着一张有方格的薄纸，原先的大红已经褪成粉红色。彭㝡一手好字名不虚传。我热切然而不甚了了地看着我一个先辈用蝇头小楷写的字：我将小径分岔的花园留诸若干后世（并非所有后世）。我默默地把那张纸还给艾伯特。他接着说："在发现这封信之前，我曾自问：在什么情况下一部书才能成为无限。我认为只有一种情况，那就是循环不已、周而复始。书的最后一页要和第一页雷同，才有可能没完没了地连续下去。我还想起《一千零一夜》正中间的那一夜，山鲁佐德王后（由于抄写员神秘的疏忽）开始一字不差地叙说《一千零一夜》的故事，这一来有可能又回到她讲述的那一夜，从而变得无休无止。我又想到口头文学作品，父子口授，代代相传，每一个新的说书人加上新的章回或者虔敬地修改先辈的章节。我潜心琢磨这些假设，但是同彭冣自相矛盾的章回怎么也对不上号。正在我困惑的时候，牛津给我寄来您见到的手稿。很自然，我注意到这句话：我将小径分岔的花园留诸若干后世（并非所有后世）。我几乎当场就恍然大悟：小径分岔的花园就是那部杂乱无章的小说；若干后世（并非所有后世）这句话向我揭示的形象是时间而非空间的分岔。我把那部作品再浏览一遍，证实了这一理论。在所有的虚构小说中，每逢一个人面临几个不同的选择时，总是选择一种可能，排除其他；在彭冣的错综复杂的小说中，主人公却选择了所有的可能性。这一来，就产生了许多不同的后世，许多不同的时间，衍生不已，枝叶纷披。小说的矛盾就由此而起。比如说，方君有个秘密；一个陌生人找上门来；方君决心杀掉他。很自然，有几个可能的结局：方君可能杀死不速之客，可能被他杀死，两人可能都安然无恙，也可能都死，等等。在彭冣的作品里，各种结局都有；每一种结局是另一些分岔的起点。有时候，迷宫的小径汇合了：比如说，您来到这里，但是某一个可能的过去，您是我的敌人，在另一个过去的时期，您又是我的朋友。如果您能忍受我糟糕透顶的发音，咱们不妨念几页。"……

【评述】

豪尔赫·路易斯·博尔赫斯（1899~1986），阿根廷诗人、小说家、散文家、翻译家。生于布宜诺斯艾利斯一个书香世家，从小热爱文学并显露出创作才华。1914年随家人旅居欧洲。他在日内瓦上中学，在剑桥读大学，掌握英、法、德等多国文字，并创作诗歌。1921年回国，继续从事创作，涉足短文、随笔小品、诗、文学评论、翻译文学等多个门类。著有诗集《布宜诺斯艾利斯的激情》（1923）、《面前的月亮》（1925）、《圣马丁的札记》（1929）等，随笔集《探讨集》（1925）、《永恒史》、《探讨别集》等，短篇小说集《恶棍列传》（1935）、《小径分岔的花园》（1941）、《虚构集》（1944）和《阿莱夫》（1949）等，并翻译了王尔德、伍尔夫、福克纳等作家的作品，获得阿根廷国家文学奖、福门托国际出版奖、耶路撒冷奖、巴尔赞奖、奇诺·德尔杜卡奖、塞万提斯奖等多个文学大奖。

《小径分岔的花园》是博尔赫斯短篇小说中最受人关注的一篇。在题材上似乎可以归入间谍小说，但又不像一般间谍小说充满天马行空的离奇桥段。余准的经历中有几个时间上的巧合：他刚好躲过了追杀他的人；在火车站赶上的那班火车刚好被紧追而至的马登错过；路过一个没有站牌的车站，问了月台上的小孩，发现正好是自己的目的地；有一个孩子问他是不是要找艾伯特，另一个孩子马上告诉他艾伯特家的地址；艾伯特恰好是个汉学家，研究的是余准祖父的小说和迷宫；紧追不舍的马登肯定会乘下一班火车赶到，艾伯特刚好能够讲完他的研究成果；马登进门前余准开枪打死艾伯特，送出了重要的情报。无数时间上的巧合构成了整个故事。在这个故事里，时间都没有分岔，余准都没有其他选择，但艾伯特的研究结果，却是"在彭冣的错综复杂的小说中，主人公选择了所有的可能性。这一来，就产生了许多不同的后世，许多不同的时间，衍生不已，枝叶纷披。小说的矛盾就由此而起。比如说，方君有个秘密；一个陌生人找上门来；方君决心杀掉他。很自然，有几个可能的结局：方君可能杀死不速之客，可能被他杀死，两人可能都安然无恙，也可能都死，等等。在彭冣的作品里，各种结局都有；每一种结局是另一些分岔的起点。有时候，迷宫的小径汇合了：比如说，您来到这里，但是某一个可能的过去，您是我的敌人，在另一个过去的时期，您又是我的朋友"。显然作者讲的并不是普通意义上的战争故事或间谍故事，而是一个关于时间迷宫的故事。博尔赫斯曾说，"这是一个根本之谜。如果我们知道了何为时间——尽管我们当然永远也不必知道——我们也就知道了我们是谁，我们是什么"。①

我们的常识是，时间是线性流逝的，逝去后不会再回来。中国谚语里有"人不可能两次踏进同一条河流"的说法，孔子说"逝者如斯夫，不舍昼夜"，讲的都是时间的这一特性。但到了现代，不少作家开始思考"平行时间"这一问题，并在作品中开始触及。如村上春树的《1Q84》，主人公在某个特定时间驶出高速路某个特定出口，就会进入平行时间的另一个空间，返回亦然。这种写法打破了传统小说的时空结构方式，令人耳目一新。

有意思的是，博尔赫斯的父亲曾经担任阿根廷国家图书馆馆长，后来博尔赫斯也担任了这一职务。他的渊博知识大多来自图书馆。有研究者提出，图书馆的书籍陈放不是时间的顺序，不知是否对博尔赫斯的时间观有所影响。这一点很难考证。40年代后期，博尔赫斯曾因反对庇隆政权，被强令调任市场家禽检查员，他拒绝到任，改行做英语教师。庇隆政府垮台后，他被起用为国家图书馆馆长。嗜书如命的博尔赫斯此时已几乎失明。他遗憾地说，上帝同时给了他书籍和失明。他说，世界上如果有天堂，天堂应该是图书馆的模样。

---

① 《博尔赫斯八十忆旧》，巴恩斯通编，西川译，作家出版社，2004。

第四章　戏剧

戏剧是一门综合艺术，包括剧本、表演、舞台、道具、灯光、音乐和舞蹈。此处主要讨论戏剧文学——剧本。

从时间上讲，西方戏剧出现时间很早。古希腊戏剧是世界上最古老的戏剧，大约产生于公元前 6 世纪，诗人阿利翁将酒神赞美诗发展成一种由歌队吟唱、具有叙事性特征的新的艺术样式。这是戏剧的雏形。公元前 534 年，古希腊最早的演员泰斯庇斯在一出叙事剧中扮演最早的主角，他通过台词和表演融入角色，并使自己的表演和歌队结合，歌队则担任叙事者和评论者的角色。戏剧表演开始出现在一年一度的雅典酒神节上，并影响到雅典以外的地方。每个城邦都建造了自己的剧院，在每年的酒神节进行集中的戏剧演出活动。这一时期有 4 位雅典剧作家的作品传世。埃斯库罗斯创作了 80 余部悲剧（7 部传世），索福克勒斯创作了 100 余部悲剧（7 部传世），阿里斯托芬创作了 44 个喜剧剧本（流传下来的有 11 个）。他们的创作以及亚里士多德的戏剧理论著述，构成了人们对古希腊戏剧的全部了解。亚里士多德提出了戏剧六大元素，即情节、角色、思想、语言、音乐与景观，并总结了古希腊的悲剧与喜剧理论，成为西方戏剧最早的权威理论。

根据亚里士多德《诗学》中对希腊戏剧的描述，意大利戏剧理论家琴提奥约于 1554 年提出戏剧“三一律”，要求剧本创作必须遵守时间、地点和行动的一致性。17 世纪，法国古典主义戏剧理论家布瓦洛把“三一律”概括为“要用一地、一天内完成的一个故事从开头直到末尾维持着舞台充实”。“三一律”经古典主义戏剧的极力推行而成为西方戏剧的一种主要理论，在欧洲剧坛长期占据统治地位。在两千多年的发展史上，戏剧一直属于西方文学的重要组成部分。古希腊的悲剧喜剧、文艺复兴时期莎士比亚的剧作、17 世纪莫里哀的喜剧、19 世纪易卜生的社会问题剧，以及 20 世纪风靡一时的荒诞派戏剧，围绕社会、人性、欲望等主题，为世界奉献了许多优秀巨著，使得戏剧舞台熠熠生辉，在传统与发展中始终保持着旺盛的生命力。

中国戏剧包括传统戏曲和从西方引进的话剧。传统戏曲艺术起源于原始歌舞，也是一种历史悠久的综合舞台艺术样式。经过汉、唐到宋、金，形成为比较完整的艺术形式。中国戏曲由文学、音乐、舞蹈、美术、武术、杂技以及表演艺术综合而成，以富于艺术魅力的表演形式，为人民群众所喜闻乐见。我国的传统戏曲总计有 300 多个种类，剧目数以万计。经过长期的发展演变，逐步形成了以京剧、越剧、黄梅戏、评剧和豫剧等五大剧种为核心的传统戏曲体系，与希腊悲剧喜剧、印度梵剧并列为世界三大古老戏剧文化。古老的戏曲艺术发展至今，面临着既保持传统艺术特色、又要适应新时代新观众的多重要求。传统艺术形式的“现代化”与“戏曲化”，成为在新的历史时期需要积极探讨和实践的问题。

西方戏剧于“五四”前后被引入中国，称为“文明新戏”。在后来的发展中，中国戏剧一方面吸收和借鉴西方戏剧，同时从对各流派的兼收并蓄转向对现实主义的侧重，开始慢慢形成自己的特色。进入 20 世纪 30 年代，中国戏剧在时代情势的推动下，主动承担起唤起民众的重任，一扫传统戏曲浪漫、感伤的基调，转而悲愤、抗争，根植于民族文化的土壤，找到了自己的发展道路。戏剧界涌现出曹禺、夏衍、郭沫若等一批杰出的剧作家和一批杰出的剧作。建国后，巴金、曹禺、老舍等创作了一批反映新社会的剧作。进入 21 世纪，戏剧舞台因流行化、商业化、娱乐化的发展而得以丰富，同时也面临保护和引导的难题。

2019 年 9 月，一出名为《德龄与慈禧》的古装话剧引爆京沪话剧市场。该剧是金牌编剧何冀平的代表作品，云集卢燕、江姗、濮存昕、郑云龙等老、中、青演员，兼具实力、业内认可度与票房号召力，官宣后一直备受期待，一度出现一票难求的盛况，是值得研究的一种文化现象。

一、汤显祖《牡丹亭》①

【故事梗概】

宋朝南安府太守杜宝没有儿子，只有一个女儿叫杜丽娘，年方十六，尚未婚嫁。杜宝希望她长成一个知书达理、精巧过人的女中楷模，“他日嫁一书生，不枉了谈吐相称”，于是请来落魄秀才陈最良教授五经。没想到杜丽娘没有从《关雎》中领悟到“后妃之德”，反而读出了男女之情，生出了女儿心事。丫头春香怂恿小姐趁老爷不在，偷偷去逛后花园。见到春色如许，杜丽娘高兴之余悲从中来，晚上梦见一个书生拿着柳枝要她题诗。患了相思病的杜丽娘画下自己的画像“春容”，藏于花园太湖石下，然后一病不起，中秋之夜竟忧郁而亡。母亲依她所愿，把她葬在花园牡丹亭旁梅树之下。父亲造梅花庵供奉女儿。

那个书生原名柳春卿，因梦见杜丽娘站在梅树下，遂改名柳梦梅。他进京赶考路过梅花庵，在太湖石旁捡到杜丽娘的自画像，思慕画中人，每日烧香膜拜。杜丽娘的鬼魂便前来与他相会。两人晚聚朝离，幸福地相处了一段时间。后来杜丽娘告知实情，柳梦梅掘墓开棺，杜丽娘果然死而复生。柳梦梅考试之后，遵杜丽娘之嘱

① 《牡丹亭》，汤显祖著，徐朔方、杨笑梅校注，人民文学出版社，2005。

去拜见岳父，被杜宝认为是盗墓人关押吊打。这时考试放榜，柳梦梅高中状元。杜宝不相信鬼怪之事，奏请皇上要求一个说法。众人到金銮殿对证。皇上用镜子验明杜丽娘的确死而复生，杜丽娘与父亲相认，柳梦梅拜见岳父大人，皆大欢喜。

【经典摘录】

第十出　惊梦

杜丽娘来到花园，见春色如许，不禁惆怅惘然。

[绕池游]（旦上）梦回莺啭，乱煞年光遍。人立小庭深院。（贴）炷尽沉烟，抛残绣线，恁今春关情似去年？

[乌夜啼]（旦）晓来望断梅关，宿妆残。（贴）你侧着宜春髻子恰凭阑。（旦）翦不断，理还乱，闷无端。（贴）已分付催花莺燕借春看。（旦）春香，可曾叫人扫除花径？（贴）分付了。（旦）取镜台衣服来。（贴取镜台衣服上）"云髻罢梳还对镜，罗衣欲换更添香。"镜台衣服在此。

[步步娇]（旦）袅晴丝，吹来闲庭院，摇漾春如线。停半晌，整花钿。没揣菱花，偷人半面，迤逗的彩云偏。（行介）步香闺怎便把全身现！

（贴）今日穿插的好。

[醉扶归]（旦）你道翠生生出落的裙衫儿茜，艳晶晶花簪八宝填，可知我常一生儿爱好是天然。恰三春好处无人见。不隄防沉鱼落雁鸟惊喧，则怕的羞花闭月花愁颤。

（贴）早茶时了，请行。（行介）你看：画廊金粉半零星，池馆苍苔一片青。踏草怕泥新绣袜，惜花疼煞小金铃。（旦）不到园林，怎知春色如许！

[皂罗袍]原来姹紫嫣红开遍，似这般都付与断井颓垣。良辰美景奈何天，赏心乐事谁家院！恁般景致，我老爷和奶奶再不提起。（合）朝飞暮卷，云霞翠轩；雨丝风片，烟波画船——锦屏人忒看的这韶光贱！（贴）是花都放了，那牡丹还早。

[好姐姐]（旦）遍青山啼红了杜鹃，荼蘼外烟丝醉软。春香啊，牡丹虽好，他春归怎占的先！（贴）成对儿莺燕啊。（合）闲凝眄，生生燕语明如翦，呖呖莺歌溜的圆。（旦）去罢。（贴）这园子委是观之不足也。（旦）提他怎的！（行介）

[隔尾]观之不足由他缱，便赏遍了十二亭台是枉然。到不如兴尽回家闲过遣。

【评述】

汤显祖（1550~1616），字义仍，号海若，别号清远道人，江西临川人。出身书香门第，幼年聪颖好学，早有才名，诗文词曲皆有造诣。万历十一年（1583）进士及第，先后任太常寺博士、詹事府主簿和礼部祠祭司主事。万历十九年（1591），因上《论辅臣科臣疏》触怒皇帝，被贬为徐闻典史，后调任浙江遂昌知县。在任期间政绩斐然，却因压制豪强招致嫉恨。万历二十六年（1598）愤而弃官归里，潜心于戏剧及诗词创作。著有《紫箫记》《还魂记》《紫钗记》《南柯记》和《邯郸记》等5

部作品，诗作有《玉茗堂全集》4卷、《红泉逸草》1卷和《问棘邮草》2卷。

汤显祖最著名的作品是“临川四梦”（或称玉茗堂四种）。《邯郸记》共30出，写一贫如洗的卢生遇见吕洞宾，授他一枕，即入梦中。在梦中娶名门女子、中进士、当宰相、封国公，一人得道鸡犬升天。一梦醒来，黄粱方熟，遂悟破人生，随吕洞宾修道。《南柯记》共44出，写淳于棼酒醉后梦入槐安国（即蚂蚁国）被招为驸马，和瑶芳公主成婚。后任南柯太守，政绩卓著。公主死后，召还宫中，加封左相。他权倾一时，淫乱无度，终于被逐。醒来却是一梦。这两部作品属政治题材，主要揭露了朝廷的骄奢淫逸、文人的奉承献媚。《紫钗记》共53出，写负心汉李益和娼妓身份的霍小玉的爱情。

《牡丹亭》全名为《牡丹亭还魂记》，共55出。作品通过杜丽娘和柳梦梅的爱情故事，宣扬自我意识觉醒、追求个人幸福的反礼教思想。明朝中晚期，王守仁“心学”兴起，程朱理学仍然是社会的主流思想。封建礼教钳制着人们的思想，尤其对女性的禁锢很深。杜丽娘正处于青春美好的年龄，却被要求一言一行都得符合大家闺秀的行为规范，读四书五经，做针线女红，三年没有去过自己家的后花园。一个人正常的欲望感情被压抑。当杜丽娘来到后花园，看到满园春色，一方面意识到自己对大自然的美的热爱，“一生爱好是天然”；另一方面又使她产生感情无从寄托的感叹和哀怨，“姹紫嫣红”却“付与断井颓垣”的感伤。不过，作者把杜丽娘塑造成为一个勇敢追求幸福的女孩子。她希望“花花草草由人恋，生生死死随人愿”。现实中没有爱情，她便在梦中寻找；活着时难觅幸福，她便化作鬼魂去追求。作者汤显祖在该剧《题词》中有一段文字：“如杜丽娘者，乃可谓之有情人耳。情不知所起，一往而深。生者可以死，死者可以生。生而不可与死，死而不可复生者，皆非情之至也。”可见作者的创作本意，就是要描写这种“不知所起”之情，以及不惜死生执着追求的勇敢女性。在《牡丹亭》之前，戏剧、小说里写女子执着追求爱情的也有很多，但像杜丽娘这样叛逆，要求发展自由个性的女性却不多见。杜丽娘因此成为中国古代文学史上最有特色的典型形象。

第十出《惊梦》写杜丽娘在丫鬟春香怂恿下，趁父亲下乡不在家，偷偷游园。第一支曲子［绕池游］写莺啭催动的无限春光与枯燥单调的闺阁寂寞形成强烈反差，催动了女主人公思春的情怀；第二支曲子［步步娇］写杜丽娘游园前欲行又止，返回梳妆，从镜中欣赏自己的美；第三支曲子［醉扶归］写杜丽娘对着镜子顾影自怜，产生一种无人理解、知音难觅的感慨。这三支曲子是杜丽娘游园前的心理活动，表现了一个少女矜持和自我欣赏的特点，有思春的兴奋、赞春的惊喜和惜春的感慨。第四支曲子［皂罗袍］是整部剧本最著名的一个唱段，写杜丽娘面对姹紫嫣红、亭台楼阁、细雨轻风和烟波画船的满园春景，惋惜它们只有“断井颓垣”相伴，感叹深闺中人要领略这大好春光太难，抒发了“良辰美景奈何天，赏心乐事谁家园”的惆怅郁闷和感伤。这支曲子是杜丽娘感情由喜转悲、由叹变怨的转折，哀婉缠绵，情意深远，十分动人。第五支曲子［好姐姐］写女主人公以牡丹自喻，抒发“牡丹虽好，不能开在百花之先”的感伤。第六支曲子［隔尾］写对春色的无限留恋，但无论怎样欣赏也是枉然，仍旧要回到青春白白流逝、独自黯然神伤的深闺生活。

《牡丹亭》是汤显祖最得意的作品。他曾说，“一生四梦，得意处惟在牡丹”。《牡丹亭》文词典雅艳丽，语言华美俊逸，融汇北曲泼辣动荡和南词婉转精丽的长处，在当时即引起轰动。与汤显祖同时的戏曲评论家吕天成说，《牡丹亭》“惊心动魄，且巧妙迭出，无境不新，真堪千古矣”。稍后的沈德符说，“《牡丹亭梦》一出，家传户诵，几令《西厢》减价”。时至今日，《牡丹亭》仍活跃在中国的戏曲舞台，是中国戏曲史上一部浪漫主义的伟大杰作。

二、老舍《茶馆》

【故事梗概】

《茶馆》为三幕话剧。

第一幕 戊戌变法失败的那年秋天，老北京裕泰茶馆依然生意兴隆。店堂里贴着“莫谈国事”的纸条，各色茶客熙来攘往。年轻精明的掌柜王利发忙着招徕生意，正直的常四爷讽刺差役不敢去打洋人，贩人口的刘麻子要把贫寒人家的姑娘康顺子说给庞太监当老婆，老裕泰的东家秦仲义想收回房子开工厂实业救国……常四爷感慨之下说“大清国要亡了”。衙门里的宋恩子吴祥子躲在角落里窥听人们谈话，这时过来把常四爷和松二爷抓走了。

第二幕 民国初年，连年不断的内战使百姓深受苦难，北京城里的茶馆大都关了门，裕泰茶馆在苦苦支撑。王掌柜把茶馆做了改良，前面卖茶，后院改成公寓，墙上贴着美国香烟广告和“莫谈国事”的纸条，纸条上面的字更大了。王掌柜准备着第二天开张。逃难的百姓堵在门口，巡警来催粮，大兵来揩油。常四爷和松二爷来道喜。常四爷当年被抓后关了一年多，后来参加义和团打洋人，现在靠卖菜过活。松二爷没了旗籍衣食没了着落。宋恩子吴祥子又来抓人想勒索钱财。刘麻子重操旧业，想给两个逃兵找媳妇。庞太监死了，康顺子和养子康大力被赶出来走投无路，裕泰老板娘王淑芬不忍心便收留了他们。

第三幕 抗战胜利了，裕泰茶馆也老了旧了，店堂黯淡无光，“莫谈国事”的纸条旁贴上了“茶钱先付”的新纸条。王掌柜已是风烛残年，一家人谈着康大力潜回来鼓动罢课罢教的事。王掌柜想找女招待招徕生意。小刘麻子投靠了宪兵司令，要霸占茶馆。常四爷和秦二爷两个老朋友突然来了。几十年的光景，物是人非。常四爷年老体衰，挎着小篮子卖花生米。秦二爷办实业彻底败了。王掌柜一辈子苦心经营，可是连茶馆都保不住了。三位老人撒着捡来的纸钱，为自己唱着丧歌。最后只剩下王利发，他拿起腰带，望着屋顶，寻找可以了结一生的地方。

【经典摘录】

第一幕

时间：一八九八年（戊戌）初秋，康梁等的维新运动失败了。早半天。

地点：北京，裕泰大茶馆。

〔幕起：这种大茶馆现在已经不见了。在几十年前，每城都起码有一处。这里卖茶，也卖简单的点心与饭菜。玩鸟的人们，每天在遛够了画眉、黄鸟等之后，要到这里歇歇腿，喝喝茶，并使鸟儿表演歌唱。商议事情的，说媒拉纤的，也到这里来。那年月，时常有打群架的，但是总会有朋友出头给双方调解；三五十口子打手，经调人东说西说，便都喝碗茶，吃碗烂肉面（大茶馆特殊的食品，价钱便宜，做起来快当），就可以化干戈为玉帛了。总之，这是当日非常重要的地方，有事无事都可以来坐半天。

〔在这里，可以听到最荒唐的新闻，如某处的大蜘蛛怎么成了精，受到雷击。奇怪的意见也在这里可以听到，像把海边上都修上大墙，就足以挡住洋兵上岸。这里还可以听到某京戏演员新近创造了什么腔儿，和煎熬鸦片烟的最好的方法。这里也可以看到某人新得到的奇珍——一个出土的玉扇坠儿，或三彩的鼻烟壶。这真是个重要的地方，简直可以算作文化交流的所在。

〔我们现在就要看见这样的一座茶馆……

〔茶房们一趟又一趟地往后面送茶水。老人进来，拿着些牙签、胡梳、耳挖勺之类的小东西，低着头慢慢地挨着茶座儿走；没人买他的东西。他要往后院去，被李三截住。

李三 老大爷，您外边遛遛吧！后院里，人家正说合事呢，没人买您的东西！（顺手把剩茶递给老人一碗）

松二爷（低声地）李三！（指后院）他们到底为了什么事，要这么拿刀动仗的？

李三（低声地）听说是为一只鸽子。张宅的鸽子飞到了李宅去，李宅不肯交还……唉，咱们还是少说话好，（问老人）老大爷您高寿啦？

老人（喝了茶）多谢！八十二了，没人管！这年月，人还不如一只鸽子呢！唉！（慢慢走出去）

〔秦仲义，穿得很讲究，满面春风，走进来。

王利发 哎哟！秦二爷，您怎么这样闲在，会想起下茶馆来了？也没带个底下人？

秦仲义 来看看，看看你这年轻小伙子会做生意不会！

王利发 唉，一边作一边学吧，指着这个吃饭嘛。谁叫我爸爸死的早，我不干不行啊！好在照顾主儿都是我父亲的老朋友，我有不周到的地方，都肯包涵，闭闭眼就过去了。在街面上混饭吃，人缘儿顶要紧。我按着我父亲遗留下的老办法，多说好话，多请安，讨人人的喜欢，就不会出大岔子！您坐下，我给您沏碗小叶茶去！

【评述】

老舍（1899~1966），原名舒庆春，字舍予，满族人，生于北京一个城市贫民家庭。两岁时（1900）父亲死于保卫皇城的战斗，全家靠母亲缝补浆洗艰难度日。后来宗月大师资助他上了小学，中学时因交不起学费从京师第三中学转到了公费的北京师范学校。1918 年毕业后，先后当小学校长、劝学员。1921 年发表白话小说《她的失败》、《小铃儿》，开启创作生涯。1924 年至 1929 年，赴英任伦敦大学亚非学院讲师，回国后一边在高校任教一边创作。1946 年，受邀赴美讲学，一年后归国。新中国成立后创作了《龙须沟》、《茶馆》等话剧作品，因《龙须沟》获“人民艺术家”声誉。1966 年，老舍在文革中不忍屈辱，自沉于北京太平湖。

老舍创作颇丰，著有《老张的哲学》《骆驼祥子》《四世同堂》等长篇小说，《二马》《离婚》《正红旗下》《月牙儿》等中篇小说，《残雾》《大地龙蛇》《归去来兮》等话剧。老舍的作品无论是小说还是话剧，都是地地道道的“北京土特产”。他描写老北京的茶馆、四合院、黄包车，描写普普通通的祥子（《骆驼祥子》）、王利发（《茶馆》）、韩月容（《月芽儿》），他讽刺他们的落伍与时髦，同情他们的愚昧与苦难，他写下他们的乐天知命，也写下时代和社会赋予他们的可悲命运。

《茶馆》写于 1957 年，是一部融喜剧和悲剧为一体的现实主义杰作。作品以北京裕泰茶馆的变迁为主线，选取清末、民初和抗战胜利国统时期三个特定的时代背景，展示了不同时期的社会、各阶层人们生活的改变，以及无论怎样挣扎都摆脱不掉的悲剧命运。维新资本家秦仲义想要实业救国，可他辛辛苦苦办起来的工厂抗战后被政府没收，机器被当作破铜烂铁卖掉；性格耿直、侠骨豪情的旗人常四爷，因“大清要亡了”一句话被抓去关监狱，出来后加入义和团打洋人，后来靠卖菜生活，晚年年老体衰，只能挎个小篮卖花生米；松二爷在第一幕中悠闲地喝茶遛鸟，第二幕中没了旗籍丢了铁饭碗无所事事，还好有爱鸟为伴，第三幕中饿死，穷得连棺材板都没有。掌柜王利发是整场话剧的线索人物也是关键人物，他见证了剧中大大小小的人物上场下场，裕泰茶馆的兴衰也是他命运的兴衰。军阀勒索、特务横行霸道、城外炮火连天，无论他怎样改良，都摆脱不了悲剧的命运。最后他安顿好家人，用平日经常玩弄的腰带悬梁自尽。随着人物的命运发展，作品的悲剧氛围愈加浓郁，普通人物的命运悲剧上升为社会悲剧、时代悲剧。

冲突是戏剧的主要元素。戏剧通常是通过矛盾冲突的产生、发展、解决的整个过程，塑造人物性格，凸显剧本立意。老舍先生在创作《茶馆》时，放弃了传统的戏剧冲突和高潮设置，主要通过人物从青年、壮年到老年的遭遇和变故，来推动整个故事情节的发展。这使得《茶馆》呈现出不同的艺术特色。观众在《茶馆》里看到的是人物命运的起起落落，而且无论主角配角，大多是坐在茶馆喝茶的普通平民百姓。他们没有矛盾冲突，彼此之间连联系也少之又少，可是他们的共同命运，却折射出社会的大变迁和时代的悲剧性。

小小茶馆，见证的是清末以来半个多世纪中国社会的变迁。出色的人物塑造、艺术结构，以及京腔京味、简洁明快的台词，使得《茶馆》具有独特的魅力。1958年，《茶馆》由北京人民艺术剧院演出，人艺老一辈艺术家于是之、郑榕、黄宗洛、英若诚演技精湛，受到观众的热烈欢迎。《茶馆》自此成为人艺的保留剧目。1980年，《茶馆》剧组出访欧洲和日本，引起世界艺坛注目，被称为“东方舞台上的奇迹”。

三、索福克勒斯《俄狄浦斯王》①

【故事梗概】

故事发生在古希腊的英雄时代。一场瘟疫降临忒拜城，到处是求生的歌声和苦痛的呻吟，家园变得荒芜。众人来到国王俄狄浦斯面前求救。俄狄浦斯派人去求神谕，得知是因先王拉伊俄斯被人杀害，阿波罗神降下瘟疫让忒拜人惩罚凶手。俄狄浦斯王决心找出凶手，为先王报仇。几经查询，俄狄浦斯发现自己是杀父娶母的罪人。原来，他的生父、忒拜王拉伊俄斯从神谕中得知他长大后将会杀父娶母，便用铁丝穿其脚踵，让一个仆人把婴儿时的俄狄浦斯抛到荒郊野外。仆人怜惜这个无辜的孩子，便把他送给科林斯城的一个牧羊人。科林斯国王没有儿子便收养了他。俄狄浦斯成年后，从神谕得知自己命中注定杀父娶母，为了躲避这一厄运，他逃离了科林斯。结果没想到，宿命是逃不掉的，刻意躲避反而加速了悲剧的步伐。他离开养父母朝忒拜城走去，路遇一伙粗鲁蛮横的人。俄狄浦斯一怒之下杀了四个人，其中就有他的亲生父亲、年迈的忒拜王拉伊俄斯。

俄狄浦斯来到忒拜城，这个城市正面临一场灾难，狮身人面的女妖斯芬克斯坐在城外的山上，向所有经过的人问一个问题：什么动物时而四只脚，时而两只脚，时而三只脚？凡是回答不出的人便会被吃掉。俄狄浦斯凭借自己的聪明才智，破掉了这个谜语。斯芬克斯跳崖自杀。俄狄浦斯被忒拜人拥戴为王，娶了前国王拉伊俄斯的王后伊俄卡斯忒，生下了两个孩子。俄狄浦斯就这样毫不知情地成了杀父娶母的罪人。得知事情真相后，王后自缢而死，俄狄浦斯用王后随身佩戴的金别针刺瞎了自己的双眼。他把忒拜城托给克瑞翁，自己由两个女儿陪着远离忒拜城，到处流浪，以惩罚自己的弥天大罪。

---

① 《古希腊悲剧喜剧全集》，张竹明、王焕生译，译林出版社，2007。

【经典摘录】

俄狄浦斯（以下简称“俄“）夫人，听了你的话，我心神不安，魂飞魄散。

伊俄卡斯忒（以下简称“伊”）什么事使你这样吃惊，说出这样的话？

俄 你好像是说，拉伊俄斯被杀是在一个三岔路口。

伊 故事是这样，至今还在流传。

俄 那不幸的事发生在什么地方？

伊 那地方叫福喀斯，通往得尔福和道利亚的两条岔路在那里会合。

俄 事情发生多久了？

伊 这消息是你快要作国王的时候向全城公布的。

俄 宙斯啊，你打算把我怎么样呢？

伊 俄狄浦斯，这件事怎么使你这样发愁？

俄 你先别问我，倒是先告诉我，拉伊俄斯是什么模样，有多大年纪。

伊 他个子很高，头上刚有白头发，模样和你差不多。

俄 哎呀，我刚才像是凶狠地诅咒了自己，可是自己还不知道。

伊 你说什么？主上啊，我看着你就发抖啊。

俄 我真怕那先知的眼睛并没有瞎。你再告诉我一件事，事情就更清楚了。

伊 你虽然在发抖，你的话我一定会答复的。

俄 他只带了少数侍从，还是像一位国王那样带了许多士兵？

伊 一共五个人，其中一个是传令官，还有一辆马车，是给拉伊俄斯坐的。

俄 哎呀，真相已经很清楚了！夫人啊，这消息是谁告诉你的。

伊 是一个仆人，只有他活着回来了。

俄 那仆人现在还在家里吗？

伊 不在，他从那地方回来以后，看见你掌握了王权，拉伊俄斯完了，他就拉着我的手，求我把他送到乡下牧羊的草地上去，远远地离开城市。我把他送去了。他是个好仆人，应当得到更大的奖赏。

俄 我希望他回来，越快越好！

伊 这倒容易，可是你为什么希望他回来呢？

俄 夫人，我是怕我的话说得太多了，所以想把他召回来。

伊 他会回来的；可是，主上啊，你也该让我知道，你心里到底有什么不安。

俄 你应该知道我是多么忧虑。碰上这样的命运，我还能把话讲给哪一个比你更应该知道的人听？

我父亲是科林斯人，名叫波吕玻斯，我母亲是多里斯人，名叫墨洛珀。我在那里一直被尊为公民中的第一个人物，直到后来发生了一件意外的事——那虽是奇怪，倒还值不得放在心上。那是在某一次宴会上，有个人喝醉了，说我是我父亲的冒名儿子。当天我非常烦恼，好不容易才忍耐住；第二天我去问我的父母，他们因为这辱骂对那乱说话的人很生气。我虽然满意了，但是事情总是使我很烦恼，因为诽谤的话到处都在流传。我就瞒着父母，去到皮托，福玻斯没有答复我求问的事，就把我打发走了；可是他却说了另外一些预言，十分可怕，十分悲惨，他说我命中注定要玷污我母亲的床榻，生出一些使人不忍看的儿女，而且会成为杀死我的生身父亲的凶手。

我听了这些话，就逃到外地去，免得看见那个会实现神示所说的耻辱的地方，从此我就凭了天象测量科林斯的土地。我在旅途中来到你所说的，国王遇害的地方。夫人，我告诉你真实情况吧。我走近三岔路口的时候，碰见一个传令官和一个坐马车的人，正像你所说的。那领路的和那老年人态度粗暴，要把我赶到路边。我在气愤中打了那个推我的人——那个驾车的；那老年人看见了，等我经过的时候，从车上用双尖头的刺棍朝我头上打过来。可是他付出一个不相称的代价，立刻挨了我手中的棍子，从车上仰面滚下来了；我就把他们全杀死了。

如果我这客人和拉伊俄斯有了什么亲属关系，谁会比我更可怜？谁还比我更为天神所憎恨？没有一个公民或外邦人能够在家里接待我，没有人能够和我交谈，人人都得把我赶出门外。这诅咒不是别人加在我身上的，而是我自己。我用这双手玷污了死者的床榻，也就是用这双手把他杀死的。我不是个坏人吗？我不是肮脏不洁吗？我得出外流亡，在流亡中看不见亲人，也回不了祖国；要不然，就得娶我的母亲，杀死那生我养我的父亲波吕玻斯。

如果有人断定这些事是天神给我造成的，不也说得正对吗？你们这些可敬的神圣的神哪，别让我，别让我看见那一天！在我没有看见这罪恶的污点沾到我身上之前，请让我离开尘世。……

【评述】

索福克勒斯（约前 496~ 前 406），雅典三大悲剧作家之一。出生在雅典西北郊科罗诺斯乡，早年受过良好的教育，尤其在音乐、体育和舞蹈方面受过严格训练，因貌美和音乐天赋被选为庆祝胜利的朗诵队领队少年。后来索福克勒斯进入政界。公元前 443 年，出任以雅典为盟主的德利亚联盟财政总管。公元前 440 年，入选雅典十将军，进入雅典最高层。公元前 431 年伯罗奔尼撒战争爆发，翌年雅典流行瘟疫，他担任祭司迎接医神。公元前 413 年，83 岁的索福克勒斯因政绩显著、德高望重，入选雅典十人委员会。这位古希腊最伟大的悲剧诗人去世的时候，雅典和斯巴达正发生战争，以致交通受阻，他的遗体无法归葬家乡。斯巴达将军吕珊德洛斯特别下令停战，让雅典人把他安葬在通往得刻勒亚的大路上，并在他的坟前立了一个象征歌者的人头马雕像，长久地供人们祭奠。

索福克勒斯是一个高产的剧作家，一生写过 130 多出悲剧，但大多散佚，只留下

《埃阿斯》《安提戈涅》《俄狄浦斯王》《厄勒克特拉》《特剌喀斯少女》《菲洛克忒忒斯》和《俄狄浦斯在科罗洛斯》等 7 部作品。索福克勒斯是古希腊悲剧家中获奖最多的作者。28 岁那年，他在戏剧比赛中赢了当时著名的悲剧之父埃斯库罗斯，27 年以后输给另一位悲剧家欧里庇得斯，一生获奖无数。他的作品反映了希腊黄金时代的社会政治生活。他在埃斯库罗斯悲剧的基础上，把悲剧艺术大大地往前推进，人物性格更加丰满，情节更加复杂，形式更趋完美。他的创作标志着希腊悲剧进入成熟阶段，对后来西方的戏剧有着巨大的影响。

《俄狄浦斯王》是索福克勒斯最著名的一部戏剧作品，取材于希腊神话。悲剧开始时，忒拜城瘟疫肆虐，俄狄浦斯尽力寻求消灾解难的办法。按照神示，必须清除杀害前国王的凶手，才能使全城人民免于灾难。俄狄浦斯为了人民和城邦的安全，千方百计地追查凶手，可是真相却一步一步地指向他自己。他在不知不觉中犯下了杀父娶母的大罪恶。万念俱灰之下他刺瞎了自己的双眼，宣布自我放逐。俄狄浦斯是一个集崇高无私、坚强意志和聪明才智于一身的英雄人物，生活在一个神主宰人的命运的时代，他的悲剧命运因此形成。作者并不把神是否正义、命运是否公平作为这出悲剧的主题，而是努力表达人的意志和命运的冲突。俄狄浦斯是一位具有坚强意志的爱国爱民的国王，他命中注定要弑父娶母，他竭力逃避这不幸的命运，但终于还是受到命运的捉弄。作者相信神和命运的威力，但更强调人对命运的反抗精神。他赞美人类的智慧和英雄的力量，主张爱、友谊和善良。虽然戏剧人物最终无法逃出命运的掌控而被毁灭，但作者要肯定的是人不愿屈从命运的顽强抗争的精神。

《俄狄浦斯王》剧情复杂，牵涉的人物众多，前后历时 40 年，关涉两个城邦，需要作者在固定的空间和有限的演出时间里把故事讲清楚。索福克勒斯把整个剧情安排得紧凑而完美。悲剧一开场是危机爆发并向高潮发展。作者用倒叙和插叙的方法，将构成高潮的前因逐渐交代。从俄狄浦斯开始追查凶手回溯到路口杀父以及解斯芬克斯之谜、婴儿时被弃荒山、继承王位、结婚娶母、城邦瘟疫等一系列往事，让观众在最初的惊悚中，一步步了解发生在 40 年前的诸多事情，了解整个冲突的来龙去脉。最后凶手显形、往事交代完毕，主人公刺瞎自己的双眼，全剧告终。这种倒叙式的结构剧情清晰、节奏紧凑，在舞台上不过多正面表现事件的过程，有意使观众的注意力始终集中于剧情高潮的每一瞬间，以及主人公复杂丰富的内心情感，很好地凸显了人物的性格特征。

在古希腊戏剧（无论是悲剧还是喜剧）中，一般有歌队出现——通常是一个演员，向观众交代剧情。索福克勒斯对这一点加以改革。他把歌队人数增加到三人，让歌队的出现与剧情的发展相结合，有时发表见解和评论，有时会进入剧情和主人公直接对话，有时是作为舞台布景中的辅助部分直接参加演出。索福克勒斯的歌队像一个多功能的演出辅助工具，不仅能帮助观众很好地理解作者的主观立场，而且由于歌队演唱的抒情性，起到了缓解、舒泄观众强烈情感的作用。这正是亚里士多德认为戏剧应发挥的功能。

《俄狄浦斯王》集独特构思、鲜明人物、创新结构、朴实语言和优秀的舞台效果于一身，成为西方最伟大的文学经典之一。亚里士多德将《俄狄浦斯王》视为悲剧的典范，是“十全十美的悲剧”。他在《诗学》里多次提及索福克勒斯的这部伟大剧作。而且，亚里士多德悲剧理论的许多概念都是基于《俄狄浦斯王》而提出，并长时间地影响了后世西方戏剧的发展。

四、易卜生《玩偶之家》①

【故事梗概】

娜拉是一个性情活泼、思想单纯的年轻女人，嫁给了律师海尔茂。两人结婚八年，有三个孩子，生活得很幸福。圣诞节快到了，海尔茂也接到通知在新年后到银行担任经理，以后收入会更稳定，一家人沉浸在喜悦之中。这时，娜拉的朋友林丹太太来访，想托海尔茂找工作。两人交谈中，娜拉告诉林丹太太一件事：海尔茂在婚后不久得了重病，为了能让丈夫到意大利疗养治病，她伪造父亲的签名，向银行职员柯洛克斯泰借了一笔钱，治好了海尔茂的病。而她自己为了还清债务，想方设法节省家用，甚至在夜里偷偷干一些抄写工作。现在债快要还完了，她感到很骄傲。

柯洛克斯泰正是海尔茂即将赴任的那所银行的职员，此时银行正在进行人事调整，他很有可能被解雇。他来找娜拉，以娜拉伪造借据一事相要挟，希望娜拉能设法保住他的职位。娜拉不得已去求丈夫，可海尔茂不予理会，反而解雇了柯洛克斯泰。柯洛克斯泰气急之下，给海尔茂写信揭露真相。娜拉急忙向林丹太太求助。林丹太太与柯洛克斯泰两人旧情重燃，柯洛克斯泰打算再写一封信，并将那份借据还给娜拉。林丹太太希望娜拉把这事告诉海尔茂。

娜拉知道那份揭发信躺在邮箱里，海尔茂每天会按惯例下楼取信。她急中生智缠着他要去化妆舞会。舞会归来，海尔茂还是取回了信。他勃然大怒，骂娜拉是坏东西、罪犯、下贱女人，毁掉了自己前程和幸福。这时，柯洛克斯泰托人送来第二封信，那张借据也随信送到。看到自己的名誉被保住了，海尔茂立刻改变了面目。他快活地叫道：“娜拉我没事了！我饶恕了你了娜拉！”娜拉终于看清了自己像玩偶一样被摆布的可怜处境，意识到自己应该是一个独立自主的人。她毅然决然地离开了这个“玩偶之家”。

---

① 《易卜生戏剧四种》，潘家洵译，人民文学出版社，1978。

【经典摘录】

第3幕，娜拉觉醒后决心出走。

娜　拉　要想了解我自己和我的环境，我得一个人过日子，所以我不能再跟你待下去。

海尔茂　娜拉！娜拉！

娜　拉　我马上就走。克里斯蒂纳一定会留我过夜。

海尔茂　你疯了！我不让你走！你不许走！

娜　拉　你不许我走也没用。我只带自己的东西。你的东西我一件都不要，现在不要，以后也不要。

海尔茂　你怎么疯到这步田地！

娜　拉　明天我要回家去——回到从前的老家去。在那儿找点事情做也许不太难。

海尔茂　喔，像你这么没经验——

娜　拉　我会努力去吸取。

海尔茂　丢了你的家，丢了你丈夫，丢了你儿女！不怕人家说什么话！

娜　拉　人家说什么不在我心上。我只知道我应该这么做。

海尔茂　这话真荒唐！你就这么把你最神圣的责任扔下不管了？

娜　拉　你说什么是我最神圣的责任？

海尔茂　那还用我说？你最神圣的责任是你对丈夫和儿女的责任。

娜　拉　我还有别的同样神圣的责任。

海尔茂　没有的事！你说的是什么责任？

娜　拉　我说的是我对自己的责任。

海尔茂　别的不用说，首先你是一个妻子，一个母亲。

娜　拉　这些话现在我都不信了。现在我只信，首先我是一个人，跟你一样的一个人——至少我要学做一个人。托伐，我知道大多数人赞成你的话，并且书本里也是这么说的。可是从今以后我不能一味相信大多数人说的话，也不能一味相信书本里说的话。什么事情我都要用自己脑子想一想，把事情的道理弄明白。

……

海尔茂　你能不能说明白，我究竟做了什么事使你不爱我？

娜　拉　能。就因为今天晚上奇迹没出现，我才知道你不是我理想中的那种人。

海尔茂　这话我不懂，你再说清楚点。

娜　拉　我耐着性子整整等了八年，我当然知道奇迹不会天天有。后来大祸临头的时候，我曾经满怀信心地跟自己说，“奇迹来了！”柯洛克斯泰把信扔在信箱里以后，我决没想到你会接受他的条件。我满心以为你一定会对他说，“尽管宣布吧”，而且你说了这句话之后，还一定会——

海尔茂　一定会怎么样？叫我自己的妻子出丑丢脸，让人家笑骂？

娜　拉　我满心以为你说了那句话之后，还一定会挺身出来，把全部责任担在自己肩膀上，对大家说，“事情都是我干的”。

海尔茂　娜拉——

娜　拉　你以为我会让你替我担当罪名吗？不，当然不会。可是我的话怎么比得上你的话那么容易叫人家相信？这正是我盼望它发生又怕它发生的奇迹。为了不让奇迹发生，我已经准备自杀。

海尔茂　娜拉，我愿意为你日夜工作，我愿意为你受穷受苦。可是男人不能为他所爱的女人牺牲自己的名誉。

娜　拉　千千万万的女人都为男人牺牲过名誉。

海尔茂　喔，你心里想的嘴里说的都像个傻孩子。

娜　拉　也许是吧。可是你想的和说的也不像我可以跟他过日子的男人。后来危险过去了——你不是怕我有危险，是怕你自己有危险——不用害怕了，你又装作没事儿人了。你又叫我跟从前一样乖乖地做你的小鸟儿，做你的泥娃娃，说什么以后要格外小心保护我，因为我那么脆弱不中用。（站起来）托伐，就在那当口，我好像忽然从梦里醒过来，我简直跟一个陌生人同居了八年，给他生了三个孩子。喔，想起来真难受！我恨透了自己没出息！

海尔茂（伤心）我明白了，我明白了，在咱们中间出现了一道深沟。可是，娜拉，难道咱们不能把它填平吗？

娜　拉　照我现在这样子，我不能跟你做夫妻。

【评述】

亨利克·易卜生（1828~1906），挪威伟大的戏剧家。出生于挪威斯基恩城。少年时期家贫，未满 16 岁就到药店当学徒。生活的艰辛培养了他愤世嫉俗的性格和个人奋斗的意志。他在工作之余刻苦读书并学习写作。1848 年欧洲革命浪潮和挪威的民族解放运动，激发了易卜生的民族意识和政治热情，开始写作歌颂历史英雄的剧作，并先后在卑尔根和奥斯陆担任剧院导演和经理。1863 年起侨居意大利和德国达 27 年之久，在创作上取得了辉煌的成就。易卜生一共著有 20 多部剧作，大都以习见而又重大的社会问题为题材，如《社会支柱》（1877）、《玩偶之家》（1879）、《群鬼》（1881）和《人民公敌》（1882）等“社会问题剧”。易卜生是西方“社会问题剧”的创立者，也被称为“西方现代戏剧之父”。

《玩偶之家》写于 1879 年，根据真实故事改编而成，是易卜生“社会问题剧”的代表之作。该剧通过男女主人公娜拉和海尔茂的矛盾冲突，撕下了男权社会里家庭关系温情脉脉的面纱，暴露了男权统治基础上的夫妻关系的虚伪，提出了妇女解放的问题。在这个看似温馨幸福的家庭里，娜拉对丈夫的感情是真诚纯洁的。当父亲生病无法拿到他的签名时，娜拉冒充父亲的签名借钱给丈夫治病；借债之后，娜拉独自承担起还债的义务；当伪造签名的事情即将败露，她又决定牺牲自己来承担，甚至打算以自杀保全丈夫的名誉。丈夫海尔茂似乎很爱娜拉。他整天甜言蜜语地“宠”着娜拉，口口声声说夫妻应共担责任。他甚至盼着能发生一件威胁到娜拉的危险事情，他好拼命甚至牺牲一切去救娜拉。可一旦事情真的发生——即便娜拉伪造签名借债是为了给他治病，他马上想到的只有自己的名誉和前途。他勃然大怒，骂娜拉“道德败坏”，是“下贱女人”，甚至认为娜拉没有教育子女的权利。娜拉对于海尔茂而言，只是一个好看的玩偶，没有自由的意志；女人可以为男人做出牺牲，“男人不能为他爱的人牺牲自己的名誉”。如果说海尔茂代表了当时欧洲普遍的男权思想，娜拉则代表了女性对独立人格与尊严的追求。娜拉明白自己在家中不过是玩偶，于是毅然出走。

对于19世纪的欧洲来说，《玩偶之家》有着重要的社会意义。作者并非只是提出妇女解放、男女平等等概念，而是在更深层面上触及“人”的觉醒、精神自由和个性解放的问题。海尔茂是一个守旧者的形象，他遵循传统的家庭婚姻的道德规范，信仰那个社会赖以存在的传统文化体系。他想阻止娜拉离开时，不惜搬出宗教与法律，告诉娜拉这一切都是天经地义的。娜拉则是传统道德规范和法律的反叛者。她说：“国家的法律跟我心里想的不一样，可是我不信那些法律是正确的。父亲病得快死了，法律却不许他女儿给他省去麻烦。丈夫病得快要死了，法律不许他妻子想法子救他的性命！我不相信世界上有这种不讲理的法律。”娜拉说，以前这些话她都相信，“现在我都不信了。现在我只信，首先我是一个人，跟你一样的一个人——至少我要学做一个人”。可见，娜拉追求的是作为一个“人”的独立存在意义。《玩偶之家》发表20年后，易卜生在一次演讲中说，“我的确不敢偏爱为妇女运动而自觉努力的盛誉。我甚至不明白什么是‘妇女运动’。我不过是一个诗人，却不是人们通常认为的社会活动家。……我的创作目的是描写人类”。

《玩偶之家》发表后引起巨大的社会反响，两周后在哥本哈根演出，自此以后经久不衰，成为西方戏剧舞台的经典剧目。1918年，中国《新青年》杂志介绍了易卜生的《玩偶之家》，迅速引起广泛关注和热烈讨论。对于民国时期的中国来说，《玩偶之家》具有强烈的反封建的现实意义。中国几大城市竞相上演《玩偶之家》，娜拉成为广大青年男女争取自由婚姻、个性解放的偶像。易卜生的其他剧作也在中国受到欢迎。《新青年》推出“易卜生专号”，《新潮》和《小说月报》等刊物也相继推介易卜生作品，一时间出现“易卜生热”。胡适模仿《玩偶之家》创作了表现男女平等、婚姻自由主题的《终身大事》。鲁迅创作了同样题材的小说《伤逝》，并在《娜拉走后怎样》一文里，更深入地探讨了妇女解放的社会基础问题。《玩偶之家》的影响是世界性的。

【推荐阅读】

鲁迅短篇小说《伤逝》，选自小说集《彷徨》。

1920 年代的中国北京，青年涓生与子君在相爱的过程中，遇到来自家庭和社会的各种阻挠，但他们无所畏惧，毫不退缩，子君的态度尤其坚决。面对父亲和叔父的反对，她坚定地表示："我是我自己的，他们谁也没有干涉我的权利！"两人最终冲破重重阻碍生活在一起，实现了婚姻自主的理想。可是安宁和幸福并未维持许久。涓生失业了，两人的生计成了问题。他们尝试用其他办法"来开一条新路"，都没有走通。他们的爱情生活因此蒙上阴影。子君婚后日渐沉浸在小家庭琐碎的生活中，变成了一个目光短浅的甚至有些庸俗的家庭主妇，甘愿做丈夫的附属品。涓生既受到生活的压迫，也感受着婚后生活的平庸。他要"救出自己"，要把抛弃子君作为"向新的生活跨出去"的第一步。父亲把子君领回家，子君死去。涓生整日陷入悔恨与悲哀之中，无法振作。"一年前两人相恋时，子君就带着窗外的半枯的槐树的新叶来，使我看见，还有挂在铁式的老干上的一房一房紫白的藤花。一年后，依然是这样的破屋，这样的板床，这样的半枯的槐树和紫藤，但那时使我希望、欢欣、爱、生活的，却全都逝去了"。

思考题

1. 试结合具体的诗歌作品，分析诗歌"意境"的内涵。
2. 试运用罗曼·英伽登的作品结构观，分析一篇小说作品的结构层次。
3. 试分析老舍《茶馆》的戏剧冲突和艺术魅力。

辅助阅读资料

1. 王国维:《人间词话》，中华书局，2009
2. 徐岱:《小说形态学》，杭州大学出版社，1992
3. 乔纳森·卡勒:《结构主义诗学》，中国社会科学出版社，1992
4. 福斯特:《小说面面观》，中国对外翻译出版公司，2002

主要参考文献

［1］马克思，恩格斯．马克思恩格斯论艺术［M］．曹葆华等，译．北京：中国社会科学出版社，1982.

［2］亚里士多德．诗学［M］．罗念生，译．北京：商务印书馆，2003.

［3］鲁迅．汉文学史纲要［M］．北京：人民文学出版社，1973.

［4］伍蠡浦．西方文论选［M］．上海：上海译文出版社，1979.

［5］郭绍虞．中国历代文论选［M］．上海：上海古籍出版社，1985.

［6］勃兰兑斯．十九世纪文学主流［M］．北京：人民文学出版社，1982.

［7］朱东润．中国历代文学作品选［M］．上海：上海古籍出版社，2002.

［8］夏志清．中国现代小说史［M］．上海：复旦大学出版社，2005.

［9］吴宓．文学与人生［M］．北京：清华大学出版社，2000.

［10］车尔尼雪夫斯基．车尔尼雪夫斯基论文学［M］．辛未艾译．上海：上海译文出版社，1978.

［11］童庆炳．中国古代文论的现代意义［M］．北京：北京师范大学出版社，2001.

［12］傅道彬，于茀．文学是什么［M］．北京：北京大学出版社，2002.

［13］韦勒克，沃伦．文学理论［M］．刘象愚等，译．北京：三联书店，1984.

［14］特雷·伊格尔顿．二十世纪西方文学理论［M］．西安：陕西师范大学出版社，1986.

［15］拉曼·塞尔登．文学批评理论——从柏拉图到现在［M］．北京：北京大学出版社，2003.

［16］朱光潜．朱光潜美学文集［M］．上海：上海文艺出版社，1982.

［17］马新国．西方文论史［M］．北京：高等教育出版社，2012.

［18］艾布拉姆斯．镜与灯——浪漫主义文论及批评传统［M］．郦稚牛等，译．北京：北京大学出版社，1989.

［19］张少康．中国文学理论批评史教程［M］．北京：北京大学出版社，2011.

［20］孙耀煜．中国古代文学原理［M］．南京：江苏教育出版社，1996.

［21］伯罗．中世纪作家和作品——中古英语文学及其背景（1100–1500）［M］．

沈弘译 . 北京：北京大学出版社，2007.

[22]钱锺书 . 谈艺录［M］. 北京：中华书局，1984.

[23]歌德 . 自然的单纯模仿 · 作风 · 风格［M］. 王元化译 . 上海：上海译文出版社，1982.